W0291191

La casa del propósito especial

JOHN BOYNE

La casa del propósito especial

Traducción de
Patricia Antón de Vez

Círculo de Lectores

Para Mark Herman, David Heyman
y Rosie Alison, con gratitud

1981

El de mis padres no fue un matrimonio feliz.

Han pasado muchos años desde la última vez que soporté su compañía, décadas, pero casi todos los días aparecen en mis pensamientos unos instantes, nada más. Un soplo de recuerdo, tan leve como el aliento de Zoya en mi nuca cuando duerme a mi lado por la noche. Tan suave como sus labios contra mi mejilla cuando me besa a la luz del amanecer. No puedo decir cuándo murieron exactamente. No sé nada de su fallecimiento; sólo tengo la natural certeza de que ya no están en este mundo. Pero pienso en ellos. Todavía pienso en ellos.

Siempre he imaginado que mi padre, Danil Vládiavich, murió primero. Ya tenía más de treinta años cuando yo nací, y por lo que recuerdo nunca gozó de buena salud. Me acuerdo de despertar de niño en nuestra pequeña isba de madera en Kashin, en el gran ducado de Moscovia, llevándome las manos a las orejas para bloquear el sonido de su mortalidad cuando se ahogaba, tosía y escupía flema en el fuego de la pequeña estufa. Ahora pienso que debía de tener algún problema en los pulmones. Enfisema, quizá. Resulta difícil saberlo. No había médicos para ocuparse de él, ni medicinas. Tampoco llevaba sus muchas dolencias con fortaleza o elegancia. Cuando él sufría, nosotros también.

Su frente se extendía de forma grotesca, de eso también me acuerdo. Una gran masa deforme con pequeñas protuberancias que sobresalían a ambos lados, la piel tensa desde la línea del cabello hasta el puente de la nariz, tirando de las cejas hacia arriba para conferirle una expresión de permanente desasosiego. Mi hermana Liska me contó una vez que se debía a un accidente en el parto: un médico incompetente lo asió del cráneo en vez de los hombros cuando emergía al mundo, oprimiendo en exceso el hueso, blando y por solidificar. O tal vez fue una matrona perezosa, descuidada con el hijo de otra mujer. Su madre no vivió para ver la criatura que había traído al mundo, el bebé del cráneo deforme. La experiencia de darle la vida a mi padre le costó la suya a mi abuela. En aquel entonces no era algo insólito, y rara vez constituía motivo de dolor; se consideraba un equilibrio de la naturaleza. Hoy en día sería inesperado y causa de litigio. Por supuesto, mi abuelo no tardó en buscarse otra mujer para criar a su retoño.

Cuando yo era pequeño, los demás niños del pueblo se asustaban al ver a mi padre avanzando por la calle hacia ellos, mirando de acá para allá en su vuelta a casa del trabajo en la granja, o agitando el puño al salir de la cabaña de un vecino tras otra discusión sobre unos rublos que le debían o por insultos recibidos. Tenían apodos para él y les entusiasmaba soltárselos a gritos; lo llamaban Cerbero, como el perro de tres cabezas del Hades, y se burlaban de él quitándose el *kolpak* y llevándose la muñeca a la frente para golpearse como locos mientras proferían bramidos de guerra. No temían represalias por comportarse de esa forma delante de mí, su único hijo varón. Yo era entonces pequeño y débil. No me tenían miedo. Esbozaban muecas a espaldas de mi padre y escupían en el suelo, imitando sus hábitos, y cuando él se volvía para gritar como un animal herido, se dispersaban como semillas de grano arrojadas en un campo, fundiéndose con el paisaje con la misma facilidad. Se reían de él; lo consideraban a un tiempo aterrador, monstruoso y abominable.

A diferencia de ellos, yo sí tenía miedo a mi padre, pues se le iba la mano con los golpes y no se arrepentía de su violencia.

No tengo motivos para ello, pero lo imagino regresando a casa una tarde, poco después de mi huida del vagón de tren en Pskov aquella fría mañana de marzo, y viéndose agredido por los bolcheviques como desquite por lo que yo había hecho. Me veo cruzar las vías a la carrera y desaparecer en el bosque, temiendo por mi vida, mientras él arrastra los pies camino de casa, tosiendo y escupiendo, sin saber que su propio hijo corre un peligro mortal. En mi arrogancia, imagino que mi desaparición acarreó una enorme vergüenza a mi familia y a nuestra aldea, una deshonra que exigió represalias. Veo a varios jóvenes del pueblo –en mis sueños son cuatro: fornidos, feos y brutales– que abaten a mi padre a golpes de garrote y lo arrastran desde la calle hasta la penumbra de un callejón de altos muros para asesinarlo sin testigos. No lo oigo gritar pidiendo clemencia; no habría sido su estilo. Veo sangre en las piedras donde yace. Vislumbro una mano que se mueve lentamente, temblando, con espasmos en los dedos. Y luego se queda inmóvil.

Cuando pienso en mi madre, Yulia Vladímirovna, imagino que Dios la llamó a su lado unos años después, hambrienta, exhausta, en la cama, mientras mis hermanas se lamentaban junto a ella. No logro figurarme qué penurias pasaría tras la muerte de mi padre y no me gusta pensar en ello, pues, pese a que era una mujer fría que siempre manifestó cuánto la decepcionaba yo en cada momento crítico de mi infancia, seguía siendo mi madre, y esa figura es sagrada. Imagino a mi hermana Asya poniéndole un pequeño retrato mío en las manos cuando las junta para su última plegaria, preparándose en solemne penitencia para el momento en que Dios la llame a su seno. La mortaja la ciñe hasta el flaco cuello, tiene el rostro blanco y los labios de un pálido tono azulado. Asya me quería, pero envidiaba mi huida; de eso también me acuerdo. Una vez fue a buscarme y yo la rechacé. Ahora me avergüenza pensar en ello.

Por supuesto, puede que no haya sucedido nada de todo esto. Quizá la existencia de mi madre, mi padre y mis hermanas acabó de forma distinta: feliz o trágicamente, juntos o separados, en paz o de forma violenta, no puedo saberlo. No tuve ocasión de volver, y tampoco una oportunidad de escribirle a Asya, Liska o incluso a Talya, que quizá no recordara a su hermano mayor, Georgi, héroe y vergüenza de su familia. Regresar los habría puesto en peligro, me habría puesto en peligro a mí, y a Zoya.

Pero no importa cuántos años hayan pasado; sigo pensando en ellos. Hay largos períodos de mi vida que son un misterio para mí, décadas de trabajo y familia, de lucha, traición, pérdida y decepción que se han amalgamado tanto que resulta casi imposible separarlos, pero hay instantes de aquellos años, de aquellos primeros años, que todavía permanecen y resuenan en mi memoria. Y aunque perviven como sombras en los oscuros pasillos de mi mente envejecida, el hecho de no poder olvidarlos los vuelve más vívidos y extraordinarios. Incluso aunque yo mismo seré olvidado muy pronto.

Han transcurrido más de sesenta años desde la última vez que mis ojos se posaron en un miembro de mi familia. Me cuesta creer que haya vivido hasta los ochenta y dos y haya pasado tan poco tiempo con ellos. Falté a mis deberes familiares, aunque en aquel momento no lo vi así, pues habría sido tan incapaz de cambiar mi destino como de alterar el color de mis ojos. Las circunstancias me llevaron de un instante al siguiente, y al otro, y al otro, como le sucede a cualquier hombre, y seguí cada paso sin cuestionármelo.

Y entonces, un día me detuve. Ya era viejo. Y ellos ya no estaban.

Me pregunto si sus cuerpos continuarán en estado de descomposición o ya se habrán convertido en polvo. ¿Tarda la putrefacción varias generaciones en completarse, o puede avanzar a ritmo más rápido dependiendo de la edad del cuerpo o las condiciones de la sepultura? Y la velocidad del deterioro del cuerpo, ¿depende acaso de la calidad de la madera con que está hecho el ataúd? ¿Del apetito de la tierra? ¿Del clima? En el pasado, éstas eran la clase de preguntas que podría haberme planteado cuando me distraía de mis lecturas nocturnas. Mi reacción habría sido tomar nota de la cuestión e indagar hasta alcanzar una respuesta satisfactoria, pero este último año mis rutinas se han hecho pedazos y ahora esa clase de investigación me parece trivial. De hecho, llevo meses sin acudir a la biblioteca, desde que Zoya enfermó. Es posible que jamás vuelva allí.

La mayor parte de mi vida –de mi vida adulta, quiero decir– ha transcurrido entre los apacibles muros de la biblioteca del Museo Británico. Empecé allí como empleado en el verano de 1923, poco después de que Zoya y yo llegásemos a Londres, muertos de frío, temerosos, seguros de que aún podían descubrirnos. Yo tenía veinticuatro años e ignoraba que un empleo pudiera resultar tan pacífico. Habían pasado cinco años desde que me despojara de los símbolos de mi vida anterior –uniformes, armas, bombas, explosiones–, pero ellos seguían grabados en mi memoria. Ahora todo eran suaves trajes de algodón, archivadores y erudición, un cambio bienvenido.

Y antes de Londres, por supuesto, estuvo París, donde desarrollé el interés por los libros y la literatura que viera sus inicios en la Biblioteca Azul, una curiosidad que confiaba retomar en Inglaterra. Para mi eterna buena fortuna, reparé en un anuncio del *Times;* se precisaba un bibliotecario subalterno en el Museo Británico, donde me presenté ese mismo día con el sombrero en la mano y fui conducido de inmediato ante un tal Arthur Trevors, mi probable nuevo jefe.

Me acuerdo con exactitud de la fecha: 12 de agosto. Acababa de ir a la catedral de la Dormición y Todos los Santos, donde había encendido una vela por un viejo amigo, un gesto anual de respeto para conmemorar su cumpleaños. «Lo haré mientras viva», le había prometido muchos años atrás. De algún modo se me antojó apropiado que mi nueva vida diera comienzo el mismo día que había empezado su breve vida.

–¿Sabe usted desde cuándo existe la Biblioteca Británica, señor Yáchmenev? –me preguntó Trevors, mirándome por encima de las gafas de media luna que llevaba inútilmente encaramadas en la nariz. No tuvo que esforzarse para articular mi nombre, cosa que me impresionó, visto que muchos ingleses parecían convertir en virtud la incapacidad de pronunciarlo–. Desde mil setecientos cincuenta y tres –prosiguió, sin darme oportunidad de responder–. Cuando sir Hans Sloan legó su colección de libros y curiosidades a la nación; y de ese modo se creó el museo. ¿Qué opina de eso?

No se me ocurrió otra cosa que no fuera alabar a sir Hans por su filantropía y su sentido común, una respuesta que Trevors aprobó con satisfacción.

–Tiene toda la razón, señor Yáchmenev –asintió con energía–. Era un hombre excelente. Mi bisabuelo jugaba con él al bridge con regularidad. Por supuesto, nuestra dificultad actual tiene que ver con el espacio. Verá, resulta que nos estamos quedando sin sitio. Se editan demasiados libros, he ahí el problema. La mayor parte están escritos por imbéciles, ateos o sodomitas, pero, que Dios nos ayude, estamos obligados a albergarlos todos. No tendrá usted tratos con esa facción, ¿verdad, señor Yáchmenev?

–No, señor –me apresuré a responder.

–Me alegra oírlo. Confiamos en trasladar algún día la biblioteca a su propia sede, por supuesto, y eso contribuirá sobremanera a mejorar las cosas. Pero todo depende del Parlamento. Verá, resulta que controlan todo nuestro dinero. Y ya sabe cómo son esos tipos. Corruptos hasta la médula, hasta el último de ellos. Ese Baldwin es tremendamente bueno, pero aparte de él... –Hizo un gesto de tener náuseas.

En el silencio que siguió, no se me ocurrió otra cosa para recomendarme que hablar de mi admiración por el museo, donde solamente había estado media hora antes de la entrevista, y la asombrosa colección de tesoros que albergaba entre sus paredes.

–Señor Yáchmenev, usted ya ha trabajado antes en un museo, ¿no es así? –me preguntó Trevors.

Yo negué con la cabeza. Pareció sorprendido y se quitó las gafas para proseguir con el interrogatorio.

–Pensaba que quizás habría trabajado en el Hermitage. En San Petersburgo.

No hacía falta que puntualizara la ubicación del museo; yo lo conocía muy bien. Por un instante lamenté no haber mentido, pues era improbable que buscaran pruebas de mi empleo allí y cualquier intento de conseguir referencias llevaría años, si es que llegaban a hacerlo.

–Nunca he trabajado allí, señor –contesté–. Pero, por supuesto, estoy muy familiarizado con él. He pasado cientos de horas de felicidad en el Hermitage. La colección bizantina es particularmente impresionante. Así como la numismática.

Trevors consideró mis palabras, tamborileando con los dedos en un lado del escritorio, antes de decidir que mi respuesta le satisfacía. Se reclinó en la silla, aguzó la mirada y respiró por la nariz con la vista fija en mí.

–Dígame, señor Yáchmenev –arrastró las palabras como si su dicción le resultara dolorosa–, ¿cuánto tiempo lleva residiendo en Inglaterra?

–No mucho –contesté con sinceridad–. Unas semanas.

–¿Y vino directamente desde Rusia?

–No, señor. Mi esposa y yo pasamos varios años en Francia antes de...

–¿Su esposa? ¿Es un hombre casado, entonces? –quiso saber, aparentemente complacido.

–Sí, señor.

–¿Cómo se llama ella?

–Zoya. Es un nombre ruso, claro. Significa «vida».

–¿De veras? –musitó, mirándome como si mi afirmación hubiese sido presuntuosa–. Qué encantador. ¿Y cómo se ganaba usted la vida en Francia?

–Trabajaba en una librería parisina. De tamaño medio, pero con una clientela leal. No había días de inactividad.

–¿Y le gustaba el trabajo?

–Muchísimo.

–¿Por qué?

–Era muy tranquilo. Aunque siempre estuviera ocupado, la serenidad del ambiente me resultaba de lo más agradable.

–Bueno, aquí las cosas también funcionan así –comentó alegremente–. Todo es agradable y tranquilo, pero hay un montón de trabajo. Y antes de Francia, supongo que viajó usted por Europa, ¿no?

–En realidad no, señor –admití–. Antes de Francia, fue Rusia.

–¿Huía usted de la Revolución?

–Nos fuimos en mil novecientos dieciocho. Un año después de que estallara.

–El nuevo régimen no era de su agrado, supongo.

–No, señor.

–Y bien que hicieron. –Esbozó una pequeña mueca de desagrado al pensar en ello–. Malditos bolcheviques. El zar era primo del rey Jorge, ¿lo sabía?

–Sí, lo sabía, señor.

–Y su esposa, la señora zar, era nieta de la reina Victoria.

–La zarina –puntualicé, corrigiendo con cautela su irreverencia.

–Sí, claro. Sinceramente, lo de los bolcheviques es una maldita insolencia. Habría que hacer algo al respecto, antes de que diseminen sus sucios métodos por toda Europa. Usted sabrá que ese Lenin venía a estudiar aquí, a la biblioteca...

–No, no lo sabía. –Enarqué una ceja, sorprendido.

–Oh, sí, le aseguro que es cierto –declaró, captando mi escepticismo–. En algún momento de mil novecientos uno o mil novecientos dos, me parece. Mucho antes de que yo llegara aquí. Me lo contó mi predecesor. Dijo que Lenin solía llegar por la mañana sobre las nueve y se quedaba hasta la hora de comer, cuando esa esposa suya se lo llevaba a rastras a editar su periodicucho revolucionario. Trataba constantemente de meter a escondidas termos con café, pero estábamos ojo avizor. Casi consiguió que le prohibiéramos el acceso. Sólo con eso se ve qué clase de hombre era. No será usted bolchevique, ¿verdad, señor Yáchmenev? –preguntó de pronto, inclinándose para mirarme con fijeza.

–No, señor. –Moví negativamente la cabeza con la vista fija en el suelo, incapaz de aguantar su penetrante mirada. Me sorprendió la opulencia del suelo de mármol; pensaba que había dejado atrás todo ese esplendor–. No, desde luego que no soy bolchevique.

–¿Qué es, entonces? ¿Leninista? ¿Trotskista? ¿Zarista?

–Nada, señor. –Alcé de nuevo la vista, con expresión decidida–. No soy nada en absoluto. Sólo un hombre recién llegado a su magnífico país en busca de un empleo honrado. No tengo filiaciones políticas ni las quiero. No deseo otra cosa que proporcionarle una vida decente a mi familia.

Trevors sopesó mis comentarios en silencio y yo me pregunté si estaría rebajándome demasiado ante él; pero había preparado esas frases mientras iba hacia Bloomsbury para asegurarme el puesto y las creía lo bastante humildes para satisfacer a un posible jefe. No me importaba si sonaban serviles. Necesitaba trabajar.

–Muy bien, señor Yáchmenev –asintió Trevors al fin–. Creo que vamos a arriesgarnos con usted. Un período de prueba para empezar, de unas seis semanas, digamos, y si después de ese tiempo estamos contentos el uno con el otro, tendremos otra charla y veremos si el puesto puede ser permanente. ¿Qué le parece?

–Le estoy muy agradecido, señor –contesté, sonriendo y tendiéndole la mano en un gesto de aprecio y amistad.

Él titubeó unos instantes, como si estuviera tomándome una libertad excesiva, antes de guiarme hacia un segundo despacho donde anotaron mis datos y se detallaron mis nuevas responsabilidades.

Seguí como empleado de la biblioteca del Museo Británico el resto de mi vida laboral, y una vez jubilado continué acudiendo de visita casi todos los días, para pasarme horas en las mesas que antes despejaba, leyendo e investigando, educándome. Allí me sentía a salvo. En ningún sitio del mundo me he sentido tan seguro como entre esas paredes. Toda la vida he esperado que me descubrieran, que nos descubrieran a los dos, pero por lo visto nos hemos librado. Sólo Dios nos separará ahora.

Es cierto que nunca he sido lo que se dice un hombre moderno. Mi vida con Zoya, nuestro largo matrimonio, era de los tradicionales. Aunque ambos trabajábamos y volvíamos a casa a horas similares de la tarde, era ella quien preparaba la comida y se ocupaba de las tareas domésticas como lavar la ropa y limpiar. Jamás se contempló siquiera la idea de que yo pudiese ayudarla. Mientras ella cocinaba, yo me sentaba junto al fuego y leía. Me gustaban las novelas largas, las epopeyas históricas, y tenía poco tiempo para la ficción contemporánea. Probé con Lawrence cuando me pareció audaz hacerlo, pero me tropecé con el dialecto, con la entrecortada forma de hablar de Walter Morel y Mellors. Me resultaba más atractivo Foster, esas concienzudas y bienintencionadas hermanas Schlegel, el librepensador Emerson, la indómita Lilia Herriton. A veces me veía inducido a recitar un pasaje especialmente conmovedor, y Zoya dejaba el humeante asado o las costillas de cerdo para llevarse el dorso de la mano a la frente, agotada, y preguntar: «¿Qué, Georgi? ¿Qué has dicho?», como si casi hubiese olvidado que yo me hallaba en la habitación. Me parece mal no haber desempeñado un papel mayor en la marcha de la casa, pero así funcionaba la vida familiar en aquellos tiempos. Aun así, lo lamento.

No siempre había tenido la intención de que mi vida fuese tan conservadora. Incluso hubo momentos, instantes fugaces en más de sesenta años juntos, en que me molestó el hecho de que no pudiésemos liberarnos de las sombras de nuestros padres y crear nuestro propio estilo de vida. Pero Zoya, quizás en reconocimiento a su propia infancia y educación, no deseaba otra cosa que crear un hogar perfectamente acorde con los de nuestros vecinos y amigos.

Verán, lo que ella quería era paz.

Quería pasar desapercibida.

–¿No podemos vivir sin llamar la atención? –me preguntó una vez–. ¿Sin llamar la atención y felices, comportándonos como los demás? De esa forma, nadie se fijará en nosotros.

Nos instalamos en Holborn, no muy lejos de la calle Doughty, donde vivió un tiempo el escritor Charles Dickens. Yo pasaba ante su casa dos veces al día, al ir al Museo Británico y al volver, y a medida que me familiarizaba con sus novelas a través de mi trabajo en la biblioteca, trataba de imaginarlo sentado en su estudio del piso de arriba, redactando las peculiares frases de *Oliver Twist*. Una anciana vecina me contó en cierta ocasión que su madre había limpiado para Dickens a diario durante dos años y que él le había regalado una edición de esa novela con su firma en el frontispicio, ejemplar que conservaba en un estante del salón.

–Era un hombre muy pulcro –me comentó, frunciendo los labios y asintiendo con aprobación–. Mi madre siempre decía eso de él. Maniático en sus costumbres.

Mi rutina matinal nunca cambiaba. Despertaba a las seis y media, me lavaba y me vestía, y a las siete en punto entraba en la cocina, donde Zoya me había preparado té, tostadas y dos huevos escalfados a la perfección, que esperaban sobre la mesa. Tenía una técnica milagrosa para prepararlos de manera que conservaran la forma oval fuera de la cáscara, un efecto que ella atribuía a la creación de un remolino con un batidor en el agua hirviendo antes de arrojar el huevo. Cruzábamos pocas palabras mientras yo comía, pero ella se sentaba a mi lado para llenarme la taza de té cuando hacía falta y llevarse mi plato en cuanto acababa para lavarlo en el fregadero.

Yo prefería ir andando al museo, hiciera el tiempo que hiciese, para hacer un poco de ejercicio. Como joven que era, estaba orgulloso de mi físico y me preocupaba por mantenerlo, incluso cuando empezó a acercarse la mediana edad y me sentí menos entusiasmado con mi reflejo en el espejo. Llevaba un maletín, donde Zoya metía dos bocadillos y una pieza de fruta todas las mañanas, además de la novela que estuviese leyendo en ese momento. Ella me cuidaba muy bien, aunque, por la naturaleza rutinaria de aquellos actos, rara vez se me ocurría hacer comentarios sobre su generosidad o darle las gracias.

Quizá lo dicho me muestre como una criatura anticuada, un tirano que le exigía cosas poco razonables a su esposa.

Nada más lejos de la verdad.

De hecho, cuando nos casamos en París a finales de la primavera de 1919, yo no soportaba la idea de que Zoya adoptase una postura servil hacia mí.

–Pero no te estoy sirviendo –insistía ella–. Me complace cuidar de ti, Georgi, ¿es que no lo ves? Nunca imaginé que llegaría a tener esta libertad para limpiar, cocinar, llevar mi propio hogar como otras mujeres. Por favor, no me niegues algo que otras dan por sentado.

–Algo de lo que esas otras se quejan –repuse con una amplia sonrisa.

–Por favor, Georgi...

¿Y qué otra cosa podía hacer yo que acceder a su petición? Aun así, la situación siguió inquietándome durante varios años, pero a medida que pasó el tiempo y nos vimos bendecidos con una hija, nuestras rutinas se impusieron y olvidé mi incomodidad inicial. Ese orden de cosas nos venía bien; es cuanto puedo decir.

Mi vergüenza, sin embargo, es que Zoya ha velado tan bien por mí durante toda nuestra vida en común que, ahora que estoy solo en casa, soy incapaz de hacer frente a las responsabilidades más básicas. No sé cocinar, de forma que por la mañana desayuno cereales, copos secos de avena y salvado, pasas fosilizadas que se vuelven gomosas al añadirles leche. Almuerzo en el hospital a la una en punto, cuando llego para mi visita diaria. Como solo en una mesita de plástico con vistas al descuidado jardín de la clínica, donde médicos y enfermeras fuman codo con codo con sus atuendos quirúrgicos azul celeste, casi indecentes. La comida es sosa y simple, pero me llena el estómago, y eso es todo lo que le pido. Pollo con patatas. Pescado con patatas. Imagino que algún día el menú ofrecerá patatas con patatas. No puede entusiasmar a nadie.

Como es natural, he llegado a reconocer a otros visitantes, los futuros viudos y viudas que recorren los pasillos en aterrada soledad, privados por primera vez en décadas de su ser más querido. Algunos nos saludamos con la cabeza, y hay quienes gustan de compartir entre sí sus historias de esperanza y decepción, pero yo evito la conversación. No estoy aquí para trabar amistades. Estoy aquí sólo por mi esposa, por mi amada Zoya, para sentarme junto a su lecho, para cogerle la mano, para susurrarle al oído, para asegurarme de que sepa que no está sola.

Me quedo en el hospital hasta las seis, y entonces la beso en la mejilla, le apoyo unos instantes la mano en el hombro y rezo en silencio para que siga viva cuando regrese al día siguiente.

Dos veces por semana, nuestro nieto Michael viene a pasar un rato conmigo. Su madre, nuestra hija Arina, murió a los treinta y seis años atropellada por un coche cuando volvía del trabajo. La herida que dejó su ausencia no ha sanado. Pasamos tanto tiempo convencidos de que no podíamos tener hijos que, cuando por fin Zoya dio a luz, lo creímos un milagro, un regalo de Dios. Una recompensa, quizá, por las familias que habíamos perdido.

Y luego Arina nos fue arrebatada.

Michael era sólo un niño cuando su madre murió, y su padre, un hombre atento y honrado, se aseguró de que mantuviera la relación con sus abuelos maternos. Por supuesto, como todos los niños, cambió continuamente de aspecto durante la infancia, a tal punto que nunca lográbamos decidir a qué parte de la familia se parecía más, pero ahora que ya es un joven hecho y derecho, me recuerda mucho al padre de Zoya. Creo que ella también ha notado la semejanza, pero nunca lo ha mencionado. Hay algo en la forma en que vuelve la cabeza y nos sonríe, en cómo se le arruga la frente cuando frunce el entrecejo, en la profundidad de esos ojos castaños que reflejan una mezcla de confianza e incertidumbre. En cierta ocasión, cuando paseábamos los tres por Hyde Park una tarde soleada, un perrito se nos acercó corriendo y Michael se dejó caer de rodillas para abrazarlo, permitiéndole que le lamiera la cara mientras gorjeaba boberías, y cuando alzó la vista para sonreír a sus encandilados abuelos, estoy seguro de que ambos quedamos impresionados por aquel parecido repentino e imprevisto. Fue tan inquietante, llenó nuestra mente de tantos recuerdos, que la conversación se volvió forzada entre nosotros y la agradable tarde se echó a perder.

Michael está en segundo curso en la Real Academia de Arte Dramático, donde estudia para convertirse en actor, una vocación que me sorprendió, pues de niño era tranquilo y retraído; y de adolescente, hosco e introvertido; sólo ahora, a los veinte años, hace gala de un extravertido talento para la interpretación que ninguno habría esperado. El año pasado, antes de que cayera demasiado enferma para disfrutar de esas cosas, Zoya y yo asistimos a una puesta en escena estudiantil de *La comandante Bárbara,* de Bernard Shaw, donde Michael interpretaba al joven y locamente enamorado Adolphus Cusins. Creo que estuvo impresionante, convincente en su papel. Y parecía saber algunas cosas sobre el amor, lo cual me satisfizo.

–Es muy bueno fingiendo ser alguien que no es –le comenté después a Zoya en el vestíbulo, mientras esperábamos para felicitarlo, sin saber muy bien si con esas palabras pretendía o no halagarlo–. No sé cómo lo hace.

–Yo sí –repuso ella, sorprendiéndome.

Pero antes de que pudiese responderle, Michael nos presentó a una joven, Sarah, la comandante Bárbara en persona, su prometida en escena y, por lo visto, su novia fuera de ella. Era una chica muy guapa, pero me pareció un poco desconcertada por verse obligada a charlar con dos ancianos parientes de su amado, y quizá también un poco irritada. Durante toda la conversación tuve la impresión de que se dirigía a nosotros como si creyera que existía una especie de correlación entre la edad y la estupidez. Con sus diecinueve años no paraba de pronunciarse sobre lo terrible que era el mundo y sobre que la culpa de ello era tanto de Reagan como de Bréznev. Declaró con un tono áspero y condescendiente –que me recordó a la espantosa Margaret Thatcher citando a san Francisco de Asís en los peldaños de Downing Street– que el presidente y el secretario general destruirían el planeta con sus políticas imperialistas, y habló con ingenua autoridad de la carrera armamentista y la guerra fría, cuestiones de las que sólo había leído en revistas estudiantiles y sobre las que se atrevía a sermonearnos. Llevaba una camiseta blanca que nada hacía por disimular sus pechos, con una palabra de un goteante rojo sangre garabateada, SOLIDARNOSC, y cuando me pescó mirando (juro que la palabra, no los pechos), procedió a darnos un sermón sobre la naturaleza heroica del obrero Walesa. Me sentí casi insultado, pero Zoya me cogió del brazo para asegurarse de que guardaba la compostura, y por fin la comandante Bárbara nos informó que había sido absolutamente maravilloso conocernos y que éramos adorables, y se desvaneció en un mar de jóvenes maquillados de forma grotesca y con opiniones sin duda similares.

No la critiqué ante Michael, por supuesto. Sé lo que es ser un joven enamorado. Y también un viejo enamorado. A veces me cuesta pensar que ese magnífico chico esté experimentando ahora placeres sensuales; me parece que hace muy poco no deseaba otra cosa que sentarse en mi regazo para que le leyera cuentos de hadas.

Michael visita a su abuela en el hospital cada pocos días; se esmera en hacerlo con regularidad. Se sienta a su lado durante una hora y luego viene a mentirme, a decirme que tiene mucho mejor aspecto, que ha estado despierta unos instantes y se ha incorporado para hablar con él, que parecía alerta y casi la misma de siempre, que seguro que es sólo cuestión de tiempo que se recupere lo suficiente para volver a casa. A veces me pregunto si cree en realidad todo eso, o si me considera lo bastante tonto para creerlo y piensa que me hace un gran favor metiendo esas ideas maravillosas e imposibles en mi estúpida y vieja cabeza. Los jóvenes tienen muy poco respeto a los ancianos, no de forma deliberada, sino simplemente porque se niegan a creer que nuestro cerebro siga funcionando. Sea como fuere, interpretamos juntos esa farsa dos o tres veces por semana. Él lo dice, yo me muestro de acuerdo, planeamos cosas que los tres –los cuatro– podremos hacer juntos cuando Zoya se recupere, y entonces él consulta el reloj, parece sorprendido de que sea tan tarde, me besa en la cabeza, dice: «Nos vemos en un par de días, abuelo; llámame si necesitas algo», y sale por la puerta, asciende a brincos la escalera con sus piernas largas, esbeltas y musculosas, y sube casi al instante a un autobús que pasa, todo ello en el lapso de un minuto.

Hay veces en que le envidio su juventud, pero trato de no pensar mucho en eso. Un anciano no debe tener celos de aquellos que vienen a ocupar su puesto, y recordar el tiempo en que yo era joven, sano y viril es un acto de masoquismo que no sirve de nada. Se me ocurre que, incluso aunque Zoya y yo aún seguimos vivos, mi vida ha concluido ya. No tardaré en perderla y no habrá razón para que continúe sin ella. Verán, es que somos una sola persona. Somos GeorgiZoya.

La doctora de Zoya se llama Joan Crawford. No es ninguna broma. Cuando la conocí, no pude evitar preguntarme por qué le habrían impuesto sus padres esa carga. ¿O fue quizá resultado de un matrimonio? ¿Se enamoró acaso del hombre adecuado pero con el apellido inadecuado? No comenté nada al respecto, desde luego. Imagino que se ha pasado la vida soportando comentarios idiotas. Da la casualidad de que tiene cierto parecido físico con la famosa actriz, pues luce el mismo cabello oscuro y espeso y las mismas cejas levemente arqueadas, y sospecho que fomenta la comparación por la forma en que se arregla; por supuesto, se presta a conjetura si golpea o no a sus hijos con perchas metálicas. Suele lucir alianza de boda, pero en ocasiones no la lleva y entonces parece distraída. Me pregunto si su vida privada le supondrá una fuente de decepciones.

Llevo casi dos semanas sin hablar con la doctora Crawford, de modo que, antes de visitar a Zoya, recorro los pasillos blancos y antisépticos en busca de su despacho. He estado antes en él, desde luego, varias veces, pero me resulta difícil encontrar el departamento de oncología. El hospital es un verdadero laberinto, y ninguno de los jóvenes que pasan a toda prisa consultando tablillas y gráficas, mordiendo manzanas y sándwiches, parece dispuesto a ofrecerme ayuda. Sin embargo, por fin me encuentro ante su puerta y llamo con suavidad. Se me antoja que transcurre una eternidad antes de que ella conteste –con un irritante «¿Sí?»–, y entonces abro la puerta sólo un poco, con una sonrisa de disculpa, confiando en desarmarla con mi cortesía de anciano.

–Doctora Crawford. Perdón por molestarla.

–Señor Yáchmenev –contesta, impresionándome por la rapidez con que recuerda mi nombre; en todos estos años, muchos han tenido grandes dificultades para recordarlo o pronunciarlo. Y a otros les ha parecido poco digno intentarlo–. No me molesta en absoluto. Pase, por favor.

Me alegro de que hoy se muestre tan cordial y me siento ante ella con el sombrero en las manos, confiando en que tenga noticias positivas para mí. No puedo evitar mirarle el dedo anular y preguntarme si su buen humor es resultado del anillo de oro al que la luz del sol arranca destellos. Ella me sonríe y la miro fijamente, algo sorprendido. Al fin y al cabo, estamos en el departamento de oncología. Esta mujer trata a pacientes de cáncer de la mañana a la noche, les dice verdades terribles, lleva a cabo espantosas cirugías, observa su lucha para dejar este mundo y entrar en el siguiente. No logro imaginar por qué está tan contenta.

–Lo siento, señor Yáchmenev. –Mueve un poco la cabeza–. Tendrá que disculparme. Es que siempre me impresiona lo bien que viste usted. Los hombres de su generación parecen llevar traje constantemente, ¿no es así? Y ya no se ven muchos hombres con sombrero. Echo en falta los sombreros.

Bajo la vista hacia mi atuendo, sin saber muy bien cómo tomarme sus palabras. Así es como visto, como he vestido siempre. No me parece digno de comentario. Y no estoy seguro de que me guste la distinción entre nuestras generaciones, si bien es cierto que debo de llevarle casi cuarenta años. De hecho, la doctora Crawford tendrá más o menos la edad que tendría nuestra hija Arina. Si siguiese viva.

–Quería preguntarle por mi esposa –digo, prescindiendo de los cumplidos–. Por Zoya.

–Por supuesto –se apresura a responder, muy profesional ahora–. ¿Qué le gustaría saber?

No sé qué decir, pese a que llevo dándole vueltas a lo que quiero preguntar desde que salí del hospital ayer por la tarde. Hurgo en mi mente en busca de las palabras adecuadas, de algo que se aproxime al lenguaje.

–¿Qué tal está? –digo al fin, tres palabras que no parecen acarrear el enorme peso de la pregunta que sostienen.

–Está cómoda, señor Yáchmenev –responde con tono algo más dulce–. Pero, como usted sabe, el tumor se halla en una etapa avanzada. ¿Recuerda que le hablé de la progresión del cáncer de ovario?

Asiento con la cabeza, pero no puedo mirarla a los ojos.

¡Cómo nos aferramos a la esperanza incluso cuando sabemos que no la hay! En el transcurso de varias reuniones con Zoya y conmigo, la doctora ha hablado bastante detalladamente de los cuatro estadios de la enfermedad y sus inevitables finales. Ha hablado sobre ovarios y tumores, el útero, la trompa de Falopio, la pelvis; ha utilizado expresiones como «lavados peritoneales», «metástasis» y «nódulos linfáticos paraaórticos», que superaban mi capacidad de comprensión; sin embargo, yo he escuchado, le he hecho las preguntas apropiadas y me he esforzado en entender.

–Bueno, en este punto lo máximo que podemos hacer es controlar el dolor de Zoya el mayor tiempo posible. En realidad, responde muy bien a la medicación para una mujer de su edad.

–Siempre ha sido fuerte.

–Sí, ya lo veo. Desde luego, ha sido uno de los pacientes más decididos con que me he encontrado en mi carrera.

No me gusta ese uso del pretérito perfecto. Implica algo, o alguien, que ya pertenece al pasado. Alguien que una vez fue y ya no es.

–¿No puede volver a casa a...? –empiezo, sin deseos de acabar la frase, y alzo la vista esperanzado, pero ella niega con la cabeza.

–Moverla ahora aceleraría la progresión del cáncer. No creo que su cuerpo sobreviviera al trauma. Ya sé que esto es difícil, señor Yáchmenev, pero...

Ya no la escucho. Es una mujer agradable, una médica competente, pero no necesito oír tópicos. Salgo de su despacho poco después y voy a la habitación, donde Zoya está despierta, respirando con dificultad. Se encuentra rodeada de máquinas. Hay cables que se deslizan bajo las mangas de su camisón; tubos que se introducen como serpientes bajo la áspera colcha y no sé adónde van a parar.

–*Dusha* –digo mientras me inclino para besarle la frente, permitiendo que mis labios reposen unos instantes sobre su carne suave y delgada–. Cariño mío.

Inhalo su familiar perfume; todos mis recuerdos giran en torno a ese olor. Puedo cerrar los ojos y estar en cualquier parte. 1970. 1953. 1915.

–Georgi –susurra, e incluso pronunciar mi nombre le supone un esfuerzo.

Le indico con un gesto que reserve las energías mientras me siento a su lado y le cojo la mano. Sus dedos se cierran en torno a los míos y me sorprende que aún sea capaz de hacer acopio de tanta fuerza. Pero me reprocho ese pensamiento, pues ¿qué ser humano he conocido cuya fuerza pueda competir con la de Zoya? ¿Quién, vivo o muerto, ha soportado tanto y sin embargo ha sobrevivido? Le aprieto la mano a mi vez, confiando en ser capaz de transmitirle la poca energía que pueda quedar en mi propio cuerpo debilitado, y no nos decimos nada; sólo seguimos sentados haciéndonos mutua compañía, como hemos hecho toda la vida, felices de estar juntos, contentos con ser uno solo.

Por supuesto, no siempre he sido tan viejo y débil. Mi fuerza fue lo que me permitió alejarme de Kashin. Y lo que me llevó hasta Zoya.

El príncipe de Kashin

Fue mi hermana mayor, Asya, quien me habló por primera vez del mundo que existía más allá de Kashin.

Yo tenía sólo nueve años cuando ella abrió una brecha en mi ingenua estrechez de miras. Asya tenía once, y creo que yo estaba un poco enamorado de ella, del modo en que un hermano pequeño puede quedar embelesado por la belleza y el misterio de la hembra más cercana a él, antes de que aparezca el ansia de componente sexual y la atención se vea dirigida a otra parte.

Asya y yo siempre estuvimos unidos. Ella se peleaba constantemente con Liska, que nació un año después que ella y uno antes que yo, y toleraba apenas a la pequeña Talya, pero yo era su mascota. Me vestía, me peinaba y se ocupaba de mantenerme alejado de los peores excesos del mal genio de nuestro padre. Por suerte para ella, había heredado las preciosas facciones de nuestra madre Yulia pero no su forma de ser, y le sacaba mucho partido a su aspecto, trenzándose el cabello un día y recogiéndoselo en la nuca al siguiente, soltándose la *kosnik* para que le cayera sobre los hombros cuando le apetecía. Se frotaba las mejillas con jugo de ciruelas maduras para mejorar el cutis y llevaba el vestido por encima de los tobillos, lo que hacía que nuestro padre la mirara fijamente durante las veladas, con una mezcla de deseo y desdén que intensificaba la oscuridad de sus ojos. Las demás chicas del pueblo despreciaban a Asya por su vanidad, por supuesto, pero envidiaban su confianza en sí misma. Cuando se hizo mayor, dijeron que era una fulana, que se abría de piernas para cualquier hombre o muchacho que la deseara, pero a ella no le importaba. Se limitaba a reír ante sus insultos, haciendo que se desvanecieran como nubes de humo.

Creo que Asya debería haber vivido en un tiempo y un lugar distintos. Podría haber tenido muchísimo éxito en la vida.

–Pero ¿dónde está ese otro mundo? –le pregunté, sentados junto al fogón en un rincón de nuestra pequeña cabaña, en una zona que servía de dormitorio, cocina y sala de estar para los seis miembros de la familia.

A esa hora del día nuestros padres estarían volviendo a casa del trabajo, esperando encontrar algo de comida preparada, dispuestos a pegarnos si no la teníamos lista, y Asya estaba ocupada en revolver una olla con verduras, patatas y agua para obtener un caldo espeso que constituiría nuestra cena. Liska estaba fuera en algún sitio, haciendo travesuras, para las que tenía un talento particular. Talya, siempre la más callada, se hallaba tendida en un nido de paja, jugando con los dedos de manos y pies, observándonos pacientemente.

–Muy lejos de aquí, Georgi –contestó Asya, y metió con cautela un dedo en la espuma de la burbujeante mezcla para probarla–. Pero allí la gente no vive como aquí.

–Ah, ¿no? –pregunté, incapaz de imaginar siquiera una forma distinta de existencia–. Entonces, ¿cómo viven?

–Bueno, algunos son pobres como nosotros, claro –admitió casi con tono de disculpa, como si nuestras circunstancias fueran algo vergonzoso–. Pero muchos viven con gran esplendor. Ésas son las personas que hacen magnífico nuestro país, Georgi. Sus casas son de piedra, no de madera como la nuestra. Comen siempre que desean comer, en platos con incrustaciones de piedras preciosas. Su comida la preparan especialmente unos cocineros que se han pasado la vida aprendiendo su arte. Y las damas sólo viajan en carruaje.

–¿Carruaje? –repetí, y la miré arrugando la nariz, sin saber qué significaba esa palabra–. ¿Qué es un carruaje?

–Va tirado por caballos –explicó con un suspiro, como si mi ignorancia no tuviese otro propósito que frustrarla–. Son... Oh, ¿cómo describirlo? Imagina una cabaña con ruedas donde la gente va sentada para que la transporten con comodidad. ¿Puedes imaginar algo así, Georgi?

–No –contesté, pues la idea me pareció tan ridícula como aterradora.

Aparté la vista y sentí que el estómago empezaba a dolerme de hambre. Me pregunté si Asya me dejaría tomar un par de cucharadas del caldo antes de que llegaran nuestros padres.

–Algún día viajaré en uno de esos carruajes –añadió ella en voz baja mientras miraba fijamente el fuego y lo atizaba con un palo, confiando quizás en encontrar un pedazo de carbón o una rama que no hubiese ardido aún y que nos proporcionara unos minutos más de calor–. No pienso quedarme para siempre en Kashin.

Sacudí la cabeza, admirado. Asya era la persona más inteligente que conocía, y me parecía asombroso que supiese de la existencia de esos otros mundos y esas otras vidas. Creo que fue la sed de conocimiento de Asya lo que fomentó mi creciente fantasía y mi deseo de conocer más del mundo. Ignoraba cómo habría llegado ella a saber esas cosas, pero me entristecía pensar que algún día pudiese perderla. Me hería incluso que desease una vida más allá de la que compartíamos. Kashin era un pueblucho oscuro, mísero, fétido, malsano, sórdido y deprimente; desde luego que era así, pero hasta entonces no había pensado que hubiese un sitio mejor para vivir. Al fin y al cabo, nunca me había alejado más de un par de kilómetros de sus límites.

–No le digas esto a nadie, Georgi –pidió Asya al cabo de unos instantes, presa de la emoción, y se inclinó hacia mí como si estuviese a punto de revelar su secreto más íntimo–. Pero, cuando sea mayor, voy a ir a San Petersburgo. He decidido que viviré allí.

Lo dijo casi sin aliento, animada por unas fantasías que se abrían paso desde la soledad de sus pensamientos hacia la realidad de la palabra articulada.

–Pero no puedes hacer eso –repuse negando con la cabeza–. Allí estarás sola. En San Petersburgo no conoces a nadie.

–Al principio, quizás –admitió riendo, y se llevó una mano a la boca para reprimir su alborozo–. Pero no tardaré en conocer a un hombre rico. Un príncipe, tal vez. Y se enamorará de mí y viviremos juntos en un palacio, y tendré todos los criados que necesite y armarios llenos de preciosos vestidos. Llevaré joyas distintas todos los días: ópalos, zafiros, rubíes, brillantes, y bailaremos en el salón del trono del Palacio de Invierno, y todo el mundo me mirará de la mañana a la noche, me admirará y deseará poder hallarse en mi lugar.

Me quedé mirando a aquella muchacha irreconocible de fantásticos planes. ¿Era ésa la hermana que se acostaba por la noche junto a mí en el suelo de pino cubierto de musgo y despertaba con las huellas de las nudosas ramas en las mejillas? Apenas comprendía una sola palabra de lo que decía. Príncipes, criados, joyas. Semejantes conceptos eran por completo ajenos a mi joven mente. Y en cuanto al amor, ¿qué era, al fin y al cabo? ¿Cómo nos concernía a cualquiera de nosotros? Asya captó mi perplejidad y se echó a reír mientras me revolvía el cabello.

–¡Oh, Georgi! –exclamó, y me besó en ambas mejillas y una vez en los labios para desearme buena suerte–. No entiendes nada de lo que digo, ¿verdad?

–Sí que lo entiendo –me apresuré a asegurar, pues detestaba que me creyera un ignorante–. Por supuesto que lo entiendo.

–Has oído hablar del Palacio de Invierno, ¿verdad?

Titubeé. Quería decir que sí, pero entonces quizá no me lo explicara detalladamente, y el nombre ya contenía cierto atractivo, de modo que contesté:

–Creo que sí, pero no me acuerdo mucho. Recuérdamelo, Asya.

–El Palacio de Invierno es donde vive el zar. Con la zarina, claro, y la familia imperial. Sabes quiénes son, ¿no?

–Sí, sí –respondí, pues el nombre de su majestad y los de su familia se invocaban antes de cada comida, cuando ofrecíamos una plegaria por su salud, generosidad y sabiduría constantes. A menudo las oraciones duraban más que la comida–. No soy tonto.

–Bueno, entonces deberías saber dónde tiene su casa el zar. O una de ellas al menos. Tiene muchas residencias. Zárskoie Seló. Livadia. El *Standart*.

Arqueé una ceja, y entonces fui yo quien rió. La idea de tener más de una casa me parecía ridícula. ¿Para qué iba a necesitar alguien algo así? Por supuesto, sabía que el mismísimo Dios había designado al zar Nicolás para su glorioso cargo, que su poder y su autocracia eran infinitos y absolutos, pero ¿poseía además cualidades mágicas? ¿Podía acaso estar en más de un sitio al mismo tiempo? La idea resultaba absurda y sin embargo sonaba posible. Al fin y al cabo, era el zar. Podía ser cualquier cosa. Podía hacer cualquier cosa. Era un dios, tanto como el propio Dios.

–¿Me llevarás contigo a San Petersburgo? –le pregunté al cabo de un momento, casi en susurros, como si temiera que pudiese negarme tan supremo honor–. Cuando te vayas, Asya, no me dejarás aquí, ¿verdad?

–Podría intentarlo –concedió magnánimamente, pensativa–. O quizá podrías venir a visitarnos una vez que el príncipe y yo estemos instalados en nuestro nuevo hogar. Podrás tener un ala entera del palacio para ti solo y varios mayordomos que te asistan. Y tendré hijos, por supuesto. Muchos niños y niñas preciosos. Tú serás su tío Georgi. ¿Te gustaría?

–Desde luego que sí –repuse, aunque empezaba a sentir celos ante la idea de compartir a mi hermosa hermana con alguien, incluso con un príncipe de sangre real.

–Algún día... –concluyó ella con un suspiro, y miró el fuego como si viese estampas de su futuro parpadeando y cobrando vida con las llamas.

Claro que en aquella época sólo era una niña. Me pregunto si detestaba Kashin o sólo anhelaba una vida mejor.

Me entristece recordar aquella conversación después de tantísimo tiempo. Me duele el corazón al pensar que Asya jamás vio realizadas sus ambiciones. Pues no fue mi hermana quien se abrió paso hasta San Petersburgo y el Palacio de Invierno. No fue ella quien conoció la sensación de hallarse rodeado del poder seductor de la riqueza y el lujo.

Fui yo. El pequeño Georgi.

Mi amigo más íntimo durante la adolescencia fue un chico llamado Kolek Boriávich Tanksi, cuya familia llevaba viviendo en Kashin tantas generaciones como la mía. Ambos teníamos muchas cosas en común. Habíamos nacido con sólo unas semanas de diferencia, a finales de la primavera de 1899. Pasamos la infancia jugando juntos en el barro, explorando cada rincón de nuestro pequeño pueblo, culpándonos mutuamente cuando nuestras aventuras salían mal. Ambos teníamos solamente hermanas. Mi bendición, desde luego, era que tenía tres, mientras que la maldición de Kolek era que tenía el doble.

Y los dos temíamos a nuestro padre.

Mi padre, Danil Vládiavich, y el suyo, Borís Alexándrovich, se conocían de toda la vida, y es probable que hubieran pasado gran parte de la infancia juntos, como sus hijos treinta años después. Los dos eran hombres apasionados, rebosantes de admiración y odio, pero sus opiniones políticas divergían considerablemente.

Para Danil, su país significaba muchísimo. Era patriota hasta la ceguera: creía que al hombre le otorgaban la vida con el solo propósito de obedecer los mandatos del mensajero de Dios en la Tierra: el zar de Rusia. Sin embargo, su odio y su resentimiento hacia mí, su único hijo varón, eran tan incomprensibles como perturbadores. Desde el momento que nací, me trató con desprecio. Un día era demasiado bajo; al siguiente, demasiado débil, y al otro, demasiado tímido o estúpido. El deseo de reproducirse estaba en la naturaleza del peón de granja, de modo que es un misterio que mi padre me considerase una decepción después de haber engendrado dos niñas. Pero así era. Como yo no conocía otra cosa, podría haber crecido creyendo que así se cultivaban todas las relaciones entre padres e hijos varones, de no ser por el otro ejemplo que tenía ante mí.

Borís Alexándrovich quería muchísimo a su hijo y lo consideraba el príncipe del pueblo, lo que significa, supongo, que él se creía el rey. Alababa constantemente a Kolek, lo llevaba consigo a todas partes y nunca lo excluía de las conversaciones adultas, como hacían otros padres. Pero, a diferencia de Danil, tenía la obsesión de criticar a Rusia y sus gobernantes, convencido de que su pobreza y lo que él veía como su fracaso en la vida eran resultado por entero de los autócratas cuyos antojos dictaban nuestra vida.

–Algún día las cosas cambiarán en este país –le aseguró a mi padre, como siempre que tenía ocasión–. ¿No lo hueles en el aire, Danil Vládiavich? Los rusos no soportarán verse gobernados por esa familia durante tanto tiempo. Debemos asumir el control de nuestro propio destino.

–Siempre el revolucionario Borís Alexándrovich –contestó mi padre negando con la cabeza y riendo, todo un lujo que inspiraban tan sólo las radicales declaraciones de su amigo–. Has pasado toda tu vida aquí, en Kashin, labrando campos, comiendo *kasha* y bebiendo *kvas*, y sigues con la cabeza llena de esas ideas. Nunca vas a cambiar, ¿eh?

–Y tú te has pasado la vida satisfecho con ser un *mujik* –repuso Borís, enfadado–. Sí, labramos la tierra y con ello nos ganamos honradamente la vida, pero ¿acaso no somos hombres como el zar? Dime, ¿por qué ha de ser él propietario de todo? ¿Por qué ha de tener derecho a todo, cuando nosotros vivimos en semejante pobreza, en la miseria? Todavía rezas por él todas las noches, ¿no es así?

–Por supuesto que sí –respondió mi padre ya un poco irritado, pues detestaba enzarzarse en cualquier conversación en que se criticara al zar. Lo habían criado con un sentido innato de la servidumbre y éste le corría por las venas con tanta libertad como la sangre–. El destino de Rusia está inextricablemente ligado al del zar. Piensa hasta cuándo se remonta esta dinastía de gobernantes. ¡Hasta el zar Miguel! Son más de trescientos años, Borís.

–¡Trescientos años de Romanov son trescientos años que sobran! –bramó su amigo; tosió y escupió una flema a sus pies, sin vergüenza alguna–. Y dime una cosa, ¿qué nos han dado en todo este tiempo? ¿Algo de valor? Me parece que no. Algún día... algún día, Danil... –Se interrumpió, titubeando.

Borís Alexándrovich podía ser tan radical y revolucionario como quisiera, pero continuar habría supuesto una herejía, y quizá la pena de muerte.

Aun así, no había un solo hombre en nuestro pueblo que no conociera las palabras que habrían seguido. Y muchos estaban de acuerdo con él.

Kolek Boriávich y yo, por supuesto, nunca hablábamos de política. Esas cuestiones no significaban nada para nosotros cuando éramos pequeños. Mientras crecíamos, nos dedicábamos a juegos propios de niños, nos metíamos en líos propios de niños, y reíamos y nos peleábamos, pero estábamos juntos tan a menudo que cualquier forastero de paso en el pueblo nos habría tomado por hermanos, de no ser por las diferencias en nuestro aspecto físico.

De niño, yo era menudo y tenía la desgracia de lucir una mata de rizos dorados, un hecho que quizá fuese la causa del desprecio de mi padre. Él había deseado un varón que llevara su apellido, y yo no parecía la clase de chico capaz de lograr semejante propósito. A los seis años, era un palmo más bajo que todos mis amigos, con lo que me gané el apodo de Pasha, que significa «el pequeño». A causa de mis bucles rubios, mis hermanas mayores decían que era el miembro más guapo de la familia y me engalanaban con las cintas y adornos que lograban encontrar, lo que provocaba que mi padre les gritara presa de la furia y me arrancara las coronas de la cabeza, llevándose con frecuencia puñados de pelo en el proceso. Y pese a lo frugal de nuestra dieta, yo tenía tendencia a aumentar de peso, hecho que Danil consideraba una afrenta personal.

Kolek, en cambio, siempre fue alto para su edad, esbelto, fuerte y guapo en un sentido muy varonil. A los diez años, las chicas del pueblo lo miraban con admiración, preguntándose cómo se desarrollaría en unos años, cuando se hiciese un hombre. Las madres competían por la atención de la suya, una criatura tímida llamada Anje Petróvna, pues tenían la sensación de que algún día Kolek sería un gran hombre que traería la gloria a nuestro pueblo, y era su ferviente deseo que una de sus hijas acabara por ser conducida a su lecho en calidad de esposa.

Kolek disfrutaba con tanta atención, por supuesto. Era consciente de las miradas que le dirigían y la admiración que despertaba, pero él también se había enamorado, nada menos que de mi hermana Asya. Ella era la única persona que lo hacía sonrojarse y perder confianza en sus comentarios. Pero, para su vergüenza, era también la única chica del pueblo que parecía por completo inmune a sus encantos, cosa que aún alimentaba más su deseo. Todos los días merodeaba en torno a nuestra isba, buscando oportunidades para impresionarla, decidido a atravesar su férreo exterior y lograr que lo amase como todas las demás.

–El joven Kolek Boriávich está enamorado de ti –le comentó nuestra madre una noche a mi hermana mayor mientras preparaba otra miserable cazuela de *shchi*, una especie de sopa de repollo casi imposible de digerir–. No puede mirarte, ¿te has dado cuenta?

–No puede mirarme, y eso significa que le gusto –repuso Asya como quien no quiere la cosa, sacudiéndose el interés de Kolek como si fuera algo desagradable que se le hubiese pegado a la ropa–. Es una lógica muy curiosa, ¿no te parece?

–Se muestra tímido cuando tú estás presente, eso es todo. Y es un chico muy guapo. Algún día se convertirá en el digno esposo de una chica afortunada.

–Quizá. Pero no seré yo.

Cuando la interrogué al respecto un rato después, pareció casi ofendida porque alguien hubiese creído que Kolek era suficientemente bueno para ella.

–Tiene dos años menos que yo, para empezar –explicó exasperada–. No me interesa un niño como esposo. Además, no me gusta. No soporto ese aire que se da de tener derecho a todo. Como si el mundo sólo existiera para su beneficio. Lo ha tenido toda la vida, y todos en este pueblo son responsables de que así sea. Y encima es un cobarde. Su padre es un monstruo..., eso lo has notado, ¿no, Georgi? Un hombre horrible. Sin embargo, todo lo que hace tu pequeño Kolek no tiene otro propósito que impresionarlo. Nunca he visto a un chico tan sometido a su padre. Da asco verlo.

No supe cómo responder a semejante letanía de desprecio. Como todos los demás, yo pensaba que Kolek Boriávich era el mejor chico del pueblo, y que me hubiese elegido como su amigo íntimo me complacía secretamente. Quizá fue la diferencia en nuestro aspecto lo que permitió que nuestra relación prosperara, el hecho de que yo fuera el subordinado bajo, gordo y de rizos dorados, junto al héroe alto, esbelto y de cabello oscuro: mi patética proximidad lo volvía más glorioso aún de lo que realmente era. Y eso, a su vez, hacía que su padre se sintiera aún más orgulloso de él. En ese sentido, sé que Asya tenía razón. Todo lo que Kolek hacía era para impresionar a su padre. Y yo me preguntaba qué tendría eso de malo. Al menos Borís Alexándrovich se enorgullecía de su hijo.

Pero al final me cansé de ser Pasha y quise volver a ser Georgi. Más o menos cuando cumplí catorce años, los cambios en mi aspecto, de niño a joven, fueron por fin visibles de forma repentina e inesperada, y contribuí a ellos con el ejercicio y la actividad. Al cabo de unos meses había crecido de forma considerable y pasaba del metro ochenta. La pesadez que padecía durante la infancia abandonó mis huesos cuando empecé a correr varios kilómetros todos los días alrededor del pueblo y a despertar temprano para nadar durante una hora en las gélidas aguas del río Kashinka, que corría allí cerca. Mi cuerpo se tonificó, los músculos de mi vientre se tornaron más definidos. Mis rizos comenzaron a alisarse y el cabello se me oscureció un poco, del tono brillante del sol al color de la arena mojada. En 1915, cuando tenía dieciséis años, podía plantarme junto a Kolek y no sentirme avergonzado ante la comparación. Seguía siendo el más bajo de los dos, sí, pero la diferencia entre ambos había disminuido.

Y había chicas a las que yo gustaba, lo sabía. No tantas como las que suspiraban por mi amigo, eso es cierto, pero aun así no me faltaba popularidad.

Y todo ese tiempo, Asya negaba con la cabeza y me decía que no debería aspirar a ser como Kolek, pues éste nunca se convertiría en el gran hombre que la gente esperaba, y que tarde o temprano el joven príncipe no traería el honor a Kashin, sino la vergüenza.

Fue Borís Alexándrovich quien nos comunicó la noticia que iba a cambiar mi vida.

Kolek y yo estábamos al borde de un campo cerca de la cabaña de mi familia, desnudos de cintura para arriba en una gélida mañana de primavera, riendo mientras cortábamos leña, haciendo lo posible por impresionar a las chicas que pasaban. Teníamos dieciséis años y éramos fuertes y guapos, y si bien algunas no nos hacían caso, otras nos dirigían sonrisas burlonas y nos observaban al levantar el hacha antes de dejarla caer en el centro de los troncos para partirlos en dos, despidiendo una lluvia de astillas como fuegos artificiales. Un par de ellas fueron lo bastante coquetas para hacer la clase de comentario que animaba a Kolek, pero yo aún no tenía la seguridad suficiente para implicarme en semejantes bromas y me sentí cohibido.

Mi padre salió de nuestra isba y se quedó mirándonos unos instantes con una leve mueca de desagrado, sacudiendo la cabeza.

–Malditos idiotas –espetó, irritado por nuestra juventud y condición física–. Vais a pillar una neumonía. ¿O acaso creéis que los jóvenes no pueden morir?

–Yo estoy hecho un fortachón, Danil Vládiavich –respondió Kolek, guiñándole un ojo y levantando una vez más los musculosos brazos para que todos vieran bien sus bíceps. El hacha brilló en el aire, el limpio acero reflejó la luz un instante, y ante mis ojos bailaron puntitos negros y dorados; cuando parpadeé, pareció que un halo de magnificencia se hubiese materializado de pronto en torno a mi amigo–. ¿No lo ves?

–Es posible que tú sí, Kolek Boriávich –dijo mi padre mirándome con ceño, como si deseara que su hijo hubiese sido Kolek y no yo–. Pero Georgi sigue demasiado tu ejemplo y carece de tu fuerza. ¿Te ocuparás de él cuando esté temblando en la cama, sudando como un caballo y llamando a gritos a su madre?

Kolek me miró sonriendo, encantado con aquel insulto, pero yo no dije nada y continué con mi trabajo. Unos niños pasaron corriendo y soltaron risitas al vernos, divertidos por nuestra falta de decoro, pero entonces repararon en mi padre, con su cabeza deforme y su reputación de irascible, y sus sonrisas se desvanecieron mientras se alejaban a toda prisa.

–¿Vas a quedarte ahí plantado mirándonos toda la mañana o tienes algo que hacer? –le espeté al fin, al ver que no mostraba indicios de dejarnos proseguir con la tarea y la charla.

Era insólito que le hablase así. Solía dirigirme a él con cierto respeto, no por temor sino porque no deseaba enzarzarme en discusiones. Sin embargo, en esa ocasión mis desafiantes palabras iban más destinadas a impresionar a Kolek con mi fortaleza que a ofender a mi padre con mi insolencia.

–Si no te callas, Pasha, te arrancaré esa hacha de las manos y te partiré en dos –replicó él, dando un paso hacia mí y empleando el diminutivo con que sabía que me ponía en mi sitio.

Me negué a ceder sólo por un instante y al cabo retrocedí un poco y agaché la cabeza. Mi padre ejercía cierto poder sobre mí, un poder que yo no acababa de entender pero con el que conseguía intimidarme y devolverme a la obediencia infantil con una sola palabra.

–Mi hijo es un cobarde, Kolek Boriávich –afirmó él entonces, encantado con su triunfo–. Eso pasa cuando uno se cría en una familia de mujeres. Se vuelve como ellas.

–Pero a mí también me han criado en una familia así –protestó Kolek, clavando el hacha en la leña–. ¿Me crees también un cobarde, Danil Vládiavich?

Mi padre abrió la boca para contestar, pero en ese momento

Borís Alexándrovich dobló por la esquina y se dirigió a nosotros resueltamente, con el rostro arrebolado y furioso, con el aliento transformándose en vaho en el frío matinal. Se detuvo al vernos a los tres juntos, sacudió la cabeza y levantó los brazos al cielo lleno de indignación, con tanto dramatismo que tuve que morderme el labio para no echarme a reír y ofenderlo.

–¡Es una vergüenza! –bramó, con tal agresividad que por un momento nadie dijo nada; nos quedamos mirándolo, deseosos de conocer el origen de su disgusto–. Una absoluta vergüenza. ¡Que haya vivido para ser testigo de un momento así! Supongo que te has enterado de la noticia, ¿no, Danil Vládiavich?

–¿Qué noticia? ¿Qué ha ocurrido?

–Si fuera más joven... –Blandió un dedo en el aire como un maestro reprendiendo a unos colegiales perezosos–. Óyeme bien: si fuera más joven y estuviese en posesión de todas mis facultades...

–Borís –lo interrumpió Danil; parecía casi divertido ante la furia de su amigo–. Diría que esta mañana estás dispuesto a matar a alguien.

–¡No hagas bromas al respecto, amigo mío!

–¿Bromas? ¿Qué bromas? Ni siquiera sé qué te provoca tanta ira.

–Padre –dijo Kolek, y fue hacia él con tanta preocupación en el rostro que pensé que iba a abrazarlo.

Ese claro afecto entre padre e hijo constituía una continua fuente de fascinación para mí. Como yo nunca había experimentado semejante calidez, me producía curiosidad observarla en los demás.

–Un mercader que conozco –explicó por fin Borís, atascándose por la ansiedad y la ira–, un hombre virtuoso, un hombre que nunca miente o engaña, ha estado esta mañana en el pueblo y...

–¡Yo lo he visto! –exclamé alegremente. Era bastante raro ver un forastero en Kashin, pero un desconocido había pasado ante nuestra cabaña vestido con un abrigo del más fino pelo de cabra sólo una hora antes; yo me fijé en él y le di los buenos días, pero él ni me contestó–. Ha pasado por aquí no hace ni una hora y...

–Cierra el pico, chico –me espetó mi padre, irritado por que tuviese algo que decir–. Deja hablar a tus mayores.

–Conozco a ese hombre desde hace años –continuó Borís, sin

prestarnos atención–, y sería difícil encontrar a alguien más sincero. Anoche cruzó Kalyazin, y por lo visto uno de los monstruos se dirige hacia aquí de camino a San Petersburgo. Y esta tarde ¡va a pasar por Kashin! ¡Por nuestro pueblo! –añadió escupiendo casi las palabras, tan insultado se sentía–. Y, por supuesto, exigirá que salgamos todos de nuestras cabañas y le hagamos reverencias, adorándolo, como hicieron los judíos cuando Jesús entró en Jerusalén en un asno. Una semana después lo crucificaron.

–¿Qué monstruos? –quiso saber Danil, sacudiendo la cabeza, confuso–. ¿A quién te refieres?

–A un Romanov –anunció Borís, que nos observó en busca de una reacción–. Nada menos que el gran duque Nicolás Nikoláievich –añadió, y para ser un hombre que tenía en tan poca estima a la familia imperial, pronunció el regio nombre como si cada sílaba fuese una preciada joya que debía manejarse con cuidado y consideración, no fuera su gloria a quebrarse y perderse.

–Nicolás el Alto –apostilló Kolek en voz baja.

–El mismísimo.

–¿Por qué «el Alto»? –pregunté frunciendo el entrecejo.

–Para distinguirlo de su primo –contestó Borís Alexándrovich–. Nicolás el Bajo. El zar Nicolás II. El torturador del pueblo ruso.

Se me pusieron los ojos como platos de la sorpresa.

–¿El primo del zar va a pasar por Kashin?

No me habría asombrado más si mi padre me hubiese estrechado entre sus brazos para alabar a su hijo y heredero.

–No te muestres tan impresionado, Pasha –dijo Borís Alexándrovich, insultándome por no compartir su rabia–. ¿No sabes acaso quién es esa gente? Además, ¿qué han hecho por nosotros aparte de...?

–Borís, por favor –interrumpió mi padre con un profundo suspiro–. Hoy no. Seguro que tus ideas políticas pueden esperar a otro momento. Éste es un gran honor para nuestro pueblo.

–¿Un honor? –repitió riendo–. ¡Un honor, dices! Esos Romanov son los causantes de nuestra pobreza, ¿y te parece un privilegio que uno de ellos decida usar nuestras calles para que su caballo beba y cague? ¡Un honor! Danil Vládiavich, te deshonras con semejante palabra. ¡Mira! ¡Mira a tu alrededor!

Nos giramos en la dirección que señalaba: la mayoría de los lugareños corría hacia sus cabañas. Sin duda habían oído la noticia del ilustre visitante e iban a prepararse como mejor pudieran. Se lavarían la cara y las manos, claro, pues no podían presentarse ante un príncipe de sangre real con churretes de barro en las mejillas. Y atarían unas cuantas flores para tejer una corona que arrojar a los pies del caballo del gran duque.

–El abuelo de ese hombre fue uno de los peores zares que ha habido nunca –criticó Borís, con el rostro cada vez más rojo de ira–. De no haber sido por Nicolás I, los rusos ni siquiera habrían oído hablar del concepto de autocracia. Fue él quien insistió en que cada hombre, mujer y niño del país creyera en su ilimitada autoridad sobre todas las cuestiones. Se consideraba nuestro salvador, pero ¿acaso te sientes salvado, Danil Vládiavich? ¿Y tú, Georgi Danílovich? ¿O más bien sentís frío y hambre y deseos de ser libres?

–Ve adentro y arréglate –ordenó mi padre señalándome con el dedo, sin escuchar a su amigo–. No me deshonrarás apareciendo casi desnudo ante un hombre tan insigne.

–Sí, padre –repuse, inclinándome rápidamente ante su propia autocracia, y entré corriendo en busca de un blusón limpio.

Mientras hurgaba en el montón de prendas raídas que constituía todo mi guardarropa, oí más voces airadas en el exterior, seguidas por la de mi amigo Kolek, que le decía a su padre que ellos también deberían ir a casa a prepararse, que gritar en la calle no le servía de nada a nadie, ya fuera partidario del régimen o radical.

–Si fuera un poco más joven... –le oí decir a Borís Alexándrovich cuando se alejaba–. Óyeme bien, hijo mío; si fuese más...

–Yo soy más joven –respondió Kolek, y en ese momento no di importancia a sus palabras, ninguna en absoluto. Sólo después las recordé y me maldije por mi estupidez.

Poco después, los primeros guardias aparecieron en el horizonte y se dirigieron hacia Kashin. Aunque los *mujiks* corrientes como nosotros sólo conocían los nombres de los zares y sus hijos, el gran duque Nicolás Nikoláievich, primo hermano del zar, era famoso en toda Rusia por sus hazañas militares. Desde luego, no era un hombre querido. Los hombres como él nunca lo son. Pero era objeto de reverencia y tenía una temible reputación. Se rumoreaba que durante la revolución de 1905 había blandido un revólver ante el zar y amenazado con volarse la tapa de los sesos si su primo no permitía la creación de una Constitución rusa, y muchos lo admiraban por ello. Pero semejante valentía no les importaba a los más proclives a las ideas radicales; veían tan sólo un título, un opresor y una persona merecedora de desprecio.

Sin embargo, la idea de que el gran duque se acercaba bastó para provocarme un escalofrío de emoción y temor. No recordaba una expectación como aquélla en Kashin. Mientras los jinetes se aproximaban, casi todos los del pueblo barrieron la calle ante su isba, despejando el camino a los caballos del ilustre visitante.

–¿Quién crees que lo acompañará? –me preguntó Asya mientras esperábamos ante el umbral, una familia reunida para saludar y proferir vítores. Se había aplicado incluso más colorete del habitual y llevaba el vestido recogido hasta las rodillas, mostrando las piernas–. ¿Algunos jóvenes príncipes de San Petersburgo, quizá?

–El gran duque no tiene hijos para ti –respondí con una sonrisa–. Tendrás que ampliar tu búsqueda.

–Pero a lo mejor él sí se fija en mí –replicó encogiéndose de hombros.

–¡Asya! –exclamé, horrorizado y divertido a la vez–. Es un viejo. Tendrá cerca de sesenta años, por lo menos. Y está casado. No puedes pensar que...

–Sólo estoy bromeando, Georgi –respondió entre risas, y me propinó una juguetona palmada en el hombro, aunque no quedé convencido de que hablase en broma–. Aun así, seguro que hay algún joven soldado disponible en su séquito. Si alguno se interesara en mí... ¡Oh, no pongas esa cara de escandalizado! Ya te he dicho que no pienso pasarme la vida en este mísero lugar. Al fin y al cabo, tengo dieciocho años. Ya va siendo hora de que encuentre marido, antes de que me vuelva demasiado vieja y fea para casarme.

–¿Y qué pasa con Ilya Goriavich?

Me refería al joven con quien Asya pasaba gran parte del tiempo. Como mi amigo Kolek, el pobre Ilya estaba locamente enamorado de mi hermana, quien le brindaba cierto afecto a cambio, seguramente para que creyera que, con el tiempo, llegaría a entregarse a él. Ilya me daba lástima por su estupidez. Yo sabía que no era más que un juguete para mi hermana, una marioneta cuyos hilos controlaba Asya para mitigar el aburrimiento. Algún día dejaría de lado a su muñeco, eso estaba claro. Aparecería un juguete mejor; un juguete de San Petersburgo, quizá.

–Ilya Goriavich es un muchacho dulce –contestó sin demasiado interés, encogiéndose de hombros–. Pero me parece que, a sus veintiún años, ya es todo lo que va a ser en la vida. Y no estoy segura de que sea suficiente.

Advertí que iba a hacer algún comentario innecesariamente desdeñoso sobre aquel zoquete de buen corazón, pero los soldados se acercaban más y más, y entonces distinguimos a los oficiales de vanguardia, encumbrados en sus monturas, desfilando con lentitud, resplandecientes con sus guerreras negras de doble botonadura, pantalones grises y pesados gabanes oscuros. Me fijé en los *shapkas* de piel que llevaban en la cabeza, intrigado por la profunda V de la parte frontal, justo encima de los ojos, y fantaseé sobre lo maravilloso que sería formar parte de sus filas. No se inmutaban por los ruidosos vítores de los campesinos que los flanqueaban, bendiciendo al zar a voz en cuello y arrojando coronas de flores ante los cascos de los caballos. Al fin y al cabo, no esperaban menos de nosotros.

A Kashin llegaban pocas noticias de la guerra, pero de vez en cuando aparecía un mercader de paso con información sobre los éxitos o fracasos militares. A veces llegaba un panfleto a casa de un vecino, enviado por un pariente con buenas intenciones, y todos podíamos leerlo por turnos para seguir el avance de las tropas en nuestra imaginación. Varios jóvenes del pueblo se habían marchado ya con destino al ejército: algunos habían muerto, otros estaban desaparecidos, mientras que otros seguían en activo. Se esperaba que, al cumplir diecisiete años, a los chicos como Kolek y yo nos reclutaran para alguna unidad militar, llamados a traer la gloria a nuestro pueblo.

No obstante, todos conocíamos bien las enormes responsabilidades del gran duque Nicolás Nikoláievich.

El zar lo había nombrado comandante supremo de todas las fuerzas rusas para librar una guerra en tres frentes: contra el Imperio austrohúngaro, contra el káiser alemán y contra los turcos. Según se decía, hasta el momento no había logrado demasiado éxito en ninguna de esas campañas, pero seguía cosechando la admiración y la absoluta lealtad de los soldados a su mando, admiración y lealtad que a su vez se transmitían a todos los pueblos campesinos de Rusia. Lo considerábamos uno de los hombres más excelsos, nombrado para su cargo por un dios benevolente que nos enviaba líderes como él para velar por nosotros, los simples e ignorantes.

Los vítores subieron de tono cuando los soldados empezaron a pasar ante la gente, y entonces, aproximándose como una gloriosa deidad, en el centro de la multitud vislumbré un magnífico caballo de batalla blanco y, a lomos de él, un hombre gigantesco con uniforme militar y bigote encerado con una fina punta en cada extremo del labio superior. Miraba al frente con rigidez, pero de vez en cuando levantaba la mano izquierda para ofrecer un regio saludo a la muchedumbre congregada.

Cuando los caballos desfilaron ante mí, descubrí a nuestro revolucionario vecino Borís Alexándrovich entre la gente al otro lado de la calle, y me sorprendió verlo allí, pues si había un hombre del que pensaba que se negaría a rendir tributo al gran general, era él.

–Mira –le dije a Asya, tocándole el hombro y señalando–. Ahí. Borís Alexándrovich. ¿Dónde están ahora sus admirables principios? Está tan deslumbrado con el gran duque como cualquiera de nosotros.

–Pero ¡qué guapos son los soldados! –exclamó ella sin prestarme atención, jugueteando con sus rizos mientras estudiaba a cada hombre que pasaba–. ¿Cómo crees tú que pueden luchar en la batalla y mantener tan inmaculados sus uniformes?

–Y ahí está Kolek –añadí, al ver que mi amigo se abría paso hasta el frente de la multitud con una mezcla de emoción y ansiedad en la cara–. ¡Kolek! –lo llamé gesticulando, pero él no me vio o no me oyó entre el estruendo de los jinetes y los gritos de los lugareños.

En otra ocasión no le habría dado importancia a una cosa así, pero exhibía una expresión que me confundió, una expresión de suma inquietud que nunca había visto en aquel muchacho tan sereno. Se adelantó un poco y miró alrededor, hasta que se hubo asegurado de que su padre, el hombre cuya aprobación significaba para él más que cualquier cosa en el mundo, estaba entre el público, y cuando tuvo la certeza de que Borís Alexándrovich lo observaba, clavó la mirada en el gran duque que se acercaba sobre el caballo blanco.

Nicolás Nikoláievich estaría a unos siete u ocho metros de distancia, no más, cuando vi que la mano izquierda de Kolek hurgaba dentro de su túnica y permanecía allí unos instantes, temblando ligeramente.

Estaba a cinco metros cuando vi que la empuñadura de una pistola emergía despacio de su escondrijo; la mano de mi amigo la aferraba muy tensa, con un dedo sobre el gatillo.

Estaba a tres metros cuando Kolek sacó la pistola, sin que nadie lo viera excepto yo, y le quitó el seguro.

El gran duque se hallaba a menos de dos metros cuando grité el nombre de mi amigo.

–¡Kolek! ¡No!

Y me colé en un hueco entre los jinetes que pasaban para cruzar corriendo la calle, mientras los soldados, alertados, se giraban hacia mí para ver qué sucedía. Mi amigo me vio entonces y tragó saliva con nerviosismo antes de levantar la pistola y apuntar a Nicolás Nikoláievich, que ahora estaba ante él y por fin se había dignado volver la cabeza para mirar al joven de su izquierda. Debió de vislumbrar el destello del acero, pero no tuvo tiempo de sacar su propia arma o espolear al caballo para huir, porque la pistola se disparó casi de inmediato con un fuerte estruendo, enviando su mortífera carga en dirección al primo y más íntimo confidente del zar, en el preciso instante en que yo, sin considerar las consecuencias de semejante acto, daba un salto delante de ella.

Hubo un repentino destello de fuego, un dolor intenso y gritos de la multitud. Al caer, di por sentado que los cascos de los caballos me destrozarían el cráneo, y un dolor indescriptible me desgarró el hombro: la sensación de que alguien había calentado en el horno una barra de hierro durante una hora para luego hundirla en mi carne inocente. Aterricé duramente en el suelo, experimentando una súbita sensación de paz y tranquilidad antes de que la tarde se volviese oscura ante mis ojos, los ruidos se amortiguaran y la multitud pareciera desvanecerse en una densa bruma, y sólo quedó una vocecita que me susurraba al oído: «¡Duerme, Pasha!», y la obedecí.

Cerré los ojos y me quedé solo en medio de una oscuridad vacía y soporífera.

El primer rostro que vi al despertar fue el de mi madre. Yulia Vladímirovna me apretaba un trapo húmedo contra la frente y me miraba con una mezcla de irritación y alarma. La mano le temblaba un poco y parecía tan nerviosa al ofrecerme su cuidado maternal como yo me sentía al recibirlo. Asya y Liska susurraban en un rincón mientras la pequeña Talya me observaba con expresión fría y desinteresada. Yo no me sentía parte de tan inusual retablo y me limité a mirarlas a mi vez, sin saber muy bien qué había sucedido para inspirar semejante despliegue de emoción, hasta que un súbito estallido de dolor en el hombro izquierdo me hizo esbozar una mueca. Solté un grito angustiado al tocármelo para aliviar la presión en la zona herida.

–Ten cuidado –dijo una voz sonora y profunda detrás de mi madre.

En cuanto ella la oyó, dio un visible respingo y su expresión mostró una ansiedad atemorizada. Nunca la había visto tan intimidada ante nadie, y al principio pensé que se trataba de mi padre, que le ordenaba que le dejara sitio, pero no era su voz. Yo veía un poco borroso y parpadeé varias veces hasta que la bruma empezó a disiparse y logré ver con claridad.

No era mi padre quien se hallaba ante mí; Danil estaba al fondo de la cabaña, observándome con una media sonrisa que revelaba sus confusas emociones de orgullo y hostilidad. No; la voz pertenecía al comandante supremo de las fuerzas militares rusas, el gran duque Nicolás Nikoláievich.

–No intentes moverte –me dijo, y se inclinó sobre mí para examinarme el hombro con los ojos entornados–. Estás herido, pero has tenido suerte. La bala ha pasado a través del hombro, pero sin tocar las arterias o la vena. Ha salido limpiamente por el otro lado, por fortuna. Un poco más a la derecha, y habrías perdido la movilidad del brazo o podrías haber muerto desangrado. Seguirás sintiendo dolor unos días, pero no habrá daños irreversibles. Una pequeña cicatriz, quizá.

Tragué saliva –tenía la boca tan seca que la lengua se me pegaba al paladar– y le pedí a mi madre algo de beber. Ella no se movió; se quedó plantada con la boca abierta, como si estuviera demasiado aterrorizada para participar en la escena que se desarrollaba ante sus ojos, y fue el gran duque quien tuvo que llenar la petaca que llevaba al cinto y tendérmela. Casi me intimidó la delicadeza de la piel al beber de ella, en particular cuando advertí el sello imperial de los Romanov bordado en hilo de oro en la cubierta, pero tenía tantísima sed que mi vacilación no duró mucho y tragué con avidez. La sensación del agua helada al abrirse paso hasta mis entrañas contribuyó a aliviar unos instantes el dolor del hombro.

–¿Sabes quién soy? –preguntó el gran duque irguiéndose, llenando la habitación con su imponente figura.

Medía cerca de dos metros y tenía un cuerpo robusto y musculoso. Era guapo y magnífico. Y con su extraordinario bigote resultaba aún más digno y majestuoso. Tragué saliva y asentí con rapidez.

–Sí –repuse con un hilo de voz.

–¿Sabes quién soy? –repitió más alto, de modo que pensé que había metido la pata.

–Sí –volví a decir, ahora en tono normal–. El gran duque Nicolás Nikoláievich, comandante del ejército y primo de su majestad imperial el zar Nicolás II.

El duque sonrió y su cuerpo se estremeció levemente al soltar una breve risa.

–Sí, sí –repuso, desdeñando la grandiosidad de mi respuesta–. Bien, ya veo que no le ocurre nada malo a tu memoria, muchacho. Y si funciona tan bien, ¿recuerdas qué te ha ocurrido?

Me incorporé un poco, soportando el dolor lacerante que me recorrió el costado izquierdo del hombro al codo, y contemplé mi cuerpo. Estaba tendido en la pequeña hamaca que me servía de lecho, con los pantalones puestos pero sin zapatos, y me avergonzó ver la capa de mugre del suelo de la cabaña que se me había pegado a los pies. Mi blusón limpio, el que me había puesto especialmente para el desfile del gran duque, estaba hecho un ovillo a mi lado, y ya no era blanco sino de una malévola mezcla de negro y rojo oscuro. No llevaba camisa y tenía el torso manchado de sangre de la herida, que me habían envuelto en prietos vendajes. Lo primero que se me ocurrió fue preguntarme de dónde habrían salido esas vendas, pero entonces me acordé de los soldados que habían desfilado por nuestro pueblo y supuse que uno de ellos me había curado con sus propios pertrechos.

Y eso me llevó a recordar de pronto los acontecimientos de la tarde.

El desfile. El caballo blanco de batalla. El gran duque montado en él.

Y nuestro vecino Borís Alexándrovich. Su hijo, mi mejor amigo, Kolek Boriávich.

La pistola.

–¡Un arma! –exclamé de repente, irguiéndome, como si aquello volviese a suceder ante mis ojos–. ¡Tiene un arma!

–Tranquilo, muchacho –dijo el gran duque mientras me daba palmaditas en el hombro sano–. Ya no hay ningún arma. Has llevado a cabo un acto magnífico, si puedes recordarlo.

–No... no estoy seguro.

Me esforcé en recordar qué habría hecho para ganarme semejante cumplido.

–Mi hijo siempre ha sido muy valiente, señor –intervino Danil, que se acercó desde el fondo de la cabaña–. Habría dado su vida por la suya sin vacilar.

–Ha habido un intento de asesinato –explicó Nicolás Nikoláievich mirándome, sin hacer caso de mi padre–. Un joven radical me apuntó a la cabeza con su pistola. Juro que he visto cómo la bala se preparaba para abandonar la recámara y alojarse en mi cráneo, pero tú saltaste ante mí, vaya muchacho valiente estás hecho, y la bala te alcanzó en el hombro. –Titubeó antes de añadir–: Me has salvado la vida, joven Georgi Danílovich.

–¿De veras? –pregunté, pues no lograba imaginar qué me habría impulsado a hacer algo así.

Pero la niebla de mi cabeza empezaba a disiparse y recordé haberme precipitado hacia Kolek para obligarlo a retroceder entre la multitud, para que no cometiera un acto que le costaría la vida.

–Sí, así es. Y te estoy agradecido. El mismísimo zar te estará agradecido. Toda Rusia lo estará.

No supe qué decir ante semejante declaración, pues era evidente que el gran duque tenía en mucha estima su propia importancia en el mundo, y me recliné en la hamaca, un poco mareado y presa de una sed desesperada.

–No es cierto que Georgi tenga que irse, ¿verdad, padre? –preguntó Asya de pronto, conteniendo las lágrimas.

La miré y me emocionó que estuviera tan afectada por lo que me había ocurrido.

–Calla, muchacha –respondió él, empujándola de nuevo contra la pared–. Georgi hará lo que le digan. Todos lo haremos.

–¿Irme? –susurré, sin saber qué había querido decir con eso–. ¿Irme adónde?

–Eres un chico valiente –contestó Nicolás Nikoláievich.

Luego volvió a ponerse los guantes y sacó una pequeña bolsa que le tendió a mi padre; la bolsa desapareció de inmediato en los misteriosos recovecos del blusón paterno, donde no pudiésemos verla. «Me ha vendido –pensé al instante–. Padre me ha entregado al ejército a cambio de unos centenares de rublos.» El gran duque se volvió hacia mí.

–Es un desperdicio tener a un muchacho como tú en un sitio como éste. Supongo que pensabas unirte este año al ejército.

–Sí, señor –contesté no muy seguro, pues aunque sabía que ese día iba acercándose, confiaba en retrasarlo unos meses–. Ésa era mi intención, sólo que...

–Bueno, pues no puedo mandarte a la batalla, donde sólo te enfrentarás a más balas. Después de lo que has hecho hoy, no. Puedes quedarte aquí y recuperarte durante unos días, y luego me seguirás. Dejaré dos hombres para que te escolten a tu nuevo hogar.

–¿Mi nuevo hogar? –repetí confuso, tratando de incorporarme mientras él se dirigía a la puerta de la cabaña–. Pero ¿dónde está eso, señor?

–En San Petersburgo –respondió, volviéndose para sonreírme–. Ya has demostrado que estás dispuesto a interponerte en el camino de una bala por un hombre como yo. Imagina entonces cuánta lealtad demostrarás ante alguien incluso más ilustre que un simple duque.

Sacudí la cabeza y tragué saliva con nerviosismo.

–¿Incluso más ilustre que usted?

Él vaciló un instante, dudando si revelarme lo que tenía pensado, por si la impresión era excesiva para mí. Pero cuando por fin habló, sonó como si su extraordinaria respuesta fuese la más obvia del mundo.

–El zarévich Alexis. Tú serás uno de los asignados para protegerlo. Mi primo el zar mencionó en nuestra última conversación que andaba buscando un joven así, y me preguntó si conocía a alguien que pudiera convertirse en un compañero apropiado. Quiero decir, alguien de edad más cercana a la del zarévich. Éste tiene muchos guardias, desde luego, pero necesita algo más que eso. Necesita un compañero que también pueda velar por su seguridad. Creo que he encontrado lo que mi primo anda buscando. Pretendo ofrecerte a él como un obsequio, Georgi Danílovich, siempre que cuentes con su aprobación, por supuesto. Pero quédate aquí por el momento, recupérate, ponte bien. Nos veremos en San Petersburgo a finales de esta semana.

Dicho lo cual salió de la cabaña, dejando a mis hermanas mirándolo con asombro, a mi madre más asustada que nunca y a mi padre contando su dinero.

Me obligué a sentarme más derecho, y entonces vi a través de la puerta la calle, donde se alzaba un tejo en flor, fuerte, grueso y de denso follaje. Pero había algo distinto en él. Un gran peso parecía mecerse de sus ramas. Agucé la mirada para identificarlo y cuando por fin lo logré, no pude sino soltar un grito ahogado.

Era Kolek.

Lo habían colgado en la calle.

1979

Fue idea de Zoya que hiciésemos un último viaje juntos.

Nunca habíamos sido grandes viajeros, pues preferíamos la calidez y la seguridad de nuestro tranquilo piso en Holborn al agotamiento que supone salir de casa. Tras abandonar Rusia nos instalamos en Francia; una vez allí, pasamos unos años viviendo y trabajando en París, donde nos casamos, antes de trasladarnos definitivamente a Londres. Por supuesto, cuando Arina era pequeña nos esforzábamos en salir de la ciudad una semana cada verano, pero solíamos dirigirnos a Brighton, o incluso a Cornualles, para enseñarle el mar y que jugara en la arena. Para que fuera una niña entre otros niños. Pero una vez que llegamos a la isla, no abandonamos sus orillas. Y creí que nunca lo haríamos.

Zoya anunció su idea una noche en que estábamos sentados junto al fuego en la sala de estar, observando cómo menguaban las llamas y los negros carbones siseaban por última vez. Yo estaba leyendo *Jake's Thing* y dejé el libro, sorprendido, cuando ella lo propuso.

Nuestro nieto Michael se había marchado una hora antes tras una conversación difícil. Había venido a cenar y a contarnos cómo le iba su nueva vida de estudiante de arte dramático, pero toda la alegría de la velada se quebró cuando Zoya le dio la noticia de su enfermedad y de cómo el cáncer se había extendido. Dijo que no quería ocultarle nada, aunque tampoco deseaba su compasión. Al fin y al cabo, la vida era así. Se trataba de la vida y nada más.

–Soy tan vieja como las montañas –comentó sonriendo–. Y he tenido mucha suerte, ¿sabes? He estado más cerca de la muerte que ahora.

Por supuesto, joven como era, Michael buscó soluciones y

esperanza de inmediato. Insistió en que su padre pagaría los tratamientos necesarios, que él mismo dejaría la Academia de Arte Dramático y encontraría un empleo para pagar lo que hiciese falta, pero Zoya sacudió la cabeza y le cogió las manos para decirle que nadie podía hacer nada, y que desde luego el dinero tampoco. Le dijo que lo que tenía era incurable. Quizá no le quedaran muchos meses de vida, y no quería desperdiciarlos buscando curas imposibles. Michael se tomó muy mal la noticia. Después de tantos años sin madre, era natural que detestase la idea de perder también a su abuela.

Antes de irse, Michael me llevó aparte para preguntarme si había algo que pudiese hacer por Zoya, para contribuir a su bienestar.

–Supongo que tendrá los mejores médicos, ¿no?

–Por supuesto –contesté, emocionado por las lágrimas que anegaban sus ojos–. Pero ya sabes que no es una enfermedad fácil de llevar.

–Pero ella es más dura que la piedra –contestó, lo que me hizo sonreír, y asentí con la cabeza.

–Sí, sí que lo es.

–He oído hablar de gente que consigue superarlo.

–Yo también –repuse, sin desear ofrecerle falsas esperanzas.

Zoya y yo llevábamos semanas discutiendo por su decisión de no seguir tratamiento alguno y permitir que la enfermedad continuara su curso y se la llevara cuando por fin se aburriera de ella. Yo lo había intentado todo para disuadirla, pero no sirvió de nada. Zoya simplemente pensaba que le había llegado la hora.

–Llámame si me necesitáis, ¿de acuerdo? –insistió Michael–. A mí o a papá. Aquí estaremos para lo que haga falta, lo que sea. Y pasaré a veros más a menudo, ¿vale? Dos veces por semana, si puedo. Y dile a la abuela que no cocine para mí. Puedo comer antes de venir.

–¿Y que lo tome como una ofensa? –lo regañé–. Te comerás lo que ella te sirva, Michael.

–Bueno..., como quieras –concluyó encogiéndose de hombros, y se pasó la mano por el cabello, que le llegaba a los hombros, con esa escueta sonrisa suya–. Lo que digo es que estoy aquí. No voy a irme a ninguna parte.

Siempre ha sido un buen nieto. Siempre ha hecho que nos sintamos orgullosos de él. Cuando se marchó, Zoya y yo confesamos que nos había emocionado su solícita reacción.

–¿Un viaje? –repetí, sorprendido por la sugerencia–. ¿Estás segura de que podrás resistirlo?

–Creo que sí. Ahora sí, al menos. Dentro de unos meses... ¿quién sabe?

–¿No preferirías quedarte aquí y descansar?

–¿Y morirme, quieres decir? –preguntó, y quizá lamentó sus palabras al captar mi consternación, pues se inclinó para besarme y añadió–: Lo siento. No debería haber dicho eso. Pero piénsalo, Georgi. Puedo permanecer aquí sentada esperando que llegue el final, o puedo hacer algo con el tiempo que me quede.

–Bueno, supongo que podemos coger un tren para pasar un par de semanas en algún sitio –acepté–. Cuando éramos más jóvenes, vivimos días felices en el sur.

–No estaba pensando en Cornualles –contestó ella sacudiendo la cabeza, y entonces me tocó a mí lamentar lo dicho, pues aquel lugar inspiraba recuerdos de nuestra hija, y ése era el camino del dolor y la locura.

–Escocia, quizá –sugerí–. Nunca hemos estado allí. Siempre he pensado que sería bonito ver Edimburgo. ¿O está demasiado lejos? ¿Nos estaremos excediendo?

–Tú nunca podrías excederte, Georgi –repuso con una amplia sonrisa.

–Nada de Escocia, entonces. –Vi mentalmente un mapa de Gran Bretaña y le di vueltas en mi imaginación–. De todos modos, hace demasiado frío en esta época del año. Y Gales..., me parece que no. ¿El Distrito de los Lagos, quizás? ¿El condado de Wordsworth? ¿O Irlanda? Podríamos ir en ferry hasta Dublín, si crees que lo soportarías. O viajar hacia el sur, hacia el oeste de Cork. Dicen que aquello es precioso.

–Yo estaba pensando en un sitio más al norte –dijo Zoya, y por su tono supe que no hablaba por hablar, sino que era algo que llevaba algún tiempo considerando, que sabía exactamente adónde quería ir y no se conformaría con otro sitio–. Estaba pensando en Finlandia.

–¿Finlandia?

–Sí.

–Pero ¿por qué Finlandia, precisamente? –quise saber, sorprendido por su elección–. Es tan..., bueno, quiero decir, es Finlandia, ¿no? ¿Hay algo que ver allí?

–Por supuesto que sí, Georgi –respondió con un suspiro–. Es todo un país, como cualquier otro.

–Pero nunca has mostrado interés en ver Finlandia.

–Estuve allí de niña. No recuerdo gran cosa, claro, pero me parece..., bueno, que está lo más cerca de casa que podemos llegar, ¿no es así? Lo más cerca posible de Rusia, quiero decir.

–Ah. –Asentí con la cabeza, pensativo–. Por supuesto.

Visualicé el mapa del norte de Europa, la larga frontera de más de mil kilómetros que limitaba el país desde Grense-Jacobsely en el norte hasta Hamina en el sur.

–Me gustaría sentir una vez más que estoy cerca de San Petersburgo –continuó Zoya–. Sólo una vez más en mi vida, eso es todo. Mientras todavía puedo. Me gustaría mirar a lo lejos e imaginarla allí, todavía en pie. Invencible.

Respiré hondo y me mordí el labio mientras contemplaba el fuego, donde los últimos carbones se convertían en brasas, y consideré lo que me estaba pidiendo. Finlandia. Rusia. Era, en el sentido más literal de la frase, su última voluntad. Y confieso que a mí también me emocionaba la idea. Pero, aun así, no estaba seguro de que fuese sensato hacer ese viaje. Y no sólo por el cáncer.

–Por favor, Georgi –insistió al cabo de unos minutos de silencio–. Por favor, sólo eso.

–¿Estás segura de tener fuerzas suficientes?

–Ahora las tengo. Dentro de unos meses, no lo sé. Pero ahora sí.

–Entonces iremos –concluí.

Hubo una serie de indicios para pronosticar la enfermedad de Zoya; tomados en conjunto, deberían haberme bastado para advertir que no se encontraba bien, pero al estar separados por varios meses e ir unidos a las dolencias típicas de la vejez, fue difícil reconocer las conexiones entre los síntomas. Y hay que añadir el hecho de que mi esposa se guardó los detalles de su sufrimiento el mayor tiempo posible. Si lo hizo porque no quería que yo supiera la agonía que soportaba o por una renuencia a buscar tratamiento para aliviarlo es algo que nunca le he preguntado, por temor a que la respuesta me hiriese.

Sí advertí, sin embargo, que estaba más cansada de lo habitual y se sentaba por las noches junto al fuego con una expresión de absoluto agotamiento, con cierta dificultad para respirar y un poco más pálida. Cuando yo le preguntaba por esa fatiga suya, ella se encogía de hombros y decía que no era nada, que simplemente necesitaba dormir mejor por las noches y que no debería preocuparme tanto. Pero luego empezó a sentir molestias en la espalda, y yo la veía esbozar una mueca de dolor y llevarse una mano a la zona lumbar, y la dejaba allí unos instantes hasta que la agonía pasaba, con el rostro contraído de angustia.

–Tienes que ver a un médico –le dije cuando el dolor pareció durar más de lo soportable–. Quizá te has pinzado una vértebra y debes hacer reposo. Podría recetarte algún antiinflamatorio o...

–O igual es que sencillamente me hago vieja –me interrumpió, con un decidido esfuerzo por no levantar la voz–. Estoy bien, Georgi. No te preocupes.

Al cabo de unas semanas, el dolor empezó a extendérsele al abdomen, y reparé en que no tenía apetito cuando se sentaba a cenar; empujaba la comida por el plato con el tenedor y tomaba sólo pequeños bocados que masticaba con cautela, antes de apartar el plato y declarar que no tenía hambre.

–He comido demasiado en el almuerzo –me decía, y yo quería creerlo, iluso de mí–. No debería comer tanto a mediodía.

Sin embargo, cuando esos síntomas continuaron durante varios meses y no sólo comenzó a perder peso sino también a no poder dormir por la agonía en que la sumía su estado, la convencí por fin para que visitara al médico de cabecera. Al volver, me dijo que iba a hacerle unos análisis, y dos semanas después mis peores temores se vieron confirmados, pues fue enviada a una especialista, la doctora Joan Crawford, que desde entonces forma parte de nuestra vida.

Resulta curioso que yo me tomara la noticia de la enfermedad de Zoya peor que ella. Que Dios me perdone, pero pareció aliviada, casi contenta, cuando llegaron los resultados, y me los comunicó teniendo en cuenta mis sentimientos pero sin temor alguno ni consternación por su estado. No lloró, aunque yo sí. No se mostró enfadada o asustada, dos emociones que a mí me invadieron en los días siguientes. Fue como si hubiese recibido... no una buena noticia exactamente, pero sí una información interesante que no le desagradaba del todo.

Una semana después estábamos sentados en la consulta de la doctora Crawford, esperándola. A Zoya se la veía muy tranquila, pero yo me revolvía inquieto en la silla mientras miraba los certificados enmarcados que colgaban en las paredes, convenciéndome de que alguien con semejante formación oncológica y con tantos títulos sería sin duda capaz de encontrar un modo de combatir la enfermedad.

–Señor y señora Yáchmenev –nos saludó la doctora al llegar, enérgica, con actitud completamente profesional.

Aunque no fue antipática con nosotros, tuve la inmediata sensación de que le faltaba cierto grado de compasión, cosa que Zoya atribuyó a que trataba todos los días con pacientes afectados por la misma enfermedad y le costaba considerar los casos de la forma trágica en que lo hacían los familiares.

–Siento haberlos hecho esperar. Como pueden imaginar, aquí cada día tenemos más trabajo.

No me tranquilizó demasiado oír eso, pero no dije nada mientras ella estudiaba el dossier que había en su escritorio y observaba a contraluz una radiografía, sin que su expresión revelara nada durante el examen. Por fin cerró la carpeta, puso las manos encima y nos miró a los dos, frunciendo los labios en lo que se me antojó un intento de sonrisa.

–Yáchmenev. Es un apellido poco corriente.

–Es ruso –contesté; no tenía ganas de charlar–. Doctora, ha examinado usted el historial de mi esposa, ¿no?

–Sí, y esta mañana he hablado con su médico de cabecera, el doctor Cross. ¿Ha hablado él con usted sobre su estado, señora Yáchmenev?

–Sí –asintió Zoya–. Me dijo que era cáncer.

–Para ser más específicos, cáncer de ovario –remarcó la doctora Crawford, alisando los papeles que tenía ante sí con ambas manos, un hábito que por alguna razón me recordó a los malos actores que nunca saben qué hacer con las manos en el escenario; quizás ésa fue mi forma de no involucrarme del todo en la conversación–. Supongo que lleva padeciendo cierto tiempo, ¿no es así?

–Ha habido síntomas, sí –afirmó con cautela; su tono dejó entrever que no quería que la regañaran por haber tardado en informar de ellos–. Dolor de espalda, fatiga, ligeras náuseas, pero no les di importancia. Tengo setenta y ocho años, doctora Crawford. Ya hace diez años que me despierto cada día con una queja distinta.

La doctora sonrió y asintió con la cabeza, y titubeó un instante antes de proseguir con tono más dulce.

–No es algo fuera de lo corriente en mujeres de su edad. Las mujeres mayores corren mayor riesgo de contraer cáncer de ovario, aunque lo más frecuente es que se desarrolle entre los cincuenta y cinco y los setenta y cinco años. El suyo es uno de esos raros casos en que aparece más tarde.

–Siempre he tratado de ser excepcional –repuso Zoya con una sonrisa.

La doctora sonrió a su vez, y ambas se miraron unos instantes, como si conociesen algo de la otra que yo, naturalmente, ignoraba. Éramos tres en la habitación, pero me sentí excluido.

–¿Puedo preguntarle si hay casos de cáncer en su familia? –quiso saber la doctora Crawford entonces.

–No. Quiero decir que sí, que puede preguntarlo. Pero no, no hay ninguno.

–¿Y su madre? ¿Murió por causas naturales?

Zoya titubeó sólo un segundo antes de responder:

–Mi madre no tuvo cáncer.

–¿Y sus abuelas? ¿Alguna hermana, o tía?

–No.

–¿Y qué me dice de su propia historia médica? ¿Ha sufrido algún trauma importante durante su vida?

Mi esposa vaciló un momento y se echó a reír súbitamente ante la pregunta. Me volví hacia ella, sorprendido. Al ver la cómica expresión en su rostro y que hacía lo posible por no estremecerse con una mezcla de diversión y pesar, no supe si unirme a ella o esconder la cara entre las manos. De pronto deseé estar en otra parte. No quería que todo aquello estuviese pasando. Desde luego, la pregunta había sido desafortunada, pero la doctora se limitó a mirar a Zoya mientras ésta reía, sin hacer comentarios; supuse que presenciaba muchas reacciones estrambóticas en conversaciones como aquélla.

–No he sufrido ningún trauma médico –contestó por fin Zoya, recuperando la compostura y haciendo hincapié en la última palabra–. No he tenido una vida fácil, doctora Crawford, pero he gozado de buena salud.

–Sí, claro –suspiró ella como si lo entendiese muy bien–. Las mujeres de su generación han padecido mucho. Estuvo la guerra, para empezar.

–Sí, la guerra –asintió Zoya, pensativa–. En realidad ha habido muchas guerras.

–Doctora –intervine–. ¿El cáncer de ovario es curable? ¿Hay forma de que pueda ayudar a mi esposa?

Ella me miró con cierta lástima, al comprender que el marido era el más asustado en aquella habitación.

–Me temo que el cáncer ha empezado a extenderse, señor Yáchmenev –dijo en voz baja–. Y, como seguro que ya saben, en este momento la ciencia no puede ofrecer una cura. Lo único que podemos hacer es aliviar en cierta medida el sufrimiento y dar a nuestros pacientes toda la esperanza de vida posible.

Me quedé mirando el suelo, un poco mareado ante aquellas palabras, aunque lo cierto es que ya sabía que iba a decir eso. Me había pasado semanas en mi mesa habitual de la Biblioteca Británica investigando la enfermedad de la que nos había hablado el doctor Cross, y estaba al tanto de que no había ningún remedio conocido. Sin embargo, siempre quedaba la esperanza, y me aferré a ella.

–Me gustaría someterla a una serie de pruebas, señora Yáchmenev –dijo entonces la doctora, volviéndose de nuevo hacia Zoya–. Hará falta un segundo examen pélvico. Y un análisis de sangre y una ecografía. Un enema de bario nos ayudará a identificar el alcance de la enfermedad. La someteremos a varios TAC, por supuesto. Necesitamos determinar hasta dónde se ha expandido el cáncer más allá de los ovarios, y si ha llegado a la cavidad abdominal.

–Pero respecto al tratamiento, doctora –insistí, inclinándome hacia ella–, ¿qué pueden hacer para que mi esposa mejore?

Se quedó mirándome con cierta irritación, según me pareció, como si estuviese acostumbrada a lidiar con molestos maridos desconsolados; a ella sólo le interesaba su paciente.

–Como he dicho, señor Yáchmenev, los tratamientos sólo pueden enlentecer el progreso del cáncer. La quimioterapia será básica, por supuesto. Recurriremos a la cirugía para extraer los ovarios, y habrá que realizar una histerectomía. Podemos tomar biopsias al mismo tiempo de los ganglios linfáticos, del diafragma, de tejido pélvico, para así determinar...

–¿Y si no me someto a ningún tratamiento? –preguntó Zoya en voz baja pero decidida, quebrando el frío granito de esa retahíla de términos médicos que aquella médica ya habría pronunciado sin duda mil veces.

–Si no se somete a tratamiento, señora Yáchmenev –contestó, al parecer acostumbrada también a esa pregunta, lo cual me impresionó; qué sencillo era para aquella mujer discutir sobre conceptos tan terribles–, es casi seguro que el cáncer continúe extendiéndose. Usted padecerá los mismos dolores que ahora, aunque podremos darle medicación para eso, pero algún día la pillará desprevenida y su salud se deteriorará con rapidez. Eso sucederá cuando el cáncer alcance la etapa terminal, cuando haya salido del abdomen para atacar otros órganos, como el hígado, los riñones, etcétera.

–Debemos iniciar el tratamiento de inmediato, por supuesto –declaré, y la doctora me sonrió con la tolerancia de una abuela hacia su nieto adorado y tonto, antes de volver a mirar a Zoya.

–Señora Yáchmenev, su esposo tiene razón. Es importante que empecemos lo antes posible. Lo comprende, ¿verdad?

–¿Cuánto tiempo será?

–No hay un límite. La trataremos hasta que consigamos controlar la enfermedad. Podría ser durante un lapso breve. Podría ser para siempre.

–No. –Zoya negó con la cabeza–. Me refiero a cuánto tiempo me queda si no me someto a tratamiento alguno.

–¡Por el amor de Dios, Zoya! –exclamé, mirándola como si

hubiese perdido la razón–. ¿Qué clase de pregunta es ésa? ¿No has entendido que...?

Ella levantó una mano para hacerme callar, pero no me miró.

–¿Cuánto tiempo, doctora?

Joan Crawford exhaló y se encogió de hombros, lo que no me dio mucha confianza.

–Es difícil saberlo. Desde luego, habrá que llevar a cabo esas pruebas para determinar exactamente en qué etapa se halla el cáncer. Pero yo diría que un año como mucho. Quizás un poco más, si tiene suerte, pero no hay forma de saber cómo se verá afectada su calidad de vida durante ese tiempo. Podría estar bien casi hasta el final, y que el cáncer ataque entonces con rapidez, o podría empezar a deteriorarse muy pronto. Lo mejor, sin duda, es que actuemos de inmediato. –Abrió una gruesa agenda que reposaba en el centro del escritorio y deslizó el dedo por una página–. Puedo darle hora para el examen pélvico inicial...

No llegó a acabar la frase; se interrumpió al ver que Zoya se levantaba para coger el abrigo del perchero junto a la puerta y marcharse.

En principio no teníamos planeado ir más al este de Helsinki, pero luego, llevados por un antojo, seguimos el viaje hasta el puerto de Hamina, en la costa finesa. Atravesamos lentamente Porvoo en un autobús de la compañía Matkahuolto hasta el norte de Kotka; sesenta años antes, esos nombres me resultaban tan familiares como el mío, pero se habían disuelto poco a poco en mi memoria en las décadas intermedias, reemplazados por las experiencias y los recuerdos de una vida adulta compartida. Sin embargo, volver a leer esos nombres en el horario de autobuses, pronunciar por lo bajo esas sílabas olvidadas, me llevó repentinamente de vuelta a la juventud, con el eco pesaroso y familiar de una canción infantil.

Nos ofrecieron asientos en la parte delantera del autobús debido a nuestra avanzada edad –yo había cumplido ochenta años cuatro días antes de salir de Londres, y Zoya tenía sólo dos menos–, y nos sentamos juntos y en silencio, viendo pasar pueblos y aldeas, en un país que no era nuestro hogar, que nunca lo había sido, pero que nos hacía sentir más cerca de nuestro lugar de nacimiento de lo que nos habíamos sentido en varias décadas. El paisaje a lo largo del golfo de Finlandia me recordó viajes en barco a través del Báltico largo tiempo olvidados, mis días y noches llenos de juegos, risas y voces de chicas, cada una exigiendo mayor atención que la anterior. Si cerraba los ojos y escuchaba los graznidos de las gaviotas en lo alto, podía imaginar que estábamos anclando una vez más en Tallin, en la costa norte de Estonia, o navegando hacia el norte desde Kaliningrado a San Petersburgo, con suave viento de popa y el sol ardiente incidiendo en la cubierta del *Standart*.

Hasta las voces de la gente que nos rodeaba nos transmitían cierta sensación de familiaridad; su lengua era distinta, por supuesto, pero reconocíamos algunas palabras, y los ásperos sonidos guturales de las tierras bajas mezclados con el suave lenguaje sibilante de los fiordos me hicieron cuestionarme si no deberíamos haber acudido allí muchos años antes.

–¿Cómo te sientes? –le pregunté a Zoya, volviéndome hacia ella cuando un letrero indicó que llegaríamos a Hamina en no más de diez o quince minutos.

Estaba un poco pálida y advertí que la emocionaba la desgarradora experiencia de viajar hacia el este, pero su expresión no dejaba traslucir nada. De haber estado solos, quizás habría llorado, presa de una mezcla de pesar y alegría, pero compartíamos el autobús con extraños y no estaba dispuesta a confirmar sus prejuicios permitiéndoles ser testigos de la debilidad de una anciana.

–Me siento como si no quisiera que este viaje acabase nunca –respondió en voz baja.

Llevábamos en Finlandia casi una semana y Zoya gozaba de una salud especialmente buena, por lo que me pregunté si no sería mejor trasladarnos para siempre al clima del norte si eso significaba que su estado mejoraría. Me acordé de las biografías de los grandes escritores cuya vida había estudiado durante mi jubilación en la Biblioteca Británica, de cómo habían abandonado su hogar en busca del aire gélido de las cordilleras europeas para recuperarse de las enfermedades de su época. Stephen Crane permitió que la tuberculosis apagara su genialidad en Badenweiler; Keats contempló la escalinata de la plaza de España en Roma mientras sus pulmones se llenaban de bacterias, oyendo cómo Severn y Clark discutían entre sí mientras consultaban su tratamiento. Acudieron allí en busca de vitalidad, por supuesto. Para vivir más. Pero sólo encontraron sus propias tumbas. Me pregunté si para Zoya sería distinto. ¿Ofrecería el regreso al norte la esperanza y la posibilidad de más años de vida, o la apabullante certeza de que nada podía derrotar al invasor que amenazaba con arrebatarme a mi esposa?

En un pequeño café de la ciudad nos ofrecieron un tradicional *lounas*, y nos arriesgamos a sentarnos fuera, envueltos en abrigos y bufandas mientras la camarera nos traía platos humeantes de pescado en salazón y patatas, y nos servía más bebida caliente siempre que vaciábamos el vaso. Observamos a un grupo de niños que pasaba corriendo; uno de ellos empujó a una niña más pequeña, que retrocedió dando tumbos hasta caer sobre un montículo de nieve con un grito de miedo. Zoya se irguió, tensa, dispuesta a reprender al muchacho por su crueldad, pero su víctima se recuperó con rapidez y llevó a cabo su propia venganza, con una sonrisa de satisfacción en el rostro. Pasaron varias familias de camino a una escuela cercana y nos arrellanamos de nuevo con nuestros pensamientos y recuerdos, con la paz que da el saber que una relación larga y feliz no necesita la charla constante. Hacía mucho que Zoya y yo habíamos perfeccionado el arte de permanecer en silencio durante horas en mutua compañía, en tanto que nunca nos quedábamos sin cosas que decir.

–¿Has notado el aroma del aire? –preguntó Zoya por fin cuando apurábamos el té.

–¿El aroma?

–Sí, hay un... Me cuesta describirlo, pero cuando cierro los ojos e inspiro despacio, no puedo evitar acordarme de la infancia. Londres siempre me ha olido a trabajo. París olía a miedo. Pero el olor de Finlandia me recuerda a una etapa mucho más simple de mi vida.

–¿Y Rusia? ¿A qué olía Rusia?

–Durante un tiempo olió a felicidad y prosperidad –contestó de inmediato, sin tener que pararse a pensarlo–. Y luego a locura y enfermedad. Y a religión, por supuesto. Y después... –Sonrió y sacudió la cabeza, demasiado avergonzada para acabar la frase.

–¿A qué? –insistí, sonriendo–. Dímelo.

–Va a parecerte una ridiculez –repuso, encogiéndose de hombros a modo de disculpa–, pero siempre he pensado en Rusia como una especie de granada podrida. Roja y apetitosa por fuera, esconde su hedionda naturaleza, pero pártela en dos y los granos se derramarán ante ti, negros y repugnantes. Rusia me recuerda a esa granada. Antes de que se pudriera.

Asentí con la cabeza, pero no dije nada. Yo no abrigaba sentimientos particulares respecto al olor de nuestro país perdido, pero la gente, las casas y las iglesias que me rodeaban en Finlandia me traían recuerdos del pasado. Tal vez fueran conceptos simples –Zoya siempre había tenido mayor tendencia a la metáfora que yo, quizá porque gozaba de mejor educación–, pero me gustaba la idea de estar cerca de casa otra vez. Cerca de San Petersburgo. Del Palacio de Invierno. Incluso de Kashin.

Pero ¡cómo había cambiado yo desde la última vez que puse los pies en cualquiera de esos lugares! Mirándome en el espejo al lavarme las manos después de comer, vi a un hombre viejo que contemplaba su reflejo, un hombre que antaño había sido apuesto, quizá, y joven y fuerte, pero que ya no era ninguna de esas cosas. Tenía el cabello ralo y pobre, con mechones del blanco más puro en las sienes, revelando una frente llena de manchas de vejez que en nada se parecía a la piel impecable y bronceada de mi juventud. Mi rostro era flaco, con las mejillas hundidas y unas orejas anormalmente grandes, como si fueran lo único de mi fisonomía que no se hubiese rendido. Los dedos se me habían vuelto huesudos; una fina capa de piel cubría mi esqueleto. Tenía la suerte de que mi movilidad no estuviese afectada, como había temido a menudo, aunque al despertar por las mañanas tardaba mucho más en hacer acopio de las fuerzas necesarias para levantarme, lavarme y vestirme. Una camisa, una corbata y un jersey todos los días, pues a partir de los dieciséis años mi vida se había basado en la formalidad. Sentía más y más el frío a medida que transcurrían los meses.

En ocasiones me extrañaba que un hombre tan viejo y deteriorado como yo pudiese ser aún objeto del amor y el respeto de una mujer tan hermosa y juvenil como la mía. Pues ella, me parecía a mí, apenas había cambiado.

–Tengo una idea, Georgi –me dijo cuando volví a la mesa, pensando si sentarme de nuevo o esperar a que ella se levantara.

–¿Una buena idea? –pregunté, decidiéndome por lo primero, pues Zoya no mostraba indicios de querer levantarse.

–Creo que sí –repuso titubeando un poco–. Aunque no estoy segura de qué vas a pensar tú.

–Piensas que deberíamos mudarnos a Helsinki –dije, riendo un poco ante lo absurdo de la idea–. Vivir nuestros últimos días a la sombra de la catedral de Suurkirkko. Te has enamorado de las costumbres finesas.

–No –contestó, sacudiendo la cabeza y sonriendo–. No, no es eso. No creo que debamos quedarnos aquí. De hecho, creo que deberíamos continuar.

La miré y fruncí el entrecejo.

–¿Continuar? ¿Continuar hasta dónde? ¿Adentrarnos más en Finlandia? Es posible, por supuesto, pero me preocuparía que el trayecto te...

–No, no se trata de eso –me interrumpió con voz clara y firme, como si no quisiera arriesgarse a obtener una negativa por mostrarse demasiado entusiasta–. Me refiero a que deberíamos volver a casa.

Solté un suspiro. Al salir de Londres me preocupaba que el viaje resultara excesivo para ella, que lamentara la decisión y añorase la calidez y las comodidades de nuestro piso en Holborn. Al fin y al cabo, ya no éramos niños. No nos era fácil pasar tanto tiempo de acá para allá.

–¿Te encuentras mal? –pregunté, inclinándome para cogerle la mano y estudiar su rostro en busca de indicios de malestar.

–No más que antes.

–Y el dolor... ¿se ha vuelto demasiado insoportable?

–No, Georgi –contestó con una sonrisa–. Me siento perfectamente bien. ¿Por qué dices eso?

–Porque quieres irte a casa. Y podemos irnos, desde luego, si es eso lo que deseas realmente. Pero de todos modos nos quedan sólo cuatro días de viaje. Quizá sería más sencillo regresar a

Helsinki y descansar allí hasta que llegue el momento de coger el avión de vuelta.

–No me refiero a volver a Londres –dijo, sacudiendo la cabeza mientras miraba de nuevo a los niños, que jugaban ruidosamente en los montículos de nieve–. No me refiero a esa casa.

–¿Adónde, entonces?

–A San Petersburgo, por supuesto. Al fin y al cabo, hemos llegado hasta aquí. No nos llevaría muchas horas más, ¿verdad? Podríamos pasar un día allí, sólo un día. Nunca imaginamos que volveríamos a estar en la plaza del Palacio. Nunca creímos que volveríamos a respirar aire ruso. Y si no lo hacemos ahora, cuando estamos tan cerca, jamás lo haremos. ¿Qué opinas, Georgi?

La miré y no supe qué decir. Al decidir emprender el viaje, sin duda una parte de nosotros se había preguntado si surgiría esa conversación, y de ser así, cuál de los dos lo sugeriría primero. La idea era llegar hasta Finlandia, llegar todo lo posible al este, tanto como permitieran el tiempo y nuestra salud, para contemplar la distancia y quizá distinguir las sombras de las islas en el Vyborgski Zaliv una vez más, incluso la punta de Primorsk, y recordar, imaginar y preguntarnos cosas.

Pero ninguno de los dos había hablado de recorrer los últimos centenares de kilómetros hasta la ciudad en que nos habíamos conocido. Hasta entonces.

–Creo que... –empecé, pronunciando despacio; luego moví la cabeza y empecé de nuevo–. Me pregunto si...

–¿Qué?

–¿Será seguro hacerlo?

El Palacio de Invierno

Trataba por todos los medios de evitar que el temblor se me notara mucho.

El largo pasillo de la segunda planta del Palacio de Invierno, donde residían el zar y su familia cuando se hallaban en San Petersburgo, se extendía con frialdad a ambos lados; las doradas paredes se sumían en una intimidante oscuridad a medida que la luz de las velas se volvía más tenue y vacilante en la distancia. Y en el centro se hallaba un muchacho de Kashin que apenas lograba respirar al pensar en todos los que habrían recorrido esos pasillos en el pasado.

Por supuesto, yo nunca había contemplado semejante majestuosidad, pues ni siquiera creía que existieran sitios como ése fuera de mi imaginación, pero al bajar la vista vi que los nudillos de las manos se me ponían blancos al aferrar con fuerza los brazos del sillón. La tensión me revolvía el estómago; continuamente impedía que mi pie derecho repiqueteara con ansiedad en el suelo de mármol, pero el pie permanecía inmóvil sólo unos instantes antes de retomar su nerviosa danza.

El propio sillón era un objeto de la más extraordinaria belleza. Las cuatro patas estaban talladas en roble rojo, con intrincados detalles florales en los cantos. En las orejas había dos gruesas capas de oro, que a su vez tenían incrustaciones de tres clases de piedras preciosas, de las que sólo reconocí la moteada estela de zafiros azules que lanzaban destellos y cambiaban de color al examinarlos desde diferentes ángulos. La tapicería estaba bien tensada sobre un cojín relleno de las más suaves plumas. Pese a mi nerviosismo, me costó no soltar un suspiro de placer al sentarme, pues los cinco días anteriores no me habían brindado otra comodidad que el implacable cuero de la silla de montar.

El viaje desde Kashin hacia la capital del Imperio ruso dio comienzo menos de una semana después de que el gran duque Nicolás Nikoláievich atravesara nuestro pueblo y fuera objeto de un atentado fallido. En los días siguientes, mi hermana Asya me cambió el vendaje del hombro dos veces al día, y cuando en las vendas desechadas ya no hubo rastro de sangre, los soldados que habían quedado atrás para escoltarme a mi nuevo hogar anunciaron que estaba listo para viajar. Si la bala hubiese penetrado un poco más a la izquierda, el brazo podría haberme quedado paralizado, pero había tenido suerte, y la armonía entre hombro, codo y muñeca tardó sólo un par de días en verse restablecida. De vez en cuando, un dolor atroz justo encima de la herida se me antojaba una fuerte reprimenda por mis acciones, y entonces esbozaba una mueca, no porque me doliera, sino al recordar que mi impetuoso acto le había costado la vida a mi amigo.

El cuerpo de Kolek Boriávich permaneció donde los soldados lo habían colgado, meciéndose del tejo cercano a nuestra cabaña, durante tres días, hasta que los soldados le dieron permiso a Borís Alexándrovich para cortar la soga y darle un entierro decente. Así lo hizo él, y con dignidad; la ceremonia se celebró a un par de kilómetros del pueblo la tarde anterior a mi partida.

–¿Crees que podemos asistir? –le pregunté a mi madre por la noche. Era la primera vez que mencionaba la muerte de mi amigo, a tal punto me sentía culpable–. Me gustaría despedirme de Kolek.

–¿Has perdido la razón, Georgi? –repuso ella, volviéndose hacia mí con el entrecejo fruncido. En esos últimos días me había prodigado atenciones, mostrándome mayor consideración que en los dieciséis años anteriores, y yo me preguntaba si mi escarceo con la muerte habría hecho que lamentara nuestro virtual alejamiento–. No seríamos bienvenidos.

–Pero él era mi más íntimo amigo. Y tú lo conocías desde el día que nació.

–Desde ese día hasta el día que murió –apostilló mordiéndose el labio–. Pero Borís Alexándrovich... ha dejado bien claros sus sentimientos.

–Quizá si yo hablo con él... Podría hacerle una visita. Mi hombro se está curando. Podría intentar explicarle...

–Georgi –me interrumpió mi madre, sentándose en el suelo a mi lado y apoyándome la mano en el brazo sano; su tono se había vuelto tan dulce que me pareció que incluso podría mostrar cierta humanidad–. Él no quiere hablar contigo, ¿no lo comprendes? Ni siquiera está pensando en ti. Ha perdido a su hijo. Eso es todo lo que le importa ahora. Recorre las calles con una expresión obsesionada, llorando por Kolek y maldiciendo a Nicolás Nikoláievich, denunciando al zar, culpando a todos excepto a sí mismo por lo ocurrido. Los dos soldados le han advertido que no utilice esas palabras de traidor, pero Borís se niega a escucharlos. Uno de estos días llegará demasiado lejos, Georgi, y acabará también colgando de una soga. Hazme caso, es mejor que te mantengas alejado de él.

Me torturaba el remordimiento, y la culpa casi no me dejaba dormir. Lo cierto es que en realidad no creía haber tenido la intención de salvarle la vida al gran duque, sino que pretendía impedir que Kolek cometiera un acto que sólo podía tener como resultado su propia muerte. La ironía de que mi intervención le hubiese costado la vida no me pasaba por alto.

Para mi vergüenza, sin embargo, casi sentí alivio ante la decisión de su padre de negarse a verme, pues, de haber tenido la ocasión de hablar, dudo que me hubiese disculpado por mis actos, ya que eso podría haber provocado que los guardias comprendieran que yo no era el héroe que todos creían y que la propuesta de una nueva vida en San Petersburgo llegara a un temprano final. No podía permitir que así fuera, porque quería marcharme. Me habían ofrecido la posibilidad de una vida lejos de Kashin y, a medida que la semana transcurría y se acercaba más y más el momento de la partida, empecé a preguntarme si tuve siquiera la intención de salvar a Kolek o sólo confiaba en salvarme a mí mismo.

La mañana que salí de la cabaña para iniciar el largo viaje hacia San Petersburgo, mis compañeros *mujik* me miraron con una mezcla de admiración y desprecio. Era cierto que yo había llevado un gran honor a nuestro pueblo al salvarle la vida al primo del zar, pero todos los que me observaban reunir mis pocas pertenencias y colocarlas en las alforjas del caballo que habían dejado para mi partida habían visto crecer a Kolek en esas mismas calles. Su muerte prematura, por no mencionar mi participación en ella, pendía en el aire como un olor acre. Todos eran súbditos leales a los Romanov, eso es cierto. Creían en la familia imperial y en la justicia de la autocracia. Atribuían a Dios el hecho de haber colocado al zar en el trono y creían que los parientes del soberano vivían en una suerte de estado de gloria. Pero Kolek era de Kashin. Era uno de nosotros. En semejante situación, era imposible decidir dónde debería residir la lealtad.

–¿Volverás a buscarme pronto? –me preguntó Asya cuando me disponía a partir. Llevaba varios días negociando con los soldados para que le permitieran acompañarme a San Petersburgo, donde confiaba, por supuesto, en empezar también una nueva vida, pero ellos se negaron a escucharla, y mi hermana se enfrentaba a un futuro solitario en Kashin sin su más íntimo confidente.

–Lo intentaré –prometí, aunque ignoraba si podría cumplirlo. Al fin y al cabo, no tenía ni idea de qué me depararía el futuro. No podía comprometerme a hacer planes para otros.

–Esperaré todos los días la llegada de una carta –declaró, asiendo mis manos entre las suyas y mirándome con ojos suplicantes, al borde de las lágrimas–. Y con una sola palabra, partiré en tu busca. No dejes que me pudra aquí, Georgi. Prométemelo. Háblales de mí a los que conozcas. Cuéntales que yo sería una digna incorporación a su sociedad.

Asentí con la cabeza y la besé en la mejilla, y luego besé a mis otras hermanas y a mi madre, antes de dirigirme a estrechar la mano de mi padre. Danil se quedó mirándome como si no supiera de qué modo responder a semejante gesto. Finalmente había obtenido dinero por mí, pero con su beneficio llegaba mi partida. Para mi sorpresa, pareció afligido, pero ya era demasiado tarde para enmendarse. Le deseé lo mejor, pero dije poco más antes de montar en el precioso semental gris y hacerles un último gesto de despedida, tras lo cual me alejé cabalgando de Kashin y de mi familia para siempre.

El viaje transcurrió sin incidentes; consistió únicamente en cinco días cabalgando y descansando, sin conversaciones que aliviaran el tedio. Sólo la penúltima noche, uno de los soldados, Ruskin, mostró cierta compasión cuando me hallaba ante la hoguera del campamento, contemplando las llamas.

–No se te ve muy contento –me dijo, sentándose a mi lado para hurgar con la punta de la bota en los troncos que ardían–. ¿No tienes ganas de conocer San Petersburgo?

–Claro que sí –contesté, aunque lo cierto es que no había pensado mucho en eso.

–¿Qué pasa, entonces? Tu cara expresa algo bien distinto. ¿Tienes miedo, acaso?

–Yo no le tengo miedo a nada –espeté, volviéndome para mirarlo, y la sonrisa que asomó a su rostro bastó para diluir mi ira. Era un hombre robusto, fuerte y viril, y no teníamos motivo alguno para pelearnos.

–Muy bien, Georgi Danílovich –dijo, levantando las manos–. No hace falta que te enfades. He pensado que querrías hablar, eso es todo.

–Bueno, pues no quiero.

El silencio pendió entre ambos durante un rato y deseé que Ruskin regresara con su camarada y me dejara en paz, pero al final volvió a hablar en voz baja, como yo sabía que haría.

–Te culpas por su muerte. –No me miraba a mí, sino las llamas–. No, no lo niegues tan deprisa. Te he estado observando. Y no olvides que yo estaba allí ese día; vi lo que ocurrió.

–Era mi mejor amigo –expliqué, sintiendo que dentro de mí crecía una oleada de resentimiento–. Si no hubiese corrido hacia él...

–Entonces quizás él habría matado a Nicolás Nikoláievich y lo habrían ejecutado igualmente por su crimen. Peor, quizá. De haber asesinado al primo del zar, es posible que hubiesen matado también a toda la familia de tu amigo. Tenía hermanas, ¿no es así?

–Sí, seis.

–Y están vivas porque el general está vivo. Quisiste impedir que Kolek Boriávich cometiera un acto atroz, eso es todo. Un segundo antes y podría no haber ocurrido nada de esto. No puedes culparte. Actuaste con la mejor intención.

Asentí con la cabeza, viéndole sentido a lo que decía, pero me sirvió de poco. Fue culpa mía, estaba convencido de ello. Había provocado la muerte de mi más querido amigo y nadie podía decirme lo contrario.

La primera vez que vi San Petersburgo fue la noche siguiente, cuando por fin entramos en la capital. Lo que pronto reconocería como la gloria de los triunfales designios de Pedro el Grande se vio en cierto modo apagado por la oscuridad de la noche, aunque eso no me impidió contemplar con asombro la amplitud de las calles y la cantidad de gente, caballos y carruajes que pasaban en todas direcciones. Jamás había visto semejante actividad. En las aceras había hombres ante unas jaulas con fuego donde asaban castañas y las vendían a las damas y los caballeros que pasaban, todos enfundados en gorros y pieles de la más exquisita calidad. Mis guardias parecieron no inmutarse ante el espectáculo; supongo que estaban tan acostumbrados a él que había dejado de impresionarlos, pero para un muchacho de dieciséis años que nunca se había alejado más de unos kilómetros de su pueblo natal, era deslumbrante.

Ante una de esas hogueras se había congregado una multitud; entonces nos detuvimos cerca de un elaborado carruaje y llevamos los caballos de la brida mientras la gente se apartaba para dejarles paso a los guardias. Hacía casi un día entero que no comía nada y ansié unas castañas; el estómago me rugió al pensar en una cena caliente. En torno, la gente reía y bromeaba; delante de todos iba una dama de mediana edad y expresión severa, y junto a ella se hallaban cuatro muchachas idénticamente vestidas, hermanas sin duda, cada una algo mayor que la anterior. Eran preciosas, y pese al hambre que me oprimía el estómago, sus rostros atrajeron mi mirada. Ellas no repararon en mí hasta que la última de la fila, de unos quince años, volvió la cabeza y me miró a los ojos. Yo debería haberme sonrojado en un momento así, o apartado la vista, pero no lo hice. En cambio, le sostuve la mirada y nos observamos como si fuéramos viejos amigos, hasta que ella notó de súbito lo caliente que estaba la bolsa que sujetaba y la soltó con un grito, esparciendo media docena de castañas que rodaron por el suelo hacia mí. Me agaché para recogerlas y ella corrió a recuperarlas, pero una severa reprimenda de su institutriz la hizo detenerse en seco, y titubeó sólo un segundo antes de volver a unirse a sus hermanas.

–¡Señorita! –exclamé, echando a andar hacia ella con mi trofeo, pero sólo pude dar unos pasos antes de que uno de mis escoltas me asiera con rudeza del brazo herido; solté un grito y dejé caer de nuevo las castañas–. ¿Qué haces? –Me giré furioso hacia él, pues, sin saber por qué, detesté que la muchacha me viera chillar por el simple hecho de que un hombre me agarrase–. Estas castañas pertenecen a esa joven.

–Puede comprarse más –repuso el guardia, arrastrándome de vuelta a los caballos, tan hambriento como antes de detenernos–. Has de saber dónde está tu sitio, chico, y si no lo sabes, no tardarán en enseñártelo.

Fruncí el entrecejo y miré hacia la izquierda, donde la mujer y sus pupilas subían a su carruaje para alejarse, con los ojos de la multitud clavados en ellas, como debía ser, puesto que cada muchacha era tan hermosa como la anterior, con la excepción de la menor, que las eclipsaba a todas.

Unos instantes después cabalgábamos por las riberas del río Neva; yo observaba fijamente los terraplenes de granito y las alegres parejas jóvenes que paseaban por los senderos conversando. Allí la gente parecía feliz, cosa que me sorprendió, pues había esperado una ciudad desgarrada por la guerra. Sin embargo, se diría que ninguna de sus desagradables consecuencias había llegado a San Petersburgo, y las calles y plazas estaban llenas de risas, alegría y prosperidad. Apenas fui capaz de controlar mi creciente emoción.

Finalmente entramos en una plaza magnífica, donde se alzó ante mis ojos el Palacio de Invierno. Pese a la oscuridad de la noche, la alta luna llena me permitió contemplar la ciudadela de fachada verde y blanca con los ojos muy abiertos. No lograba comprender cómo habría construido alguien un edificio tan extraordinario, y sin embargo me pareció que yo era el único anonadado ante su esplendor.

–¿Es esto? –pregunté a uno de los guardias–. ¿Es aquí donde vive el zar?

–Por supuesto –contestó malhumorado, con la misma falta de interés en hablar conmigo que él y su compañero habían mostrado durante todo el trayecto. Sospeché que consideraban indigno que les hubieran encomendado una tarea tan nimia como escoltar a un muchacho hasta la capital, mientras sus compañeros continuaban con el séquito del gran duque.

–¿Yo también voy a vivir aquí? –quise saber, tratando de no reír ante una idea tan extravagante.

–Quién sabe. Nuestras órdenes son llevarte ante el conde Charnetski, y después de eso te las arreglarás por tu cuenta.

Pasamos ante la columna de Alejandro, de granito rojo y casi el doble de alta que el palacio, y me quedé mirando el ángel que presidía su cima, aferrando una cruz. Tenía la cabeza gacha, como un vencido, pero su pose era triunfal, un grito a sus enemigos para que se dieran a conocer, pues el poder de la fe garantizaría su seguridad. Siguiendo a los guardias, traspuse un arco de entrada que conducía directamente al cuerpo del palacio, y allí se llevaron mi caballo. Me recibió un caballero corpulento que me miró de arriba abajo mientras yo me enderezaba, entumecido por el largo viaje, y no pareció muy impresionado por lo que veía.

–¿Eres Georgi Danílovich Yáchmenev? –inquirió cuando me acerqué.

–Así es, señor –contesté con educación.

–Soy el conde Vladímir Vládiavich Charnetski –anunció, al parecer disfrutando del sonido de las palabras que su lengua pronunciaba–. Tengo el honor de estar al mando de la Guardia Imperial. Me han dicho que llevaste a cabo un acto heroico en tu pueblo natal y que te han recompensado con un puesto en las dependencias del zar, ¿es cierto eso?

–Eso dicen. La verdad es que los acontecimientos de esa tarde transcurrieron con tanta rapidez que...

–Eso no importa –me interrumpió, y me indicó que lo siguiera hacia otra puerta que llevaba al cálido interior del palacio–. Has de saber que esa clase de heroicidades forman parte de las responsabilidades cotidianas de aquellos que protegen al zar y su familia. Vas a trabajar junto a hombres que han arriesgado su vida en incontables ocasiones, así que no pienses que eres especial. Eres un simple guijarro en una playa, nada más.

–Por supuesto, señor –repuse, sorprendido por su hostilidad–. Nunca me he creído más que eso. Y le aseguro que...

–Por lo general, no me gusta que me impongan nuevos guardias –afirmó, resoplando al ascender una serie de escalinatas alfombradas en púrpura, a un ritmo que me obligaba a correr para seguirlo, un hecho inesperado considerando nuestra gran diferencia tanto en edad como en peso–. Me preocupo en especial cuando me obligan a vigilar a jovencitos carentes de instrucción y que nada saben de nuestra forma de hacer las cosas aquí.

–Por supuesto, señor –repetí, corriendo tras él y esforzándome en parecer adecuadamente respetuoso y sumiso.

Al subir por las escaleras de palacio, contemplé sobrecogido los gruesos marcos dorados de espejos y ventanas. Estatuas de blanco alabastro sobresalían de las paredes y se alzaban triunfales sobre pedestales, de espaldas a las enormes columnatas grises que iban del suelo al techo. A través de puertas abiertas que daban a una serie de antecámaras, se vislumbraban magníficos tapices y cuadros, la mayoría de los cuales representaban grandes hombres a lomos de caballos conduciendo sus soldados a la batalla, y el suelo de mármol hacía reverberar nuestros pasos. Me sorprendió que un hombre de la corpulencia del conde Charnetski –y era una corpulencia extraordinaria– pudiese moverse por los pasillos con semejante destreza. Años de práctica, supuse.

–Pero al gran duque se le meten esas cosas en la cabeza de vez en cuando –continuó–, y cuando eso sucede, todos debemos actuar según sus deseos, sean cuales sean las consecuencias.

–Señor –dije, deteniéndome un instante, decidido a dar muestras de mi hombría, una aspiración que se vio algo deslucida por el tiempo que me costó recobrar el aliento, pues estaba doblado en dos con las manos en las caderas, jadeando–. Debe saber que, aunque nunca me pasó por la cabeza que iba a encontrarme en tan encumbrada posición, haré cuanto esté en mi mano por actuar con fortaleza y corrección, ateniéndome a las mejores tradiciones de sus hombres. Y ansío aprender lo que deba saber un guardia. Además, descubrirá que soy bastante aplicado, se lo prometo.

Él se detuvo unos pasos por delante y se dio la vuelta, mirándome con tal asombro que durante un instante no supe si pretendía abofetearme o simplemente arrojarme por una de las altas ventanas de vitrales que recorrían las paredes. Por fin no hizo ninguna de las dos cosas; se limitó a negar con la cabeza y continuar, exclamando por encima del hombro que lo siguiera, y rápido.

Unos minutos después nos encontramos en un largo pasillo, donde Charnetski me dijo que me sentara en un exquisito sillón, y yo me sentí agradecido por el descanso. El conde asintió con la cabeza, satisfecho por haber llevado a cabo su tarea, y se volvió para alejarse, pero, antes de que desapareciera de la vista, hice acopio de valor para llamarlo.

–¡Señor! –exclamé–. ¡Conde Charnetski!

–¿Qué quieres, chico? –me preguntó con una mirada furiosa, como si no pudiese creer que hubiese tenido la audacia de dirigirme a él.

–Bueno... –Miré alrededor encogiéndome de hombros–. Y ahora, ¿qué tengo que hacer?

–¿Que qué tienes que hacer? –repitió, acercándose unos pasos y riendo un poco, pero creo que con amargura, no con diversión–. ¿Que qué tienes que hacer? Esperarás. Hasta que te llamen. Y entonces te darán instrucciones.

–¿Y después?

–Después –contestó, alejándose de nuevo hacia la oscuridad del pasillo–, harás lo que todos hemos venido a hacer aquí, Georgi Danílovich. Obedecerás.

Los minutos que pasé allí sentado se alargaron de forma interminable, y empecé a temer que se hubiesen olvidado de mí. No había movimiento en el pasillo, y, exceptuando la sensación de que tras cada puerta rondaba una comunidad entera de criados diligentes, había pocos indicios de vida. Quienquiera que debiese darme instrucciones sobre mis obligaciones no daba señales de aparecer, y experimenté una creciente inquietud, preguntándome qué hacer o adónde ir si nadie acudía a hacerse cargo de mí. Deseaba una comida caliente, una cama, algún sitio donde quitarme el polvo del viaje, pero no parecía probable que fuera a disfrutar de semejantes lujos.

El conde Charnetski, molesto por mi presencia, había regresado al núcleo del laberinto. Me pregunté si el gran duque Nicolás Nikoláievich estaría esperando para entrevistarme, pero supuse que a esas alturas habría vuelto a Stavka, el cuartel general del ejército. Mi estómago empezó a rugir, pues hacía casi veinticuatro horas que no comía nada, y bajé la vista frunciendo el entrecejo, como si con una severa reprimenda fuera a callar. El sonido, como el chirriar de una puerta sin lubricar que se abriera despacio, reverberó en el pasillo, rebotando contra paredes y ventanas para crecer en intensidad y avergonzarme más a cada instante. Tosiendo un poco para enmascararlo, me levanté para estirar las piernas y sentí un dolor tremendo de los tobillos a los muslos, provocado por la larga cabalgata desde Kashin.

El corredor en que me hallaba no daba a la plaza del Palacio, sino que estaba situado en el extremo de la ciudadela con vistas al río Neva, iluminado en sus riberas por una serie de farolas eléctricas. Pese a lo tarde que era, todavía había algunos barcos de recreo, y eso me sorprendió, porque la noche era fría y supuse que la temperatura cerca del agua sería bajísima. Sin embargo, era obvio que esa gente pertenecía a las clases más acomodadas, pues incluso a tanta distancia advertí que iba envuelta en pieles, sombreros y guantes caros. Imaginé las cubiertas a rebosar de comida y bebida, una generación de príncipes y duquesas que reían y chismorreaban, como si no tuvieran una sola preocupación en el mundo.

Nadie que contemplara semejante escena habría supuesto que nuestro país llevaba en guerra más de dieciocho meses y que millares de jóvenes rusos estaban muriendo en los campos de batalla de Europa. No era como Versalles justo antes de la llegada de las carretas, pero la atmósfera era de evasión, como si las clases terratenientes de San Petersburgo no acabaran de creer que en los pueblos y aldeas de más allá de la ciudad estuviesen aumentando la desdicha y el descontento.

Observé cómo amarraba directamente delante del palacio uno de esos barcos, quizás el más espléndido; dos guardias imperiales saltaron de la cubierta al paseo, mientras la embarcación se deslizaba suavemente en su atracadero, para asir una pasarela que permitiera a sus ocupantes descender con seguridad. Una mujer fornida bajó primero y esperó a un lado mientras cuatro jovencitas, todas ataviadas con idénticos vestidos, abrigos y sombreros grises, la seguían hablando entre sí. Estiré el cuello para ver mejor y me admiró comprobar que se trataba del mismo grupo del puesto de castañas. Su carruaje debía de haberlas llevado hasta el barco para un breve paseo con que poner fin a una agradable salida, pero desde donde me hallaba, en la segunda planta del palacio, estaba demasiado alto para verlas más de unos breves instantes. Sin embargo, me pregunté si tenían la sensación de ser observadas, pues justo antes de desaparecer de la vista, una de ellas –la menor, la chica cuyas castañas habían caído al suelo y cuya mirada me había dejado embelesado– titubeó y luego levantó la cabeza y me vio –incluso pareció haberme reconocido–, como si esperase que yo estuviera allí. La vi sonreír sólo un segundo antes de desaparecer; tragué saliva con nerviosismo y fruncí el entrecejo, confundido ante la emoción desconocida que me recorrió.

Había posado la mirada en la muchacha sólo unos segundos, y ni siquiera habíamos hablado en el puesto de castañas, pero había una calidez, una amabilidad en sus ojos, que me dieron ganas de echar a correr en su busca, para hablar con ella y descubrir quién era. Mis emociones eran tan absurdas que casi me hicieron reír. «No seas ridículo, Georgi», me dije, sacudiendo la cabeza para librarme de esas imágenes, y como seguía sin haber rastro de alguien que me dijera qué hacer, eché a andar pasillo abajo, alejándome de las peligrosas ventanas y de la soledad de mi exquisito asiento.

Y en ese momento empecé a oír voces en la distancia.

Cada puerta cerrada estaba tan ornamentada como la anterior y tenía unos cinco metros de altura, con un friso semicircular sobre las intrincadas molduras doradas que adornaban la superficie. Me pregunté cuántas horas de artesanía se habrían invertido en su elaborada y minuciosa manufactura. ¿Cuántas puertas como ésas habría en el palacio? ¿Mil? ¿Dos mil? Mi cerebro fue incapaz de considerar siquiera semejante idea, y me mareé un poco al pensar en la cantidad de gente que debía de haberse esforzado en completar toda esa decoración tan refinada, la cual existía para complacer a una sola familia. ¿Se fijaban siquiera en lo hermoso que era todo? ¿O les pasaba completamente inadvertido aquel delicado esplendor?

Titubeando sólo un instante, doblé una esquina, donde me esperaba un pasillo mucho más corto. Hacia la izquierda no había luces, y la creciente oscuridad me recordó algunas de las aterradoras historias que Asya me contaba de niño para provocarme pesadillas; me estremecí levemente y me di la vuelta. Sin embargo, a mi derecha había una serie de velas encendidas en el alféizar de las ventanas, y avancé con espíritu explorador pero con cautela, despacio, para que mis botas no resonasen contra el suelo.

Una vez más todas las puertas estaban cerradas, pero no tardé mucho en oír voces en una habitación un poco más allá. Intrigado, fui apoyando la oreja contra cada puerta, pero al otro lado sólo había silencio. Me pregunté qué ocurriría detrás de cada una de ellas. ¿Quién vivía, trabajaba, daba órdenes allí? El sonido se tornó más audible y al final del pasillo encontré una puerta entornada, pero vacilé antes de acercarme. Las voces eran más claras ahora, aunque hablaban quedamente; cuando me asomé, vi una habitación sencilla, con un reclinatorio justo en el centro.

Había una mujer arrodillada en él, con la cabeza hundida en el cojín. Y estaba llorando.

La observé unos instantes, intrigado por su pesar, antes de que mi mirada se desplazara hacia el otro ocupante de la habitación, un hombre que estaba de cara a la pared, frente a un gran icono colocado sobre un tapiz luminiscente. Tenía un cabello oscuro y extraordinariamente largo que le caía por la espalda, espeso y enmarañado, como si no lo llevara muy limpio, e iba vestido con sencillas prendas de campesino, la clase de túnica y pantalones que no habría estado fuera de lugar en Kashin. Me pregunté qué diantre estaría haciendo allí con un atuendo tan ordinario. ¿Habría entrado por la fuerza? ¿Sería un ladrón? Pero no, no era posible, pues la dama arrodillada ante él iba ataviada con el vestido más magnífico que había visto en mi vida y era obvio que tenía motivos para estar en palacio; de tratarse de un intruso, el hombre no llamaría la atención de la dama tan deliberadamente.

–Debes rezar, *matushka* –dijo de pronto, con voz grave y cavernosa, como salida de las mismísimas profundidades del infierno. Extendió los brazos en una postura que recordó a la de Cristo crucificado en el Calvario–. Debes tener fe en un poder mayor que el de príncipes y palacios. No eres nada, *matushka*. Y yo no soy más que un canal a través del cual puede oírse la voz de Dios. Debes suplicar Su gracia. Debes entregarte a Dios, sin importar con qué disfraz se presente ante ti. Debes hacer todo lo que te pida. Por el bien del muchacho.

La mujer no dijo nada. Se limitó a hundir aún más la cabeza en el cojín delantero del reclinatorio. Sentí un escalofrío y cierto nerviosismo al observar aquella escena. Sin embargo, estaba hipnotizado y no podía marcharme. Contuve el aliento, esperando que el hombre volviese a hablar, pero al cabo de un instante él se giró en redondo, consciente de mi presencia, y nuestras miradas se encontraron.

Aquellos ojos. Los recuerdo incluso ahora... Eran como círculos de carbón, arrancados del fondo de una mina enferma.

Se me dilataron las pupilas mientras nos observábamos, y sentí el cuerpo entumecido de miedo. «Corre –me dije–. Vete de aquí.» Pero mis piernas se negaron a obedecer y continuamos mirándonos, hasta que por fin el hombre ladeó un poco la cabeza, como si sintiera curiosidad, y esbozó una sonrisa, una sonrisa horrible, una exhibición de dientes amarillos contra una cavernosa oscuridad, y el espanto de su expresión bastó para romper el hechizo; me volví y eché a correr por donde había llegado, hasta encontrarme de nuevo en el cruce de pasillos, titubeando y sin saber muy bien qué dirección me llevaría de nuevo a donde el conde Charnetski me había indicado que esperara.

Corriendo, convencido de que aquel hombre me perseguía para matarme, di vueltas y más vueltas, precipitándome por pasillos desconocidos y en direcciones opuestas, perdido ya en el palacio; asustado, jadeando y con el corazón palpitante, me pregunté cómo diablos iba a explicar mi desaparición, y si debía descender por todas las escaleras que encontrase hasta hallarme de nuevo fuera del palacio, momento en que podría huir a Kashin, fingiendo que todo aquello nunca había sucedido.

Y entonces, como por arte de magia, volví a encontrarme en el pasillo del que había partido. Me detuve doblado en dos para recuperar el aliento, y al alzar la vista me percaté de que ya no estaba solo.

Había un hombre en el extremo del pasillo, junto a una puerta abierta por la que se derramaba una luz brillante que lo iluminaba casi como a un dios. Me quedé mirándolo, preguntándome qué otros horrores me esperaban. ¿Quién era ese hombre bañado en una gloria blanca? ¿Por qué lo habían enviado en mi busca?

–¿Eres Yáchmenev? –preguntó con calma, avanzando hacia mí con soltura.

–Sí, señor.

–Por favor –dijo entonces, indicando la puerta abierta–. Pensaba que te habías esfumado.

Dudé sólo un segundo antes de seguirlo. Nunca había visto a ese hombre, por supuesto; mis ojos jamás se habían posado en él. Pero supe de inmediato quién era.

Su majestad imperial el zar Nicolás II, emperador y autócrata de todas las Rusias, gran duque de Finlandia, rey de Polonia.

Mi patrón.

–Siento haberte hecho esperar –me dijo cuando entré en la habitación y cerré la puerta–. Como podrás imaginar, tengo muchos asuntos de Estado de que ocuparme. Y ha sido un día largo, muy largo. Esperaba... –Se interrumpió al darse la vuelta, y se quedó mirándome con asombro–. ¿Qué diantre haces, muchacho?

Estaba a la izquierda de su escritorio, sorprendido sin duda al verme arrodillado a unos tres metros de él, en actitud suplicante, con las manos tendidas ante mí sobre la rica alfombra y la frente tocando el suelo.

–Oh, la más imperial de las majestades –empecé, y mis palabras quedaron amortiguadas por el tejido púrpura y rojo en que tenía apoyada la nariz–. Permítame demostrar mi más sincera apreciación por el honor de...

–¡Por todos los santos, haz el favor de ponerte en pie, muchacho, para que pueda verte y oírte!

Alcé la mirada y vislumbré un asomo de sonrisa en sus labios; debía de estar ofreciéndole un espectáculo inusitado.

–Discúlpeme, majestad. Estaba diciendo que...

–Levántate de una vez –insistió–. Pareces un perro apaleado, tirado en mi alfombra de esa manera.

Me puse en pie y me arreglé la ropa, tratando de encontrar alguna dignidad en mi pose. Sentí que la sangre se me había subido a la cabeza, dejándome la cara roja; seguramente daba la impresión de estar avergonzado por hallarme en su presencia.

–Discúlpeme –repetí.

–Para empezar, puedes dejar de disculparte –dijo, rodeando el escritorio para sentarse a él–. Todo lo que hemos hecho en los últimos dos minutos ha sido pedirnos disculpas. Hay que ponerle fin a eso.

–Sí, majestad –acepté, asintiendo con la cabeza.

Me atreví a mirarlo mientras él me examinaba, y me sorprendió un poco su aspecto. No era un hombre alto –medía poco más de un metro setenta–, lo que significaba que yo le sacaría una buena cabeza. Pero era bastante apuesto, de complexión compacta, delgado y al parecer atlético, con unos penetrantes ojos azules, barba bien recortada y un bigote con los extremos encerados pero algo caídos, quizá porque era ya muy tarde. Imaginé que se ocupaba de él una vez al día, por la mañana, o dos si tenía una recepción por la noche, para recibir a sus invitados. La cosa no era tan importante cuando tenía una visita humilde como yo.

A diferencia de lo que esperaba, el zar no iba ataviado con ningún extravagante atuendo imperial, sino con la sencilla ropa de un *mujik:* una simple camisa de color vainilla, unos pantalones holgados y unas botas altas de piel oscura. Por supuesto, sin duda aquellas prendas eran de las telas más finas, pero se veían cómodas y sencillas, y empecé a sentirme más a gusto en su presencia.

–De modo que tú eres Yáchmenev –dijo por fin, y su voz clara no reveló ni aburrimiento ni interés; fue como si yo supusiera una tarea más en su jornada.

–Sí, señor.

–¿Cuál es tu nombre completo?

–Georgi Danílovich Yáchmenev. De la aldea de Kashin.

–¿Y tu padre? ¿Quién es?

–Danil Vládiavich Yáchmenev. También es de Kashin.

–Ya veo. ¿Y está entre nosotros?

Lo miré, sorprendido.

–Él no me ha acompañado, señor. Nadie dijo que debía hacerlo.

–Me refiero a si sigue vivo, Yáchmenev –suspiró.

–Oh. Sí. Así es.

–¿Y qué posición ocupa en la sociedad?

–Es agricultor, señor.

–¿Tiene tierras propias?

–No, señor. Es jornalero.

–Has dicho que era agricultor.

–Me he explicado mal, señor. Me refería a que cultiva la tierra. Pero no es su tierra.

–¿De quién es, entonces?

–De su majestad.

Sonrió al oír eso y enarcó una ceja unos instantes, como sopesando mi respuesta.

–Es mía, en efecto. Pero hay quienes piensan que todas las tierras de Rusia deberían distribuirse equitativamente entre los campesinos. Mi anterior primer ministro, Stolipin, introdujo esa reforma particular –añadió, y su tono reveló que no había estado de acuerdo con ella–. ¿Te suena de algo Stolipin?

–No, señor –respondí con franqueza.

–¿Nunca has oído hablar de él? –preguntó extrañado.

–Me temo que no, señor.

–Bueno, supongo que no importa –dijo, frotándose con cautela una mancha en la camisa–. Ahora está muerto. Le dispararon en la ópera de Kiev, mientras yo lo veía desde lo alto, en el palco imperial. Es lo más cerca que pueden llegar esos asesinos. Era un buen hombre ese Stolipin. Lo traté mal.

Permaneció en silencio unos instantes, con expresión de estar perdido en recuerdos del pasado; sólo llevaba unos minutos con el zar, pero empecé a sospechar que para él el pasado era un peso tremendo. Y que el presente difícilmente ofrecía mayor consuelo.

–Tu padre... –prosiguió al fin, alzando de nuevo la vista–. ¿Crees que habría que concederle sus propias tierras?

Lo pensé, pero el concepto mismo me confundió y no supe expresarlo con palabras; me encogí de hombros para indicar mi ignorancia.

–Me temo que no sé nada de esas cuestiones, señor. Pero estoy seguro de que lo que usted decida será lo correcto.

–¿Tienes confianza en mí, entonces?

–Sí, señor.

–Pero ¿por qué? No me conocías hasta ahora.

–Porque usted es el zar, señor.

–¿Y qué importancia tiene eso?

–¿Que qué importancia tiene?

–Sí, Georgi Danílovich –repuso con calma–. ¿Qué más da que yo sea el zar? ¿El simple hecho de que sea el zar te inspira confianza?

–Bueno... pues sí –contesté, volviendo a encogerme de hombros, y él suspiró moviendo la cabeza.

–No debes encogerte de hombros en presencia del ungido por Dios –dijo con firmeza–. Es una falta de educación.

–Disculpe, señor –respondí, notando que me ruborizaba–. No pretendía faltarle al respeto.

–Ya estás disculpándote otra vez.

–Es que estoy nervioso, señor.

–¿Nervioso?

–Sí.

–Pero ¿por qué?

–Porque usted es el zar.

Él soltó una carcajada, una larga carcajada que duró casi un minuto, dejándome en un estado de absoluto desconcierto. La verdad es que yo no había previsto conocer al emperador esa noche, si es que esperaba conocerlo alguna vez, y nuestro encuentro se había producido con tan pocos preparativos y tan escasa formalidad que aún me sentía confuso. Por lo visto el zar quería interrogarme a conciencia para un puesto que yo aún no conocía, pero se mostraba prudente y cauteloso en sus preguntas, escuchando mis respuestas antes de proseguir, tratando de pescarme en una equivocación. Y ahora se estaba riendo como si yo hubiese dicho algo divertido, sólo que no se me ocurría qué diantre podía ser.

–Pareces confundido, Georgi Danílovich –dijo al fin, brindándome una agradable sonrisa cuando las carcajadas remitieron.

–Lo estoy, un poco –admití–. ¿Ha sido una grosería lo que acabo de decir?

–No, no. –Negó con la cabeza–. Es que la coherencia de tus respuestas me divierte, eso es todo. «Porque usted es el zar.» En efecto soy el zar, ¿no es así?

–Pues sí, señor.

–Y vaya puesto tan curioso es ése, además –comentó, cogiendo un abrecartas de acero engastado de brillantes del escritorio para balancearlo sobre la yema de un dedo–. Algún día te lo explicaré, tal vez. Por el momento, tengo entendido que te debo mi gratitud.

–¿Su gratitud, señor? –pregunté, perplejo ante la idea de que pudiese deberme algo.

–Mi primo, el gran duque Nicolás Nikoláievich. Él te recomendó. Me contó cómo lo salvaste de un intento de asesinato.

–No estoy seguro de que fuese algo tan serio, señor. –Semejantes palabras me parecieron increíblemente inexactas, incluso de labios del zar.

–¿No? ¿Cómo lo llamarías, entonces?

Consideré la cuestión.

–Aquel muchacho, Kolek Boriávich... Yo lo conocía desde que éramos niños. Era..., bueno, fue un error estúpido por su parte. Su padre es un hombre de opiniones contundentes, y a Kolek le gustaba impresionarlo.

–Mi padre también era un hombre de opiniones contundentes, Georgi Danílovich, y yo no trato de asesinar a la gente por esa causa.

–No, señor; tiene a todo un ejército a su disposición que lo hace por usted.

Él levantó de golpe la cabeza y me miró sorprendido, con los ojos muy abiertos ante mi impertinencia; hasta yo mismo quedé horrorizado por mis palabras.

–¿Qué has dicho? –preguntó, cuando hubo transcurrido lo que se me antojó una eternidad.

–Señor... –Intenté rectificar–: Me he expresado mal. Sólo quería decir que Kolek estaba sometido a su padre, eso es todo. Intentaba complacerlo.

–Entonces, ¿era su padre quien quería asesinar a mi primo? ¿Crees que debería enviar soldados a arrestarlo a él?

–Sólo si se puede arrestar a un hombre por sus pensamientos y no por sus actos –respondí, pues era responsable de la muerte de mi mejor amigo, y desde luego no iba a tener también la sangre de su padre en la conciencia.

–En efecto –aprobó él tras reflexionar–. Y no, mi joven amigo, no arrestamos a hombres por esa clase de cosas. A menos que sus pensamientos conduzcan a planes concretos. El asesinato es algo terrible. Es la forma más cobarde de protesta.

No respondí; no se me ocurrió nada que decir.

–Yo sólo tenía trece años cuando mi propio abuelo fue asesinado, ¿sabes? Alejandro II. El zar Libertador lo llamaron en cierto momento. El hombre que emancipó a los siervos; y luego lo asesinaron por su generosidad. Un cobarde arrojó una bomba a su carruaje cuando transitaba por las calles no muy lejos de aquí, y salió ileso. Cuando bajó del carruaje, otro hombre corrió hacia él e hizo explotar una segunda bomba. Lo trajeron aquí, a este mismo palacio. Nuestra familia se reunió para ver morir al zar. Observé cómo lo abandonaba la vida. Lo recuerdo como si fuera ayer. La explosión le había arrancado una pierna. La otra estaba prácticamente destrozada. Tenía el vientre expuesto y jadeaba. Fue obvio que sólo viviría unos minutos. Y sin embargo se aseguró de hablarnos a todos de uno en uno, de ofrecernos su bendición definitiva; así de fuerte era, incluso en situaciones extremas. Consagró a mi padre. Me cogió la mano. Y entonces murió. Debió de pasar por una agonía tremenda. Así que ya ves; conozco las consecuencias de esa clase de violencia y estoy decidido a que ningún miembro de mi familia vuelva a ser víctima de un asesinato.

Asentí con la cabeza, conmovido por su relato. Aparté la mirada para posarla en las hileras de libros que cubrían la pared a mi derecha y agucé la vista, tratando de distinguir los títulos.

–No vuelvas la cabeza en mi presencia –dijo el zar, aunque hubo más curiosidad que ira en su tono–. Soy yo quien ha de volverla primero.

–Lo siento, señor. –Lo miré de nuevo–. No lo sabía.

–Más disculpas –suspiró–. Ya veo que te llevará un tiempo aprender nuestras costumbres. E imagino que pueden parecerte... curiosas. ¿Te interesan los libros? –preguntó entonces, indicando con la cabeza las estanterías.

–No, señor. Quiero decir... sí, majestad. –Me lamenté por dentro, pues quería parecer menos ignorante–. Me refiero a que... sólo me interesa lo que dicen.

El zar sonrió un momento, como a punto de reír, pero luego se le ensombreció el rostro y se inclinó hacia mí.

–Mi primo es muy importante para mí, Georgi Danílovich. Pero es más importante aún para el desarrollo de la guerra, de una importancia extrema. La magnitud de su pérdida habría sido incalculable. Cuentas con la gratitud del zar y de todo el pueblo de Rusia por tus actos.

Me dio la sensación de que sería indigno por mi parte protestar más, así que me limité a inclinar la cabeza, antes de alzar de nuevo la mirada.

–Debes de estar cansado, muchacho –dijo entonces el zar–. Toma asiento, ¿quieres?

Miré alrededor y advertí que tenía detrás un sillón similar al que había en el pasillo, aunque no tan ornamentado, de modo que me acomodé y me sentí más relajado. Eché una rápida ojeada a la habitación, no fijándome en los libros, sino en los cuadros de las paredes, los tapices, los objetos de arte que reposaban en cada superficie disponible. Jamás había visto semejante opulencia. Era impresionante. Detrás del zar, justo sobre su hombro izquierdo, vi la más extraordinaria pieza ornamental y, pese a lo grosero del gesto, no conseguí apartar los ojos de ella. El zar, advirtiendo mi interés, se volvió para averiguar qué había captado mi atención.

–¡Ah! –exclamó, volviéndose de nuevo para sonreírme–. Y ahora has descubierto uno de mis tesoros.

–Lo siento, señor –dije, haciendo un gran esfuerzo para no encogerme de hombros–. Es sólo que... jamás había visto nada tan hermoso.

–Sí, es bonito, ¿verdad? –Tomó con ambas manos el objeto de forma oval y lo depositó en el escritorio, entre ambos–. Acércate un poco, Georgi. Puedes examinarlo más detenidamente si lo deseas.

Acerqué la silla y me incliné. La pieza no medía más de veinte centímetros de altura y quizá la mitad de ancho; era un huevo esmaltado en oro y blanco, adornado con minúsculos retratos, y asentado en un soporte de tres patas con forma de águila sobre una base roja y engastada de gemas.

–Es lo que se conoce como un huevo de Fabergé –explicó el zar–. Es tradición que el artista regale uno cada Pascua a mi familia, un nuevo diseño cada año, con una sorpresa en su interior. Es increíble, ¿no crees?

–Jamás había visto nada semejante –aseguré, ansioso por tender la mano y tocarlo, pero temiendo hacerlo, no fuera a dañarlo de algún modo.

–Éste nos lo regalaron a la zarina y a mí hace dos años, para celebrar el tricentenario del reinado de los Romanov. Verás, los retratos son de los zares anteriores. –Giró un poco el huevo para mostrarme a algunos de sus antepasados–. Miguel Fiódorovich, el primer Romanov. –Señaló a un hombre menudo y arrugado, nada imponente, con un sombrero de pico–. Y éste es Pedro el Grande, de un siglo después. Y Catalina la Grande, otros cincuenta años más tarde. Mi abuelo, del que te he hablado antes, Alejandro II. Y mi padre –añadió, indicando a un hombre casi exacto al que se sentaba ante mí–, Alejandro III.

–Y usted, señor –agregué, señalando el retrato central–. El zar Nicolás II.

–En efecto. –Pareció complacido de que me hubiese fijado en él–. Sólo lamento que no se añadiera un retrato al huevo.

–¿De quién, señor?

–De mi hijo, por supuesto. El zarévich Alexis. Creo que habría sido bastante adecuado ver su rostro ahí. Un testimonio de nuestras esperanzas en el futuro. –Consideró sus palabras unos segundos antes de proseguir–. Y si hago esto... –Posó la mano en la parte superior del huevo y levantó con cuidado una tapa con bisagras–. Mira qué sorpresa contiene.

Me incliné aún más, de forma que quedé casi tendido sobre el escritorio, y solté un grito ahogado al ver un globo terráqueo en su interior, con los continentes revestidos de oro y los océanos trazados en acero azul fundido.

–El globo está compuesto de dos hemisferios norte. –Por su tono, supe que estaba encantado de tener un público interesado–. Aquí están los territorios de Rusia en mil seiscientos trece, cuando mi antepasado Miguel Fiódorovich subió al trono. Y aquí –añadió, girando el globo–, nuestros territorios trescientos años después, en mi propio reinado. Bastante distintos, como ves.

Moví la cabeza, pues me había quedado sin habla. Los detalles del huevo eran tan hermosos, tan exquisito su diseño, que podría haber permanecido allí sentado todo el día y toda la noche sin cansarme de su belleza. Pero no pudo ser, pues después de contemplar unos instantes más las tierras que gobernaba, el zar volvió a cerrar el huevo y lo dejó en su sitio.

–Bueno, pues aquí estamos. –Juntó las palmas echando un vistazo al reloj de la pared–. Se está haciendo tarde. Quizá debería revelarte el otro motivo por el que quería hablar contigo.

–Por supuesto, señor.

Me observó unos instantes, como si estuviera decidiendo cuáles serían las palabras correctas. Su mirada me penetró de tal forma que me vi obligado a apartar la vista, y mis ojos se toparon con una fotografía enmarcada sobre su escritorio. Él siguió mi mirada.

–Ah. Supongo que ése es tan buen punto de partida como cualquiera. –Cogió la fotografía y me la tendió–. Imagino que conoces a la familia imperial, ¿no?

–Conozco su existencia, desde luego, señor. No he tenido el honor de...

–Las cuatro jóvenes damas de la fotografía –prosiguió, sin prestarme atención– son mis hijas, las grandes duquesas Olga, Tatiana, María y Anastasia. Debo señalar que se están convirtiendo en bellas mujeres. Estoy orgullosísimo de ellas. La mayor, Olga, tiene ahora veinte años. Quizá deberíamos casarla pronto; es una posibilidad. Hay muchos buenos partidos en las familias reales de Europa. Aunque en este momento es imposible. No con esta maldita guerra. Pero creo que pronto lo será, cuando todo haya terminado. Esa que ves ahí, la más joven, es mi amor particular, la gran duquesa Anastasia, que no tardará en cumplir quince años.

Contemplé su rostro en el retrato. Era joven, desde luego, pero yo no le llevaba ni dos años. La reconocí de inmediato. Era la muchacha que había conocido en el puesto de castañas esa misma tarde; la joven dama que había alzado la vista hacia mí y sonreído al bajar del barco una hora antes. La que me había hecho volverme, presa de la confusión, desconcertado ante aquella repentina oleada de pasión.

–Hubo momentos..., creo que puedo hacerte esta confidencia, Georgi..., en que pensé que nunca me vería bendecido con un varón. Pero, felizmente, la zarina y yo tuvimos a nuestro Alexis hará unos once años. Es un buen muchacho. Algún día será un zar estupendo.

Me fijé en el alegre semblante del niño de la fotografía, pero me sorprendió un poco que estuviera tan flaco y luciera unas profundas ojeras.

–No dudo de que lo será, señor.

–Como es natural, muchos miembros de la Guardia Imperial lo protegen a diario –prosiguió, y me pareció que le costaba elegir las palabras, como si no supiera cuánto revelar–. Y cuidan bien de él, por supuesto. Pero he pensado... que quizá podría tener como compañero a alguien de una edad más cercana a la suya. Alguien suficientemente mayor y a su vez valiente, para protegerlo de ser necesario. ¿Cuántos años tienes, Georgi?

–Dieciséis, señor.

–Dieciséis, eso está bien. Un chico de once siempre admirará a un muchacho de tu edad. Creo que podrías ser un buen modelo de comportamiento para él.

Exhalé con nerviosismo. El gran duque me había mencionado algo parecido cuando estaba herido en Kashin, pero yo dudaba que pudiera encomendársele semejante tarea a un *mujik*. Todo parecía tan por encima de mis expectativas que tuve la certeza de que despertaría en cualquier momento para descubrir que había sido un sueño, y que el zar, el Palacio de Invierno con todas sus glorias, hasta el precioso huevo de Fabergé, se disolverían ante mis ojos y volvería a encontrarme en el suelo de nuestra cabaña en Kashin, con Danil despertándome a patadas, exigiendo el desayuno.

–Sería un honor para mí, señor –respondí al fin–. Si me cree digno de ese puesto.

–Desde luego, el gran duque piensa que lo eres –afirmó él poniéndose en pie, y yo lo imité–. Y a mí me pareces un joven muy respetable. Creo que puedes cumplir bien ese papel.

Nos dirigimos a la puerta, y al hacerlo, el zar me apoyó una imperial mano en el hombro, provocándome una sacudida eléctrica en todo el cuerpo. El zar, el ungido por Dios, me estaba tocando. Era la mayor bendición que había recibido en mi vida. Me apretó con fuerza, y yo me sentí tan sobrecogido y honrado que no me importó el dolor atroz que me recorrió el brazo desde la herida de bala que él oprimía tan despreocupadamente.

–Bueno, ¿puedo confiar en ti, Georgi Danílovich? –quiso saber entonces, mirándome a los ojos.

–Por supuesto, majestad.

–Espero que así sea. –Hubo un dejo de desesperación y desdicha en su voz–. Si vas a asumir esa responsabilidad, hay algo que... Georgi, lo que voy a decirte ahora no debe salir nunca de esta habitación.

–Señor, sea lo que sea, me lo llevaré a la tumba.

Él tragó saliva y titubeó. El silencio se alargó más de un minuto, pero yo ya no me sentía incómodo; tenía más bien la sensación de que era el centro de un gran secreto, de algo que el señor de nuestra tierra iba a confiarme. Pero, para mi decepción, el zar pareció cambiar de opinión, pues, en lugar de confiar en mí, se limitó a apartar la mirada; me soltó el hombro y abrió la puerta que daba al pasillo.

–Quizá no sea éste el momento. Veamos primero qué tal se te da la tarea. Todo lo que te pido es que cuides al máximo de mi hijo. Él es nuestra gran esperanza. Es la esperanza de todos los rusos leales.

–Haré cuanto esté en mi mano por mantenerlo a salvo –aseguré–. Mi vida le pertenece a partir de ahora.

–Es cuanto necesito saber –repuso él, sonriendo un instante antes de cerrarme la puerta en las narices y dejarme de nuevo solo en el pasillo frío y desierto, preguntándome si alguien vendría a buscarme y adónde demonios debía dirigirme.

1970

Ese año, por primera vez desde mi jubilación, decidí no acercarme siquiera a la biblioteca del Museo Británico. No porque no quisiera estar allí; bien al contrario, después de pasar mi vida adulta enclaustrado en la erudita comodidad de tan pacífico espacio, no había prácticamente ningún sitio en que me sintiera tan feliz. No; la razón de que decidiera evitarla fue que no deseaba convertirme en uno de esos hombres que no pueden aceptar que su vida laboral ha llegado a su fin y que la rutina cotidiana del empleo, fuente de orden y disciplina en nuestra existencia, se ha visto reemplazada por la más absoluta confusión –o lo que Lamb dio en llamar «la liberación»– del hombre caduco.

Recuerdo demasiado bien aquel viernes por la tarde de 1959, cuando se celebró una pequeña fiesta en honor del señor Trevors, que había cumplido sesenta y cinco años y completaba su última semana de trabajo en la biblioteca. Se sirvieron bebidas y comida, hubo discursos, acudieron docenas de personas a desearle lo mejor en lo que fuera a hacer a partir de entonces. Pronunciamos el tópico habitual de que ahora tenía el mundo a sus pies, y no nos avergonzamos de repetirnos. Se suponía que el ambiente debía ser ligero y alegre, pero mi antiguo patrón se volvió más y más taciturno a medida que avanzaba la velada y se preguntó en voz alta, para incomodidad de sus invitados, cómo llenaría los días en adelante.

–Estoy solo en el mundo –nos contó, con una sonrisa de desdicha y los ojos anegados en lágrimas, y todos apartamos la vista, confiando en que algún otro le ofreciera consuelo–. ¿Qué me queda si no tengo mi trabajo? Una casa vacía. Sin Dorothy, sin Mary –añadió en voz baja, refiriéndose a la familia que debería haber aliviado su vejez pero que había perdido–. Este trabajo era mi única razón para levantarme por la mañana.

El lunes siguiente por la mañana, llegó a la biblioteca como de costumbre, muy puntual, con la camisa y la corbata impecables, e insistió en ayudarnos en las tareas menos importantes, de las que nunca se había preocupado en el pasado. Ninguno de nosotros supo muy bien cómo reaccionar –al fin y al cabo, seguía emanando cierto aire de autoridad después de tanto tiempo como nuestro jefe–, de modo que nada hicimos por impedírselo. Pero, para nuestra inquietud, apareció también al día siguiente, y al otro. El jueves por la mañana, uno de los directores del museo lo llevó aparte para hablar con él y le pidió que recordara que los demás estábamos allí para trabajar, que nos pagaban por ello, y que no podíamos dedicarnos a conversar el día entero. «Váyase a casa y disfrute de su jubilación –le dijo alegremente–. Ponga los pies en alto y haga todas esas cosas que nunca podía hacer cuando estaba encerrado aquí todo el día.» El pobre hombre hizo exactamente eso. Se fue a casa y se ahorcó esa misma noche.

Por supuesto, yo no tenía intención de permitir que me sucediera nada parecido al jubilarme. Para empezar, Zoya y yo gozábamos de buena salud. Nos teníamos el uno al otro, a nuestra hija Arina y su esposo Ralph, así como a nuestro nieto de nueve años para mantenernos jóvenes. Aun así, cuando llevaba un año jubilado, empecé a experimentar un anhelo: no el de volver a mi antiguo empleo, sino el de volver a visitar aquella atmósfera de erudición que tanto añoraba. De leer más. De documentarme sobre aquellos temas que seguía ignorando. Al fin y al cabo, durante mi vida laboral me había visto rodeado de libros, pero rara vez había tenido la oportunidad de estudiar cualquiera de ellos. De modo que decidí regresar a la tranquilidad de la biblioteca unas horas cada tarde, asegurándome de no causarles ninguna molestia a mis antiguos colegas, ocultándome hasta de su vista para que no se sintieran obligados a hablar conmigo. Y me sentí satisfecho con ese plan, feliz de pasarme los años que me quedaran inmerso en mi propia educación.

Sin embargo, a finales del otoño de 1970, poco después de cumplir setenta y un años, estaba sentado a mi mesa habitual cuando vi a una mujer, unos treinta años menor que yo, de pie junto a una de las estanterías, fingiendo examinar los títulos cuando era obvio que no tenía el menor interés en ellos, sino que estaba concentrada en observarme. En aquel momento no le di mucha importancia; me dije que probablemente sólo andaba perdida en sus pensamientos y no se había dado cuenta de que estaba mirándome. Volví a mi libro y no le di más vueltas.

Pero la vi de nuevo la tarde siguiente, cuando se sentó a mi mesa tres sillas más allá de la mía; la pillé mirándome cuando creía que yo no prestaba atención, y confieso que me resultó tan inquietante como perturbador. De haber sido más joven, quizás habría pensado que se sentía atraída por mí de algún modo, pero ya no existía semejante posibilidad. Al fin y al cabo, yo había entrado en mi octava década de vida. El poco cabello que me quedaba revelaba un cráneo lleno de bultos y pecas. Conservaba los dientes, que seguían siendo pasablemente blancos, pero no mejoraban en nada mi sonrisa, como quizá sucedía cuando era más joven. Y aunque la edad no había afectado en exceso mi movilidad, había empezado a emplear un bonito bastón de Malaca para asegurarme mejor equilibrio en mis andanzas diarias de aquí para allá en la biblioteca. En resumen, no era ningún galán, ni desde luego una figura que pudiese despertar el deseo de una mujer a la que doblaba la edad.

Pensé en cambiar de asiento, pero resolví no hacerlo. Al fin y al cabo, me había sentado en el mismo sitio todas las tardes durante cinco años. La iluminación era buena y me ayudaba a la lectura, pues mi vista ya no era tan aguda como antaño. Además, se estaba muy tranquilo, pues me hallaba rodeado de libros sobre temas tan poco populares que muy poca gente me molestaba. ¿Por qué debería moverme? «Que se mueva ella –decidí–. Éste es mi sitio.»

La mujer se fue poco después, pero no sin titubear al pasar por mi lado, como si quisiera decirme algo, pero lo pensó mejor y continuó.

–Pareces inquieto –me dijo Zoya esa noche cuando nos íbamos a la cama–. ¿Ocurre algo?

–Estoy bien –contesté con una sonrisa; no quería exponerle el episodio con detalle, no fuera a pensar que imaginaba cosas y estaba perdiendo la cabeza–. No es nada. Sólo estoy un poco cansado, eso es todo.

Aun así, permanecí despierto toda la noche, preocupado por saber qué querría esa mujer. Treinta años antes, incluso veinte, una aparición así me habría llenado de fantasías paranoicas sobre quién la habría enviado a espiarme, qué querría, y si andaría buscando también a Zoya, pero ya estábamos en 1970. Habíamos dejado atrás aquellos días, hacía mucho. No se me ocurría una razón sensata para aquel interés en mí, y empezó a preocuparme que no fuera la misma mujer del día anterior, o que la hubiese imaginado totalmente y aquello fuera el inicio de la senilidad.

Eso dejó de preocuparme al día siguiente, cuando llegué a la biblioteca poco después de la hora de comer y descubrí a la dama en la entrada, junto a los grandes leones de piedra, envuelta en un pesado abrigo oscuro, y noté que se ponía tensa al verme recorrer la calle hacia ella.

Fruncí el entrecejo, nervioso. Sabía que iba a hablarme, así que decidí pasar de largo sin dar muestras de haber reparado en su presencia, así a lo mejor me dejaba en paz. Pues para entonces sabía exactamente quién era. Estaba clarísimo. No la había visto hasta que acudió a la biblioteca, no había querido verla, pero ahora estaba allí, enfrentándose a mí, lo que de por sí era un atrevimiento.

«Pasa de largo –me dije–. No le hagas ni caso, Georgi. No digas nada.»

–Señor Yáchmenev –dijo ella cuando me acerqué.

Levanté un poco la mano enguantada y le dediqué una leve sonrisa y una inclinación de cabeza al pasar; y al hacerlo advertí que había envejecido de verdad. Fue el gesto de un hombre anciano, de un personaje real que pasara en un carruaje dorado. Me recordó al gran duque Nicolás Nikoláievich ofreciéndole su bendición a la multitud congregada cuando desfilaba con su caballo por las calles de Kashin, sin saber qué peligros lo aguardaban.

–Señor Yáchmenev, perdone usted, querría hablar un momento...

–Debo entrar –murmuré rápido, siguiendo mi camino, decidido a no permitir que me apuntara un Kolek coetáneo–. Me temo que hoy tengo mucho trabajo que hacer.

–No tardaré demasiado –repuso ella, y vi que los ojos se le

humedecían cuando dio un paso para interponerse en mi camino. También estaba nerviosa, se le veía en la cara; y la forma en que le temblaban las manos no podía ser sólo a causa del frío–. Siento molestarlo, pero tenía que hacerlo. Sencillamente tenía que hacerlo.

–No –musité entre dientes, sacudiendo la cabeza y negándome a mirarla–. No, por favor...

–Señor Yáchmenev, si me dice que me vaya, me iré, y le prometo que lo dejaré en paz, pero sólo le pido unos minutos de su tiempo. Podría dejarme invitarlo a una taza de té, eso es todo. No tengo derecho a pedirle nada, ya lo sé, pero se lo ruego. Si usted fuera capaz de...

Se echó a llorar, y entonces me vi obligado a mirarla, sintiendo aquel dolor atroz en el corazón, esa angustia terrible que hacía presa en mí en momentos inesperados del día, momentos en que ni siquiera estaba pensando en lo ocurrido. Momentos en que la odiaba tanto que habría deseado encontrarla yo mismo para apretarle la garganta con mis viejas manos y observar su expresión mientras la vida la abandonaba.

Pero ahora ella me había encontrado. Y ahí estaba, invitándome a una taza de té.

–Por favor, señor Yáchmenev –insistió.

Abrí la boca para contestar, pero de mi interior sólo brotó un sonoro grito de rabia, un mero fragmento del dolor y el sufrimiento que ella me había causado y que se aferraba a mi alma con tanta fuerza como cualquiera de mis grandes secretos o tormentos.

Habíamos esperado mucho tiempo tener un hijo. Habíamos sufrido muchas decepciones. Y entonces, un día, ahí estaba. Nuestra saludable Arina, a quien resultaba imposible no querer.

De recién nacida, la dejábamos en el centro de nuestra cama y nos sentábamos uno a cada lado, sonriendo embelesados. Le cogíamos los piececitos con la palma de la mano, maravillados de que pareciera tan feliz, perplejos por haber recibido al fin esa bendición.

–Significa «paz» –decíamos cuando alguien nos preguntaba

por qué le habíamos puesto ese nombre, y eso fue lo que Arina nos proporcionó: paz, la satisfacción de ser padres.

Cuando lloraba, nos asombraba que alguien tan pequeño pudiese producir un sonido tan melodioso. Todos los días, regresando de la biblioteca, apenas lograba no echar a correr en plena calle, tan ansioso estaba por llegar a casa y ver su carita cuando yo entraba por la puerta, esa expresión que me decía que aunque pudiera haberse olvidado de mí durante las ocho horas anteriores, ahora yo estaba allí, y ella me recordaba, y era estupendo volver a verme.

Cuando creció, no fue ni más ni menos difícil que cualquier otra niña; en el colegio le fue bien, sin sobresalir de forma especial en los estudios ni darnos preocupaciones. Se casó joven, demasiado joven, según pensé en aquel entonces, pero fue un matrimonio feliz. No sé si tuvo que enfrentarse a dificultades similares a las que pasamos su madre y yo, pero transcurrieron siete años antes de que se sentara ante nosotros para cogernos la mano y contarnos que íbamos a ser abuelos. Nació Michael, y su presencia en una habitación fue una alegría constante. Una noche, en la cena, Arina mencionó que le gustaría que Michael tuviera un hermanito o una hermanita. No de inmediato, pero pronto. Y nos emocionó la noticia, pues nos gustaba la idea de una casa llena de nietos de visita.

Y entonces murió.

Arina tenía treinta y seis años cuando nos fue arrebatada. Trabajaba de maestra en una escuela cerca de Battersea Park, y una tarde, a última hora, de regreso a casa andando por Albert Bridge Road, el viento le arrancó el sombrero y ella se precipitó tras él sin mirar a derecha ni izquierda, y la atropelló un coche. Por difícil que resulte admitirlo, fue enteramente culpa suya. El coche no tuvo ninguna posibilidad de evitarla. Por supuesto, le habíamos enseñado a tener cuidado cuando cruzara una calle, no es que no supiera una cosa así, pero ¿quién de nosotros no se deja llevar a veces por el momento y olvida la prudencia? El viento le arrancó el sombrero, y Arina quiso recuperarlo. Lo que ocurrió fue algo muy simple. Y por eso murió.

La primera noticia que Zoya y yo tuvimos del accidente fue esa misma noche, cuando alguien llamó a la puerta. Al abrir vi a un joven pálido, un hombre al que me pareció conocer pero no conseguí situar de inmediato. Lucía una expresión angustiada, casi aterrorizada, y estrujaba una gorra de tela marrón entre las manos. No sé por qué, pero me concentré cada vez más en sus dedos a medida que hablaba. Tenía manos huesudas, con la piel casi transparente, no muy distintas de como habían envejecido las mías, aunque yo le llevaba cuarenta años. Quizá las observé para mantenerme firme, porque algo en su expresión me indicó que no iba a gustarme lo que tenía que decirnos.

–¿Señor Yáchmenev? –preguntó.

–Sí.

–No sé si se acordará de mí, señor. Soy David Frasier.

Me quedé mirándolo y titubeé, sin saber muy bien quién era, pero Zoya apareció detrás de mí antes de que pudiese ponerme en evidencia.

–David –lo saludó–. ¿Qué te trae hasta aquí esta noche? Georgi, te acuerdas del amigo de Ralph, ¿verdad? De la boda...

–Por supuesto, por supuesto –aseguré, cayendo en la cuenta. Borracho, el joven había intentado bailar el *gopak* con los brazos cruzados y dando patadas mientras mantenía el cuerpo recto. Él creía que era una muestra de respeto hacia sus anfitriones, y no quise decirle que sólo era un ejercicio para calentar el cuerpo antes de la batalla.

–Señor Yáchmenev. –Su rostro reveló la ansiedad que sentía–. Señora Yáchmenev. Me envía Ralph. Me ha pedido que viniera por ustedes.

–¿Por nosotros? ¿Qué quieres decir con eso? ¿Qué le hemos hecho nosotros a Ralph?

–¿Te lo ha pedido Ralph? –inquirió Zoya; la sonrisa se desvaneció de su rostro–. ¿Por qué? ¿Qué ha sucedido? ¿Se trata de Michael? ¿De Arina?

–Ha habido un accidente –expuso el joven con rapidez–. Pero confío en que no será nada serio. Ignoro los detalles. Se trata de Arina. Estaba volviendo de la escuela. La atropelló un coche.

Hablaba con frases breves, casi entrecortadas, y me pregunté si sería su forma habitual de expresarse. Su dicción era como una andanada de disparos. En eso pensaba yo mientras él hablaba. Disparos. Soldados en el frente. Líneas de muchachos, ingleses, alemanes, franceses, rusos, codo con codo, disparando a todo lo que se moviera ante ellos, segándose mutuamente la vida sin comprender que las víctimas eran jóvenes como ellos, cuyo regreso aguardaban con ansiedad unos padres que no dormían. Las imágenes flotaron en mi mente. Violencia. Me concentré totalmente en ellas. No quería escuchar lo que me estaban diciendo. No quería oír las palabras de ese hombre, ese tipo que aseguraba que lo habían mandado a buscarnos, ese muchacho que se atrevía a insinuar que conocía a mi hija. Me dije que, si no escuchaba, entonces no habría ocurrido. Si no escuchaba, si pensaba en algo por completo distinto.

–¿Dónde? –quiso saber Zoya–. ¿Cuándo?

–Hace un par de horas –contestó David, y no pude evitar oírlo–. En algún sitio cerca de Battersea, me parece. La han llevado al hospital. Creo que está bien. No me parece que sea demasiado grave. Pero tengo el coche de Ralph ahí fuera. Él me ha pedido que viniese a recogerlos.

Zoya se abrió paso para cruzar la puerta y correr hacia el coche, como si pudiera marcharse sola al hospital, pasando por alto que necesitábamos al señor Frasier para llegar hasta allí. Yo me quedé donde estaba; sentía las piernas medio dormidas y el estómago revuelto, y la habitación empezó a mecerse un poco.

–Señor Yáchmenev. –David dio un paso hacia mí con la mano extendida, como si yo fuera a necesitar sostén–. Señor, ¿se encuentra bien?

–Estoy bien, chico –le espeté, y me dirigí también hacia la puerta–. Vamos. Si tienes que llevarnos, démonos prisa, por el amor de Dios.

El trayecto fue difícil. El tráfico era denso y nos costó casi cuarenta minutos ir del piso de Holborn al hospital. Durante todo el viaje, Zoya acribilló a preguntas al joven, mientras yo iba sentado detrás, sin decir ni pío, escuchando y negándome a hablar.

–¿Crees que Arina está bien? –quiso saber mi mujer–. ¿Por qué lo crees? ¿Te lo dijo Ralph?

–Eso me pareció. –Por su tono, David parecía estar deseando hallarse en otro sitio–. Ralph me llamó al trabajo. Verán, es que no estoy lejos del hospital. Me dijo dónde estaba, me pidió que me encontrara con él de inmediato en recepción, y que cogiera su coche para ir en busca de ustedes.

–Pero ¿qué te dijo? –insistió Zoya con un dejo de agresividad–. Cuéntamelo con exactitud. ¿Dijo que Arina iba a ponerse bien?

–Dijo que había tenido un accidente. Yo le pregunté si estaba bien, y su respuesta fue brusca: «Sí, sí, se pondrá bien, pero tienes que ir a buscar a sus padres ahora mismo».

–¿Dijo que se pondría bien?

–Creo que sí.

Advertí el toque de pánico en su voz. No quería decir nada inexacto. No quería darnos información falsa. Ofrecer esperanza donde no había ninguna. Insinuar que nos preparásemos cuando no había necesidad. Pero él tenía una información de la que nosotros carecíamos, y por su tono supe qué era: él había visto a Ralph. Había visto su expresión al recoger las llaves del coche.

Al llegar al hospital, corrimos hacia la recepción, donde nos dirigieron hacia un pasillo corto y un tramo de escalera. Mirando a derecha e izquierda una vez arriba, oímos una voz que nos llamaba –«¡Abuela! ¡Abuelo!»–, y luego los pequeños pies de nuestro Michael, de sólo nueve años, que corría hacia nosotros con los brazos extendidos y la cara anegada en lágrimas.

–*Dusha* –dijo Zoya, inclinándose para cogerlo en brazos.

Mientras ella hacía eso, yo miré hacia el fondo del pasillo y vi a un hombre pelirrojo que hablaba seriamente con un médico; reconocí a mi yerno Ralph. Los observé sin moverme. Estaba hablando el médico, con rostro grave. Al cabo de unos instantes apoyó una mano en el hombro izquierdo de Ralph y apretó los labios. No tenía nada más que decir.

Entonces Ralph se volvió, captando el revuelo, y nuestras miradas se encontraron. Pareció mirar más allá de mí, y su expresión me dijo cuanto necesitaba saber en el largo lapso de tiempo que le llevó concentrarse en mi rostro y reconocerme.

–Ralph. –Zoya soltó a Michael para correr hacia él, dejando caer el bolso al suelo (me pregunté cuándo lo habría cogido); un cepillo y horquillas de pelo, un bloc de notas, un bolígrafo, pañuelos de papel, unas llaves, un monedero, una fotografía: recuerdo todo eso cayendo al suelo y desparramándose en las baldosas blancas, como si el núcleo mismo de la vida de mi esposa se hubiese desgarrado de pronto–. ¡Ralph! –exclamó, asiéndolo de los hombros–. Ralph, ¿dónde está Arina? ¿Está bien? ¡Contéstame, Ralph! ¿Dónde está? ¿Dónde está mi hija?

Ralph la miró y sacudió la cabeza, y en el silencio que siguió Michael se volvió hacia mí con la barbilla temblándole de terror ante la inesperada naturaleza de las emociones que lo rodeaban. Llevaba una camiseta de fútbol, con los colores de su equipo favorito, y se me ocurrió que lo llevaría a ver un partido cualquier día, si el tiempo lo permitía. Ese niño necesitaría saber que todos lo queríamos. Que nuestra familia quedaba definida por aquellos a los que habíamos perdido.

«Por favor, señor Yáchmenev», había dicho ella, y finalmente accedí a acompañar a la mujer que me había estado observando en la biblioteca. Fuimos a Russell Square, donde nos sentamos en un banco, incómodos, uno junto al otro. Me resultó extraño compartir un espacio tan íntimo con una mujer que no fuera mi esposa. Tuve deseos de salir corriendo, de no formar parte de aquella escena, pero había accedido a escucharla y no faltaría a mi palabra.

–No trato de comparar mi sufrimiento con el suyo –dijo ella entonces, eligiendo con cautela las palabras–. Comprendo que son completamente distintos. Pero, por favor, señor Yáchmenev, debe creerme cuando le digo que lo lamento muchísimo. No creo tener palabras suficientes para expresar el remordimiento que siento.

Me satisfizo la actividad que nos rodeaba, pues el murmullo de las conversaciones y el ruido me permitieron no prestarle toda mi atención. De hecho, mientras ella hablaba, yo escuchaba a medias a una pareja sentada a unos tres metros de nosotros, inmersa en un acalorado debate sobre la naturaleza de su relación, que, por lo que me pareció, era inestable.

–La policía me dijo que no debía establecer contacto con ustedes –continuó la señora Elliott, pues así se llamaba la mujer que había atropellado y matado a mi hija en Albert Bridge Road varios meses antes–. Pero tenía que hacerlo. Sencillamente, no me pareció correcto no decir nada. Sentí que debía encontrarlos y hablar con ustedes dos para disculparme de algún modo. Confío en no haber hecho mal. Desde luego, no quiero ponerles las cosas más difíciles de lo que ya son.

–¿Hablar con los dos? –pregunté, fijándome en esas palabras en concreto; me volví hacia ella, frunciendo el entrecejo–. No la comprendo.

–Con usted y con su esposa, quiero decir.

–Pero aquí sólo estoy yo. Ha venido a verme a mí.

–Sí, pensaba que sería mejor así –repuso mirándose las manos.

Advertí que estaba nerviosa por la forma en que retorcía sin cesar un par de guantes, lo que me recordó a David Frasier la noche en que se plantó ante nuestra puerta presa de la ansiedad. Era obvio que se trataba de unos guantes caros. El abrigo también lo era, de la mejor calidad. Me pregunté quién sería esa mujer, cómo habría llegado a tener dinero. Si lo habría ganado, heredado, obtenido con su matrimonio. La policía, por supuesto, había estado dispuesta a contarme lo que yo quisiera saber, y creo que les sorprendió que no quisiera saber nada. Yo necesitaba no saber nada. ¿Para qué habría servido? Arina seguiría muerta. Eso ya no se podía cambiar.

–He pensado que si lo veía primero, hablaba con usted, y le explicaba cómo me sentía –prosiguió–, entonces quizá podría hablar usted con su esposa, y yo podría ir a verla también. Para disculparme ante ella.

–Ah. –Asentí con la cabeza, permitiendo que un leve suspiro escapara entre mis labios–. Ahora lo entiendo. Me parece interesante, señora Elliott, la distinta forma en que la gente ha abordado a mi esposa y a mí estos últimos meses.

–¿Interesante?

–La gente tiene la curiosa impresión de que todo esto es de algún modo peor para la madre que para el padre. Que el dolor es de alguna manera más intenso. La gente no para de preguntarme cómo lo lleva Zoya, como si yo fuera el médico de mi esposa y no el padre de mi hija, pero no creo que nunca le pregunten a ella lo mismo sobre mí. Podría estar equivocado, desde luego, pero...

–No, señor Yáchmenev –se apresuró a decir, negando con la cabeza–. No me ha entendido bien. No pretendía insinuar que...

–E incluso ahora, viene usted a hablar primero conmigo, a afianzar el terreno para la campaña mucho más difícil que tiene a la vista, tal como usted lo ve. Por supuesto, no creo ni por un instante que le haya sido fácil iniciar esta conversación. La admiro por ello, si he de serle franco, pero es deprimente que piense que mis sentimientos por la muerte de Arina son distintos de los de mi esposa, que su pérdida es menos dolorosa para mí.

Ella movió la cabeza y abrió la boca para hablar, pero lo pensó mejor y apartó la vista. No dije nada durante un rato, pues quería que pensara en lo que acababa de decirle. A mi izquierda, el joven le estaba diciendo a su compañera que se relajara un poco, que no tenía importancia, que sólo había sido una fiesta y él estaba borracho, que ella sabía que la quería de verdad; y ella contraatacaba con una serie de insultos vulgares, cada uno más repugnante que el anterior. Si su intención era que él se sintiera escarmentado, no lo estaba consiguiendo, pues el joven reía con fingido espanto, una actitud que no hacía sino provocar la ira de ella. Me pregunté por qué sentirían la necesidad de que el mundo entero oyera su pelea; si, como pasaba con las estrellas de la pantalla, su pasión sólo sería real si tenía testigos.

–Yo también soy madre, señor Yáchmenev –reveló la señora Elliott al cabo de unos instantes–. Supongo que es natural que tuviese en consideración los sentimientos de otra madre en esta circunstancia. Pero desde luego no pretendía menospreciar su sufrimiento.

–Es usted una progenitora –repliqué, pero aun así me ablandé un poco. Era fácil notar lo mucho que estaba sufriendo esa mujer. Yo también soportaba un sufrimiento terrible, pero el mío ya no podría aliviarse nunca. Me resultaría muy sencillo disminuir su angustia, tranquilizar su conciencia aunque sólo fuera un poco. Supondría un gesto de amabilidad infinita, y me pregunté si sería capaz de llevarlo a cabo. Transcurridos unos instantes, inquirí–: ¿Cuántos hijos tiene?

–Tres. –Pareció complacerle que se lo preguntara. Por supuesto que sí; todo el mundo quiere que le pregunten por sus hijos. Bueno, nosotros ya no–. Dos chicos en la universidad. Y una niña que aún va al colegio.

–¿Le importa si le pregunto sus nombres?

–No, en absoluto –contestó, algo sorprendida quizás ante una pregunta tan cordial–. Mi hijo mayor se llama John, que era el nombre de mi esposo. A continuación viene Daniel. Y la niña se llama Beth.

–¿Ha dicho que era el nombre de su esposo? –Me volví para mirarla; había captado de inmediato el tiempo pasado.

–Sí, me quedé viuda hace cuatro años.

–Su marido debía de ser bastante joven –supuse, pues ella tenía sólo cuarenta y tantos.

–Sí, lo era. Murió una semana antes de cumplir los cuarenta y nueve. De un ataque al corazón. Fue totalmente inesperado. –Se encogió de hombros y miró a lo lejos, perdida un instante en su propio dolor y sus recuerdos.

Paseé la vista por el parque, preguntándome cuántas de las personas que pasaban experimentarían un sufrimiento similar. La muchacha de mi izquierda le sugería al chico una serie de cosas que podía hacerse a sí mismo, ninguna de las cuales sonaba particularmente agradable, y él trataba de impedir que se levantara y se fuera. Deseé que bajaran el tono de sus tediosas voces; me aburrían muchísimo.

–¿Puede hablarme usted de su hija? –dijo entonces la señora Elliott, y me tensé un poco ante la audacia de su pregunta–. Por supuesto, si prefiere no hacerlo...

–No –me apresuré a contestar–. No me importa. ¿Qué le gustaría saber?

–Era maestra, ¿no?

–Sí.

–¿Qué enseñaba?

–Lengua inglesa e Historia –respondí, sonriendo un poco al recordar lo orgulloso que me sentí porque hubiese elegido esas asignaturas tan poco prácticas–. Pero tenía otras ideas. Planeaba convertirse en escritora.

–¿De veras? ¿Qué escribía?

–Poemas, cuando era joven. No eran muy buenos, para serle sincero. Y luego, de mayor, relatos, que eran mucho mejores. Publicó dos, ¿sabe? Uno en una pequeña antología, el otro en el *Express*.

–No lo sabía.

–¿Por qué iba a saberlo? No es la clase de cosa que la policía le contaría.

–No –admitió, apretando un poco los dientes.

–Estaba escribiendo una novela cuando murió –continué–. La tenía casi acabada.

Y ahora he de confesar mis remordimientos ante lo que le estaba haciendo a esa mujer, pues ni una sola palabra de aquello era cierta. Arina nunca había escrito poemas, que yo supiera. Ni había publicado relato alguno o intentado escribir una novela. Su vocación no era ésa, en absoluto. Era como si, al inventarme ese aspecto creativo de su personalidad, estuviese sugiriendo que un enorme potencial se había extinguido demasiado pronto, que ella no había matado sólo a una simple persona, sino también todos los dones que Arina podría haberle ofrecido al mundo en el transcurso de su vida.

–Tengo entendido que ya había despertado cierto interés –proseguí, concentrado en embellecer mi propia mentira–. Un editor había leído sus relatos y quería ver más.

–¿De qué trataba?

–¿A qué se refiere?

–A la novela que estaba escribiendo. ¿La leyó usted?

–Una parte –musité–. Era una historia sobre el sentimiento de culpa. Y sobre la culpa achacada a quien no la merece.

–¿Tenía título para el libro?

–Sí.

–¿Puedo preguntarle cuál era?

–*La casa del propósito especial* –respondí sin titubear, atemorizado por cuántas verdades le estaba revelando mi mentira, pero la señora Elliott no dijo nada y se limitó a apartar la mirada, incómoda por el punto al que nos había conducido la conversación. Yo también me sentía incómodo, y supe que no podía continuar con aquella farsa–. Debe comprender, señora Elliott, que no la culpo enteramente por lo ocurrido. Y que desde luego no... no la odio, si es eso lo que está pensando. Arina cruzó corriendo la calle; me lo contaron. Debería haber mirado primero. Ahora ya no importa, ¿no es así? Nada va a devolvérnosla. Ha sido valiente por su parte venir a verme, y lo aprecio. De veras que sí. Pero no puede usted ver a mi esposa.

–Pero, señor Yáchmenev...

–No –dije con firmeza, dejando caer el puño contra la rodilla, como haría un juez con el martillo en su estrado–. Me temo que ha de ser así. Le contaré a Zoya que la he visto, por supuesto. Le transmitiré el gran pesar que siente. Pero no puede haber contacto alguno entre ustedes dos. Sería demasiado para ella.

–Pero quizá si yo...

–Señora Elliott, no me está escuchando –insistí, algo malhumorado–. Lo que me pide es imposible y egoísta. Desea vernos a los dos, contar con nuestro perdón, de forma que con el tiempo pueda usted superar ese terrible suceso y, si no olvidarlo, al menos sí aprender a vivir con ello, pero nosotros no seremos capaces de hacer lo mismo, y no nos incumbe cómo se las apañe usted para lidiar con su propia respuesta al accidente. Sí, señora Elliott, sé bien que fue un accidente. Y si le sirve de ayuda: sí, la perdono por su participación en el mismo. Pero, por favor, no vuelva a buscarme. Y no trate de ver a mi esposa. Ella no puede afrontar un encuentro con usted, ¿comprende lo que le digo?

Ella asintió con la cabeza y se echó a llorar, pero me dije que no, que ése no era momento de convertirme en protector. «Si tiene lágrimas, que las derrame. Si sufre, pues que acarree con su sufrimiento. Que sus hijos le hablen después y le digan las cosas que necesita oír para encontrar el camino de salida de estos días de oscuridad. Ella aún tiene a los suyos, al fin y al cabo.»

Ya era hora de irme a casa.

–Crees que es culpa tuya, ¿verdad?

Zoya se volvió para mirarme, con una mezcla de incredulidad y hostilidad.

–¿Qué quieres decir? ¿Qué es lo que creo que es culpa mía?

–Olvidas que te conozco mejor que nadie. Sé lo que estás pensando.

Habían pasado más de seis meses desde la muerte de Arina, y nuestra rutina habitual había empezado a imperar de nuevo, como si no hubiese ocurrido nada digno de lamentar. Nuestro yerno Ralph había vuelto al trabajo, y hacía cuanto podía por mantener a raya su dolor por el bien de Michael. El niño todavía lloraba todos los días y hablaba de su madre como si creyera que la manteníamos apartada de él; su pérdida, la comprensión de su muerte, eran cuestiones que aún lo sobrepasaban. Michael y yo nos llevábamos sesenta y dos años, y sin embargo podríamos haber sido gemelos, dada la similitud de nuestras emociones.

Acabábamos de volver de casa de nuestro yerno, donde Zoya y Ralph habían discutido por el niño. Ella pretendía que pasara más noches con nosotros, pero Ralph aún no quería que durmiera en una cama que no fuera la suya. Antes, Michael acostumbraba a quedarse a dormir con nosotros, en la habitación que había sido de su madre, pero ese arreglo había llegado a su fin tras la muerte de Arina. No es que Ralph quisiera apartar a Michael de sus abuelos; era sólo que no deseaba estar sin él. Yo lo comprendía. Me parecía del todo razonable, pues sabía lo que era desear tener a tu hija al lado.

–Por supuesto que es culpa mía –dijo Zoya–. Y tú también me culpas de ello. Lo sé. Y si no lo haces, eres un estúpido.

–Yo no te culpo de nada –exclamé, dirigiéndome hacia ella. Había cierta dureza en su rostro, una expresión que había permanecido oculta muchos años pero que había reaparecido ahora, con la muerte de Arina, y que me reveló qué pensaba exactamente–. ¿Crees que te hago responsable de la muerte de nuestra hija? La sola idea es una locura. Te hago responsable de una sola cosa: ¡de su vida!

–¿Por qué me dices eso? –Estaba al borde de las lágrimas.

–Porque siempre te has sentido culpable, y eso ha ensombrecido nuestra vida. Y te equivocas, Zoya, ¿es que no lo ves? No podrías estar más equivocada al sentirte así. Recuerda que he visto cómo reaccionabas en cada ocasión. Cuando Leo murió...

–¡Fue hace años, Georgi!

–Cuando perdimos amigos en los bombardeos.

–Todo el mundo perdió amigos entonces, ¿no? –exclamó–. ¿Crees que me siento responsable?

–Y cada vez que tuviste un aborto. Lo vi entonces.

–Georgi... por favor –pidió con voz crispada.

Yo no pretendía hacerle daño, pero aquello me salió del alma. Era algo que había que decir:

–Y ahora, Arina. Ahora crees que su muerte fue a causa de...

–¡Basta! –gritó, precipitándose hacia mí y golpeándome el pecho con los puños–. ¿No puedes parar? ¿Por qué piensas que necesito que me recuerdes esas cosas? Leo, los bebés, nuestros amigos, nuestra hija..., sí, todos se han ido para siempre, absolutamente todos. ¿De qué sirve ahora hablar de ellos?

Se sentó, y yo me froté la cara con la mano, desesperado. Quería muchísimo a mi esposa, pero siempre había habido un silencioso hilo de tormento recorriendo nuestra vida. El dolor y los recuerdos de Zoya formaban hasta tal punto parte de ella que tenía muy poco espacio para los de los demás; ni siquiera para los míos.

–Hay cosas en la vida a las que es imposible dar la espalda –dijo al cabo de unos minutos de silencio, acurrucada en una butaca a mi lado, abrazándose el cuerpo, a la defensiva, con el rostro tan blanco como la nieve de Livadia–. Hay coincidencias..., demasiadas para que esté justificado llamarlas así. Yo soy un talismán de la infelicidad, Georgi. Eso es lo que siento. Toda mi vida no he acarreado otra cosa que desdicha a la gente que me quería. Nada sino dolor. Es culpa mía que tantos de ellos estén muertos; lo sé. Quizá debería haber muerto yo también cuando era una niña. ¿Quizá? –preguntó con una risa amarga, sacudiendo la cabeza–. ¿Qué estoy diciendo? Por supuesto que debería haber muerto. Ése era mi destino.

–Pero eso es una locura –dije, incorporándome en el asiento para cogerle la mano, pero ella me rechazó, como si con sólo tocarla fuera a prenderle fuego–. ¿Y qué pasa conmigo, Zoya? A mi vida no le has traído ninguna de esas cosas.

–La muerte no. Pero ¿sufrimiento? ¿Desdicha? ¿Angustia? No pensarás que no te he acarreado ninguna de esas cosas, ¿verdad?

–Por supuesto que no lo has hecho –repuse, desesperado por tranquilizarla–. Míranos, Zoya. Llevamos casados más de cincuenta años. Hemos sido felices. Yo he sido feliz. –Me quedé mirándola, suplicándole que permitiera que mis palabras aliviaran su aflicción–. ¿Tú no? –pregunté entonces, casi temiendo oír su respuesta y ver cómo se nos desmoronaba la vida entera.

Ella suspiró, pero finalmente asintió con la cabeza.

–Sí. Ya sabes que lo he sido. Pero esto que ha ocurrido, lo de Arina, me refiero, es demasiado para mí. Con ésta son ya demasiadas tragedias. No puedo permitir que haya más en mi vida. Ya no más, Georgi.

–¿Qué quieres decir?

–Tengo sesenta y nueve años –repuso sonriendo a medias–. Y ya he tenido suficiente. Ya no... Georgi, ya no disfruto de mi vida. Nunca lo he hecho, para serte franca. No la quiero. Ya no deseo vivir más. ¿Comprendes lo que te digo?

Se levantó y me miró con tanta determinación que me asusté.

–Zoya, ¿de qué estás hablando? No puedes hablar así; es...

–Oh, no me refiero a lo que estás pensando –dijo moviendo la cabeza–. Esta vez no, te lo prometo. Sólo quiero decir que, cuando llegue el final, y no tardará en llegar, no lo lamentaré. He tenido bastante, Georgi, ¿acaso no lo ves? ¿Nunca has sentido lo mismo? Considera tan sólo la vida que hemos llevado, que hemos vivido juntos. Piensa en ella. ¿Cómo es posible que hayamos sobrevivido tanto tiempo? –Negó con la cabeza y soltó un profundo suspiro, como si la respuesta fuese muy simple y obvia–. Quiero que acabe, Georgi. Eso es todo. Tan sólo quiero que acabe.

El príncipe de Moguiliov

Aun semanas después de mi llegada a San Petersburgo, mis pensamientos seguían volviendo a Kashin, a la familia que había dejado atrás y el amigo cuya muerte tanto me pesaba en la conciencia. Por las noches, tendido en mi fino jergón, se me aparecía el rostro de Kolek, con los ojos desorbitados y el cuello morado y marcado por la cuerda. Imaginaba su terror cuando los guardias lo condujeron hacia el árbol del que colgaba la soga; pese a todas sus bravuconadas, yo no creía que se hubiese enfrentado a la muerte con otra cosa que temor en el corazón y pesar por la vida que no iba a vivir. Rezaba por que no me hubiese culpado demasiado de ello; pero difícilmente podría compararse con lo mucho que me culpaba yo mismo.

Y cuando no estaba pensando en Kolek, era mi familia la que dominaba mi mente, en particular mi hermana Asya, que habría dado lo que fuera por vivir donde yo vivía ahora. De hecho, era en Asya en quien estaba pensando una tarde cuando me topé por primera vez con la sala de lectura del Palacio de Invierno. Las puertas estaban abiertas y yo me volví, con intención de irme, pero un instinto me hizo cambiar de opinión y entré, encontrándome solo en la serenidad de una biblioteca por primera vez en mi vida.

Tres paredes estaban llenas de libros del suelo al techo, y en cada una de ellas había una escalera sujeta a un raíl, de forma que el interesado pudiera desplazarse con ella. En el centro había una pesada mesa de roble sobre la que reposaban dos grandes volúmenes, abiertos en una serie de mapas. Había grandes butacas de cuero situadas en varios puntos de la estancia, y me imaginé sentado allí una tarde, ensimismado en la lectura. En mi vida había leído un libro, por supuesto, pero me atraían, como si las cubiertas interminables me susurraran, y me puse a sacar uno tras otro para examinar las portadas, leer párrafos enteros lo mejor que podía y dejar luego los que no quería sobre la mesa, detrás de mí, sin pensarlo dos veces.

Tan absorto estaba en mi examen que no oí una puerta que se abría a mis espaldas, y sólo cuando unas pesadas botas cruzaron con decisión la sala, regresé a la realidad y comprendí que no estaba solo. Me volví, soltando en el aire el libro que sujetaba de pura sorpresa. Cayó al suelo, abierto a mis pies, y el sonido reverberó en las paredes mientras me arrodillaba e inclinaba la cabeza ante el ungido.

–Majestad –dije, sin atreverme a levantar la vista–. Majestad, debo expresarle mis más sinceras disculpas. Verá, es que me había perdido y...

–Incorpórate, Georgi Danílovich –ordenó el zar, y yo me puse en pie despacio: hacía un rato echaba de menos a mi familia, ahora temía que me mandaran de nuevo con ella–. Mírame.

Levanté la cabeza lentamente y nuestras miradas se encontraron. Sentí que se me arrebolaban las mejillas, pero el zar no parecía enfadado o disgustado.

–¿Qué haces aquí?

–Me he perdido. No tenía intención de entrar aquí, pero cuando los he visto...

–¿Los libros?

–Sí, señor. Me han interesado, eso es todo. He querido ver qué contenían.

Él inspiró profundamente, como si decidiera la mejor forma de hacer frente a la situación, antes de soltar un suspiro y alejarse de mí para rodear la mesa de roble y observar los libros de mapas; pasó las páginas y habló sin mirarme.

–No te habría tomado por un lector –comentó en voz baja.

–No lo soy, señor. Quiero decir que nunca lo he sido.

–Pero ¿sabes leer?

–Sí, señor.

–¿Quién te enseñó? ¿Tu padre?

Negué con la cabeza.

–No, señor. Mi padre no habría sabido hacerlo. Fue mi hermana Asya. Ella tenía algunos libros que había comprado en un puesto. Me enseñó las letras..., la mayoría, al menos.

–Ya veo. ¿Y quién le enseñó a ella?

Lo pensé, pero tuve que admitir que no lo sabía. Quizás, en su deseo de escapar de nuestra aldea natal, Asya se había educado a sí misma para, en el lapso de las pocas páginas de un relato, poder huir a mundos más luminosos.

–Pero ¿te gustaba? –quiso saber el zar–. Me refiero a que algo te habrá hecho entrar aquí.

Miré la habitación y reflexioné unos segundos antes de darle una respuesta franca.

–Hay algo... interesante, sí, señor. Mi hermana me contaba historias, y yo disfrutaba escuchándolas. He pensado que quizás aquí encontraría algunas que me la recordaran.

–Supongo que empiezas a añorar a tu familia. –Retrocedió hacia la ventana, de forma que la suave luz que entraba por ella iluminó su contorno–. Yo extraño mucho a la mía cuando paso cierto tiempo lejos de ella.

–No he tenido tiempo para pensar en ellos, señor –repliqué–. Intento trabajar todo lo duro que puedo. Con el conde Charnetski, quiero decir. Y el resto del tiempo tengo el honor de pasarlo con el zarévich.

El zar sonrió cuando mencioné a su hijo y asintió con la cabeza.

–Sí, desde luego. ¿Y os lleváis bien?

–Sí, señor. Muy bien.

–Por lo visto le gustas. Le he preguntado sobre ti.

–Me complace mucho oírlo, señor.

Volvió a asentir y apartó la vista; los mapas atrajeron su atención unos instantes, y se inclinó decidido sobre ellos, acariciándose la barba mientras los contemplaba.

–Estos dibujos... –musitó–. Todo está en estos dibujos, ¿comprendes lo que te digo, Georgi? Las tierras. Las fronteras. Los puertos. Cómo ganar. Ojalá fuera capaz de verlo. Pero no puedo –siseó, más para sí mismo que para mí.

Decidí que debía dejarlo solo con sus estudios, de manera que retrocedí, sin darle la espalda, hacia la puerta.

–Quizá deberíamos darte unas clases –dijo el zar antes de que me fuera.

–¿Unas clases, señor?

–Para mejorar tu lectura. Estos libros deben leerse; le digo a todo el personal que pueden leer los que quieran, siempre y cuando cuiden los volúmenes y los devuelvan en el mismo estado en que los encontraron. ¿Te gustaría, Georgi?

En ese momento no supe muy bien si me gustaría o no, pero no quise decepcionarlo, de modo que le di la respuesta que me pareció que esperaba,

–Sí, majestad. Me gustaría muchísimo.

–Bueno, me ocuparé de que el conde te mande a algunas clases a las que asisten los muchachos del cuerpo de pajes. Si vas a pasar mucho tiempo con Alexis, lo adecuado es que tengas cierta cultura. –Y añadió–: Ya puedes retirarte.

Me volví y salí de la habitación, cerrando la puerta detrás de mí, sin saber que aquella conversación con el zar supondría el inicio de toda una vida rodeado de libros.

Antes de intercambiar una sola palabra con la gran duquesa Anastasia Nikoláievna, la besé.

La había visto en tres ocasiones: una en el puesto de castañas junto a la ribera del Neva, y otra esa misma noche mientras esperaba a que el zar me recibiera en mi primera jornada en el Palacio de Invierno, cuando miré hacia el río y vi descender a las cuatro grandes duquesas del barco de recreo.

La tercera ocasión llegó dos días después, cuando volvía de una tarde de entrenamiento con la Guardia Imperial. Exhausto, preocupado por no llegar nunca a alcanzar sus niveles de energía o de fuerza y verme devuelto rápidamente a Kashin, regresaba a mi habitación ya avanzada la tarde y me perdí en el laberinto de palacio; abrí una puerta creyendo que me llevaría de nuevo a mi pasillo, pero me condujo en cambio a una suerte de aula, que crucé a medias antes de levantar mis cansados ojos del suelo y percatarme de mi equivocación.

–¿Puedo ayudarte, jovencito? –preguntó una voz a mi izquierda.

Al girarme descubrí a monsieur Gilliard, el maestro suizo de las hijas del zar, de pie detrás de su escritorio, mirándome con una mezcla de irritación y diversión.

–Discúlpeme, señor –contesté, sonrojándome un poco ante mi estupidez–. Pensaba que por esta puerta llegaría a mi habitación.

–Bueno, pues como ves –repuso, extendiendo los brazos para indicar los mapas y retratos que cubrían las paredes, retratos de los famosos novelistas y grandes músicos que formaban parte de la educación de las muchachas–, no es así.

–No, señor.

Le dediqué una educada inclinación de cabeza antes de darme la vuelta. Al hacerlo, vi a las cuatro hermanas sentadas en dos filas de pupitres individuales, observándome con una mezcla de curiosidad y aburrimiento. Ésa era la primera vez que estaba ante ellas, pues apenas habían reparado en mi existencia en el puesto de castañas, y me sentí un poco cohibido, pero también enormemente privilegiado por hallarme en su presencia. Era todo un logro para un *mujik* como yo estar en la misma habitación que las hijas del zar, un honor indescriptible.

La mayor, Olga, alzó la vista de su libro con expresión de lástima.

–El muchacho parece agotado, monsieur Gilliard –comentó–. Sólo lleva aquí unos días y ya está exhausto.

–Estoy bien, gracias, alteza –respondí con una reverencia.

–Es el chico al que dispararon en el hombro, ¿no? –preguntó su hermana Tatiana, una muchacha alta y elegante con el cabello de su madre y ojos grises.

–No, no puede ser él; he oído que quien salvó la vida del primo Nicolás era alguien guapísimo –intervino con una risita la tercera, María.

Le dirigí una mirada de irritación, pues podía sentirme sobrecogido todavía por mi nueva vida en palacio, pero estaba demasiado cansado de justas y combates de esgrima y boxeo con los hombres del conde Charnetski para permitir que me acosara un grupo de chicas, por elevada que fuera su condición.

–Sí, es él –dijo una voz más dulce, y entonces vi a la gran duquesa Anastasia, mirándome.

Tenía casi quince años, algo menos que yo, unos brillantes ojos azules y una sonrisa que me devolvió el vigor de inmediato.

–¿Cómo lo sabes, *shvipsik*? –preguntó María volviéndose hacia su hermana menor, la cual no dio muestras de vergüenza o timidez.

–Porque tienes razón –repuso ella encogiéndose de hombros–. Yo también he oído decir lo mismo. Un joven muy guapo salvó la vida de nuestro primo. Su nombre era Georgi. Tiene que ser él.

Las otras se deshicieron en risitas ante la descarada naturaleza de su comentario, pero ella y yo continuamos mirándonos, y al cabo de un instante vi que se le alzaban un poco las comisuras de los labios y aparecía una sonrisa en su rostro. Para mi asombro, cometí la impertinencia de brindarle a mi vez el mismo cumplido.

–¡Nuestra hermana se ha enamorado! –exclamó Tatiana.

Al oírlo, monsieur Gilliard golpeó el escritorio con el canto de madera del borrador, lo que a Anastasia y a mí nos hizo dar un respingo y quebró la conexión que habíamos establecido. Me volví hacia el maestro, avergonzado.

–Lo siento muchísimo, señor –me apresuré a decir–. He interrumpido su clase.

–Desde luego que sí, jovencito. ¿Tienes una opinión que compartir con nosotros sobre los actos del conde Vronski?

Me quedé mirándolo, sorprendido.

–No. No conozco a ese caballero.

–¿Sobre la infidelidad de Stepán Arkádievich, entonces? ¿La búsqueda de la plenitud de Levin? ¿Quizá querrías hacer algún comentario sobre la reacción de Alexis Alexándrovich al enterarse de la traición de su esposa?

Yo no tenía ni idea de a qué se refería, pero al ver una novela abierta sobre el escritorio de cada gran duquesa, supuse que no se trataba de gente real, sino de personajes de ficción. Le eché una ojeada a Anastasia, que miraba a su maestro con expresión decepcionada.

–El chico no entiende nada –dijo Tatiana, percatándose de que yo parecía no saber qué hacer–. ¿Os parece que es un simplón?

–Cállate, Tatiana –espetó Anastasia, mirando a su hermana con desprecio–. Se ha perdido, eso es todo.

–Es verdad –dije mirando a monsieur Gilliard, sin atreverme a dirigirme a la gran duquesa–. Me he perdido.

–Bueno, pues aquí dentro no vas a encontrarte –repuso el

maestro, sin saber hasta qué punto era incierto ese comentario–. Por favor, vete.

Asentí e hice otra rápida reverencia antes de precipitarme hacia la puerta. Cuando me giré para cerrarla, mi mirada se cruzó de nuevo con la de Anastasia. Ella aún me observaba y detecté un rubor en sus mejillas. Fui tan vanidoso que me pregunté si sería incapaz de concentrarse en la lección; sabía que mi propia velada se había ido al traste.

Pasé la tarde siguiente entrenándome una vez más con los soldados. El conde Charnetski, que se oponía a mi designación y no perdía oportunidad de recordármelo, había insistido en que pasara un mes aprendiendo las habilidades más básicas que sus hombres llevaban años adquiriendo, y la necesidad de hacerlo deprisa me dejaba agotado y débil al final de cada jornada. Acababa de pasar casi siete horas a lomos de un brioso caballo de batalla, aprendiendo a controlarlo con la mano izquierda mientras blandía una pistola en la derecha para abatir a un supuesto asesino, y al cruzar la plaza del Palacio mis cansadas piernas y mis brazos temblorosos no me conducían a otro sitio que al consuelo de mi lecho.

Me detuve en la pequeña columnata que servía de pasaje entre la plaza y el palacio y miré hacia el jardín que se extendía ante mí. Los árboles que bordeaban el corto sendero a la entrada estaban despojados de sus hojas y, pese a lo gélido del aire, vi a la hija pequeña del zar de espaldas a mí, sentada en el borde de la fuente central, perdida en sus pensamientos, tan inmóvil como una de las estatuas de alabastro que flanqueaban escalinatas y vestíbulos en el palacio.

Captando quizá mi presencia, enderezó un poco la espalda y, con cautela y sin mover el cuerpo, giró la cabeza hacia la izquierda, de modo que pude observarla de perfil. Brotó un rubor en sus mejillas, sus labios se abrieron, las manos se separaron del borde de la fuente como necesitadas de acción y luego volvieron a bajar. La vi parpadear con sus perfectas pestañas en el aire frío; sentí cada movimiento de su cuerpo.

Y entonces susurré su nombre.

Anastasia.

Ella se volvió en ese preciso momento. Era imposible que me hubiese oído, pero lo supo; su cuerpo permaneció rígido, pero su rostro buscó el mío. La capa azul oscuro que llevaba le resbaló un poco por los hombros, y se la ciñó de nuevo, se puso en pie y vino hacia mí. Nervioso, me refugié tras una de las doce columnas de seis secciones que rodeaban el pórtico y la observé avanzar con decisión, los ojos fijos en los míos.

No supe qué hacer o decir cuando, plantada ante mí, me observó con una mezcla de deseo e incertidumbre; aún no habíamos intercambiado una sola palabra. Su pequeña y rosácea lengua asomó un poco para lamer los labios, soportando unos instantes el aire gélido antes de volver a la cálida caverna de la boca. Qué tentadora me pareció aquella suave lengua. Cómo despertó mi imaginación y desató unos pensamientos que me llenaron de una mezcla de vergüenza y excitación.

Me quedé donde estaba, tragando saliva con nerviosismo y deseándola desesperadamente. Lo correcto habría sido hacerle una profunda reverencia y saludarla antes de proseguir mi camino, pero no logré comportarme como exigía el protocolo. En cambio, retrocedí hacia la oscuridad de la columnata, observándola, sin dejar que mi mirada se apartase de su rostro mientras se acercaba. Sentía la boca seca y me había quedado sin habla. Nos miramos en silencio hasta que otro miembro de la Guardia Imperial, que vigilaba la plaza del Palacio, pasó galopando junto a Anastasia de forma tan inesperada que ella dio un salto y soltó un pequeño grito, temiendo verse pisoteada por los cascos del caballo. Entonces se precipitó en mis brazos.

Y en ese momento, como dos amantes inmersos en la más elegante de las danzas, la hice girar de forma que acabó con la espalda contra la alta puerta de roble que se alzaba detrás de nosotros. Permanecimos así en las sombras, en un sitio en que nadie podía vernos, y nos miramos a los ojos hasta que los suyos empezaron a cerrarse; entonces me incliné para posar mis labios fríos y agrietados contra los suyos, cálidos, suaves y rosados. Mis brazos la envolvieron, uno asiéndola con firmeza por la espalda, el otro perdido en la preciosa suavidad de su cabello color caoba.

Sólo podía pensar en cuánto la deseaba. Que aún no hubiésemos cruzado palabra no importaba en absoluto. Y tampoco el hecho de que ella fuera una gran duquesa, una hija del linaje imperial, mientras que yo era un simple criado, un *mujik* recién llegado para ofrecer una pizca de seguridad a su hermano pequeño. No me importó que alguien pudiera vernos; supe que ella deseaba aquello tanto como yo. Nos besamos largamente, no sé cuánto, y luego, al separarse sólo un instante para recobrar el aliento, ella me puso una mano en el pecho y me miró, asustada y embriagada a partes iguales, antes de volverse y bajar la vista al suelo, sacudiendo la cabeza, como si no pudiera creer lo que estaba sucediendo.

–Lo siento –dije; las primeras palabras que le dirigía.

–¿Por qué?

–Tienes razón –admití, encogiéndome de hombros–. No lo siento en absoluto.

Ella titubeó sólo un instante, y luego me sonrió.

–Yo tampoco.

Nos miramos, y me sentí avergonzado por no saber qué se esperaba que hiciese.

–Tengo que entrar –musitó ella–. La cena es dentro de poco.

–Alteza –dije, tratando de cogerle la mano. Intenté formar una frase, sin tener la menor idea de qué pretendía decirle; sólo sabía que quería que se quedase allí conmigo un poco más.

–Por favor –pidió, sacudiendo la cabeza–. Me llamo Anastasia. ¿Puedo llamarte Georgi?

–Sí.

–Me gusta ese nombre.

–Significa «campesino» –respondí encogiéndome de hombros, incómodo, y ella sonrió.

–¿Es eso lo que eres? ¿Lo que eras?

–Lo que mi padre es.

–¿Y tú? –preguntó en voz baja–. ¿Qué eres tú?

Lo pensé; nunca me había hecho esa pregunta, pero allí, en la fría columnata con aquella muchacha delante, me pareció que sólo había una respuesta.

–Soy tuyo –declaré.

Era todavía un recién llegado cuando subí al tren imperial para viajar a Moguiliov, la pequeña ciudad ucraniana cercana al mar Negro en que se hallaba el cuartel general del ejército ruso. Sentado frente a mí, emocionado ante la perspectiva de cambiar el encorsetado mundo de palacio por el ambiente más recio de una base militar, había un chico de once años, Alexis Nikoláievich, el heredero, zarévich y gran duque de la casa Romanov.

En momentos como aquél, todavía me costaba asumir hasta qué punto había cambiado mi vida. Poco más de un mes antes, era un *mujik* como cualquier otro, que cortaba leña en Kashin, dormía en un tosco suelo, padecía hambre y agotamiento, temía el gélido invierno que no tardaría en llegar para sofocar cualquier posibilidad de ser feliz. Ahora iba ataviado con el ajustado uniforme de la Guardia Imperial y me disponía a emprender un cálido y confortable viaje, con la certeza de una comida y una cena espléndidas y con el ungido por Dios sentado a un par de metros de mí.

Era la primera vez que viajaba en el tren imperial y, aunque me había ido acostumbrando al lujo desmedido y el gasto ostentoso desde mi llegada a San Petersburgo, la opulencia de cuanto me rodeaba aún tuvo el poder de dejarme asombrado. Había diez vagones en total, que incluían un comedor, una cocina, dependencias privadas para el zar y la zarina, así como cabinas para cada uno de sus hijos, el servicio y el equipaje. Un segundo tren más pequeño lo seguía a una hora de camino, con un gran séquito de consejeros y criados. Lo habitual era que en el principal fuera sólo la familia real, acompañada por dos médicos, tres jefes de cocina, un pequeño ejército de guardaespaldas y quienquiera que el zar decidiese honrar con una invitación. Como yo ya llevaba tres semanas junto al zarévich, actuando como su protector y confidente, mi sitio en el tren fue una cuestión de protocolo.

Como es natural, cada suelo, pared y techo estaba recubierto con los materiales más lujosos que habían logrado encontrar los diseñadores del tren. Las paredes eran de teca de la India, con tapicería de cuero troquelado e incrustaciones de seda dorada. Bajo nuestros pies, una alfombra suntuosa y suave recorría todos los vagones, mientras que todos los muebles eran de haya o satín finísimo y estaban forrados con una deslumbrante cretona inglesa, con grabados o dorados. Era como si el Palacio de Invierno entero se hubiera transportado a una plataforma móvil para que ningún viajero tuviera que pensar que más allá de las ventanillas había pueblos y aldeas donde vivía gente en mísera pobreza y cada vez más desilusionada con su zar.

–Casi me da miedo moverme, no vaya a estropear algo –le comenté al zarévich cuando pasábamos ante campos de jornaleros y pequeños caseríos, de donde la gente salía a saludar y proferir vítores, aunque parecían desdichados; los labios esbozaban muecas de desagrado, los cuerpos estaban maltrechos por la falta de comida. Casi no había hombres jóvenes entre ellos, por supuesto; la mayoría estaban muertos, escondidos o luchando en el frente por nuestra curiosa forma de vida.

–¿Qué quieres decir, Georgi? –preguntó el zarévich.

–Bueno, es que todo es tan magnífico... –Contemplé las brillantes paredes azules y los cortinajes de seda que pendían a ambos lados de la ventanilla–. ¿No te has dado cuenta?

–¿No son todos los trenes así? –inquirió con expresión de sorpresa.

–No, Alexis –respondí con una sonrisa, pues a mí lo que me asombraba era la vida cotidiana del hijo del zar–. No; éste es especial.

–Lo construyó mi abuelo –me dijo, con el aire de quien supone que cualquier abuelo es un gran hombre–. Alejandro III. Le fascinaban los ferrocarriles, según me han contado.

–Sólo hay una cosa que no entiendo. Y es la velocidad a la que viaja.

–¿Por qué? ¿Qué tiene de raro?

–Es sólo que... no sé mucho de estas cosas, por supuesto, pero sin duda un tren como éste puede ir mucho más rápido, ¿no? –Hice ese comentario porque, desde la salida de San Petersburgo, el tren no superaba los cuarenta kilómetros por hora. Mantenía casi invariable esa velocidad, sin ir más rápido ni más lento a medida que el viaje proseguía, volviéndolo extremadamente regular pero también un poco frustrante–. He conocido caballos que podían ir más deprisa que este tren.

–Siempre va así de despacio. Cuando yo voy a bordo, claro.

Mi madre dice que no podemos arriesgarnos a sacudidas inesperadas.

–Cualquiera diría que estás hecho de porcelana –bromeé, olvidando mi sitio un instante, y lamenté de inmediato mis palabras, pues Alexis me miró entrecerrando los ojos y con una expresión que me heló la sangre; me dije que sí, que ese niño podría ser zar algún día–. Lo siento, señor –añadí, pero él pareció olvidar mi transgresión pues volvió a su libro, un volumen sobre la historia del ejército ruso que su padre le había dado varias noches antes y que ocupaba su atención desde entonces.

Era un niño muy inteligente, ya me había percatado de ello, y le importaban tanto sus lecturas como las actividades al aire libre, de las que sus protectores padres trataban de apartarlo.

Mi presentación al zarévich se produjo la mañana siguiente a mi llegada al Palacio de Invierno, y el heredero me gustó de inmediato. Aunque estaba pálido y ojeroso, tenía una confianza en sí mismo que atribuí al hecho de que era el centro de la atención de cuantos lo rodeaban. Alargó una mano para saludarme y se la estreché con orgullo, inclinando la cabeza en señal de respeto.

–Y tú vas a ser mi nuevo guardaespaldas –dijo en voz baja.

Miré al conde Charnetski, que me había conducido a la real presencia; asintió rápidamente con la cabeza.

–Sí, señor. Pero confío también en ser su amigo.

–Mi último guardaespaldas huyó con una de las cocineras para casarse, ¿lo sabías?

Negué con la cabeza y sonreí un poco, divertido por la seriedad con que él se tomaba la supuesta ofensa. Bien podría haber dicho que trató de asfixiarlo mientras dormía.

–No, señor –contesté–. No lo sabía.

–Debía de estar muy enamorado para abandonar un puesto así, pero era una unión inapropiada, pues él era primo del príncipe Hagurov, y ella, una prostituta reformada. Sus familias debieron de sentirse muy avergonzadas.

–Sí, señor –repuse, titubeando un instante mientras me preguntaba si ésas eran palabras suyas o las habría oído de sus mayores. Sin embargo, su ceño me sugirió que había tenido una relación estrecha con aquel guardia y que lamentaba su pérdida.

–Mi padre cree en la conveniencia de un matrimonio equitativo –continuó–. No tolerará que nadie establezca una unión por debajo de su condición. Antes que ese guardaespaldas, hubo otro que no me gustaba nada. Le olía el aliento, para empezar. Y no podía controlar sus funciones corporales. Considero vulgares esas cosas, ¿tú no?

–Supongo que sí –respondí, dispuesto a no llevarle la contraria.

–Sin embargo –prosiguió, mordiéndose un poco el labio al sopesar la cuestión–, a veces también las encuentro divertidas. Como aquella ocasión en que el tío Guille vino a alojarse aquí, y cuando nos llevaron a mis hermanas y a mí a saludarlo a la mañana siguiente, hacía unos ruidos terribles. Fue cómico, la verdad. Pero lo despidieron a causa de ello. Me refiero al guardaespaldas, no a mi tío.

–No me parece una conducta muy apropiada, alteza –declaré, impresionado ante el hecho de que alguien pudiera referirse al káiser Guillermo, con el que nuestro país estaba en guerra, como el tío Guille.

–No, no lo era. Lo degradaba a mis ojos, pero a mis hermanas y a mí nos dijeron que pasásemos por alto su vulgaridad. Y hubo otro guardaespaldas antes que ése. Me gustaba mucho.

–¿Y qué le pasó? –quise saber, esperando otra curiosa historia de amores ilícitos o desagradables hábitos personales.

–Lo mataron –respondió Alexis sin inmutarse–. Fue en Zárskoie Seló. Un asesino arrojó una bomba al carruaje en que iba yo, pero el cochero lo vio a tiempo y azuzó los caballos antes de que me aterrizara en el regazo. El guardia iba sentado en el carruaje que seguía al mío, y la bomba le cayó a él. Lo hizo volar por los aires.

–Qué terrible –exclamé, horrorizado ante la violencia de aquel acto y súbitamente consciente del peligro que podía correr mi propia vida si velaba por tan ilustre protegido.

–Sí. Aunque mi padre dijo que se habría sentido orgulloso de morir de esa manera. Al servicio de Rusia, quiero decir. Al fin y al cabo, habría sido mucho peor que muriera yo.

Viniendo de cualquier otro niño, aquel comentario habría sonado desconsiderado y arrogante, pero el zarévich lo dijo con tanta compasión por el hombre muerto y tan profunda conciencia de su propio puesto que no lo desprecié por ello.

–Bueno, yo no tengo planes de fugarme, tirarme pedos o volar por los aires –aseguré con una sonrisa, imaginando en mi ingenuidad que podía hablarle sinceramente, teniendo en cuenta sólo su edad, no su condición–. Así que esperemos que pueda estar aquí para protegerlo un tiempo.

–¡Yáchmenev! –me reprendió el conde Charnetski, y me volví para mirarlo, listo para disculparme, pero antes advertí cómo me miraba el zarévich, boquiabierto.

Por espacio de un instante no supe si iba a echarse a reír o llamar a los guardias para que me sacaran de allí encadenado, pero por fin se limitó a sacudir la cabeza, como si la gente corriente fuera una fuente de interés y diversión continua para él, y de esa forma iniciamos nuestra nueva relación.

En las semanas siguientes, se estableció entre nosotros una agradable informalidad. Él me indicó que lo llamara Alexis y lo tuteara, lo cual me agradó, pues pasarme el día llamando «alteza» o incluso «señor» a un niño de once años habría sido demasiado para mí. Él me llamaba Georgi, un nombre que le gustaba porque tuvo un perrito que se llamaba así, hasta que lo atropelló uno de los carruajes de su padre, cosa que me pareció de mal agüero.

El zarévich tenía unos pasatiempos regulares, y adondequiera que él iba, iba yo también. Por las mañanas asistía a misa con sus padres y luego iba derecho a desayunar y a las clases privadas con el maestro suizo monsieur Gilliard. Por las tardes salía a los jardines, aunque advertí que sus padres, pese a lo ocupados que estaban, lo tenían bien vigilado y no le permitían llevar a cabo ninguna actividad que pudiese considerarse demasiado agotadora; yo lo achacaba a su preocupación constante porque no le sucediera nada que hubiese que lamentar. Por las noches cenaba con su familia, y después se sentaba a leer un libro, o quizás a jugar conmigo al backgamon, un juego que me había enseñado en nuestra primera velada juntos y en el que aún tenía que conseguir ganarle.

Y luego estaban sus cuatro hermanas, Olga, Tatiana, María y Anastasia, en cuyas habitaciones irrumpía a la menor oportunidad, y cuyas vidas atormentaba tanto como ellas lo adoraban y mimaban. Como guardaespaldas de Alexis, yo me hallaba en compañía de las grandes duquesas gran parte del día, pero la mayoría me ninguneaba, por supuesto.

Excepto una de ellas, de la que me había enamorado.

–Olvídate de los caballos –le dije a Alexis mientras miraba por la ventanilla–. Hasta yo podría correr más rápido que este tren.

–Entonces, ¿por qué no lo haces, Georgi Danílovich? Estoy seguro de que el maquinista parará y te dejará intentarlo.

Esbocé una mueca y él soltó una risita, un claro indicio de que podía ser muchas cosas –educado, de habla refinada, inteligente, heredero de un trono, futuro líder de millones de personas–, pero que en el fondo seguía siendo lo que todo ruso había sido en un momento de su vida.

Un niño pequeño.

La zarina Alejandra Fédorovna se había opuesto a ese viaje desde el principio.

De todos los miembros de la familia imperial, era ella con quien menos contacto había tenido desde mi llegada a San Petersburgo. El zar siempre se mostraba amistoso y afable conmigo, hasta se acordaba de mi nombre la mayoría de las veces, cosa que yo consideraba un gran honor. Sin embargo, el soberano sufría mucho con el proceso de la guerra, y eso se le veía en la cara, macilenta y ojerosa. Pasaba los días en su estudio, conferenciando con sus generales, de cuya compañía disfrutaba, o con los líderes de la Duma, cuya mera existencia parecía detestar. Pero nunca permitía que sus sentimientos personales asomaran en el trato con quienes lo rodeaban. Siempre que me veía, me saludaba con cortesía y me preguntaba qué tal me iba en mi nuevo puesto. Desde luego, yo no dejaba de sentirme sobrecogido ante su figura, pero también era lo suficiente atrevido para que me agradara como persona, y me enorgullecía hallarme cerca de él.

Alejandra era distinta. Una mujer alta y atractiva, de nariz afilada y ojos inquisitivos, consideraba que una habitación estaba vacía si en ella sólo había sirvientes o guardias, y en esas ocasiones se comportaba, tanto en lo que concernía a sus actos como a sus palabras, como si estuviera sola.

–Nunca hables con ella –me dijo una noche Serguéi Stasyovich Póliakov, un guardia imperial con quien había trabado amistad debido a la proximidad de nuestros cuartos, uno junto al otro; nuestras camas estaban separadas tan sólo por un fino tabique a través del cual lo oía roncar por las noches. Me llevaba dos años, pero a sus dieciocho seguía siendo uno de los miembros más jóvenes del regimiento de élite del conde Charnetski, y me halagaba que me tuviera por amigo, pues parecía mucho más desenvuelto y cómodo en el palacio que yo–. Consideraría una enorme falta de respeto por tu parte que intentaras entablar conversación con ella.

–Ni se me ocurriría –le aseguré–. Pero a veces nuestras miradas se cruzan en una habitación y no sé si debo saludarla o inclinarme ante ella.

–Tú puedes mirarla a los ojos, Georgi –rió–, pero créeme si te digo que ella no va a mirarte a ti. La zarina ve a través de personas como tú y yo. Somos fantasmas, todos nosotros.

–Yo no soy ningún fantasma –repliqué, sorprendido al sentirme insultado–. Soy un hombre.

–Sí, sí –repuso, apagando un cigarrillo con el tacón de la bota cuando se levantaba para irse; guardó la parte que no se había fumado en el bolsillo de la guerrera, para después–. Pero debes recordar cómo fue educada la zarina. Su abuela era la reina inglesa, Victoria. Semejante educación no te convierte en una persona sociable. Ella nunca habla con ningún criado si puede evitarlo.

Por supuesto, todo aquello me pareció perfectamente razonable. Yo no tenía reyes o príncipes en mi genealogía –ni siquiera sabía el nombre de algunos de mis abuelos–, así pues, por qué iba a dignarse conversar conmigo la emperatriz de Rusia. De hecho, yo sentía tal nerviosismo ante la familia imperial que nunca esperaba que ninguno de ellos reparara siquiera en mi presencia, pero al advertir lo gentiles que eran su esposo y sus hijos, me preguntaba a veces qué habría hecho para ofender a la zarina.

La había visto en mi primera noche en el palacio, por supuesto, aunque entonces ignoraba quién era la dama arrodillada en el reclinatorio de espaldas a mí. Aún recordaba sus rezos febriles y cuánta devoción parecía sentir por su Dios. Y no había olvidado aquella aterradora y tenebrosa visión que se alzó ante mí, el sacerdote que me miró esbozando una malévola sonrisa. Aunque nuestras sendas todavía tenían que volver a cruzarse, esa imagen me obsesionaba desde entonces.

El inconveniente de que la emperatriz se negase a reconocer mi presencia era que no le importaba esgrimir una conducta poco regia cuando me hallaba en la habitación, algo que en ocasiones me avergonzaba, como sucedió dos días antes de subir al tren imperial, cuando el zar propuso llevarse a Alexis al cuartel general del ejército.

–¡Nico! –exclamó la zarina, entrando en uno de los salones de la planta superior del palacio cuando su marido estaba perdido en sus pensamientos, trabajando en sus papeles.

Yo me había sentado en un rincón oscuro, pues mi protegido Alexis estaba tendido en el suelo, entretenido con un tren de juguete cuyas vías había montado allí. Cómo no, los vagones estaban chapados en oro y las vías eran de fino acero. Padre e hijo no me hacían ningún caso, por supuesto, y mantenían una conversación intermitente. Pese a estar concentrado en su trabajo, había advertido que el zar parecía más cómodo cuando tenía cerca a Alexis, y que alzaba la vista con ansiedad siempre que el niño abandonaba la habitación por algún motivo.

–Nico, dime que lo he entendido mal.

–¿Que lo has entendido mal? –repitió el zar, levantando la vista de sus papeles con ojos cansados, y por un instante me pregunté si se habría quedado dormido.

–Ana Vírubova dice que vas a viajar el jueves a Moguiliov para visitar al ejército, ¿no es así?

–En efecto, Sunny –repuso él; el zar la llamaba así, pero aquel alegre nombre no parecía encajar con la conducta muchas veces hosca de la zarina. Me pregunté si la juventud y el idilio de ambos se habrían desarrollado de manera muy distinta de la que vivían ahora–. Le escribí al primo Nicolás hace una semana y le dije que pasaría unos días allí para animar a las tropas.

–Sí, sí –repuso ella con desdén–. Pero no vas a llevarte a Alexis, ¿verdad? Me han dicho que...

–Tenía la intención de llevármelo, sí –la interrumpió en voz baja, apartando la mirada, como si fuera consciente de la discusión que se avecinaba.

–Pero no puedo permitirlo, Nico –exclamó la zarina.

–¿Que no puedes permitirlo? –repitió él con un dejo divertido en su tono amable–. ¿Y por qué no?

–Ya sabes por qué. No es un lugar seguro.

–Ningún sitio es seguro ya, Sunny, ¿o no te habías dado cuenta? ¿No sientes las nubes de tormenta que se forman a nuestro alrededor? –Titubeó un instante y las comisuras del bigote se le levantaron un poco cuando trató de sonreír–. Yo sí.

Ella abrió la boca para protestar, pero el comentario del zar pareció confundirla y se giró hacia su hijo, sentado en el suelo a unos metros de allí, que había alzado la vista de sus trenes y observaba la escena. La dama esbozó una breve sonrisa, una sonrisa ansiosa, y se frotó las manos con nerviosismo antes de volverse otra vez hacia su marido.

–No, Nico. No; insisto en que se quede conmigo. El viaje será extenuante. Y luego quién sabe qué condiciones lo aguardan allí. En cuanto a los peligros en Stavka, ¡no necesito explicártelos! ¿Y si un bombardero alemán localiza vuestra posición?

–Sunny, nos enfrentamos a esos peligros a diario –expuso él con tono agotado–. Y en ningún sitio es más fácil localizarnos que aquí, en San Petersburgo.

–Tú te enfrentas a esos peligros, sí. Y yo me enfrento a ellos. Pero Alexis no. No nuestro hijo.

El zar cerró los ojos un segundo antes de ponerse en pie y dirigirse a la ventana, donde miró hacia el río Neva.

–Debe ir –declaró al fin, volviéndose para mirar a su esposa–. Ya le he dicho al primo Nicolás que me acompañará. Se lo habrá comunicado a las tropas.

–Entonces dile que has cambiado de opinión.

–No puedo hacer eso, Sunny. Su presencia en Moguiliov les dará muchos ánimos. Ya sabes cuán desalentados se han sentido últimamente, cómo ha ido decayendo la moral. Lees tantos despachos como yo, te he visto con ellos en tu gabinete. Cualquier cosa que podamos hacer para animar a los hombres...

–¿Y crees tú que un niño de once años puede lograrlo? –preguntó ella con una risa amarga.

–Pero no es tan sólo un niño de once años, ¿verdad? Es el zarévich. Es el heredero del trono de Rusia. Es un símbolo...

–¡Oh, cómo detesto que hables así de él! –espetó Alejandra, caminando de aquí para allá, furiosa, pasando ante mí como si no fuera otra cosa que una tira de papel pintado en la pared o un sofá de adorno–. Para mí no es un símbolo. Es mi hijo.

–Sunny, es más que eso, y tú lo sabes.

–Pero mamá, yo quiero ir –dijo una vocecita desde la alfombra, la voz de Alexis, que se quedó mirando a su madre con franqueza y adoración en los ojos. Unos ojos como los de ella, según advertí. Se parecían mucho.

–Ya sé que quieres ir, cariño. –Se inclinó para besarlo en la mejilla–. Pero no es un sitio seguro para ti.

–Tendré cuidado, te lo prometo.

–Tus promesas me parecen estupendas. Pero ¿y si tropiezas y te caes? ¿Y si te explota una bomba cerca? O, que Dios no lo quiera, ¿y si te explota una bomba encima?

Sentí la necesidad desesperada de sacudir la cabeza y soltar un suspiro, pensando que era la madre que más sobreprotegía a su retoño. ¿Y qué si se caía? Vaya idea tan ridícula. El zarévich tenía once años. Debería caerse una docena de veces al día. Sí, y volver a levantarse.

–Sunny, el niño necesita verse expuesto al mundo real –declaró el zar con tono más firme, como si su decisión estuviese tomada y no fuera a permitir mayor debate–. Ha estado toda la vida metido en palacios y envuelto entre algodones. Piensa una cosa: ¿y si mañana mismo me ocurre algo y él tiene que ocupar mi puesto? No sabe nada de lo que supone ser zar. Yo mismo apenas sabía nada cuando perdimos a nuestro querido padre, y era un hombre de veintiséis años. ¿Qué esperanza tendría Alexis en semejantes circunstancias? Se pasa la vida aquí, contigo y las chicas. Ya va siendo hora de que aprenda algunas de sus responsabilidades.

–Pero el peligro que hay, Nico... –imploró ella, precipitándose hacia su esposo para asirle las manos–. Tienes que ser consciente de eso. He consultado con la mayor cautela sobre este asunto. Le he preguntado al padre Grigori qué opina del plan, antes de acudir aquí. De modo que ya ves, no he sido tan impetuosa como podrías pensar. Y él me ha dicho que era una idea poco sensata. Que deberías reconsiderar...

–¿El padre Grigori me dice qué debo hacer? –exclamó el zar, perplejo–. El padre Grigori piensa que sabe gobernar este país mejor que yo, ¿no es eso? ¿Que sabe ser mejor padre para Alexis que el hombre que lo engendró?

–Es un hombre de Dios –protestó la zarina–. Habla con alguien más poderoso que el zar.

–¡Oh, Sunny! –bramó él con ira y frustración, apartándose de su mujer–. No puedo mantener de nuevo esta conversación. ¡No puedo tenerla todos los días! Ya basta, ¿me oyes? ¡Basta!

–Pero... ¡Nico!

–¡Nada de peros! Sí, soy el padre de Alexis, pero también soy el padre de millones de personas más y también tengo responsabilidades con respecto a su protección. El niño irá conmigo a Moguiliov. Estará bien cuidado, te lo aseguro. Derevenko y Féderov nos acompañarán, de modo que si ocurre algo habrá médicos para atenderlo. Gilliard también vendrá, para que no se retrase en sus estudios. Habrá soldados y guardaespaldas para ocuparse de él. Y Georgi no se apartará de su lado ni un minuto.

–¿Georgi? –inquirió la zarina con el rostro contraído por la sorpresa–. ¿Y quién es Georgi, si puedo preguntarlo?

–Sunny, ya lo conoces. Lo has visto al menos diez o doce veces.

El zar hizo un gesto con la cabeza en mi dirección, y yo tosí suavemente y me incorporé para emerger de las sombras. La emperatriz me miró como si no tuviera la menor idea de qué hacía yo allí o por qué reclamaba su atención, antes de apartar de nuevo la vista y dirigirse hacia su marido.

–Si le ocurre algo, Nico...

–No va a ocurrirle nada.

–Pero si le ocurre algo, te prometo...

–¿Me prometes qué, Sunny? –repuso él secamente–. ¿Qué me prometes?

La zarina titubeó, con el rostro muy cerca del de su esposo, pero no dijo nada. Derrotada, se volvió para mirarme con frialdad antes de bajar la vista hacia su hijo y esbozar otra sonrisa de felicidad, como si no hubiese una visión más hermosa en ningún lugar del mundo.

–Alexis –dijo con voz dulce, tendiendo una mano–. Alexis, deja esos juguetes y ven con tu madre, ¿quieres? Ya debe de ser tu hora de cenar.

El niño asintió y se incorporó para darle la mano y seguirla.

–¿Y bien? –espetó entonces el zar con tono gélido y colérico, mirándome–. ¿A qué estás esperando? Ve con él. Asegúrate de que esté a salvo. Para eso estás aquí.

El cuartel general del ejército ruso, Stavka, estaba situado en lo alto de una colina, en la que fuera la residencia del gobernador provincial antes de que éste se viese obligado a trasladarse para conservar al menos una región que administrar cuando la guerra concluyera. La enorme mansión ocupaba varias hectáreas de terreno, con las suficientes cabañas alrededor para albergar a todo el personal militar que estuviese de paso.

El gran duque Nicolás Nikoláievich, emplazado de forma casi permanente en Stavka, ocupaba la segunda mejor alcoba del edificio, una habitación tranquila en la primera planta que daba al jardín en que el gobernador había intentado sin éxito cultivar hortalizas en la tierra congelada. La mejor habitación, sin embargo, una gran suite en la última planta con despacho y cuarto de baño privados, estaba libre en todo momento para cuando el zar acudía a inspeccionar las tropas. Desde las ventanas de celosía se contemplaba una vista apacible de montañas distantes, y en las noches tranquilas se oía fluir el agua en los riachuelos cercanos, ofreciendo la ilusión de que el mundo estaba en paz y de que llevábamos vidas inocentes y rurales en la serenidad de la Bielorrusia oriental. Durante nuestra visita, el zar compartió esa habitación con Alexis, mientras que a mí me facilitaron una litera en un saloncito de la planta baja, que compartía con tres guardaespaldas más –entre ellos mi amigo Serguéi Stasyovich–, cuya responsabilidad se limitaba a la protección del zar.

Fue un verdadero placer ver juntos al zar y el zarévich durante ese tiempo, pues nunca había observado a un padre y un hijo que disfrutaran tanto de su mutua compañía. En Kashin, todo el mundo habría fruncido el entrecejo ante esa clase de afecto; entre nosotros, lo más cercano al cariño filial era el respeto que mi viejo amigo Kolek le mostraba a su padre Borís. Pero ahora presenciaba una calidez y un cariño naturales entre padre e hijo que me hacían envidiar su relación y que aumentaban al verse alejados del rigor de la vida de palacio. En esos momentos pensaba con frecuencia en Danil, con pesar.

El zar insistió desde el principio en que no trataran a Alexis como a un niño, sino como al heredero del trono ruso. Ninguna conversación se consideraba demasiado privada o seria para sus oídos. No había imagen alguna que no pudiesen ver sus ojos. Cuando Nicolás salía a caballo a visitar a las tropas, Alexis cabalgaba a su lado mientras Serguéi, los demás guardaespaldas y yo los seguíamos muy de cerca. Cuando pasaba revista, los soldados se mantenían firmes y contestaban a las preguntas del emperador mientras el niño esperaba en silencio junto a su padre, educado y atento, escuchando cuanto se decía y asimilando cada palabra.

Y cuando visitábamos los hospitales de campaña, algo que hacíamos con frecuencia, Alexis no mostraba indicios de aprensión o espanto, pese a las terribles escenas que teníamos delante.

En un campamento en particular, el séquito entero entró en una tienda gris abovedada donde un grupo de médicos y enfermeras atendían a unos cincuenta o sesenta soldados heridos, que yacían en camastros tan cerca unos de otros que casi parecían formar un gran colchón sobre el que todos pudiesen morir. El olor a sangre, a miembros en descomposición y carne podrida pendía en el ambiente; cuando entramos, ansié volver a salir al aire fresco y mi rostro se contrajo de asco mientras mi garganta luchaba contra las arcadas. El zar no dio muestras de sentir una repugnancia similar; tampoco Alexis permitió que aquellos horrores sensoriales lo abrumaran. De hecho, cuando tosí me miró y percibí una inconfundible desaprobación en su cara, que me avergonzó, pues él no era más que un niño, cinco años menor que yo, y sin embargo actuaba con mayor dignidad. Humillado, luché contra mi repugnancia y seguí al grupo imperial que se movía de un lecho a otro.

El zar habló con todos los hombres, inclinándose hacia ellos para que la conversación tuviese alguna semblanza de intimidad. Algunos eran capaces de contestarle en susurros; otros, no tenían ni fuerzas ni serenidad para hablar. Todos parecieron abrumados por el hecho de que el zar en persona se hallase entre ellos; quizá, presas de la fiebre, pensaron que simplemente lo imaginaban. Fue como si el mismísimo Jesucristo hubiese entrado en la tienda para ofrecerles su bendición.

A mitad de recorrido, Alexis soltó la mano de su padre, avanzó entre los camastros hasta el extremo opuesto y empezó a hablar con los hombres, imitando al zar. Se sentó a su lado, y lo oí decir que había recorrido todo ese camino desde San Petersburgo para estar con ellos. Les contó que su montura era un caballo de batalla, pero que habíamos cabalgado despacio para que él no sufriera ningún daño. Habló de cuestiones sin demasiado interés, de cosas intrascendentes que para él debían de revestir una importancia tremenda, pero los pacientes apreciaron la sencillez de sus palabras y quedaron cautivados. Cuando llegaron al final de la hilera, advertí que el zar se giraba para observar a su hijo, el cual le ponía un pequeño icono en las manos a un hombre que había quedado ciego en un ataque. Volviéndose hacia uno de sus generales, el emperador hizo un rápido comentario que no oí, y el otro asintió con la cabeza y observó cómo el zarévich acababa su conversación.

–¿Ocurre algo, padre? –quiso saber Alexis al descubrir que todas las miradas estaban fijas en él.

–Nada en absoluto, hijo mío –repuso el zar, y tuve la certeza de captar una nota de emoción en sus palabras, tan abrumado estaba por la mezcla de compasión hacia el sufrimiento de aquellos hombres y el orgullo ante la resistencia de su hijo–. Pero ven, ya es hora de que nos marchemos.

No vi al gran duque Nicolás Nikoláievich, cuya vida había salvado y cuyo agradecimiento me había conducido a esa nueva vida, hasta más de una semana después de nuestra llegada a Stavka. Cuando nos reencontramos, él acababa de regresar del frente, donde había liderado a las tropas con distintos grados de éxito, y había vuelto a Moguiliov para consultar a su primo el zar y planear la estrategia de otoño.

Yo había entrado en la casa procedente del jardín, donde Alexis estaba construyendo un fuerte entre unos árboles, cuando vi que aquel hombretón recorría el pasillo a grandes zancadas hacia mí. Mi impulso inicial fue darme la vuelta y echar a correr de nuevo hacia el jardín, pues su gran estatura y su corpulencia indicaban una presencia muy intimidante, casi más que la del propio zar, pero fue demasiado tarde para huir, pues me había visto y me saludaba con un ademán.

–¡Yáchmenev! –bramó al acercarse, tapando prácticamente la luz que entraba por las puertas abiertas–. Eres tú, ¿verdad?

–Sí, señor, soy yo –admití, ofreciéndole una respetuosa reverencia–. Me alegra verlo de nuevo.

–¿Te alegra? –preguntó, aparentemente sorprendido–. Bueno, pues yo me alegro de oírlo. De modo que aquí estás –añadió, mirándome de arriba abajo para decidir si aún contaba con su aprobación–. Pensé que podía funcionar. Le dije al primo Nico: «Conocí a un muchacho en un pueblucho de mala muerte, un chaval muy valiente. No es gran cosa, la verdad. No le irían mal unos centímetros más de altura y un poco más de músculo, pero aun así no es mal tipo. Podría ser lo que andas buscando para ocuparse del pequeño Alexis». Me alegra comprobar que me escuchó.

–Tiene usted toda mi gratitud, señor, por el gran cambio que ha habido en mis circunstancias.

–Sí, sí –repuso con un gesto despreciativo–. Esto es un poco distinto de... ¿dónde nos conocimos?

–En Kashin, señor.

–Ah, sí, Kashin. Un sitio espantoso. Tuve que colgar al chiflado que pretendía pegarme un tiro. En realidad no quería hacerlo, porque sólo era un crío, pero no hay excusa para semejante diablura. Había que convertirlo en ejemplo para los demás. Lo entiendes, ¿verdad?

Asentí con la cabeza, pero no dije nada. Intentaba no pensar demasiado en mi participación en la muerte de Kolek, pues me sentía tremendamente culpable por la forma en que me había beneficiado de ella. Además, echaba de menos su compañía.

–Era amigo tuyo, ¿no? –preguntó el gran duque al cabo de unos instantes, captando mi reticencia.

–Crecimos juntos. A veces él tenía ideas extrañas, pero no era mala persona.

–No estoy tan seguro –replicó encogiéndose de hombros–. Al fin y al cabo, me apuntó con una pistola.

–Sí, señor.

–Bueno, todo eso ha quedado atrás. La supervivencia de los mejores y todas esas cosas... Por cierto, ¿dónde está el zarévich? ¿No se supone que tienes que estar a su lado en todo momento?

–Está fuera, ahí mismo.

Indiqué con la cabeza el bosquecillo en que el niño arrastraba unos troncos por la hierba para construir su fuerte.

–Estará bien ahí solo, ¿no? –quiso saber el gran duque, y no pude evitar un suspiro de frustración.

Llevaba casi dos meses ocupándome del zarévich, y nunca me había encontrado con un niño tan criado entre algodones. Sus padres se comportaban como si pudiera partirse en dos en cualquier instante. Y ahora el gran duque insinuaba que no podía quedarse solo, no fuera a hacerse daño. «No es más que un niño –deseaba gritarles a veces–. ¡Un niño! ¿Acaso no fuisteis niños alguna vez?»

–Puedo volver con él si lo prefiere. Sólo había entrado un momento a...

–No, no –se apresuró a decir, sacudiendo la cabeza–. Seguro que sabes lo que haces. No me corresponde a mí decirle al criado de otro hombre cómo ha de llevar a cabo su trabajo.

Me irritó un poco semejante caracterización. El criado del zar. ¿Eso era yo? Bueno, por supuesto que sí. Difícilmente era un hombre libre. Pero, aun así, fue desagradable oírlo en voz alta.

–¿Y te has adaptado bien a tus nuevas obligaciones? –inquirió.

–Sí, señor –respondí con sinceridad–. La verdad es que..., bueno, quizá sea una forma inadecuada de decirlo, pero disfruto mucho con ellas.

–No me parece nada inadecuado, muchacho. –Soltó un leve bufido y luego se sonó la nariz con un pañuelo blanco–. No hay nada mejor que un tipo que disfruta con lo que hace. Así el día pasa mucho más rápido. ¿Y qué tal tienes ese brazo? –añadió, dándome un puñetazo tan fuerte donde había penetrado la bala que hube de contenerme para no gritar de agonía o devolverle el golpe, un acto que habría tenido consecuencias nefastas para mí.

–Mucho mejor, señor –contesté apretando los dientes–. Tengo una cicatriz, como usted predijo, pero...

–Un hombre debe tener cicatrices –declaró–. Yo tengo por todas partes, ¿sabes? Mi cuerpo está lleno. Desnudo, parece que me haya arañado un gato rabioso. Algún día te las enseñaré.

Me quedé boquiabierto, perplejo ante aquel comentario. Lo último que deseaba era que me ofrecieran un recorrido por las cicatrices del gran duque.

–No hay un solo hombre en este ejército que no tenga cicatrices –continuó, ajeno a mi sorpresa–. Tómatelo como una marca de honor, Yáchmenev. Y en cuanto a las mujeres... Bueno, cuando la vean, te prometo que les gustará más de lo que imaginas.

Me ruboricé, como el inocente que era, y miré al suelo en silencio.

–Por todos los santos, muchacho –dijo el duque riendo un poco–. Te has puesto como un tomate. Ya has estado enseñándoles esa cicatriz a todas las fulanas del Palacio de Invierno, ¿no es así?

No dije nada. La verdad es que no había hecho nada semejante, pues seguía siendo tan inocente respecto a los placeres carnales como el día que nací. No me interesaban las fulanas, aunque tenía acceso a ellas porque eran un ingrediente básico de la vida en palacio. Tampoco eran objeto de mi interés las mujeres que no requerían compensación por sus encantos. Sólo una muchacha me interesaba, pero era imposible decir su nombre, pues se trataba de un afecto tan inapropiado que revelarlo podría costarme la vida. Lo último que iba a hacer era admitirlo ante Nicolás Nikoláievich.

–Bueno, pues me alegro por ti, muchacho –dijo entonces, volviendo a golpearme en el brazo–. Eres joven. Haces bien en buscar tus placeres donde... ¡Dios santo!

Su repentino cambio de tono me hizo alzar la vista. Él ya no me miraba a mí, sino a través de la ventana hacia el jardín, donde progresaba el fuerte del zarévich. Sin embargo, no había ni rastro de Alexis, y al seguir la dirección de la mirada del gran duque lo vi por fin, a unos cinco metros del suelo, encaramado en la gruesa rama de un roble.

–Alexis –susurró el gran duque con temor.

–¡Eh, hola! –exclamó el niño desde su mirador, y por su tono supimos que estaba encantado de haber trepado tan alto–. Primo Nicolás, Georgi, ¿no me veis?

–¡Alexis, quédate donde estás! –bramó el gran duque y corrió hacia el jardín–. No te muevas, ¿me oyes? Quédate exactamente donde estás. Voy a buscarte.

Lo seguí rápidamente al exterior, asombrado de que se tomase la cosa tan en serio. El chico se las había apañado para trepar al árbol, así que bajar no le sería mucho más difícil. Sin embargo, Nicolás Nikoláievich corría hacia el roble como si nuestra vida y el destino de la propia Rusia dependieran de rescatarlo.

Pero ya era tarde. Ver a aquel hombre monstruoso cargando hacia él fue demasiado para el niño, que intentó incorporarse y descender por el tronco, convencido quizá de que había infringido alguna norma desconocida y lo más sensato sería huir antes de que lo pillaran y castigaran, pero se le enredó el pie en una rama, y al cabo de un instante brotó un gritito de sus labios mientras trataba de afianzarse en una de las ramas más pequeñas, antes de caer ruidosamente al suelo. Entonces se incorporó hasta sentarse, se frotó la cabeza y el codo, y nos sonrió como si todo el episodio hubiese supuesto una gran sorpresa para él, no del todo desagradable.

Le devolví la sonrisa. Al fin y al cabo, el chico estaba bien. Había sido una travesura infantil y no había sufrido ningún daño.

–Rápido –dijo el gran duque, girándose hacia mí con el semblante pálido–. Ve a buscar a los médicos. Tráelos de inmediato, Yáchmenev.

–Pero si está bien, señor –protesté, sorprendido ante la seriedad con que se tomaba el asunto–. Mírelo, sólo...

–¡Tráelos ahora mismo, Yáchmenev! –rugió con una ira que casi me derribó, y esa vez no titubeé.

Eché a correr en busca de ayuda.

Y al cabo de unos minutos la vida de la casa entera se detuvo con absoluto dramatismo.

Llegó el anochecer, y pasó sin que se sirviera la cena; la velada transcurrió sin distracción alguna. Finalmente, poco después de las dos de la madrugada, encontré una excusa para salir de la habitación en que los demás guardias imperiales se habían reunido, cada uno mirándome con mayor desprecio que el anterior, y me dirigí a mi litera, donde sólo deseaba cerrar los ojos, dormirme y dejar atrás los acontecimientos de aquel día espantoso.

En el tiempo transcurrido entre el accidente y la madrugada, había abrigado sentimientos como la confusión, la ira y la autocompasión, pero seguía ignorando por qué se consideraba tan terriblemente desastrosa la caída de Alexis, pues el niño no mostraba ningún indicio de estar herido aparte de pequeñas magulladuras en el codo, la pierna y el torso. Pero sí había empezado a comprender que toda aquella preocupación por el zarévich no era únicamente por su proximidad al trono, sino que había una razón más seria. Al mirar atrás, recordé conversaciones con el zar, con algunos guardias, incluso con el propio Alexis, en que se insinuaban cosas sin declararlas del todo, y maldije mi estupidez por no haber procurado averiguar más.

Mientras recorría los pasillos, cada vez más abatido, se abrió una puerta a mi izquierda, y antes siquiera de que pudiese ver de quién se trataba, una mano me asió de la solapa para levantarme prácticamente del suelo y meterme en la habitación.

–¿Cómo has podido ser tan estúpido? –me increpó Serguéi Stasyovich, cerrando la puerta y haciéndome girar para mirarme a la cara.

Para mi gran sorpresa descubrí que, aparte de él, la única persona en la habitación era una de las hermanas de Alexis, la gran duquesa María, que estaba de espaldas a una ventana, con la cara pálida y los ojos enrojecidos por las lágrimas. Uno de los guardias había mencionado antes que la zarina Alejandra había llegado ya de San Petersburgo, y al oírlo sentí una súbita oleada de esperanza al pensar que quizá no habría acudido sola.

–¿Por qué no estabas vigilándolo, Georgi?

–Sí que estaba vigilándolo, Serguéi –repliqué, molesto ya porque el mundo entero pareciese haber decidido que todo lo ocurrido era culpa de un pobre *mujik* de Kashin–. Me encontraba con él en el jardín, y él no estaba haciendo nada peligroso. Entré en la casa sólo unos instantes y me distraje con...

–No deberías haberlo dejado solo –intervino María dando un paso hacia mí.

Le hice una profunda reverencia, que ella despreció con un ademán como si fuera un insulto. Tenía la misma edad que yo, pues ambos habíamos cumplido diecisiete años unos días antes, y era una belleza de porcelana que hacía girarse a los hombres siempre que entraba en una habitación. Algunos la consideraban la hija más hermosa del zar. Pero yo no.

–Esto es lo que pasa cuando se permiten aficionados en nuestras filas –dijo Serguéi, y con gesto de frustración se puso a caminar de aquí para allá–. Oh, lamento decir eso, Georgi; no es precisamente culpa tuya, pero no tienes la experiencia necesaria para tanta responsabilidad. Fue una ridiculez por parte de Nicolás Nikoláievich recomendarte. ¿Sabes cuánto tiempo me he entrenado yo para proteger al zar?

–Bueno, sólo tienes dos años más que yo, así que no acabo de ver la diferencia –espeté, pues malditas las ganas que tenía de que me hablara con ese tono de superioridad.

–Y lleva ocho años en palacio –adujo la gran duquesa, acercándoseme, furiosa por mi comentario–. Serguéi ha pasado su juventud en el cuerpo de pajes. ¿Sabes siquiera qué es? –Me miró con desdén y negó con la cabeza. Y contestó a su propia pregunta–: Por supuesto que no lo sabes. Serguéi fue uno de los ciento cincuenta niños reclutados entre la nobleza de la corte para adiestrarlos según los métodos de la Guardia Imperial. Y sólo los mejores miembros de ese cuerpo son designados para proteger a mi familia. Ha aprendido a diario qué debe vigilar, dónde reside el peligro, cómo impedir que suceda cualquier tragedia. ¿Tienes idea de cuántos de mis antepasados y parientes han sido asesinados? ¿No te das cuenta de que la muerte nos pisa los talones a mis hermanos y a mí en cada instante del día? Sólo podemos confiar en nuestras plegarias y nuestros guardias. Serguéi Stasyovich es la clase de hombre que necesitamos cerca de nosotros. Y no alguien como tú.

Sacudió la cabeza y me miró con lástima. Encontré extraordinario que su ira pareciese dividida entre lo ocurrido a su hermano y lo que yo había dicho de Serguéi. ¿Qué era éste para María, al fin y al cabo, aparte de un guardia imperial? Por su parte, el objeto de su defensa estaba ahora echando chispas junto a la ventana, y observé que María se le acercaba para hablarle en voz baja, tras lo cual Serguéi movió la cabeza y dijo que no. Me pregunté si María no estaría un poco enamorada de él, pues era un joven alto y apuesto, con penetrantes ojos azules y una melena rubia que le daba más aspecto de ario que de ruso.

–No sé qué se espera de mí –dije al fin, tan disgustado que estaba al borde de las lágrimas–. He velado por el zarévich cuanto he podido desde que me encomendaron su vigilancia. Fue un accidente, ¿por qué es tan difícil de entender? Los niños pequeños tienen accidentes.

–Ve a dormir un poco, Georgi –dijo Serguéi en voz baja, y me dio unas compasivas palmaditas en el hombro. Le aparté la mano, pues no quería que se mostrara condescendiente conmigo–. Mañana va a ser un día movido, sin duda. Querrán hablar contigo. No ha sido culpa tuya, en realidad no. La verdad es que deberían habértelo contado antes. Quizá si lo hubieses sabido...

–¿Si lo hubiese sabido? –pregunté frunciendo el entrecejo, confuso–. ¿Si hubiese sabido qué?

–Vete –insistió, abriendo la puerta para empujarme al pasillo.

Iba a protestar, pero Serguéi hablaba de nuevo con la gran duquesa en voz baja. Sintiéndome de más, y frustrado ante la situación, me alejé con rapidez, no hacia mi lecho como había planeado al principio, sino de vuelta al jardín en que se habían iniciado los acontecimientos.

Esa noche había luna llena, y me dirigí al mismo sitio en que había hablado con el gran duque aquella tarde, satisfecho de estar a solas con mis pensamientos y remordimientos. Fuera soplaba una leve brisa; cerré los ojos ante las puertas abiertas y dejé que la brisa me envolviera, imaginando que me hallaba lejos de allí, en un lugar donde no se esperaba tanto de mí. En la oscuridad, en la sombría soledad de aquel pasillo en Stavka, encontré cierta paz, un pequeño respiro del drama que nos había asolado a todos durante la tarde y la noche.

Oí pisadas por el pasillo antes de que se me ocurriera siquiera volverme. Había cierta urgencia en ellas, una determinación que me puso nervioso.

–¿Quién anda ahí? –pregunté. Pese a lo que pudiesen pensar Serguéi y la gran duquesa María, esos últimos meses me habían enseñado formas cada vez más ingeniosas de enfrentarme a un supuesto asesino, pero sin duda no habría ninguno allí, nada menos que en el cuartel general del ejército–. ¿Quién anda ahí? –repetí, más alto esta vez, preguntándome si tendría oportunidad de redimirme a los ojos de la familia imperial antes de que saliera el sol–. Date a conocer.

Cuando dije eso, la figura emergió por fin al resplandor de la luna y, antes de que pudiera contener el aliento, estaba frente a mí, levantando una mano en el aire para, con un movimiento rápido y decidido, darme una sonora bofetada. La fuerza y el inesperado gesto me pillaron tan por sorpresa que retrocedí, tropecé y caí al suelo, aterrizando dolorosamente sobre un codo, pero no grité, sino que me quedé allí sentado, perplejo y acariciándome la dolorida mandíbula.

–¡Imbécil! –me espetó la zarina dando otro paso hacia mí, y yo retrocedí un poco, como un cangrejo en la playa, aunque no parecía que tuviese intención de pegarme de nuevo–. ¡Maldito imbécil! –repitió, con la voz transida de rabia y temor.

–Majestad –dije, poniéndome en pie. Había una expresión de absoluto espanto en sus ojos, un pánico como el que yo no había visto hasta entonces–. No paro de decirle a todo el mundo que fue un accidente. No sé cómo...

–No podemos permitirnos accidentes –me interrumpió–. ¿Qué sentido tienes tú si no velas por mi hijo, si no lo mantienes a salvo?

–¿Qué sentido tengo yo? –repetí, sabiendo que no me gustaba esa expresión, aunque viniese de la emperatriz de Rusia–. No puedo tenerlo controlado cada instante del día. Es un niño. Va en busca de aventura.

–Se cayó de un árbol, es lo que me han contado. ¿Qué hacía en un árbol, para empezar?

–Se subió a él. El zarévich estaba construyendo un fuerte. Supongo que buscaba más madera y...

–¿Por qué no estabas con él? ¡Deberías haber estado con él!

Sacudí la cabeza y aparté la vista, sin entender que pretendiera que estuviese siempre junto a su hijo. Era un niño activo y se me escapaba continuamente.

–Georgi... –La zarina se llevó las manos a las mejillas, soltando un profundo suspiro–. Georgi, no lo comprendes. Le dije a Nico que deberíamos habértelo explicado.

–¿Explicado? –repetí, levantando la voz pese a nuestra diferencia de rango, pues, fuera lo que fuese, ya no podían ocultármelo más–. ¿El qué? ¡Dígamelo, por favor!

–Escucha –indicó ella, llevándose un dedo a los labios.

Miré alrededor, esperando oír algo que lo explicara todo.

–¿Qué? No oigo nada.

–Ya lo sé. Ahora todo está en silencio. No se oye nada. Pero dentro de una hora, quizá menos, los gritos de mi hijo resonarán en estos pasillos cuando dé comienzo su agonía. La sangre en torno a sus heridas no se coagulará. Y entonces empezará el sufrimiento. Y quizá te parezca que nunca has oído unos gritos tan angustiados, pero... –Soltó una carcajada breve y amarga mientras sacudía la cabeza–. Pero no serán nada, nada, en comparación con lo que vendrá después.

–No fue una caída grave –protesté con escasa convicción, pues empezaba a comprender que había un motivo para aquel exceso de protección.

–Unas cuantas horas después comenzará el dolor de verdad –continuó–. Los médicos no podrán contener el flujo de sangre, pues todas sus heridas son internas, y resulta imposible operarlo porque no podemos permitir que sangre aún más. Como no tendrá forma natural de liberarse, la sangre invadirá sus músculos y articulaciones, intentando ocupar espacios que ya están llenos, expandiendo aún más esas zonas dañadas. Entonces él empezará a padecer de un modo inimaginable. Se lamentará y luego gritará. Se pasará una semana gritando, quizá más. ¿Puedes imaginar esa clase de sufrimiento, Georgi? ¿Puedes imaginar cómo ha de ser gritar durante tanto tiempo?

Me quedé mirándola sin decir nada. Por supuesto que no podía imaginarlo. La idea misma era inconcebible.

–Y durante todo ese tiempo perderá y recobrará el conocimiento, pero en general estará despierto para experimentar el dolor –prosiguió la zarina–. Todo su cuerpo será presa de ataques, y delirará. Se debatirá entre pesadillas, aullidos de dolor y ruegos de que su padre o yo lo ayudemos, de que aliviemos su sufrimiento, pero no habrá nada que podamos hacer. Nos sentaremos junto a su lecho, le hablaremos, le cogeremos la mano, pero no lloraremos, porque no podemos mostrarnos débiles delante de él. Y todo eso durará hasta quién sabe cuándo. Y entonces, ¿sabes qué podría ocurrir, Georgi?

–¿Qué? –quise saber.

–Pues que podría morir –contestó con frialdad–. Mi hijo podría morir. Rusia podría quedarse sin heredero. Y todo porque le permitiste trepar a un árbol. ¿Lo comprendes ahora?

No supe qué decir. El niño tenía lo que llamaban «la enfermedad real», una dolencia sobre la que había oído cotillear a los criados pero a la que no había prestado mucha atención; sólo más adelante supe que se llamaba hemofilia. La difunta reina de Inglaterra, Victoria, abuela de la zarina, la padecía, y como había casado a la mayoría de sus hijos y nietos con los príncipes y princesas de Europa, la enfermedad era un vergonzoso secreto en muchas cortes reales. Incluida la nuestra. Pensé con amargura que deberían habérmelo contado. Deberían haber confiado en mí. Porque, al fin y al cabo, habría preferido clavarme un cuchillo en el corazón a causarle algún sufrimiento al zarévich.

–¿Puedo verlo? –pregunté, y la zarina sonrió un instante, lo que suavizó levemente su expresión, antes de darse la vuelta y desaparecer de nuevo en las sombras del largo pasillo, en dirección a los aposentos del zarévich–. ¡Quiero verlo! –exclamé entonces, sin considerar siquiera lo impropio de mi conducta–. ¡Por favor, debe permitirme verlo!

Pero mis gritos cayeron en saco roto. Al contrario que antes, las pisadas de la zarina se alejaron con rapidez, cada vez menos audibles, hasta que se desvanecieron en la distancia y volví a quedarme solo contemplando el jardín, desesperado y lamentando mis actos.

Y en ese momento Anastasia vino a mí.

Había estado escuchando la conversación entre su madre y yo. Debía de haber llegado antes en los carruajes, como yo esperaba. Había acudido por su hermano.

«Y por mí», me dije.

–Georgi –llamó, con una voz que fue poco más que un susurro pero rebasó setos y matorrales para llegar como música a mis oídos. Me volví y vi ondear su vestido blanco tras las plantas verde oscuro–. Georgi, estoy aquí.

Miré rápidamente alrededor para asegurarme de que nadie nos observaba y salí corriendo al jardín. Anastasia me estaba esperando detrás de un seto, y al advertir la ansiedad en su rostro tuve ganas de llorar. Su hermano estaba en la cama, aterrorizado, preparándose para semanas de agonía, pero de pronto nada de eso pareció importarme y me sentí avergonzado. Porque ella estaba delante de mí.

–Confiaba en que vinieras –dije.

–Nos ha traído mi madre –explicó, arrojándose en mis brazos–. Alexis está...

–Ya lo sé. Y es culpa mía. Todo ha sido culpa mía. Debería... debería haber tenido más cuidado. De haber sabido que...

–No tenías por qué saber los riesgos –aseguró–. Estoy asustada, Georgi. Abrázame, ¿quieres? Abrázame y dime que todo va a salir bien.

No vacilé. La estreché entre mis brazos y apoyé su cara contra mi pecho, para besarle la coronilla y dejar que mis labios reposaran ahí, inhalando el dulce aroma de su perfume.

–Anastasia –dije, cerrando los ojos y preguntándome cómo habría llegado a encontrarme en esa situación–. Anastasia, mi amada.

1953

Esperaba a Zoya sentado ante la ventana de una cafetería frente a la Escuela de Bellas Artes y Diseño, consultando de vez en cuando el reloj y tratando de no oír la charla de la gente que me rodeaba. Zoya ya se retrasaba más de media hora y empezaba a sentirme un poco irritado. Ante mí había un ejemplar de *El motín del Caine* abierto, pero no lograba concentrarme en las palabras y acabé por apartarlo y coger una cuchara para remover el café mientras tamborileaba con nerviosismo con los dedos de la mano izquierda.

Al otro lado de la calle, el personal y los alumnos de la universidad iban de aquí para allá, deteniéndose a charlar entre sí, riendo, chismorreando y besándose; algunos atraían miradas de desaprobación de los transeúntes por la naturaleza poco ortodoxa de su atuendo. Un joven de unos diecinueve años dobló la esquina y recorrió la calle como si desfilara con la bandera, ataviado con pantalones pitillo, camisa y chaleco oscuros, y encima una levita eduardiana que le llegaba a la rodilla. Llevaba el cabello reluciente de brillantina y levantado en la frente en un elegante tupé, y se comportaba como si la ciudad entera le perteneciese. Resultaba imposible no mirarlo, lo que debía de ser su intención.

–Georgi.

Me volví y me sorprendió ver a mi esposa detrás de mí; estaba tan ensimismado en las idas y venidas en la universidad que no había advertido su llegada. En un instante de tristeza, pensé que eso no me habría ocurrido un año antes.

–Hola –dije, consultando el reloj y lamentando de inmediato el gesto, pues era agresivo, realizado para subrayar su tardanza sin necesidad de expresarla con palabras. Me sentía molesto, cierto, pero no quería parecerlo. Me había pasado la mayor parte de los seis últimos meses tratando de no parecer molesto. Era una de las cosas que nos mantenía juntos.

–Lo siento –se disculpó Zoya, y se sentó con un suspiro de cansancio antes de quitarse el sombrero y el abrigo. Se había cortado el pelo unas semanas antes y ahora llevaba un peinado que recordaba al de la reina (no: al de la reina madre; aún no me había acostumbrado a llamarla así), y para ser franco, no me gustaba. Pero la verdad es que en esa época no me gustaban muchas cosas–. Me han retenido cuando ya me iba. La secretaria del doctor Highsmith no estaba en su escritorio y yo no podía marcharme sin fijar la siguiente visita. Ha tardado mucho en volver, y después no conseguía encontrar la agenda. –Movió la cabeza y suspiró, como si el mundo fuera un lugar demasiado agotador para tolerarlo, antes de esbozar una leve sonrisa y volverse hacia mí–. Todo el asunto ha durado una eternidad. Y luego los autobuses... Bueno, sea como fuere, ¿qué puedo decir, excepto que lo siento?

–No pasa nada –dije, sacudiendo la cabeza como si nada importara en realidad–. Ni me había dado cuenta de la hora. ¿Va todo bien?

–Sí, bien.

–¿Te pido algo?

–Sólo una taza de té, por favor.

–¿Sólo té?

–Por favor –insistió alegremente.

–¿No tienes hambre?

Titubeó un instante y luego negó con la cabeza.

–Ahora no. Hoy no tengo mucho apetito, no sé por qué. Sólo tomaré un té, gracias.

Asentí y me dirigí a la barra para pedirlo. Allí de pie, esperando a que el agua hirviese y las hojas se empaparan bien, la observé mirar por la ventana, hacia la facultad en que llevaba dando clases unos cinco años, y traté de no odiarla por lo que nos había hecho. Por lo que me había hecho a mí. Por que pudiese aparecer tarde, sin apetito, lo que sugería que había estado en otro sitio, con otro hombre, almorzando con él y no conmigo. Incluso sabiendo que no era el caso, la odié por hacerme sospechar de todos sus movimientos.

–Gracias –me dijo cuando le dejé la taza delante–. Lo necesitaba. Ahí fuera hace frío. Debería haber traído una bufanda. Bueno, ¿qué tal te ha ido la mañana?

Me encogí de hombros, irritado por su comportamiento alegre y su charla insulsa, como si nada anduviese mal en el mundo, como si nuestras vidas fueran como siempre habían sido y como siempre serían.

–Nada fuera de lo corriente. Aburrida.

–Oh, Georgi. –Alargó una mano sobre la mesa para posarla sobre la mía–. No digas eso. Tu vida no es aburrida.

–Bueno, no es tan emocionante como la tuya, eso seguro –repuse, y lamenté mis palabras al advertir que se quedaba helada; me pregunté si pretendía que sonaran tan hirientes como parecía.

Su mano permaneció sobre la mía unos segundos más y luego la apartó, miró por la ventana y le dio un cauteloso sorbo al té. Supe que no volvería a hablar hasta que yo lo hiciera. Después de más de treinta años de matrimonio, había muy pocas cosas que no pudiera prever en ella. Podía sorprenderme, por supuesto, lo había demostrado, pero aun así yo conocía sus movimientos mejor que nadie.

–Ha empezado la chica nueva –dije por fin, aclarándome la garganta para abordar un tema de conversación seguro–. Supongo que es una noticia.

–Ah, ¿sí? –repuso con tono neutral–. ¿Y qué tal es?

–Muy agradable. Tiene ganas de aprender. Sabe bastante de libros. Estudió literatura en Cambridge. Tremendamente lista.

Zoya sonrió y se contuvo para no reír.

–Tremendamente lista –repitió–. Georgi, qué inglés te has vuelto.

–¿Tú crees?

–Sí. Jamás habrías utilizado una expresión así cuando llegamos a Londres. Es por todos estos años rodeado de profesores y académicos en la biblioteca.

–Supongo que sí –admití–. Dicen que el lenguaje cambia a medida que uno se va integrando en una sociedad distinta.

–¿Es vergonzosa?

–¿Quién?

–Tu nueva ayudante. ¿Cómo se llama, por cierto?

–Señorita Llewellyn.

–¿Es galesa?

–Sí.

–¿Y es vergonzosa?

–No. Que haya decidido trabajar en una biblioteca no significa que sea una especie de mosquita muerta tímida y modesta que no soporta que le hablen porque se sonroja.

Zoya soltó un suspiro y me miró fijamente.

–Muy bien –dijo, sacudiendo un poco la cabeza–. No pretendía insinuar nada. Sólo trataba de conversar.

Irritabilidad. Mal genio. Ansiedad. Un deseo subconsciente de encontrar algo negativo en cada frase que ella empleaba. Una necesidad de criticarla, de hacer que se sintiera mal. Yo captaba todo eso cada vez que hablábamos. Y lo detestaba. No era así como se suponía que debíamos ser. Se suponía que nos amábamos, que debíamos tratarnos con respeto y cariño. Al fin y al cabo, nunca habíamos sido Georgi y Zoya. Éramos GeorgiZoya.

–Lo hará bien –dije un poco más animado, pues no quería aumentar la tensión–. No será lo mismo sin la señorita Simpson, por supuesto. O sin la señora Harris, debería decir. Pero así son las cosas. La vida sigue. Los tiempos cambian.

–Sí. –Hurgó en el bolso para sacar un ejemplar del *Times*–. ¿Has visto esto? –me preguntó, dejándolo ante mí.

–Sí, lo he visto –contesté tras titubear un poco. Leía el *Times* todas las mañanas en la biblioteca, y Zoya lo sabía. Lo que me sorprendía era que lo hubiese visto ella, pues no era de quienes disfrutaban leyendo los sucesos de actualidad, en particular cuando tantos eran de naturaleza belicosa en aquellos tiempos.

–¿Y qué opinas?

–No opino nada –respondí, cogiendo el diario y contemplando un momento el rostro de Stalin, el espeso bigote, los ojos de párpados caídos que me sonreían con falsa cordialidad–. ¿Qué esperas que opine?

–Deberíamos celebrar una fiesta –comentó con tono frío pero triunfal–. Deberíamos celebrarlo, ¿no te parece?

–No. ¿De qué tenemos que regocijarnos, al fin y al cabo? Está muerto. Y después de él, ¿qué crees que pasará? ¿Piensas que las cosas volverán a ser como antes?

–Por supuesto que no –contestó, quitándome el periódico para observar un instante más la fotografía antes de doblarlo y embutirlo de nuevo en el bolso–. Es sólo que estoy contenta, nada más.

–¿De que ya no esté?

–De que esté muerto.

Guardé silencio. Detestaba captar tanto veneno en su tono. Evidentemente, yo no era admirador de Stalin; había leído lo bastante sobre sus actos para despreciarlo. En los treinta y cinco años transcurridos desde que abandonara Rusia, me había informado suficientemente sobre los acontecimientos que sucedían en mi tierra natal para sentirme aliviado de no formar ya parte de ellos. Pero no podía celebrar una muerte, ni siquiera la de Stalin.

–Sea como fuere –continué al cabo de un instante–, no dispongo de mucho tiempo antes de volver al trabajo y quiero saber qué tal te ha ido la mañana.

Zoya fijó la vista en la mesa unos segundos. Pareció decepcionada por cambiar tan rápido de tema; quizá deseaba embarcarse en una larga conversación sobre Stalin, sus actos, sus purgas y sus múltiples crímenes. Yo había decidido que podía mantener esa conversación si así lo deseaba. Sólo que no conmigo.

–Ha ido bien –susurró.

–¿Sólo bien?

–Esta vez ha sido un poco más... complicado, supongo.

Sopesé sus palabras y dudé antes de seguir interrogándola.

–¿Complicado? ¿En qué sentido?

–Es difícil de explicar –respondió, arrugando un poco la frente al reflexionar sobre ello–. En nuestra primera visita de la semana pasada, el doctor Highsmith no pareció interesado en nada que no fueran mi vida y mi rutina cotidianas. Quiso saber si disfrutaba con mi trabajo, cuánto tiempo llevaba viviendo en Londres, cuánto hacía que estábamos casados. Cuestiones muy básicas. La clase de cosas sobre las que charlarías en una fiesta con un extraño.

–¿Te sentiste incómoda?

–No especialmente –respondió encogiéndose de hombros–. Lo que estaba dispuesta a contarle tenía un límite, desde luego, ni siquiera conocía a ese hombre, pero él pareció advertirlo y me instó a continuar adelante.

Asentí con la cabeza.

–¿Hasta cuándo te remontaste?

–Bastante tiempo, en diferentes sentidos. Hablamos sobre cómo fueron las cosas durante la guerra, sobre los años previos a ella después de que llegásemos aquí. Sobre todo el tiempo que esperamos ser padres. Le hablé de... –Vaciló y se mordió el labio, pero luego alzó la vista y habló con mayor decisión; me pregunté si el doctor Highsmith la habría animado a hacerlo–. Le hablé un poco sobre París.

–¿De veras? –pregunté, sorprendido–. Nosotros nunca hablamos de París.

–No. –Su tono reveló una leve acusación–. No, no lo hacemos.

–¿Deberíamos?

–Tal vez.

–¿Y de qué más?

–De Rusia.

–¿Le hablaste de Rusia?

–Pero sólo en términos generales. Me resultó extraño hablar de temas personales con una persona a la que acababa de conocer.

–¿No confías en él?

Sacudió la cabeza.

–No se trata de eso. Creo que sí confío en él. Es sólo que..., es curioso, pero en realidad no me hace preguntas propiamente dichas. Tan sólo me habla. Mantenemos una conversación. Y entonces me encuentro siendo franca con él, revelándole cosas. Es casi como una forma de hipnosis. Estaba pensando en eso hace un rato, cuando esperaba a que su secretaria volviera, y me ha recordado..., me he acordado de...

–Ya lo sé –interrumpí en voz muy baja, casi un susurro, como si la mera mención de su nombre fuera a traer de nuevo a la bestia de entre los muertos. Un súbito recuerdo relampagueó en mi memoria. Volvía a tener diecisiete años, estaba muerto de frío y arrastraba un cuerpo hacia las riberas del Neva, dispuesto a arrojarlo a sus profundidades. Había sangre en el suelo, de heridas de bala. En el aire flotaba la sensación de que el monstruo podía regresar de pronto a la vida y matarnos a todos. La habitación pareció dar vueltas cuando me invadieron de nuevo las sensaciones de aquella noche, y me estremecí. No era algo en que me gustara pensar. No era algo que me permitiera recordar, nunca.

–Su tono es muy tranquilizador –continuó Zoya, sin aludir a lo que yo había dicho, sin necesidad de hacerlo–. Me relaja. Temía que fuera como el doctor Hooper, pero no lo es. Parece preocuparse por mí de verdad.

–¿Le has hablado de las pesadillas?

–Hoy sí. Empezó preguntándome por qué acudía a verlo. ¿Sabes que ni siquiera me había percatado de que no me lo preguntó la otra vez? No te importa que te cuente todo esto, ¿verdad, Georgi?

–Por supuesto que no –aseguré, tratando de sonreír–. Quiero saberlo, pero... sólo si tú quieres contármelo. Si te ayuda, a mí es lo único que me importa. No tienes que sentir que debes contármelo todo.

–Gracias. Supongo que hay ciertas cosas que sonarían extrañas si te las repitiera fuera de contexto. Cosas que tenían sentido en su momento, si entiendes a qué me refiero. Sea como fuere, le he contado que últimamente me despierto mucho por las noches, le he hablado de las terribles pesadillas, de cómo habían aparecido de pronto, salidas de la nada. En realidad es ridículo, después de todos estos años, que esos recuerdos emerjan de nuevo.

–¿Y qué dijo él?

–No mucho. Me pidió que las describiera, y lo hice. Algunas, al menos. Hay otras que no creo poder confiarle aún. Y entonces empezamos a hablar sobre otras cosas. Hablamos de ti.

–¿De mí?

–Sí.

Tragué saliva. No estaba seguro de querer hacer esa pregunta, pero no había modo de evitarlo.

–¿Qué quería saber sobre mí?

–Sólo pidió que te describiera, eso es todo. La clase de hombre que eres.

–¿Qué le dijiste?

–La verdad, por supuesto. Que eres muy bueno. Que eres considerado. Que eres cariñoso. –Dudó un instante y se inclinó un poco hacia mí–. Que te has ocupado de mí todos estos años. Y que sabes perdonar.

La miré y me sentí al borde de las lágrimas. Ya no estaba enfadado; volvía a sentirme dolido. Traicionado. Traté de encontrar las palabras adecuadas, pues no quería atacarla.

–¿Y le has hablado de...? ¿Se lo has contado?

Asintió con la cabeza.

–¿Lo de Henry? Sí, se lo he dicho.

Solté un suspiro y aparté la vista. Incluso entonces, casi un año después, ese nombre bastaba para hacer añicos mi humor y mi confianza. Aún me costaba creer que hubiese ocurrido, que después de tantos años juntos ella hubiese podido traicionarme con otro hombre.

Arina nos presentó a Ralph a finales del verano. Yo no sabía qué esperar –al fin y al cabo, era la primera vez que ella traía un chico a casa–, y lo cierto es que temía la perspectiva de conocerlo. No era sólo que eso me obligaba a reconocer el hecho de que mi hija se acercaba a la edad adulta; también estaba la cuestión de enfrentarme a mi propio envejecimiento. En mi insensatez, aún veía mi existencia desplegándose ante mí como un arriate de flores en primavera, una hilera de tulipanes a punto de hacer su radiante explosión, cuando en realidad era más bien como un rosal en otoño, cuando las hojas empiezan a ennegrecerse y marchitarse y cuanto queda de su vida es la decadencia del invierno. Perdido entre los archivadores de la Biblioteca Británica, pasé todo aquel día muy callado tratando de encajar tan aleccionador pensamiento, y cuando la señorita Llewellyn me preguntó si me encontraba bien, no pude sino quitarle importancia a mi melancolía con una sonrisa avergonzada y una explicación sincera.

–No lo sé. Me espera una velada poco corriente, eso es todo.

–¡Oh! –exclamó ella con curiosidad–. Suena interesante. ¿Va a algún sitio especial?

–Lamentablemente, no. Mi esposa ha invitado a cenar al novio de mi hija. Es la primera vez que tengo que pasar por una experiencia así, y no me apetece demasiado.

–Yo llevé a Billy, mi chico, a conocer a mis padres hace un par de meses –contó la señorita Llewellyn, estremeciéndose un poco al recordarlo y ciñéndose el cárdigan–. La cosa acabó en una pelea tremenda. Mi padre lo echó de casa. Me dijo que no volvería a dirigirme la palabra si seguía saliendo con él.

–¿De veras? –pregunté, confiando en que mi velada no terminase de forma tan drástica–. ¿No le gustó, entonces?

Ella puso los ojos en blanco como si la escena fuera demasiado horrible para recordarla.

–En realidad no fueron más que bobadas. Billy dijo algo que no debería haber dicho, y entonces mi padre dijo algo aún peor. A mi Billy le gusta creerse un revolucionario, y mi padre no quiere saber nada de esas cosas. Es de los del viejo Imperio británico, ya me entiende. Debería haber oído cómo se gritaron cuando el pobre del viejo rey salió en la conversación. Que Dios bendiga su alma. ¡Pensé que alguien iba a llamar a la policía! De todos modos, ¿cuántos años tiene su hija, señor Yáchmenev, si no le importa que lo pregunte?

–Acaba de cumplir diecinueve.

–Bueno, entonces imagino que esto no es más que el principio. Estoy segura de que tendrá que vérselas con muchas cenas como ésa en el futuro. Ya lo verá. Ese novio será el primero de muchos.

La afirmación no me ofreció el alivio que ella pretendía, y ese día volví a casa un poco más tarde de lo habitual porque me detuve en una iglesia a encender una vela –«Lo haré mientras viva»–, pues era 12 de agosto y tenía una promesa que cumplir.

–Georgi. –Zoya me miró con el rostro arrebolado por la ansiedad al verme entrar–. ¿Por qué has tardado tanto? Te esperaba hace media hora.

–Lo siento –contesté, y advertí el esfuerzo que había dedicado a vestirse y arreglarse–. Tienes buen aspecto –añadí, un poco irritado porque se tomara tantas molestias por un chico al que ni siquiera conocía.

–Bueno, no parezcas tan sorprendido –replicó con una risa

ofendida–. Procuro esforzarme con mi aspecto de vez en cuando, ¿sabes?

Sonreí y la besé. Antes, durante años, no habríamos dado importancia a frases como aquélla, considerándolas bromas cariñosas. Ahora había una corriente subterránea de tensión, la sensación de que, fuera lo que fuese lo que habíamos conseguido enterrar, no estaba perdonado, y de que una palabra inapropiada pronunciada en el momento inadecuado podía llevarnos, como al novio y al padre de la señorita Llewellyn, a la pelea más calamitosa.

–¿Vas a darte un baño? –quiso saber.

–¿Lo necesito?

–Llevas todo el día trabajando –contestó en voz baja, mordiéndose un poco el labio.

–Entonces supongo que más me vale –repuse con un suspiro, dejando el maletín donde supe que Zoya se vería obligada a recogerlo para quitarlo de en medio en cuanto me diese la vuelta–. No tardaré. ¿A qué hora los esperamos?

–No llegarán antes de las ocho. Arina ha dicho que irían a tomar una copa al salir del trabajo, y que vendrían después.

–Es bebedor, entonces –dije frunciendo el entrecejo.

–He dicho una copa. Dale una oportunidad, Georgi. Nunca se sabe; a lo mejor te gusta.

Dudaba que así fuera, pero unos minutos más tarde, metido en la bañera y disfrutando de la paz y la relajación en el agua caliente y espumosa, seguí dándole vueltas al inquietante hecho de que Arina hubiese llegado a la edad en que sus pensamientos se dirigían hacia el sexo opuesto. Parecía que apenas hubiese transcurrido tiempo desde que era una niña. O, ya puestos, un bebé. De hecho, me daba la sensación de que sólo habían pasado unos cuantos años desde que Zoya y yo sufríamos y nos desesperábamos ante la idea de que nunca nos veríamos bendecidos con un hijo. Me percaté de que mi vida se me escapaba entre los dedos. Tenía cincuenta y cuatro años; ¿cómo había sucedido? ¿No habían pasado sólo unos meses desde que llegara al Palacio de Invierno y recorriera los pasillos dorados tras el conde Charnetski para mi primer encuentro con el zar? Sin duda había sido a principios de este mismo año cuando conseguí disfrutar de un momento a solas a bordo del *Standart* mientras la familia imperial escuchaba una interpretación del Cuarteto de Cuerda de San Petersburgo, ¿no?

«No», me dije, rechazando mi insensatez y permitiendo que mi cuerpo se hundiera más en el agua de la bañera. No, no era así. Todo aquello había ocurrido años atrás. Décadas.

Aquellos tiempos pertenecían por entero a otra vida, a una existencia de la que ya nunca se hablaba. Cerré los ojos y dejé que mi cabeza se sumergiera. Conteniendo el aliento, el eco del pasado me llenó los oídos y la memoria, y me perdí una vez más en aquellos años terribles y maravillosos entre 1915 y 1918, cuando el drama de nuestro país se desarrollaba ante mí. Ajeno al mundo, sentí que, una vez más, el frío penetrante del aire invernal de las riberas del Neva me entraba por la nariz y me cortaba el aliento de la impresión, imaginé el rostro del zar y la zarina con la misma claridad que si los tuviera delante. Y el aroma del perfume de Anastasia inundó mis sentidos como en un sueño, seguido por una imagen borrosa de la muchacha de la que me había enamorado.

–Georgi –dijo Zoya llamando a la puerta; se asomó al interior, y su presencia me hizo emerger de inmediato, boqueando, mientras me apartaba el cabello de la frente y los ojos–. Georgi, no tardarán en llegar. –Titubeó, quizás inquieta ante mi inesperada expresión de pesar–. ¿Qué sucede? ¿Te pasa algo?

–Nada.

–¿Cómo que nada, si estás llorando?

–Es agua –repliqué, preguntándome si era posible que la espuma se hubiese mezclado con mis lágrimas sin que lo advirtiera.

–Tienes los ojos rojos.

–No es nada. Estaba pensando en algo, eso es todo.

–¿En qué? –quiso saber, y hubo un dejo de tensión en su voz, como si temiera oír la respuesta.

–En nada importante –concluí, negando con la cabeza–. Sólo pensaba en alguien que conocí una vez, nada más. En alguien que murió hace mucho tiempo.

En ciertos momentos la odiaba por lo que había hecho. Jamás pensé que pudiera sentir por Zoya otra cosa que amor, pero a veces, cuando yacía despierto en la cama a su lado, sintiendo como si mi cuerpo fuera a evaporarse si la tocaba, deseaba gritar; a tal punto me sentía frustrado y dolido.

Cuando todo acabó, cuando estábamos tratando de reparar nuestras vidas fracturadas, me atreví a preguntarle por qué había ocurrido.

–No lo sé, Georgi –contestó con un suspiro, como si fuera cruel por mi parte desear siquiera una respuesta.

–No lo sabes –repetí, escupiendo las palabras.

–Exacto.

–Bueno, ¿y qué se supone que tengo que decir a eso?

–Nunca lo amé, si es que importa.

–Eso lo vuelve peor –espeté, sin saber si era cierto o no, pero deseoso de herirla–. Entonces, ¿qué sentido tuvo si nunca lo amaste? Al menos eso habría supuesto algo.

–Él no me conocía –explicó en voz baja–. Eso lo hacía distinto.

–¿No te conocía? –Fruncí el entrecejo–. ¿Qué quieres decir?

–Mis pecados. Él no conocía mis pecados.

–¡No digas eso! –exclamé abalanzándome hacia ella, iracundo–. No utilices eso para justificar tus actos.

–Oh, no lo estoy haciendo, Georgi, de veras que no –replicó sacudiendo la cabeza; estaba llorando–. Fue sólo que... ¿cómo puedo explicarte algo que ni yo misma entiendo? ¿Vas a abandonarme?

–Nada me gustaría más –contesté; era mentira, por supuesto–. Yo nunca te habría hecho eso a ti. Jamás.

–Ya lo sé.

–¿Crees que no he tenido la tentación? ¿Crees que nunca he mirado a otras mujeres deseando poseerlas?

Zoya vaciló, pero por fin negó con la cabeza.

–No, Georgi. No creo que lo hayas hecho nunca. No creo que sientas nunca la tentación.

Abrí la boca para discrepar, pero ¿cómo iba a hacerlo? Al fin y al cabo, era cierto.

–Eso es lo que hace que seas como eres. Eres bueno y decente, y yo... –Se interrumpió, y cuando volvió a hablar, articulando bien cada palabra, pensé que nunca me había sonado tan decidida–: Yo no lo soy.

Permanecimos largo rato en silencio, y se me ocurrió algo, algo tan monstruoso que no pude creer que lo estuviera pensando.

–Zoya, ¿lo hiciste para que te abandonara? –pregunté, y ella me miró y tragó saliva; luego se dio la vuelta sin contestar–. ¿Pensaste que, si te dejaba, supondría una especie de castigo? ¿Que merecías ser castigada?

Silencio.

–¡Dios mío! –exclamé, sacudiendo la cabeza–. Todavía crees que fue culpa tuya, ¿no es eso? Todavía deseas morir.

La puerta principal se abrió exactamente a las ocho, y Arina entró primero con una sonrisa tímida, la expresión que esbozaba de niña cuando había hecho alguna travesura pero quería que la descubrieran. Se nos acercó y nos besó a ambos, como hacía siempre, y entonces, emergiendo de las sombras del rellano, entró un joven, con el sombrero en la mano y las mejillas un poco arreboladas, claramente ansioso por causar buena impresión. A mi pesar, su nerviosismo me resultó simpático y tuve que concentrarme para evitar sonreír. Debía de ser un día de recuerdos, pues su inquietud me evocó mi propio nerviosismo cuando conocí al padre de Zoya.

–*Masha*, *pasha* –dijo Arina indicando al joven, como si no lo viéramos allí plantado e incómodo–, éste es Ralph Adler.

–Buenas noches, señor Yáchmenev –saludó él, tendiéndome la mano y tropezando con mi nombre, aunque pareció que hubiese ensayado muchas veces esas primeras palabras–. Es un gran honor conocerlo. Y, señora Yáchmenev, me gustaría agradecerle el gran honor de invitarme a su casa.

–Bueno, te damos la bienvenida –repuso ella sonriendo a su vez–. Estamos encantados de conocerte por fin. Arina nos ha hablado mucho de ti. ¿No quieres pasar y sentarte?

Arina y Ralph ocuparon sus sitios en la mesa y yo me senté frente a Ralph mientras Zoya acababa de preparar la comida, lo que me dio oportunidad de examinarlo con mayor detalle. Era de altura y complexión medias, con una curiosa mata de cabello pelirrojo, un hecho que me sorprendió, aunque no me pareció un muchacho feo en términos generales.

–Eres mayor de lo que esperaba –comenté, preguntándome si Arina sería tan sólo la última de una serie de novias a las que Ralph había seducido.

–Tengo veinticuatro años –se apresuró a contestar–. Aún soy joven, espero.

–Por supuesto –intervino Zoya–. Prueba a tener cincuenta y cuatro.

–Arina sólo tiene diecinueve –dije.

–Entonces nos llevamos cinco años –repuso Ralph, como si la diferencia de edad no tuviese mayor importancia, lo que me impidió hacer más observaciones al respecto.

Cada vez que hablaba, Ralph miraba a mi hija en busca de su aprobación, y cuando Arina sonreía, él también lo hacía. Cuando ella hablaba, la observaba con los labios entreabiertos. Me dio la sensación de que una parte de él deseaba explicarme, de forma totalmente académica, que no podía creer lo afortunado que era porque alguien como ella se interesase por alguien como él. Reconocí la mezcla de pasiones en sus ojos: admiración, deseo, fascinación, amor. Me sentí satisfecho por mi hija, y no me sorprendió que ella fuera capaz de inspirar semejantes emociones, pero también me entristeció un poco.

Me dije que Arina era muy joven, que no estaba preparado para perderla.

–Arina nos ha contado que eres músico, Ralph –dijo Zoya mientras comíamos la clase de menú que solíamos reservar para los domingos: rosbif con patatas, dos clases de verdura, salsa–. ¿Qué tocas?

–El clarinete. Mi padre era un clarinetista muy bueno. Insistió en que mis hermanos y yo recibiéramos clases desde muy pequeños. De niño las aborrecía, por supuesto, pero las cosas cambian.

–¿Por qué las aborrecías? –quise saber.

–Creo que por la profesora. Tenía unos ciento cincuenta años, y cada vez que tocaba mal, me pegaba al acabar la lección. Cuando tocaba bien, tarareaba para acompañar a Mozart, Brahms, Tchaikovski o quien fuera.

–¿Te gusta Tchaikovski?

–Sí, mucho.

–Ajá.

–Pero tu actitud debió de cambiar al final –supuso Zoya–. Si te ganas la vida tocando, quiero decir.

–Oh, ya me gustaría poder decir que me la gano, señora Yáchmenev, pero no soy músico profesional. Todavía no. Aún estoy estudiando. Asisto a clases en la Escuela de Música y Teatro Guildhall, muy cerca del muelle Victoria.

–Sí, la conozco.

–¿No eres un poco mayor para estar estudiando todavía? –pregunté.

–Se trata de un curso superior. Para poder dar clases además de tocar, si fuera necesario. Éste es mi último año.

–Ralph también toca con una orquesta fuera de la escuela –intervino Arina–. Ha participado en el concierto de Navidad en Saint Paul los tres últimos años; el año pasado incluso interpretó un solo, ¿no es así, Ralph?

–¿De veras? –Zoya parecía impresionada y el chico sonrió, ruborizándose al sentirse el centro de tanta atención–. Entonces debes de ser muy bueno.

–No lo sé –contestó frunciendo el entrecejo–. Confío en estar mejorando.

–Deberías haberte traído el clarinete. Así podrías haber tocado para nosotros. Yo tocaba el piano de niña, ¿sabes? Muchas veces he deseado que aquí tuviésemos espacio para uno.

–¿Le gustaba?

–Sí –contestó Zoya, y abrió la boca para decir algo más, pero luego pareció pensarlo mejor.

–Yo nunca aprendí a tocar un instrumento –dije para llenar el silencio–. Pero siempre deseé hacerlo. De haber tenido la oportunidad, es posible que hubiese estudiado violín. Siempre lo he considerado el más elegante de los instrumentos musicales.

–Bueno, nunca se es demasiado viejo para aprender, señor –afirmó Ralph, y en cuanto hubo pronunciado esas palabras se puso granate de vergüenza, y no ayudó que yo lo mirase fijamente con la expresión más seria que fui capaz de esbozar, como si acabara de insultarme de forma terrible–. Lo siento mucho –balbució–. No pretendía insinuar que...

–¿Que soy viejo? Bueno, ¿y qué más da? Sí, soy viejo. Hace sólo un rato estaba pensando en eso. Tú mismo lo serás algún día. Ya veremos qué te parece entonces.

–Tan sólo quería decir que se puede aprender a tocar un instrumento a cualquier edad.

–Supondrá un consuelo cuando esté chocheando.

–No, no es eso. Quiero decir...

–Georgi, no te burles del pobre muchacho –interrumpió Zoya, tendiendo una mano para coger la mía unos instantes.

Nuestros dedos se entrelazaron y bajé la vista hacia ellos; advertí que la piel de sus nudillos estaba un poco más tensa por la edad, e imaginé que veía la sangre y las falanges, como si los años le estuviesen volviendo la piel translúcida. Los dos nos hacíamos mayores, y era una idea deprimente. Le apreté los dedos y ella se giró para mirarme, un poco sorprendida, preguntándose quizá si intentaba tranquilizarla o hacerle daño. Lo cierto es que en ese momento deseaba decirle cuánto la amaba, y que no importaba nada más, ni las pesadillas, ni los recuerdos, ni siquiera Henry, pero me resultaba imposible pronunciar esas palabras. Y no porque Ralph y Arina estuviesen allí. Sencillamente, era imposible.

–¿Asistió tu padre a la misma escuela, Ralph? –preguntó Zoya al cabo de un momento–. Cuando aprendía a tocar el clarinete, quiero decir.

–Oh, no –respondió sacudiendo la cabeza–. No, nunca recibió clases en Inglaterra después de llegar aquí. Su padre le enseñó cuando era un niño y después simplemente estudió por su cuenta.

–¿Después de llegar aquí? –repetí–. ¿Qué significa eso? ¿No es inglés, entonces?

–No, señor. No; mi padre nació en Hamburgo.

Arina nos había contado muchas cosas sobre su joven amigo, pero eso no lo había mencionado, y Zoya y yo alzamos la vista de nuestros platos para mirarlo, sorprendidos.

–¿Hamburgo? –repetí al cabo de unos instantes–. ¿Hamburgo de Alemania?

–El padre de Ralph llegó a Inglaterra en mil novecientos veinte –explicó Arina, y me pareció que su expresión revelaba cierto nerviosismo.

–¿De veras? –inquirí–. ¿Después de la Gran Guerra?

–Sí –contestó Ralph en voz baja.

–Y supongo que durante la otra guerra, la que siguió, volvería a su patria, ¿no?

–No, señor. Mi padre se opuso con vehemencia a los nazis. Jamás regresó a Alemania desde el día que se fue.

–Pero ¿y el ejército? ¿No tendrían que haber...?

–Estuvo deportado durante todo el conflicto. En un campo en la isla de Man. Todos lo estuvimos. Mis padres, y la familia entera.

–Ya veo. Y tu madre, ¿también es de Alemania?

–No, señor; es irlandesa.

–Irlandesa. –Reí volviéndome hacia Zoya, sacudiendo la cabeza, incrédulo–. Bueno, la cosa se pone cada vez mejor. Supongo que eso explica que seas pelirrojo.

–Supongo que sí –admitió, pero capté una fortaleza en su tono que me produjo admiración.

Zoya y yo sabíamos muy bien lo que había supuesto hallarse en Inglaterra durante la guerra con un acento extranjero. Fuimos objeto de insultos y malos tratos; yo mismo fui víctima de la violencia. El trabajo de aquellos años lo realicé, en parte, para manifestar mi solidaridad con la causa aliada. Aun así, éramos rusos. Refugiados políticos. Y si eso ya era bastante difícil, me costó imaginar qué habría supuesto ser una familia alemana en la Inglaterra de esos tiempos. Sospeché que el joven Ralph tenía más temple en los huesos del que sugería su nerviosismo ante los padres de su novia. Imaginé que sabía cómo defenderse.

–Debió de ser difícil para ti –dije, consciente de que me quedaba corto.

–Lo fue –repuso en voz baja.

–Tienes hermanos, ¿no?

–Un hermano y una hermana.

–¿Sufrió mucho tu familia?

Titubeó antes de alzar la vista y asentir con la cabeza, mirándome a los ojos.

–Mucho. Y no sólo la mía. Había muchos más allí. Y perdimos a muchos otros, por supuesto. No son tiempos que me guste recordar.

Se hizo el silencio en la mesa. Yo quería saber más, pero me dio la sensación de que ya había preguntado bastante. Pensé que, al contarnos todo eso, Ralph daba testimonio de cuánto le importaba nuestra hija. Decidí que me gustaba ese Ralph Adler, que contaría con mi apoyo.

–Bueno... –Llené todas las copas de vino y alcé la mía para hacer un brindis–. Ahora todos vivimos aquí juntos, los refugiados políticos. Rusos, alemanes, irlandeses, no importa qué seamos. Y todos hemos dejado gente atrás y perdido gente por el camino. Quizá deberíamos brindar para recordarlos.

Entrechocamos las copas y volvimos a nuestros platos; una familia ya de cuatro, no de tres.

Arina me rogó que comprara un televisor para ver la coronación de la nueva reina en casa, y yo me resistí al principio, no porque no me interesara la ceremonia, sino porque no le veía sentido a gastar tanto dinero en algo que sólo utilizaríamos una vez.

–Pero la usaremos todos los días –replicó mi hija–. Yo, al menos. Por favor, no podemos ser la única familia de la calle que no tiene televisor. Es vergonzoso.

–No exageres –protesté–. Pero ¿qué quieres? ¿Que nos sentemos aquí los tres todas las noches a ver una caja en un rincón de la habitación y no volvamos a hablarnos? En cualquier caso, si todo el mundo tiene uno, ¿por qué no vas a casa de un vecino para ver la ceremonia allí?

–Porque deberíamos verla todos juntos. Como una familia. Por favor, *pasha* –añadió, exhibiendo la sonrisa suplicante que siempre conseguía convencerme.

Y, cómo no, el lunes siguiente, la tarde antes de que la reina recorriera el camino hasta la abadía de Westminster, acabé por ceder y regresé a casa con una flamante consola Ambassador con forma de cuña, que encajó a la perfección en un rincón de la pequeña sala de estar.

–Pero qué feo es –comentó Zoya, sentándose en el sofá mientras yo trataba de conectar correctamente los cables.

En la tienda me habían seducido momentáneamente todos los modelos, y había elegido ése en particular por el marco de madera, bastante similar al material de nuestra mesa de comedor. Estaba dividido en dos, con la pequeña pantalla de doce pulgadas en la parte superior, cómodamente apoyada sobre un altavoz de tamaño parecido, que le daban el aspecto de un semáforo incompleto. A mi pesar, estaba bastante emocionado con mi flamante compra.

–Es maravilloso –declaró Arina, sentándose junto a su madre para contemplarlo embobada como si fuera un Picasso o un Van Gogh.

–Tiene que serlo –musité–. Es el objeto más caro que poseemos.

–¿Cuánto ha costado, Georgi?

–Setenta y ocho libras –contesté, asombrado todavía de haberme gastado tanto dinero en algo que en esencia no tenía valor alguno–. A pagar en diez años, claro.

Zoya soltó por lo bajo una vieja imprecación rusa, pero no hizo crítica alguna; quizá también se había dejado seducir por el aparato. Me llevó un ratito comprender cómo funcionaba, pero por fin rematé todas las conexiones y apreté el botón de encendido. Los tres vimos cómo aparecía un pequeño círculo blanco en el centro de la pantalla, que al cabo de dos o tres minutos se fue extendiendo hasta llenarla toda con el símbolo de la BBC.

–La programación no empieza hasta las siete –explicó Arina, que pareció satisfecha con quedarse ahí sentada viendo la carta de ajuste.

El país entero tenía libre el día siguiente, y las calles se habían engalanado con tantas banderitas y adornos que la ciudad parecía haberse transformado en un circo de la noche a la mañana. Ralph llegó antes de la hora de comer, cargado con fiambres, *chutney* y queso para preparar sándwiches, y más botellas de cerveza de las estrictamente necesarias, en mi opinión.

–Cualquiera diría que vas a casarte, con todo el escándalo que estás armando –le dije a Arina, que llevaba levantada desde las seis y no paraba de ir de aquí para allá presa de la emoción; al final acabó sentándose en el suelo ante el televisor, lo más cerca posible del acontecimiento–. ¿Así vamos a ser a partir de ahora: una familia de babuinos, petrificados por una luz parpadeante que sale de una caja de madera?

–Oh, *pasha*, cállate ya –me soltó mientras el locutor repetía una y otra vez la misma información como si fueran noticias.

Zoya no parecía tan interesada como los jóvenes en el acontecimiento y se mantenía lo más lejos posible del televisor, ocupada en pequeñas tareas innecesarias. Pero cuando la joven reina inició el trayecto en el carruaje con emblemas dorados desde el palacio, contemplando a sus súbditos con una sonrisa confiada y saludando con ese ademán especialmente regio, acercó una silla y observó en silencio.

–Es muy mona –comenté cuando Isabel subió al trono, y mi hija me hizo callar de nuevo; le parecía bien comentar cada joya, diadema y trono, cada detalle del ceremonioso esplendor que se exhibía ante nuestros ojos, pero no quería que yo interrumpiera el acto con palabras.

–¿No es maravilloso? –preguntó, volviéndose hacia nosotros con el rostro encendido de placer ante lo que estaba viendo.

Le sonreí, incómodo, y miré a mi esposa, que estaba paralizada ante las imágenes del televisor y ni siquiera oyó a Arina, o eso me pareció.

–Ralph y yo vamos a ir al palacio –anunció nuestra hija cuando la ceremonia hubo concluido al fin.

–¿Por qué, por el amor de Dios? –pregunté enarcando una ceja–. ¿No habéis visto bastante?

–Todo el mundo va a ir, señor Yáchmenev –respondió Ralph como si fuera lo más obvio del mundo–. ¿No quieren ver a la reina cuando salga al balcón?

–No especialmente.

–Id vosotros –dijo Zoya, levantándose para llenar el fregadero de agua caliente y meter dentro los platos sucios–. Es para los jóvenes, no para nosotros. No soportamos las multitudes.

–Bueno, será mejor que nos vayamos ya, Ralph, o no conseguiremos un buen sitio –dijo Arina, cogiéndolo de la mano y llevándoselo antes de que tuviese oportunidad de agradecernos la hospitalidad.

Oí a otras personas en la calle, saliendo de sus casas, después de ver la coronación, para echar a andar por Holborn hasta Charing Cross Road, y de allí al paseo, con la esperanza de acercarse todo lo posible al monumento a la reina Victoria. Escuché unos segundos antes de levantarme y acercarme a Zoya.

–¿Estás bien?

–Sí.

–¿Seguro?

–No.

–¿Ha sido la ceremonia?

Soltó un suspiro y se giró; nuestras miradas se encontraron unos segundos, hasta que ella apartó la suya.

–Zoya...

Deseaba estrecharla entre mis brazos, abrazarla, consolarla; pero algo me impedía hacerlo: el trastorno que había sufrido nuestro matrimonio. Ella también lo sintió, y suspiró de agotamiento antes de alejarse en silencio, sin tocarme, hacia el dormitorio, donde cerró la puerta, dejándome solo.

Supe que algo no andaba bien mucho antes de que Zoya me lo contara. Aquel hombre –Henry– procedía de Estados Unidos y había llegado a la Escuela de Bellas Artes donde ella trabajaba para dar clases durante un año, y se habían hecho amigos con rapidez. Era más joven que ella –entre treinta y cinco y cuarenta años–, y sin duda se sentía solo en una ciudad donde no conocía a nadie ni tenía amigos. Zoya no solía sentirse responsable de la gente en ese sentido, y de hecho evitaba cualquier forma de interacción social con sus colegas fuera de la escuela, pero por algún motivo puso a Henry bajo su tutela. No tardaron en salir a comer juntos a diario y a llegar tarde a las clases porque se enfrascaban en la conversación.

Iban a tomar una copa todos los jueves después del trabajo. Me invitaron a ir con ellos sólo una vez, y Henry me pareció una compañía agradable, aunque un poco trivial a la hora de conversar y proclive a la presunción, y luego ya no volvieron a invitarme y no se hizo ninguna referencia a aquello. Fue como si hubiese fallado la prueba para unirme a su pequeño club y no quisieran herir mis sentimientos al mencionarlo. No me importó especialmente; lo cierto es que me gustaba que Zoya hubiese encontrado un amigo, pues nunca había tenido muchos, aunque el rechazo me dolía.

Cuando regresaba a casa, Zoya me lo contaba todo sobre Henry: las cosas que había hecho ese día, las que había dicho, lo culto que era, lo divertido que era. Me contó que imitaba casi a la perfección al presidente Truman, y yo me pregunté cómo sabía ella siquiera de qué manera hablaba Truman para poder comparar. Quizás estaba siendo ingenuo, pero nada de aquello me preocupaba lo más mínimo. En realidad, la pequeña obsesión de mi esposa me resultaba divertida y empecé a tomarle el pelo con Henry de vez en cuando, y ella reía y decía que no era más que un chico con el que se llevaba bien, eso era todo, y que no valía la pena darle ninguna importancia.

–No es precisamente un chico –señalé un día.

–Bueno, ya sabes qué quiero decir. Es muy joven. No me interesa en ese sentido, en absoluto.

Recordaba bien aquella conversación. Estábamos en la cocina y ella fregaba una y otra vez un cazo, pese a que llevaba varios minutos perfectamente limpio. Se había ruborizado en el transcurso de la charla y se apartó de mí, como si no soportara mirarme a los ojos. Yo sólo estaba bromeando, nada más, de la misma forma que ella se burlaba de mí con la señorita Simpson, pero me sorprendió que su respuesta fuera tan tímida, casi coqueta.

–No hablaba de que estuvieras interesada en él –dije, tratando de reír y de pasar por alto la súbita tensión surgida entre ambos–. Hablaba de que él estuviese interesado en ti.

–Oh, Georgi, no seas ridículo. La simple idea es absurda.

Y entonces, un día Zoya dejó de hablar de Henry. Todavía llegaba a la misma hora del trabajo, todavía iba a tomar algo con él un día a la semana, pero cuando yo le preguntaba si había disfrutado de la velada, ella se encogía de hombros como si apenas recordase los detalles y decía que había estado bien, nada especial. Ni siquiera sabía por qué se molestaba en seguir saliendo.

–¿Y le está gustando Londres? –quise saber.

–¿A quién?

–A Henry, claro.

–Oh, supongo que sí. En realidad no habla de eso.

–¿De qué habláis, entonces?

–Bueno, no sé, Georgi –contestó a la defensiva, como si ella no estuviera presente en sus conversaciones–. De trabajo, sobre todo. De los alumnos. Nada demasiado interesante.

–Si no es demasiado interesante, ¿por qué pasas tanto tiempo con él?

–¿De qué estás hablando? –espetó, repentinamente enfadada–. Casi no paso tiempo con él.

Todo el asunto empezó a parecerme extraño, pero aunque una vocecita interior me decía que allí había más de lo que Zoya me estaba contando, decidí no prestarle atención. Al fin y al cabo, la idea se me antojaba del todo imposible. Zoya tenía cincuenta y tantos años. Llevábamos juntos más de la mitad de nuestra vida. Nos queríamos muchísimo. Habíamos pasado juntos por cosas extraordinariamente difíciles. Habíamos sufrido y perdido juntos, y habíamos sobrevivido. Y en todo ese tiempo siempre habíamos sido nosotros dos; siempre habíamos sido GeorgiZoya.

Y entonces el curso terminó y Henry regresó inmediatamente a Estados Unidos.

Al principio, Zoya pareció un poco desquiciada. Llegaba del trabajo y hablaba toda la noche, como temiendo que si se detenía un solo instante, fuera a considerar todo lo que había perdido y se derrumbara por completo. Preparaba comidas elaboradas e insistía en que los fines de semana hiciésemos excursiones a los sitios más ridículos –el zoológico de Londres, la National Portrait Gallery, el castillo de Windsor–, comportándonos como si fuéramos unos jóvenes amantes que acababan de conocerse y no dos personas casadas que llevaban viviendo juntas toda su vida adulta. Daba la sensación de que intentaba conocerme de nuevo, como si en algún punto del camino me hubiese perdido de vista pero supiera que yo merecía su amor si lograba recordar la razón por la que había albergado ese sentimiento hacia mí.

La histeria dio paso a la depresión. Empezó a evitar las conversaciones conmigo, sofocando cualquier intento por mi parte de compartir detalles de nuestra vida. Se iba a la cama temprano y nunca tenía ganas de hacer el amor. Ella, que siempre se había enorgullecido tanto de su aspecto, en especial desde que obtuvo la inesperada plaza en la facultad y pensó que debía estar a la altura de los demás profesores y alumnos en cuestiones de moda, empezó a descuidar su apariencia, sin importarle si acudía a clase vestida como el día anterior o con el pelo menos arreglado que antes.

Finalmente, incapaz de ocultar más su engaño, se sentó a mi lado una noche y dijo que tenía algo que contarme.

–¿Se trata de Henry? –pregunté, sorprendiéndola, pues él se había marchado de Inglaterra hacía más de cinco meses y su nombre no se había mencionado en casa ni una sola vez en todo ese tiempo.

–Sí. ¿Cómo lo sabes?

–¿Cómo podía no saberlo?

Asintió con la cabeza y me lo contó todo. Y yo la escuché, sin enfadarme y tratando de comprender.

No me fue fácil.

Y una semana después empezó a tener pesadillas. Despertaba en plena noche, empapada en sudor, respirando con dificultad y temblando de miedo. Despierto a mi vez, pues nunca dormíamos separados, ni en las peores noches, yo alargaba una mano y ella se sobresaltaba de temor, sin reconocerme al principio, y luego, con la luz encendida y el miedo remitiendo ya, la estrechaba entre mis brazos, y ella procuraba no llorar y describirme las imágenes a que se había enfrentado en la oscuridad y soledad de sus sueños.

Al final, cuando nuestro matrimonio se hallaba en su peor momento –ella no podía dormir y comía muy poco, y yo estaba lleno de amor, rabia y dolor–, Zoya despertó un día para decirme que aquello no podía seguir así, que algo tenía que cambiar. Me quedé helado, temiendo lo peor, imaginando que me dejaba, que me enfrentaba a una vida sin ella.

–¿Qué quieres decir? –pregunté, tragando saliva con nerviosismo, preparando mentalmente un discurso en que le perdonaría todo, todo, si tan sólo me amaba como antaño.

–Necesito que alguien me ayude, Georgi.

El *stáretz* y los patinadores

Llevaba varios días con la extraña sensación de que me seguía alguien. Al salir del palacio para dar un paseo por el Moika al atardecer, titubeaba, me detenía y me volvía para examinar a la gente que pasaba caminando, convencido de que una de esas personas me observaba. Era una sensación curiosa e inquietante, que al principio atribuí a la paranoia que me había provocado el cambio en mis circunstancias.

Por entonces me sentía tan feliz con mi nuevo puesto con la familia imperial que apenas podía recordar mi pasado sin temer regresar a él. Cuando pensaba en mi hogar me remordía la conciencia, pero rechazaba ese sentimiento y me lo quitaba rápidamente de la cabeza.

Sin embargo, no estaba pensando en Kashin cuando éste se manifestó una vez más delante de mí. Estaba pensando en la gran duquesa Anastasia, en los momentos que nos encontrábamos en los oscuros pasillos, cuando podía llevármela a una de las muchas habitaciones vacías del palacio para besarla y abrazarla, para confiar en que surgiera una intimidad mayor con que saciar mi lujuria adolescente. La noche anterior había perdido el control, y le cogí la mano mientras nos abrazábamos para deslizarla despacio por mi blusón, descendiendo hacia el cinturón, con el corazón desbocado de deseo, previendo el instante en que ella se apartaría y diría: «No, Georgi..., no podemos..., no podemos...».

Iba tan absorto en esos pensamientos y con un deseo tan urgente de regresar cuanto antes a la soledad de mi habitación, que apenas miré a la joven envuelta en un grueso chal que estaba de pie junto al Almirantazgo. Dijo algo, una frase que el viento me impidió oír, y en mi egoísmo le contesté con irritación que no tenía dinero para darle y que si buscaba alimento y cobijo, debería dirigirse a uno de los comedores de beneficencia que había en San Petersburgo.

Para mi sorpresa, corrió tras de mí, y me volví en redondo justo cuando me agarraba del brazo, preguntándome si de verdad pensaba que podía robarme el poco dinero que llevaba; ni siquiera entonces la reconocí, hasta que pronunció mi nombre.

–Georgi.

–¡Asya! –exclamé atónito, encantado al principio, contemplando a mi hermana como si fuese una aparición y no una persona de carne y hueso–. No puedo creerlo. ¿De verdad eres tú?

–Sí –contestó, y las lágrimas afloraron a sus ojos–. Por fin te he encontrado.

–Estás aquí –dije sacudiendo la cabeza–. ¡Aquí, en San Petersburgo!

–Donde siempre he querido estar.

La abracé, y entonces pensé algo que me produjo mucha vergüenza: «¿Qué está haciendo aquí? ¿Qué quiere de mí?».

–Ven –dije, indicándole con un ademán el abrigo que ofrecía la columnata–. Resguárdate del frío, que pareces helada. ¿Cuánto tiempo llevas aquí?

–No mucho. –Se sentó a mi lado en un banco de piedra protegido del ruidoso viento, donde nos oíamos mejor–. Unos días, nada más.

–¿Unos días? –repetí sorprendido–. ¿Y sólo ahora has decidido acudir a mí?

–No sabía cómo abordarte, Georgi. Cada vez que te veía, estabas con otros soldados y temía interrumpir. Sabía que tarde o temprano te encontraría solo.

Asentí con la cabeza, recordando la molesta sensación de ser observado.

–Ya veo. Bueno, pues ya me has encontrado.

–Por fin –dijo con una sonrisa–. Y qué buen aspecto tienes. Se nota que comes.

–Pero también hago ejercicio –me apresuré a aclarar–. Mi trabajo aquí no se acaba nunca.

–Lo que quiero decir es que se te ve sano. La vida en palacio te sienta bien.

Me encogí de hombros y miré hacia la plaza y la columna de Alejandro, unas de mis primeras imágenes de aquel nuevo mundo, consciente de que mi hermana estaba muy delgada y pálida.

–Casi me desmayé la primera vez que lo vi –dijo, siguiendo mi mirada.

–¿El palacio?

–Es precioso, Georgi. Jamás había visto nada semejante.

Asentí, pero procuré no parecer impresionado. Quería darle la sensación de que yo pertenecía a ese lugar, que mi vida entera me había conducido hasta allí.

–Es un hogar como cualquier otro.

–¡Qué va!

–Quiero decir desde dentro, cuando estás con la familia; ellos lo consideran su hogar. Uno se acostumbra enseguida a todos esos lujos –mentí.

–¿Ya los has conocido?

–¿A quiénes?

–A sus majestades.

Me eché a reír.

–Pero, Asya, si los veo todos los días. Soy el compañero del zarévich Alexis. Ya sabes que ése fue el motivo de que me trajeran aquí.

Asintió con la cabeza y pareció no saber muy bien qué decir.

–Es sólo que... no creía que fuera cierto.

–Bueno, pues lo es –repuse con irritación–. De todos modos, ¿por qué estás aquí?

–Georgi...

–Lo siento. –Lamenté mi tono desagradable, y me asombró desear que se marchara. Era como si creyese que había venido para llevarme a casa. Ella representaba una parte de mi vida ya concluida, un tiempo que deseaba no sólo superar, sino olvidar por completo–. Sólo quería saber qué buena fortuna te ha traído a esta ciudad.

–Ninguna, todavía. Verás, es que no soportaba estar en Kashin sin ti. No soportaba que me hubieses dejado allí. Así que vine aquí creyendo..., creyendo que a lo mejor podrías ayudarme.

–Por supuesto –respondí con nerviosismo–. Pero ¿cómo? ¿Qué puedo hacer por ti?

–He pensado que quizá..., bueno, deben de necesitar criadas en el palacio. A lo mejor hay trabajo para mí. Si hablas con alguien...

–Sí, sí –dije, frunciendo el entrecejo–. Estoy seguro de que lo hay. Podría intentar averiguarlo. –Reflexioné al respecto, preguntándome a quién consultar. Imaginé a mi hermana con uniforme de criada, y por un instante me pareció buena idea. Allí podría colmar sus aspiraciones tanto como yo. Y yo tendría una persona amiga; no una cuyo respeto ansiara, como Serguéi Stasyovich. No una persona cuyo afecto deseara, como Anastasia–. ¿Dónde te alojas, por cierto?

–Encontré una habitación. No es gran cosa, y no puedo permitirme quedarme mucho tiempo. ¿Crees que podrías averiguarlo por mí, Georgi? Podríamos volver a encontrarnos. Aquí mismo, quizá.

Moví afirmativamente la cabeza y sentí la repentina necesidad de librarme de ella, de volver al mundo irreal de palacio en lugar de estar allí, conversando con el pasado. Me odié por mi egoísmo pero fui incapaz de vencerlo.

–Dentro de una semana, entonces –dije, levantándome–. Dentro de una semana a partir de hoy, a la misma hora. Vuelve aquí y tendré una respuesta para ti. Desearía poder quedarme más rato, pero mis obligaciones...

–Por supuesto –contestó, y pareció triste–. Pero ¿y esta misma noche, más tarde? Podría regresar y...

–Imposible. La semana que viene sí. Te lo prometo. Te veré entonces.

Asintió con la cabeza y me abrazó una vez más.

–Gracias, Georgi. Sabía que no me fallarías. Sólo me queda eso o volverme a casa. No tengo otro sitio al que ir. Harás lo que puedas, ¿verdad?

–Sí, sí. Ahora tengo que irme. Hasta la semana que viene, hermana.

Dicho eso, me apresuré a cruzar la plaza en dirección al palacio, maldiciendo a Asya por haber venido, trayendo consigo el pasado a un lugar al que no pertenecía. Sin embargo, cuando llegué a mi habitación sentía más ternura hacia ella, y resolví que a la mañana siguiente haría lo posible por ayudarla. Pero cuando cerré la puerta, Asya ya se había borrado de mis pensamientos, que volvían a centrarse en la única muchacha cuya existencia me importaba.

De las tres principales residencias imperiales –el Palacio de Invierno en San Petersburgo, la ciudadela en lo alto del acantilado en Livadia y el palacio de Alejandro en Zárskoie Seló–, la última era mi favorita. Una villa real entera situada a unos veinticinco kilómetros de la capital, adonde la corte viajaba en tren con regularidad; despacio, por supuesto, para no sufrir sacudidas repentinas que pudiesen ocasionar otro episodio de hemofilia al zarévich.

A diferencia de San Petersburgo, donde estaba acuartelado en una angosta celda en un pasillo poblado por otros miembros de la Guardia Imperial, en Zárskoie Seló tenía un minúsculo alojamiento cerca del dormitorio del zarévich, dominado a su vez por un gran *kiot* sobre el que su madre había dispuesto una cantidad extraordinaria de iconos religiosos.

–Dios santo –dijo Serguéi Stasyovich, asomando la cabeza una noche al pasar por el pasillo–. Bueno, Georgi Daniílovich, de modo que aquí es donde te han metido, ¿eh?

–Por el momento –contesté, avergonzado de que me encontrara tendido en la cama, medio dormido, cuando el resto de la casa estaba en plena actividad.

El propio Serguéi tenía las mejillas sonrosadas y se lo veía lleno de energía; cuando le pregunté dónde había pasado la tarde, sacudió la cabeza y apartó la vista para observar las paredes y el techo como si contuvieran asuntos de gran importancia.

–En ningún sitio –respondió con desgana–. He dado una vuelta por ahí, eso es todo. Un paseo hasta el palacio de Catalina.

–Deberías habérmelo dicho –lamenté, pues era lo más parecido a un amigo que tenía y había momentos en que pensaba que podía confiarle mis secretos–. Te habría acompañado. ¿Has ido solo?

–Sí. –Y al cabo de un instante rectificó–: No. Bueno, sí, he ido solo. ¿Importa acaso?

–No, claro que no importa –repuse, sorprendido–. Sólo me preguntaba...

–Tienes suerte de que te hayan dado esta habitación –interrumpió, cambiando de tema.

–¿Suerte? Es tan pequeña que creo que en el pasado era un armario para las escobas.

–¿Pequeña? –repitió con una risotada–. No te quejes. En uno de los grandes dormitorios de la primera planta estamos hacinados veinte de nosotros. Intenta dormir allí una noche con todo el mundo tosiendo, tirándose pedos y llamando a sus novias en sueños.

Sonreí y me encogí de hombros, contento de no tener que unirme a los guardias en ese ambiente. Mi habitación apenas tenía espacio para un catre y una mesilla con una jarra y una jofaina para lavarme, pero Alexis y yo estábamos muy unidos para entonces y a él le gustaba tenerme cerca, de modo que el zar decretó que así fuera, y así era por tanto.

La zarina Alejandra parecía menos contenta con la solución. Desde el incidente en Moguiliov, cuando Alexis se hizo daño al caer del árbol, yo no contaba con el favor de la emperatriz. Ella se cruzaba conmigo en los pasillos sin dirigirme la palabra, incluso si le hacía una profunda y humilde reverencia. Cuando entraba en una habitación en que estábamos su hijo y yo, me ninguneaba por completo y sólo hablaba con Alexis. Eso no era raro, pues quienes no fuesen parientes o miembros de una familia ilustre eran invisibles para ella, pero la forma en que sus labios esbozaban una leve mueca cuando me hallaba cerca revelaba hasta dónde llegaba su desprecio. Creo que le habría encantado que me despidieran del servicio a la familia imperial y me mandaran de vuelta a Kashin –o más allá quizás, al exilio en Siberia–, pero el zar seguía apoyándome y logré conservar mi puesto. De no haber sido por la fe que él tenía en mí, mi vida podría haber tomado un rumbo muy distinto.

Transcurrieron tres noches antes de que volviera a tener compañía en mi cuarto, pero en esa ocasión mi visitante no fue tan bienvenido como Serguéi Stasyovich. Me disponía a dormir cuando alguien llamó a la puerta, tan suavemente que al principio no lo oí. Cuando llamaron de nuevo fruncí el entrecejo, preguntándome quién querría algo de mí a esas horas. No podía ser Alexis, pues nunca se molestaba en llamar. Quizá... Casi no pude respirar al pensar si sería Anastasia. Me senté en la cama, tragué saliva con nerviosismo y fui a abrir. Me asomé con cautela a la oscuridad del pasillo.

Al principio me pareció que mis oídos me habían engañado y que allí fuera no había nadie. Pero entonces, cuando estaba a punto de cerrar otra vez, un hombre salió de las sombras, un hombre de largo cabello oscuro y una túnica negra que se fundía en la penumbra, de manera que por un instante sólo fue visible el blanco de sus ojos.

–Buenas noches, Georgi Danílovich –saludó con voz clara, mostrando unos feos dientes amarillentos en lo que semejó una sonrisa.

–Padre Grigori –contesté, pues, aunque nunca había hablado con él, había advertido su presencia en muchas ocasiones, entrando y saliendo de los aposentos de la zarina. Lo había visto aquella primera noche en el Palacio de Invierno entonando una bendición sobre la cabeza de la emperatriz, y al mirarme me atrapó en el terror que irradiaban sus ojos.

–Confío en que no sea demasiado tarde para venir a verte.

–Estaba en la cama –dije, consciente de pronto de que había abierto la puerta ataviado tan sólo con el jubón holgado y los calzones que constituían mi pijama–. Quizá pueda esperar a mañana, ¿no?

–Creo que no –contestó sonriendo aún más, como si fuera una broma estupenda, y dio un paso adelante, no empujándome exactamente pero sí haciendo ademán de entrar, de modo que tuve que apartarme para permitírselo.

Se quedó de espaldas a mí, inmóvil mientras observaba mi cama, antes de mirar la estrecha ventana que daba al patio y permanecer ahí como si se hubiese vuelto de piedra. Sólo se giró hacia mí cuando hube cerrado la puerta y encendido una vela, pero su luz parpadeante era tan tenue que no pude distinguirlo mucho mejor.

–Me sorprende verlo aquí –dije, decidido a no parecer intimidado, pese a que su presencia resultaba amenazadora–. ¿Hay algún mensaje del zarévich?

–No; y si lo hubiera, ¿crees que te lo traería yo? –repuso, mirándome despacio de arriba abajo. Empecé a sentirme cohibido en ropa interior y cogí los pantalones, que me puse mientras él seguía observándome, sin apartar la mirada en ningún momento–. Tú y yo tenemos mucho en común, y sin embargo nunca hablamos. Es muy triste, ¿no crees? Podríamos ser buenos amigos.

–No se me ocurre el motivo. La verdad, padre Grigori, es que nunca he sido un hombre espiritual.

–Pero todos llevamos dentro el espíritu.

–No estoy tan seguro.

–¿Por qué?

–Me crié sin una buena educación. Mis hermanas y yo teníamos que trabajar duro. No había tiempo para venerar iconos o rezar.

–Y sin embargo me llamas padre Grigori –replicó, pensativo–. Respetas mi posición.

–Por supuesto.

–Sabes cómo suelen llamarme, ¿verdad?

–Sí –admití, resuelto a no mostrar emoción alguna, ni temor ni admiración–. Lo llaman el *stáretz*.

–Así es. –Asintió con la cabeza y esbozó una leve sonrisa–. Un maestro venerado, que lleva una vida por completo honorable. ¿Te parece apropiado ese nombre, Georgi Danílovich?

–No estoy seguro –contesté tragando saliva–. No lo conozco bien, padre.

–¿Te gustaría?

No tenía respuesta a esa pregunta, y me quedé inmóvil, deseando alejarme de su presencia pero sintiendo que mis piernas eran dos grandes pesos que me sujetaban al suelo.

–Tienen otro nombre para mí –dijo al cabo de un largo silencio, y su tono fue entonces grave y profundo–. Imagino que lo habrás oído también.

–Rasputín –respondí.

–Eso es. ¿Y sabes qué significa?

–Significa un hombre de poca virtud. –Traté de que mi voz sonara firme, pues aquellos ojos oscuros que no parpadeaban estaban clavados en los míos y me producían una inquietud tremenda–. Un hombre que tiene tratos con mucha gente.

–Qué educado eres, Georgi Danílovich. –Esbozó una leve sonrisa–. «Que tiene tratos con mucha gente.» Una frase muy curiosa. Lo que quieren decir es que tengo relaciones con todas las mujeres que me encuentro.

–Sí.

–Mis enemigos aseguran que he violado a la mitad de la población de San Petersburgo, ¿no es eso?

–Lo he oído decir.

–Y no sólo a mujeres, sino a niñas también. Y a chicos. Dicen que sacio mis apetitos donde sea que hallo el modo.

Tragué saliva con nerviosismo y aparté la mirada.

–Hay quienes han tenido incluso la temeridad de insinuar que me he llevado al lecho a la zarina. Y que he penetrado a las grandes duquesas una tras otra, como un toro en celo. ¿Qué opinas de eso, Georgi Danílovich?

Volví a mirarlo con una mueca de repulsión. Tuve ganas de pegarle, de echarlo de mi habitación, pero me sentí impotente bajo aquella oscura mirada. Un escalofrío me recorrió la espalda y pensé huir pasillo abajo, cualquier cosa para alejarme de aquel hombre. Sin embargo, no lo hice. Pese a lo mucho que me desagradaban sus palabras, estaba cautivado por él, como si las piernas no fueran a obedecerme cuando les ordenase echar a correr. Hubo un largo silencio y él pareció disfrutar con mi desasosiego, pues sonrió y luego soltó una leve risa mientras movía la cabeza.

–Mis enemigos son unos mentirosos, por supuesto –dijo al fin, extendiendo los brazos como si quisiera abrazarme–. Unos fantasiosos, todos y cada uno de ellos. Unos infieles. Yo soy un hombre de Dios, nada más, pero ellos me describen como un sujeto sumido en el libertinaje. Además son unos hipócritas, pues tú mismo lo has dicho: un instante soy un hombre honorable y al siguiente un hombre de poca virtud. Nadie puede ser un *stáretz* y Rasputín a la vez, ¿no estás de acuerdo? No permito que esa clase de gente me injurie, desde luego. ¿Sabes por qué?

Negué con la cabeza.

–Porque me han puesto en esta tierra con un propósito más importante que el de ellos. ¿Te da alguna vez esa sensación, Georgi Danílovich? ¿La de que hay una razón por la que te han enviado aquí?

–A veces –musité.

–¿Y cuál crees tú que es esa razón?

Lo pensé y abrí la boca para responder, pero volví a cerrarla. Había contestado «a veces», pero lo cierto es que nunca había considerado esa cuestión; sólo cuando él me hizo la pregunta entendí que sí, que creía haber sido conducido hasta ese lugar por una razón que todavía no comprendía. La sola idea bastó para inquietarme aún más, y cuando alcé la vista, el *stáretz* esbozaba de nuevo esa horrible sonrisa suya, tan extraña que, por mucho que me repugnara, no podía apartar los ojos de ella.

–Antes he dicho que tú y yo tenemos mucho en común –dijo, y los charcos oscuros que rodeaban sus pupilas giraron a la luz de la vela, tan malévolos y destructivos como el Neva en lo más crudo del invierno.

–A mí no me lo parece.

–Pero tú eres el protector del chico, y yo el guardián de la madre. ¿Acaso no lo ves? ¿Y por qué nos importan tanto? Porque amamos a nuestro país. ¿No es cierto? No puedes permitir que el chico sufra daño alguno, o el zar habrá de gobernar sin un heredero de su propia sangre. Y en estos tiempos de crisis, además. La guerra es algo terrible, Georgi Danílovich, ¿no estás de acuerdo?

–Yo no permito que Alexis sufra daño alguno –protesté–. Daría mi vida por él si tuviese que hacerlo.

–¿Y cuántas semanas sufrió en Moguiliov? ¿Cuántas semanas sufrieron todos: el niño, las hermanas, la madre, el padre? Creyeron que iba a morir, ya lo sabes. Tú permaneciste despierto por las noches oyendo sus gritos, como todos. ¿A qué te sonaban: a ruido o a música?

Tragué saliva. Todo lo que decía era cierto. Los días y semanas siguientes a la caída del zarévich fueron de pesadilla. Jamás había visto a nadie padecer de esa manera. Cuando me permitieron entrar en su alcoba a hablar con él, no vi al chico alegre y vivaz con quien había establecido una relación casi fraternal. Me encontré en cambio con un niño esquelético, con los miembros retorcidos y crispados sobre el lecho, la cara amarillenta y la piel empapada en sudor, por muchas compresas frías que le aplicaran. Vi a un niño que me miraba con unos ojos que no reconocían a nadie y sin embargo rogaban que lo ayudara, un inocente que tendió una mano con la poca fuerza que le quedaba y me gritó, me imploró que hiciera algo, lo que fuera, para acabar con su tormento. Jamás había presenciado un sufrimiento como aquél, jamás había creído siquiera que semejante agonía pudiese existir. No sé cómo sobrevivió. Cada día y cada noche esperé que sucumbiera al dolor y se nos fuera. Pero eso no sucedió. Hizo gala de una fortaleza inesperada. Fue la segunda vez que sentí que aquel niño podía convertirse efectivamente en zar.

Y todo ese tiempo, durante aquellas tres semanas de tortura, la zarina, esa buena mujer, casi nunca se apartó de su lado. Estuvo sentada junto a él, cogiéndole la mano, hablándole, susurrándole, animándolo. Ella y yo no éramos amigos, pero por Dios que yo sabía reconocer a una madre devota y cariñosa cuando la veía, sobre todo porque no la había tenido. Cuando todo terminó y el alivio llegó por fin, cuando Alexis empezó a mejorar y recobrar las fuerzas, la zarina había envejecido visiblemente. Tenía el cabello veteado de gris y la piel manchada por la angustia. Aquel incidente, del que yo era el único responsable, la había alterado de manera irreparable.

–Si hubiese podido ayudarlo, lo habría hecho –le dije al *stáretz*–. No pude hacer nada.

–Por supuesto que no –coincidió, extendiendo las manos y sonriendo–. Pero no debes culparte por lo que ocurrió. De hecho, por eso he venido a visitarte esta noche, Georgi. Para darte las gracias.

Fruncí el entrecejo y me quedé mirándolo.

–¿Para darme las gracias?

–Por supuesto. Su majestad la zarina ha estado muy ocupada últimamente con la salud de su hijo. Le inquieta haberse mostrado quizá... desagradable contigo.

–No pienso nada parecido, padre Grigori –mentí–. Ella es la emperatriz. Puede tratarme como quiera.

–Sí, pero pensamos que es importante que comprendas que te valoran.

–¿Pensamos?

–La zarina y yo.

Enarqué una ceja, sorprendido de que lo formulara así.

–Bueno, pues no es necesario que me agradezcan nada –repuse por fin, algo confuso y nada convencido de que la zarina hubiese dicho algo semejante o le hubiese encargado aquella misión–. Y, por favor, transmítale a su majestad que haré cuanto esté en mi mano por asegurarme de que no vuelva a ocurrir un incidente así.

–No eres sólo un chico guapo, ¿verdad? –preguntó entonces en voz baja, dando un paso hacia mí, de forma que sólo nos separaron unos centímetros y me vi con la espalda contra la pared–. Además, eres muy leal.

–Eso espero –contesté, deseando que se marchara.

–Los chicos de tu edad no siempre son tan leales –añadió, acercándose aún más.

Capté su mal aliento y sentí su cuerpo rozando el mío. Se me revolvió el estómago; tuve el convencimiento de que lo habían mandado a asesinarme, pero él se limitó a ladear un poco la cabeza y sonreír con expresión agorera y espectral, mirándome fijamente con aquellos terribles ojos.

–Eres leal a la familia entera –ronroneó, deslizándome un dedo por el brazo, desde el hombro–. Y serías capaz de dejarte pegar un tiro por el niño. –Apoyó la palma de la mano contra mi pecho; y el corazón se me desbocó al sentirla–. Pero ¿dónde estarás en el futuro cuando lleguen los disparos?

–Padre Grigori, por favor –musité, desesperado por que se fuera–. Por favor... se lo ruego.

–¿Dónde estarás, Georgi, cuando se abran las puertas y entren los hombres con sus revólveres? ¿Te interpondrás entonces en el camino de las balas o te ocultarás como un cobarde entre los árboles?

–No sé de qué está hablando –exclamé, confuso–. ¿Qué hombres? ¿Qué balas?

–Te dejarías pegar un tiro por la muchacha, ¿no es así?

–¿Qué muchacha?

–Ya sabes cuál, Georgi –contestó, con la mano contra mi abdomen, y esperé que apareciese un cuchillo, que me lo hundiera en las entrañas y lo retorciera.

Lo sabía, era obvio. Había descubierto la verdad sobre Anastasia y yo, y lo habían enviado a matarme por mi imprudencia. No iba a negarlo: la amaba, y si ése tenía que ser mi destino, adelante. Cerré los ojos, esperando sentir cómo me laceraba la carne y la sangre se derramaba para empaparme los pies descalzos con su pegajosa calidez, pero transcurrió un segundo tras otro, y un minuto tras otro, y no pasó nada, ninguna hoja me abrió en canal, y cuando volví a abrir los ojos, el hombre había desaparecido. Fue como si se hubiese disuelto en el ambiente, sin dejar huella alguna de su presencia.

Sudando, temblando de miedo, me derrumbé en el suelo y me tapé la cara con las manos. El *stáretz* lo sabía todo, por supuesto que sí. Pero ¿a quién se lo habría contado? Y cuando lo descubrieran, ¿qué sería de mí?

La duquesa Rajisa Afónovna estaba a cargo del personal doméstico en el Palacio de Invierno, y se había mostrado sorprendentemente simpática conmigo desde nuestro primer encuentro, el día siguiente a mi llegada a la ciudad. Nuestros caminos se cruzaban de vez en cuando, puesto que era íntima de la zarina, y en esas ocasiones siempre me saludaba con cordialidad y se detenía a conversar, algo que muchos de su categoría nunca se dignarían hacer. De modo que a ella acudí a la mañana siguiente a preguntar por un posible empleo para Asya.

La duquesa tenía un despacho relativamente pequeño en la planta baja del palacio. Llamé a la puerta y esperé a que contestara antes de asomar la cabeza y saludarla.

–Georgi Danílovich –dijo con una sonrisa–. Adelante. Qué sorpresa tan agradable.

–Buenos días, excelencia –saludé y, tras cerrar la puerta, me senté donde me indicaba, junto a ella en un pequeño sofá. Habría preferido la butaca que había un poco más allá, pero implicaba una posición de superioridad y no me atreví–. Espero no molestarla.

–En absoluto –contestó, recogiendo unos papeles que tenía delante para dejarlos con cuidado en una mesilla cercana–. La verdad es que agradezco la distracción.

Asentí con la cabeza, sorprendido una vez más de que me tratase tan bien, en marcado contraste con su amiga la zarina Alejandra, que hacía caso omiso de mi persona.

–Bueno, ¿cómo estás, Georgi? ¿Te vas adaptando bien?

–Muy bien, excelencia. Creo que empiezo a comprender mis obligaciones.

–Y tus responsabilidades también, espero. Pues las tienes, y muchas. He oído decir que te has ganado la confianza del zarévich.

–Así es. –Sonreí con cariño ante la mención de Alexis–. Me tiene bastante ocupado, si se me permite decirlo.

–Se te permite –repuso sonriendo–. Es un chico enérgico, de eso no hay duda. Algún día será un gran zar, si todo va bien –agregó, y yo fruncí el entrecejo, sorprendido por sus palabras; me pareció que se ruborizaba levemente antes de corregirse–: Será un gran zar, sin duda. Pero debe de resultarte extraño estar aquí, ¿no?

–¿Extraño? –repetí, sin saber muy bien a qué se refería.

–Estar tan lejos de casa, de tu familia. Yo misma echo mucho de menos a mi hijo Lev.

–¿Él no vive en San Petersburgo?

–Habitualmente sí. Pero ahora está... –Suspiró, moviendo la cabeza–. Es soldado, por supuesto. Está luchando por su país.

–Entiendo. –Tenía sentido. La duquesa no llegaba a los cuarenta años; era lógico que tuviese un hijo en el ejército.

–Lev tendrá un par de años más que tú. Me recuerdas a él en ciertos aspectos.

–¿De veras?

–Un poco. Tienes su misma altura. Y su cabello. Y su constitución. –Rió un poco y añadió–: En realidad, podríais ser hermanos.

–Debe de estar preocupada por él.

–A veces consigo dormir toda la noche –contestó con una media sonrisa–. Pero no muy a menudo.

–Lo siento –dije, pues percibí que podía entristecerse–. No debería hablar de esas cosas con usted.

–No pasa nada –sonrió–. Unas veces tengo miedo por él, otras me siento orgullosa. Y otras siento rabia.

–¿Rabia? –me asombré–. ¿Por qué?

Ella titubeó y apartó la mirada. Pareció contenerse para no decir lo que quería decir.

–Por la dirección en que nos está llevando –mascculló–. Por la locura que supone todo esto. Por su absoluta incompetencia en cuestiones militares. Hará que nos maten a todos.

–¿Su hijo? –pregunté, pues sus palabras no tenían mucho sentido para mí.

–No, no me refiero a mi hijo, Georgi. Él no es más que un títere. Pero ya he dicho demasiado. Has venido a verme. ¿En qué puedo ayudarte?

Vacilé, sin saber muy bien si proseguir con aquella conversación, pero decidí que no.

–Sólo me preguntaba si por casualidad necesitaría alguien más en el personal doméstico.

–Confío en que no estés pensando en cambiar la Guardia Imperial por un delantal y una cofia.

–No –contesté con una leve risita–. Se trata de mi hermana, Asya Danilovna. Tiene la aspiración de servir aquí.

–¿De veras? –preguntó la duquesa con interés–. Supongo que será una muchacha con buen carácter, ¿no?

–Irreprochable.

–Bueno, pues aquí siempre hay trabajo para muchachas de carácter irreprochable –contestó con una sonrisa–. ¿Está en San Petersburgo o en...? Lo siento, Georgi, he olvidado de dónde procedes.

–Kashin. En el gran ducado de Moscovia. Y no, no está allí, sino que ya... –Titubeé y me corregí–: Discúlpeme; sí, todavía está allí. Pero le gustaría marcharse.

–Bueno, yo creo que puede llegar aquí en unos días si la mandamos llamar. Escríbele, Georgi, cómo no. Invítala a venir, y cuando llegue comunícamelo. Podremos encontrarle un puesto aquí.

–Gracias –concluí, poniéndome en pie, no muy seguro de por qué había mentido sobre el paradero de Asya–. Es usted muy amable conmigo.

–Ya te lo he dicho... –Sonrió y volvió a coger sus papeles–. Me recuerdas a mi hijo.

–Encenderé una vela por él.

–Gracias.

Le hice una profunda reverencia, salí de la habitación y me quedé parado unos instantes en el pasillo. Una parte de mí se alegraba muchísimo de poder llevarle esa noticia a mi hermana, de volver a ser un héroe a sus ojos. Y otra parte estaba enfadada por que Asya fuera a entrar en ese mundo que me pertenecía, que quería sólo para mí.

–Pareces confuso, Georgi Danílovich –dijo el *stáretz*, el padre Grigori, apareciendo ante mí de forma tan repentina e imprevista que solté un grito de sorpresa–. Tranquilízate –añadió en voz baja, tendiendo una mano para cogerme el hombro, acariciándolo levemente.

–Llego tarde a mi encuentro con el conde Charnetski –dije para librarme de él.

–Un hombre odioso –declaró con una sonrisa que mostró sus dientes amarillentos–. ¿Por qué vas con él? ¿Por qué no te quedas conmigo?

Una parte de mí, inesperada y absolutamente incomprensible, sintió el deseo de contestarle: «Sí, de acuerdo». Pero me zafé y me alejé por el pasillo sin decir una palabra.

–¡Tomarás la decisión adecuada al final! –exclamó, y su voz resonó en las paredes de piedra y en mi cabeza–. Antepondrás tus propios placeres a los deseos de los demás. Eso es lo que te hace humano.

Eché a correr, y en unos instantes el ruido de mis botas por el pasillo ahogó la verdad que contenían aquellas palabras.

Durante todo el invierno y el inicio de la primavera de 1916, me aseguré de que el zarévich no llevara a cabo actividades que pudieran ocasionarle algún daño; no fue tarea fácil, pues era un travieso chico de once años que no veía motivo para que le negaran los mismos juegos y ejercicios de que disfrutaban sus hermanas. En muchas ocasiones perdía los estribos con sus guardaespaldas y se arrojaba en la cama para golpear la almohada con los puños, irritado por tanta protección. Quizá su frustración se veía exacerbada por tener sólo hermanas, y por no poder hacer las cosas que más deseaba pese a ser el zarévich.

A finales del invierno, la familia imperial fue de excursión a patinar en un lago helado cerca de Zárskoie Seló. El zar y sus cuatro hijas, junto al maestro Gilliard y el doctor Féderov, pasaron la tarde surcando el grueso hielo, mientras, a salvo en la orilla del lago y envueltos en pieles, guantes y gorros, permanecían sentados la zarina y su hijo.

–¿No puedo ir ahí al menos unos minutos? –rogó Alexis cuando la luz empezó a declinar y fue obvio que el entretenimiento no tardaría en terminar.

–Ya sabes que no, cariño –respondió su madre, alisándole el cabello de la frente–. Si te pasara algo...

–Pero no va a pasarme nada –protestó–. Te lo prometo, tendré mucho cuidado.

–No, Alexis –repuso ella con un suspiro.

–Pero es muy injusto –espetó él, con las mejillas encendidas de resentimiento–. No veo por qué tengo que quedarme parado al borde del lago, mientras mis hermanas están ahí divirtiéndose. Mira a Tatiana. Está casi azul por culpa del frío. Y sin embargo nadie le dice que venga aquí a calentarse, ¿no? Y fíjate en Anastasia. No para de mirarme. Está claro que quiere que vaya a jugar con ellas.

Yo estaba de pie detrás del regio grupo, y sonreí un poco al oír eso, pues sabía que no era a su hermano a quien miraba Anastasia, sino a mí. No dejaba de asombrarme que hubiésemos logrado mantener nuestro romance en secreto durante casi un año. Por supuesto, era todo muy inocente. Organizábamos encuentros clandestinos, nos escribíamos notas privadas con una clave propia, y cuando estábamos seguros de hallarnos a solas, nos cogíamos de la mano, nos besábamos y nos decíamos que nuestro amor duraría siempre. Sólo teníamos ojos el uno para el otro y nos aterrorizaba que alguien pudiese enterarse de nuestro idilio, pues eso significaría sin duda la separación.

–No paras de pedir cosas, Alexis –se quejó la zarina con un suspiro de agotamiento, mientras llenaba una taza de peltre con chocolate caliente de un termo–. Pero seguro que no he de recordarte la agonía que padeces cuando sufres una de tus caídas.

–Pero no voy a sufrir ninguna caída –se obstinó él–. ¿Vais a tratarme así el resto de mi vida? ¿Voy a estar siempre envuelto entre algodones y nunca podré ser feliz?

–No, Alexis, por supuesto que no. Cuando seas un hombre podrás hacer lo que quieras, pero por el momento soy yo quien toma las decisiones, y las tomo por tu bien, puedes confiar en ello.

–Padre. –Alexis se volvió hacia el zar, que había patinado con Anastasia hasta la orilla del lago, donde oyó la discusión. Padre e hija tenían el rostro arrebolado de frío, pero habían estado riendo y disfrutando, pese a las bajas temperaturas. Anastasia me sonrió y yo la correspondí, procurando que nadie lo advirtiera–. Padre, por favor, déjame patinar un poquito, ¿quieres?

–Alexis... –dijo, apenado–. Ya hemos hablado de esto.

–Pero ¿y si no voy solo? –sugirió el niño–. ¿Y si patino con alguien? ¿Y si me cogen de la mano y vigilan que no me pase nada?

El zar reflexionó unos instantes. A diferencia de su esposa, tenía conciencia de las demás personas que formaban el grupo –criados, parientes, príncipes de familias nobles–, y en momentos como ése siempre le inquietaba que fueran a considerar a su hijo un debilucho que debía abstenerse de las actividades más normales. Al fin y al cabo, era el zarévich. Para mantener la seguridad de su posición, era importante que lo consideraran fuerte y masculino. Captando la vacilación de su padre, el niño se aferró a esa flaqueza.

–Sólo estaré diez minutos, quince como mucho. Quizá veinte. Y patinaré muy despacio. No iré más rápido que si caminara, si quieres.

–Alexis, no puede ser... –empezó la zarina, antes de verse interrumpida por su marido.

–¿Me das tu solemne palabra de que no irás más rápido que andando? ¿Y de que no soltarás la mano de quien te acompañe?

–¡Sí, padre! –exclamó Alexis encantado, levantándose de un salto de la silla y tropezando con sus propios pies, para sobresalto de todos, cuando se disponía a coger un par de patines. Yo me precipité hacia él para evitar la caída, pero el niño se enderezó a tiempo y se quedó quieto, un poco avergonzado por el traspié.

–¡Nico, no! –exclamó la zarina, levantándose también y mirando furiosa a su marido–. No puedes permitírselo.

–Su espíritu debe tener un poco de libertad –respondió el zar, evitando la mirada de su esposa. Advertí que detestaba que hubiese una escena así delante de otros–. Al fin y al cabo, Sunny, no puedes esperar que se quede ahí sentado toda la tarde y no se sienta frustrado.

–¿Y si se cae? –preguntó con voz trémula, al borde de las lágrimas.

–No voy a caerme, mamá –intervino Alexis y la besó en la mejilla–. Te lo prometo.

–¡Si casi te has caído al levantarte de la silla! –gimió.

–Ha sido un accidente. No volverá a pasar.

–Nico –rogó de nuevo la zarina, pero su marido negó con la cabeza.

Percibí que el zar quería ver a su hijo en el lago. Y que todos los demás lo viésemos allí también, sin importar las consecuencias. Marido y mujer se miraron fijamente, compitiendo en una lucha de poder. En el palacio se decía que su matrimonio, veinte años antes, había sido por amor; la unión se había celebrado contra los deseos del padre del zar, Alejandro III, y de su madre, la emperatriz María Fiódorovna, a quien no le gustaba la ascendencia anglo-germana de Alejandra. En todos los años que llevaban juntos, el zar no la había tratado con otra cosa que adoración, incluso cuando ella concebía una hija tras otra y un varón se volvía una posibilidad distante. Sólo en esos últimos años, desde que a Alexis le diagnosticaran hemofilia, su relación había empezado a resquebrajarse.

Por supuesto, otro rumor que corría por todo el país era que el zar se había visto reemplazado en el afecto y el lecho de Alejandra por el *stáretz*, el padre Grigori, pero si era verdad o calumnia, yo no lo sabía.

–Yo lo acompañaré, padre –propuso una voz tranquila, y miré a Anastasia, que esbozaba su dulce e inocente sonrisa–. Y lo llevaré de la mano todo el rato.

–Ya está, ¿lo ves? –le dijo Alexis a su madre–. Todo el mundo sabe que Anastasia es la mejor patinadora de la familia.

–Pero tú sola no –repuso la zarina, intuyendo la derrota pero deseosa de formar parte de la toma de decisiones–. Georgi Danílovich –añadió volviéndose, y me sorprendió que supiera exactamente dónde encontrarme–, tú los acompañarás. Alexis, te quedarás entre los dos y los cogerás de la mano, ¿entendido?

–Sí, madre –aceptó encantado.

–Y si veo que te sueltas una sola vez, te ordenaré que vuelvas, y no me desobedecerás.

El zarévich aceptó sus condiciones y acabó de atarse los cordones mientras yo me dirigía a la orilla y me cambiaba las pesadas botas de nieve por los ligeros patines. Miré a Anastasia, que me sonrió con coquetería; vaya plan tan perfecto había urdido. Podríamos patinar juntos en el lago a la vista de todos sin despertar la más leve sospecha.

–Es una gran patinadora, alteza –declaré cuando los tres nos deslizábamos lentamente hacia el centro del lago, donde los demás patinadores y las grandes duquesas nos dejaron sitio.

–Gracias, Georgi –contestó ella con altanería, como si yo no fuera más que un criado para ella–. Pues a ti se te ve sorprendentemente inseguro en el hielo.

–¿De verdad? –pregunté con una sonrisa.

–Sí. ¿No habías patinado antes?

–Lo he hecho muchas veces.

–¿En serio? –inquirió mientras recorríamos el lago, deslizándonos de derecha a izquierda, aumentando la velocidad de vez en cuando hasta que los gritos de la zarina desde la orilla nos hacían aminorar de nuevo–. No sabía que tuvieras suficiente tiempo libre en palacio para semejantes frivolidades. Quizá tus obligaciones no son tan pesadas como creía.

–Aquí no, alteza –me apresuré a responder–. Quiero decir en Kashin, mi pueblo natal. En invierno, cuando los lagos se helaban, nos deslizábamos sobre la superficie. Sin patines, por supuesto. No teníamos dinero para tales lujos.

–Ya veo –dijo, disfrutando con el coqueteo–. Patinabas solo, supongo.

–No siempre, no.

–¿Con tus amigos, entonces? ¿Los otros chicos torpes y cortos de entendederas con que te criaste?

–En absoluto, alteza –respondí con una sonrisa–. Las familias en Kashin, como en cualquier lugar del mundo, se ven bendecidas con hijas además de con varones. No; patinaba con las chicas de mi pueblo.

–Parad ya de pelearos vosotros dos –intervino Alexis, que se concentraba en conservar el equilibrio, pues la verdad es que no patinaba muy bien. Además, era demasiado pequeño para comprender que aquello no era una pelea, sino un coqueteo.

–Ya veo –repitió Anastasia al cabo de un momento–. Bueno, pues te ha sido útil lo de deslizarte en vuestros lagos con esas muchachas robustas y trabajadoras. Yo misma llevo años patinando muy bien.

–Ya me he dado cuenta.

–¿Conoces al príncipe Eugeni Iliavich Símonov?

–Lo he visto en alguna ocasión –contesté, recordando al joven y apuesto vástago de una de las familias más acaudaladas de San Petersburgo; un afortunado que lucía una piel de color tostado, una espesa mata de cabello rubio y los dientes más blancos que había visto en un ser vivo. Era bien sabido que la mitad de las jovencitas de la sociedad estaban enamoradas de él.

–Pues él me enseñó todo lo que sé –declaró Anastasia con una dulce sonrisa.

–¿Todo?

–Casi todo –concedió al cabo de unos instantes, haciendo un mohín mientras me miraba, que era lo más cerca que podíamos llegar de un beso en público.

–Probemos a hacer un círculo –propuse, bajando la vista hacia Alexis.

–¿Un círculo?

–Sí, girar sobre nosotros mismos –expliqué, y añadí mirando a Anastasia–: Alteza, cójame la mano a mí también para formar un anillo.

Ella así lo hizo, y unos instantes después patinábamos en un pequeño círculo, una agradable danza que se vio interrumpida tan sólo cuando la zarina empezó a hacer aspavientos de frustración en la orilla del lago e insistió en que volviéramos. Con un suspiro, deseando que el momento durara para siempre, sugerí que regresáramos, pero en cuanto Alexis estuvo de nuevo a salvo en los brazos de su madre, Anastasia me agarró de nuevo de la mano y, más rápido ahora, se deslizó por el hielo mientras yo procuraba no quedarme atrás y mantener el equilibrio.

–¡Anastasia! –exclamó la zarina, más que consciente de lo impropio que era que patinásemos de aquella manera, pero las estentóreas risas del zar cuando estuve a punto de caerme bastaron para convencerme de que se nos permitía la escapada, al menos durante unos instantes.

Así pues, patinamos. Y el patinaje se convirtió en danza. Nos situamos uno junto al otro para movernos y avanzar al unísono. No duró más de unos minutos, pero me pareció una eternidad. Cuando pienso en Zárskoie Seló y en el invierno de 1916, es esa escena la que recuerdo con mayor viveza.

La gran duquesa Anastasia y yo, solos en el hielo, cogidos de la mano, bailando al son de nuestro propio ritmo, mientras el rojo sol descendía y se oscurecía ante nuestros ojos, y sus padres y hermanos nos observaban desde lejos, ignorando nuestra pasión, ajenos a nuestro romance. Bailando acompasados, en una perfecta combinación de dos, deseando que aquel momento no acabase nunca.

Y ahora he de relatar el momento de mayor vergüenza de mi vida. Vivo con ese recuerdo, diciéndome que era joven, que estaba enamorado, no sólo de Anastasia sino de la familia imperial entera, del Palacio de Invierno, de San Petersburgo, de toda esa nueva vida que se me había impuesto de forma tan inesperada. Me digo que estaba ebrio de egoísmo y orgullo, que no quería que nadie más formase parte de mi nueva existencia, que sólo deseaba volver a empezar. Me digo todas esas cosas, pero no basta. Fue un pecado.

Asya me estaba esperando a la hora acordada; sospeché que llevaba allí gran parte de la tarde.

–Lo siento –dije, mirándola a los ojos mientras la traicionaba–. Aquí no hay nada para ti. Lo he preguntado, pero no pueden hacer nada.

Ella asintió con la cabeza y aceptó sin quejas mis palabras. Cuando desapareció en la noche, me dije que estaría mejor en Kashin, donde tenía amigos y familia, un hogar. Y luego la aparté de mis pensamientos como si no fuese más que una conocida lejana, no una hermana que me quería.

Jamás volví a verla ni a saber de ella. He de vivir con ese recuerdo, con esa deshonra.

1941

No advertí la presencia del caballero las tres primeras ocasiones en que apareció en la biblioteca, pero la cuarta, la señorita Simpson, muy impresionada con él, me llevó aparte con expresión de júbilo.

–Ahí está otra vez –susurró, asiéndome del brazo y mirando hacia la sala de lectura antes de volverse de nuevo hacia mí; nunca la había visto tan animada. Mostraba la emoción febril de un niño en la mañana de Navidad.

–¿Quién?

–Él, quién va a ser –contestó, como si estuviésemos enzarzados en una conversación sobre aquel tipo y yo me mostrara deliberadamente tardo–. Yo lo llamo señor Tweed. Usted había reparado en él, ¿no?

La miré fijamente, preguntándome si se habría vuelto loca; al fin y al cabo, la guerra estaba haciendo estragos en la mente de todo el mundo. Los continuos bombardeos, la amenaza de bombardeos, las secuelas de los bombardeos..., todo eso bastaba para inclinar el alma más racional hacia la demencia.

–Señorita Simpson, no tengo ni idea de qué me habla. Aquí hay alguien a quien ha visto antes, ¿no es eso? ¿Se trata de alguna clase de alborotador? No la comprendo.

Me agarró para apartarme del escritorio en que yo trabajaba, y unos instantes después estábamos ocultos tras una estantería, espiando a un hombre sentado a una de las mesas de lectura, inmerso en un gran volumen de consulta. No había en él nada digno de mención, aparte de que iba vestido con un caro traje de *tweed*, de ahí el apodo de la señorita Simpson. Supongo que también era bastante apuesto, con el cabello oscuro peinado hacia atrás con fijador. Su bronceado indicaba que no era inglés o bien que había pasado mucho tiempo en el extranjero. Desde luego, lo más extraño era que un hombre de su edad –tendría unos treinta años– estuviese en la biblioteca del Museo Británico un jueves a las dos de la tarde. Al fin y al cabo, debería estar en el ejército.

–Bueno, ¿qué pasa con él? –quise saber, irritado por el entusiasmo de mi joven colega–. ¿Qué ha hecho?

–Esta semana ha venido todos los días –contestó ella asintiendo con determinación–. ¿No lo había visto?

–No. No suelo fijarme en los jóvenes caballeros que deciden utilizar la biblioteca.

–Creo que le gusto –dijo con una risita, y volvió a mirarlo con una sonrisa apreciativa–. ¿Qué tal estoy, señor Yáchmenev? ¿Llevo bien el pintalabios? Hacía meses que no usaba, pero esta mañana encontré uno viejo al fondo del cajón y pensé que era una señal de buena suerte, así que lo utilicé para animarme un poco. ¿Y qué tal mi pelo? Llevo un cepillo en el bolso. ¿Qué opina? ¿Cree que debería darle un cepillado rápido?

La miré con creciente irritación. No es que fuera inmune a la frivolidad que los jóvenes mostraban de vez en cuando; al fin y al cabo, en los últimos años la vida cotidiana se había vuelto más difícil y aterradora para todos. Lo último que quería era negarle un instante de diversión en las raras ocasiones que podía tenerlo. Pero la jovialidad que era capaz de soportar tenía un límite. Me pareció, por decirlo llanamente, un fastidio.

–Yo la veo bien –dije, apartándome de ella para volver a mi trabajo–. Y la vería aún mejor si continuara con su tarea y dejara de perder el tiempo con esas tonterías. ¿No tiene nada mejor que hacer?

–Por supuesto que sí. Pero vamos, señor Yáchmenev, lo cierto es que quedan muy pocos hombres en Londres; y échele un vistazo: ¡es guapísimo! Si viene todos los días para verme, bueno, no voy a decirle que no, ¿verdad? Quizá sólo sea demasiado tímido para hablarme. Eso tiene fácil solución, claro.

–Señorita Simpson, por favor, ¿no...?

Pero era demasiado tarde. Ella cogió un libro de la estantería y echó a andar hacia el señor Tweed. Pese a mis mejores intenciones, me encontré observando con el morboso deseo de saber qué pasaría; la conducta de la señorita Simpson siempre provocaba cierta reacción voyerista que en ocasiones me permitía. Mi colega avanzó contoneando las caderas, con toda la confianza de una estrella de cine, y cuando llegó ante el hombre, dejó caer a propósito el libro, el cual aterrizó en el suelo de mármol con un estrépito que reverberó en toda la sala y me hizo poner los ojos en blanco. Al inclinarse para recogerlo, le ofreció a quien estuviese cerca una clara perspectiva del trasero y la liga de las medias. Fue casi indecente, pero la señorita Simpson era una joven guapa y yo habría tenido que ser un hombre más fuerte para apartar la mirada.

El señor Tweed se agachó a recoger el libro, y ella rió y le dijo algo mientras le tocaba el hombro de la americana, pero él se zafó rápidamente y musitó una escueta respuesta antes de ponerle el volumen en las manos. Siguió otra pregunta por parte de la joven; esta vez, él se limitó a abrir la tapa de su libro para revelar el título y ella se inclinó para verlo, brindándole una vista bien clara de su generoso escote. Pero el hombre no parecía inmutarse ante el espectáculo, y bajó la mirada con caballerosidad. Desde donde me encontraba, alcancé a ver que había estado sumido en el estudio de la *Historia de la decadencia y caída del Imperio romano* de Gibbon, y me pregunté si sería académico o alguna clase de profesor. Quizá padecía una enfermedad que le impedía alistarse. Había varias razones por las que podía hallarse en la biblioteca.

No era sorprendente que despertase tal interés en la señorita Simpson. Unos años antes, pasaban a diario varios hombres jóvenes por la biblioteca o el museo, pero la vida había cambiado considerablemente desde el estallido de la guerra, y la presencia de un joven disponible en nuestras mesas de lectura, cuando tantos habían abandonado las ciudades como atraídos por un marcial flautista de Hamelín, era desde luego digna de atención. Nuestras vidas estaban determinadas por racionamientos, toques de queda y el sonido de las sirenas antiaéreas todas las noches. Al recorrer las calles, se veían grupitos de dos o tres muchachas, todas enfermeras ahora, apresurándose entre hospitales improvisados y sus viviendas de alquiler, pálidas y ojerosas por la falta de sueño y el contacto con los cuerpos destrozados de sus compatriotas.

Sus blancas faldas estaban con frecuencia moteadas de escarlata, pero parecía que ya no lo notaban, o quizá no les importaba.

Durante dos años yo había esperado que se cerrase indefinidamente la biblioteca, pero era uno de esos símbolos de la vida británica ante los que Churchill mantenía una postura obstinada y desafiante, de forma que seguimos abiertos al público, muchas veces como santuario para los oficiales administrativos del Ministerio de la Guerra, que se sentaban en rincones tranquilos de la sala de lectura a consultar mapas y libros en un intento de impresionar a sus superiores con estrategias históricamente probadas para la victoria. Funcionábamos con mucho menos personal que antes, aunque el señor Trevors todavía estaba con nosotros, pues era demasiado mayor para alistarse. La señorita Simpson había llegado al comienzo de las hostilidades; hija de un hombre de negocios con buenos contactos, le habían dado el puesto debido a que «no soportaba ver sangre». Había un par de ayudantes más, ninguno en edad de combatir, y luego estaba yo. El tipo ruso. El refugiado político. El hombre que llevaba casi veinte años viviendo en Londres y despertaba de pronto la desconfianza de todos por una sola razón.

Mi voz.

–Bueno, desde luego el hombre no muestra sus cartas –comentó la señorita Simpson al regresar a mi escritorio, donde yo volvía a estar, cansado de observar su coqueteo.

–No me diga –repuse, tratando de no mostrar el menor interés.

–Sólo le pregunté su nombre –continuó, sin importarle mi tono–, y contestó que si no era un poco atrevido por mi parte, así que le dije: «Bueno, yo lo llamo señor Tweed por ese magnífico traje que lleva siempre, ¿regalo de su esposa o de su novia, quizá?». Y va y contesta: «Me temo que eso sería revelar demasiado», dándose aires, y yo le digo que esperaba que no me considerara una curiosa, pero que no veíamos gente como él muy a menudo. «¿Gente como yo? ¿Qué quiere decir?», preguntó. Y bueno, yo le expliqué que no pretendía ofenderlo, pero que parecía una clase superior de persona, eso es todo, alguien con buena conversación, quizás, y que si le interesaba, más tarde estaba libre para...

–¡Señorita Simpson, por favor! –Cerré los ojos frotándome las sienes con irritación, pues aquella cháchara me estaba provocando dolor de cabeza–. Esto es una biblioteca, un lugar de erudición y aprendizaje. Y usted está aquí para trabajar. No es un espacio para cotilleos, coqueteos o charlas absurdas. Si es posible, si fuera tan amable de reservarse sus...

–Vale, vale, perdone usted –dijo, con los brazos en jarras como si acabara de lanzarle el peor insulto–. Hay que ver, señor Yáchmenev. Cualquiera diría que pretendía revelarles secretos de Estado a los nazis.

–Lo siento si he sido brusco –contesté con un suspiro–. Pero de verdad que esto es demasiado. Hay dos carritos llenos de libros que llevan toda la mañana esperando a ser clasificados. Hay libros en las mesas que aún no se han devuelto a sus estantes. ¿De verdad le parece demasiado pedir que se limite a hacer su trabajo?

Ella me miró con furia unos segundos más, frunció los labios e hizo una mueca antes de darse la vuelta y alejarse con toda la dignidad que pudo reunir. La observé un momento y me sentí un poco culpable. La señorita Simpson me caía bien, no pretendía hacerle daño a nadie y, en general, era una compañía agradable. Pero me estremecí ante la idea de que Arina se convirtiera algún día en una joven así.

–Vaya mujer, ¿eh? –comentó alguien en voz baja, y al alzar la mirada vi al señor Tweed, de pie ante mí. Bajé de nuevo la vista para cogerle el libro, pero no llevaba ninguno–. Imagino que es de armas tomar –añadió.

–Tiene buen corazón –repuse, sintiéndome lo bastante solidario para no criticar a una compañera de trabajo ante un extraño–. Supongo que la mayoría de los jóvenes tiene muy poco con que entretenerse últimamente. Pero acepte mis disculpas si lo ha molestado, señor. Posee un temperamento exaltado, eso es todo. Creo que se ha sentido halagada por su interés hacia ella, si no le importa que se lo diga.

–¿Mi interés? –se sorprendió arqueando una ceja.

–Porque usted haya venido a verla a diario.

–No he estado viniendo por ella –declaró con un tono que me hizo mirarlo de otra manera. Había algo curioso en su aspecto, algo que implicaba que quizá no fuese el académico por el que lo había tomado.

–No comprendo. ¿Hay algo que pueda...?

–No es a ella a quien vengo a ver, señor Yáchmenev –me interrumpió.

Me quedé mirándolo y sentí que se me helaba la sangre. Lo primero que intenté descifrar era si tenía acento o no. Si era también un refugiado político. Si era uno de nosotros.

–¿Cómo sabe mi nombre? –pregunté con calma.

–Es usted el señor Yáchmenev, ¿no? ¿El señor Georgi Danílovich Yáchmenev?

Tragué saliva.

–¿Qué quiere?

–¿Yo? –Pareció un poco sorprendido, pero luego sacudió la cabeza y apartó la mirada un segundo, antes de acercarse más–. No quiero nada. No soy yo quien quiere su ayuda, quien necesita su ayuda.

–¿Quién, entonces? –quise saber, pero él se limitó a esbozar una sonrisa, la clase de sonrisa que, de no haber estado por fin enfrascada en su trabajo en otra parte de la sala de lectura, podría haber supuesto la perdición de la señorita Simpson.

Las incursiones aéreas sobre Londres llevaban meses en marcha y se habían incrementado a tal punto que pensé que nos volverían locos a todos. Por las noches esperábamos aterrorizados a que comenzara el gemido de las sirenas antiaéreas, y la expectativa era casi peor que el propio sonido, pues nadie lograba sentirse a salvo en el cinético silencio hasta que por fin e inevitablemente empezaban a sonar, y entonces, Zoya, Arina y yo corríamos hacia el refugio subterráneo de Chancery Lane –los dos largos túneles paralelos que se llenaban deprisa con residentes de las calles circundantes– para encontrar sitio.

Sólo había ocho refugios como ése en la ciudad, muy pocos para la cantidad de personas que los necesitaban, y eran lugares oscuros y desagradables, pasadizos subterráneos apestosos, ruidosos y fétidos, donde, por irónico que fuera, nos sentíamos aún menos a salvo que en casa. Pese a las estrictas reglas sobre a qué refugio debía dirigirse cada uno, la gente empezaba a acudir a media tarde desde los barrios más distantes de Londres y esperaba fuera para asegurarse un sitio, y solía haber una indecorosa carrera para entrar en cuanto abrían las puertas. Pese a la leyenda popular que se ha forjado con el tiempo, avivada por las llamas del patriotismo y la paz que da la retrospectiva cuando uno está a salvo, no recuerdo momentos alegres en esos refugios; pocas noches había alguna muestra de solidaridad entre aquellas pobres ratas obligadas a esconderse bajo tierra. Rara vez hablábamos, rara vez reíamos, nunca cantábamos. Nos congregábamos en pequeños grupos familiares, temblando ansiosos y con los nervios a flor de piel. Teníamos la constante y aterradora sensación de que, en cualquier momento, el techo se derrumbaría sobre nuestra cabeza para enterrarnos a todos en tumbas coronadas por escombros bajo las calles de la ciudad destruida.

A mediados de 1941, los bombardeos eran menos frecuentes que en los seis meses anteriores, pero nunca se sabía qué noche, o en qué momento de la noche, empezarían a sonar las sirenas, una situación que nos sumía en un constante estado de agotamiento. Aunque todo el mundo odiaba el estallido de las bombas, derribando las casas de nuestros vecinos, creando profundas simas en las calles y matando a los pobres diablos que no hubiesen llegado a tiempo a los refugios, Zoya lo encontraba especialmente angustioso. Cualquier mención de potencia de fuego o masacres bastaba para dejarla con el ánimo por los suelos.

–¿Cuánto tiempo va a continuar esto? –me preguntó una noche en Chancery Lane, cuando contábamos los minutos que faltaban para emerger de nuestra tumba a examinar los daños causados por el bombardeo. Arina estaba dormida, medio embutida en mi abrigo; tenía siete años y pensaba que la guerra era simplemente una parte normal de la vida, pues apenas recordaba un tiempo en que no fuera el eje de su mundo.

–Es difícil decirlo –contesté, queriendo ofrecerle cierta esperanza sin dar muestras de falso optimismo–. No mucho más, me parece.

–Pero ¿no has oído nada? ¿Nadie te ha contado cuándo podremos...?

–Zoya –atajé con rapidez, mirando alrededor para comprobar que nadie escuchara, pero había demasiado ruido para que alguien la oyera–. No podemos hablar de eso aquí.

–Pero ya no lo soporto más –insistió, y se le humedecieron los ojos–. Todas las noches es lo mismo. A diario me preocupa si sobreviviremos para ver otra mañana. Ahora tienes amigos, Georgi. Eres importante para ellos. Si pudieras preguntarles...

–Zoya, cállate –siseé, mirando alrededor con recelo–. Ya te lo he dicho. Yo no sé nada y no puedo preguntarle a nadie. Por favor... Ya sé que es difícil, pero no podemos hablar de estas cosas. Aquí no.

Arina se movió en mis brazos y nos dirigió una mirada soñolienta, con los ojos entreabiertos, lamiéndose los labios, con expresión de querer asegurarse de que los dos, su madre y su padre, seguíamos allí para protegerla. Zoya se inclinó para besarla en la frente y le acarició el cabello hasta que volvió a dormirse.

–¿Piensas alguna vez que nos equivocamos de sitio al venir aquí, Georgi? –me preguntó entonces en voz baja y resignada–. Podríamos haber ido a cualquier parte cuando dejamos París.

–Pero la guerra está en todas partes, amor mío –repuse en susurros–. El mundo entero está metido en esto. En ningún sitio podríamos haber escapado.

Durante aquellas largas noches en el refugio, mis pensamientos volvían con frecuencia a Rusia. Intentaba imaginar cómo serían San Petersburgo o Kashin al cabo de más de veinte años de separación, y me preguntaba cómo sobrevivían a la guerra, cómo se las arreglaban sus habitantes con esa tortura. Nunca pensaba en San Petersburgo como Leningrado, por supuesto, por mucho que los periódicos se refirieran a ella como la ciudad bolchevique. Tampoco me había acostumbrado nunca a Petrogrado, el nombre que el zar le impuso durante la Gran Guerra, cuando temía que el original fuera demasiado teutónico para una gran ciudad rusa, en particular cuando estábamos enzarzados en una guerra de fronteras con su primo germano. Trataba de imaginarme a ese Stalin sobre el que leía con tanta frecuencia y cuyo rostro me producía desconfianza. No lo conocía, claro, pero había oído mencionar su nombre en palacio durante el último año, junto a los de Lenin y Trotski, y me resultaba curioso que fuera él quien hubiese sobrevivido para gobernar. El reinado de los Romanov había llegado a su fin en una oleada de repugnancia ante la autocracia de los zares, pero me parecía que esa nueva autoridad de los sóviets difería del viejo Imperio ruso en poco más que el nombre.

Aunque no pensaba a menudo en ellas, me preguntaba cómo afrontarían mis hermanas la guerra, y si vivían aún para soportarla. Asya tendría para entonces más de cuarenta años, al igual que Liska y Talya. Desde luego, eran suficientemente mayores para tener hijos; mis sobrinos, que quizás estuvieran luchando en los frentes rusos, dando su vida en campos de batalla europeos. Yo había ansiado muchas veces tener un varón y me dolía pensar que jamás conocería a ninguno de esos muchachos, que nunca se sentarían a compartir sus experiencias con su tío, pero ése era el precio que debía pagar por mis actos de 1918: el destierro de mi familia, el exilio eterno de mi patria. Era muy posible que ninguna de mis hermanas siguiese viva, que hubiesen envejecido sin hijos o que los hubiesen asesinado a todos durante la Revolución. Quién sabía qué represalias podían haber sufrido en Kashin si la noticia de mis actos llegó a esa pequeña aldea sin esperanza.

Tres bombardeos en particular causaron gran efecto en mi familia. El primero fue el bombardeo parcial del Museo Británico, un sitio que yo consideraba una especie de hogar. La biblioteca quedó casi intacta, pero partes del edificio principal resultaron destruidas y se cerraron hasta su futura reparación, y me dolió mucho ver un edificio tan magnífico reducido a eso.

El segundo fue la destrucción del Holborn Empire, el cine al que Zoya y yo habíamos acudido en multitud de ocasiones antes de la guerra, el sitio que yo asociaba casi por entero a mi obsesión por Greta Garbo y la noche que mi esposa y yo pasamos dos horas perdidos en imágenes y recuerdos de nuestra patria durante la proyección de *Ana Karenina*.

El tercero fue el más devastador. Nuestra vecina Rachel Anderson, que vivía en el piso contiguo desde hacía seis años y era amiga y confidente de Zoya y una especie de abuela para Arina, murió en una casa en Brixton, adonde había acudido a visitar a una amiga, cuando no consiguieron llegar a tiempo a un refugio antiaéreo. Se tardó más de una semana en descubrir el cuerpo, y en ese tiempo su ausencia ya nos había hecho temer lo peor. Su pérdida nos ocasionó gran sufrimiento a todos, pero en particular a Arina, que había visto a Rachel todos los días de su vida y que hasta entonces no sabía qué era llorar a un ser querido.

A diferencia de sus padres, que lo sabían demasiado bien.

Primero fue una serie de cartas, ninguna de las cuales contenía información que pudiera considerarse importante, pero las traduje igualmente y busqué significados ocultos entre los giros idiomáticos. Llevaban fecha de hacía más de un año e incluían detalles de actividades de tropas que habrían concluido mucho antes de que yo me sentara a trasladar el alfabeto ruso al inglés; la mayoría de los hombres cuyos movimientos habían sido dirigidos por esas cartas ya estaban muertos. Trabajaba con cautela, leyendo cada misiva de principio a fin para hacerme una idea clara de su significado antes de decidir cómo descifrarla. Escribía con letra pulcra y clara en papel de vitela blanco que me proporcionaba el Ministerio de la Guerra, utilizando una pluma estilográfica de excelente calidad que había en la mesa antes de mi llegada, y cuando acababa, casi en el preciso instante en que dejaba la pluma sobre la mesa, se abría la puerta y entraba él.

–El espejo –dije, indicando con la cabeza el que cubría toda una pared–. Supongo que debían de estar observándome a través de él, ¿no?

–Así es, señor Yáchmenev –respondió con una sonrisa–. Nos gusta observar. Confío en que no le importe.

–Si me importara no estaría aquí, señor Jones. Además, lo cierto es que no son nada discretos. Los he oído hablar ahí dentro. En realidad no es muy seguro. Espero que no lo utilicen con gente más importante que yo.

Asintió y se encogió de hombros a modo de disculpa antes de sentarse en un rincón de la habitación para leer mis páginas con cuidado. Llevaba un traje distinto del de la biblioteca el día que se presentó ante mí, pero también de muy buena calidad, y no pude sino preguntarme cómo podía permitírselos en un tiempo en que el racionamiento era tan estricto. «Señor Tweed», lo había llamado la señorita Simpson aquella primera tarde. Él se presentó un poco más tarde como «señor Jones», sin dar un nombre de pila, un acercamiento tan inusual que sugería que el apellido no era más real que el pergeñado por la señorita Simpson. Aunque lo cierto es que no importaba. Su identidad no cambiaba las cosas para mí. Al fin y al cabo, no era la primera persona en mi vida que fingía ser quien no era.

–Su traje –dije, mientras observaba cómo examinaba mis frases, y su expresión pasó de la aprobación a la sorpresa.

–¿Mi traje? –repitió alzando la vista.

–Sí. Sólo estaba admirándolo.

Se quedó mirándome, y las comisuras de su boca se elevaron un poco, como si no supiera muy bien cómo tomarse el comentario.

–Gracias –dijo con un dejo de suspicacia.

–Me pregunto cómo puede permitirse un joven como usted un traje así. Con los tiempos difíciles que corren, quiero decir.

–Tengo algunas rentas –respondió, lo que me indicó que no quería hablar del tema. Se acercó para sentarse a mi lado–. Esto está muy bien. Ha evitado los errores que cometen la mayoría de nuestros traductores.

–¿Que son?

–Traducir cada palabra y cada frase exactamente como aparecen en el papel, pasando por alto los distintos giros idiomáticos de una lengua a otra. En realidad no ha traducido las cartas, ¿verdad? Lo que ha hecho es contarme qué dice cada una. Hay una diferencia considerable.

–Me alegra que lo aprecie. Pero querría preguntarle algo.

–Por supuesto.

–Es obvio que su ruso es tan bueno como el mío.

–De hecho, señor Yáchmenev –contestó con una sonrisa–, es mejor.

Me quedé boquiabierto, divertido con su arrogancia, pues tenía sus buenos quince años menos que yo y un acento que implicaba que se había educado en Eton, Harrow o alguna de las escuelas que convertían a los hijos de padres ricos en jóvenes caballeros.

–¿Es usted ruso? –pregunté con incredulidad–. Suena tan... inglés.

–Porque soy inglés. Sólo he estado en Rusia unas cuantas veces. En Moscú. En Leningrado, por supuesto. Y en Stalingrado.

–San Petersburgo –me apresuré a corregirlo–. Y Zaritsin.

–Si lo prefiere así... Hacia el oeste he llegado hasta la meseta central siberiana, y hacia el sur, hasta Irkútsk. Pero meramente por placer. En cierta ocasión estuve incluso en Ekaterimburgo.

Yo observaba las cartas mientras él hablaba, disfrutando al ver de nuevo los caracteres rusos, pero al oír esa palabra, la más terrible, levanté de golpe la cabeza y lo miré fijamente, examinando su rostro en busca de algo que me revelara sus secretos.

–¿Por qué? –quise saber.

–Me enviaron allí.

–¿Por qué a Ekaterimburgo?

–Me enviaron allí.

Sentí una mezcla de emoción y ansiedad recorriéndome las venas. No recordaba la última vez que había conocido a alguien que dominara hasta ese punto sus emociones; un joven que nunca sudaba, nunca perdía los estribos y nunca decía nada si no estaba plenamente seguro de querer decirlo.

–Sólo ha estado de visita en Rusia –dije por fin, pues pareció que no iba a hablar hasta que yo lo hiciera.

–Exacto.

–¿Nunca ha vivido allí?

–No.

–Y aun así, ¿cree que su ruso es mejor que el mío?

–Sí.

No pude evitar reír un poco ante su absoluta seguridad.

–¿Puedo preguntarle por qué?

–Porque mi trabajo consiste en que mi ruso sea mejor que el suyo.

–¿Su trabajo?

–Sí.

–¿Y cuál es exactamente su trabajo, señor Jones?

–Tener un ruso mejor que el suyo.

Suspiré y aparté la mirada. Era una conversación inútil, por supuesto. Él no iba a decirme nada que no deseara decirme. Sería más sencillo limitarme a esperar a que hablase. En cualquier caso me diría lo mismo.

–Pero he de decir –añadió, cogiendo de nuevo las cartas y esparciéndolas por la mesa– que su ruso es excelente. Debo felicitarlo. Me refiero a que no lo ha practicado mucho en estos últimos veinte años, ¿verdad?

–Ah, ¿no?

–Está su esposa, claro –repuso, encogiéndose de hombros–. Pero no hablan ruso en casa. Y nunca en presencia de su hija.

–¿Cómo sabe lo que hablo en mi casa? –pregunté, enfadándome un poco; detestaba que pareciera saber tanto sobre mí. Me había pasado veinte años tratando de proteger la intimidad de mi familia, y ahora ese joven se sentaba a mi lado para contarme cosas que no debería conocer. Quise saber cómo lo había descubierto. Quise averiguar qué más sabía sobre mí.

–¿Me equivoco? –inquirió, captando quizá mi irritación y suavizando un poco el tono.

–Ya sabe que no.

–¿Y cómo es eso, señor Yáchmenev? ¿Cómo es que no habla su propia lengua delante de Arina? ¿No quiere que la niña conozca su herencia cultural?

–Dígamelo usted. Parece saberlo todo sobre mí.

Ahora le tocó a él sonreír. Permanecimos así durante lo que se me antojó mucho tiempo, pero él no contestó; se limitó a asentir con la cabeza.

–De verdad que está muy bien –repitió, dando golpecitos con un dedo sobre las cartas–. Sabía que encontraría al hombre adecuado. Creo que la próxima vez podremos ofrecerle algo un poco más difícil e interesante.

La experiencia de ser ruso en Londres entre 1939 y 1945 no fue fácil. Muchas noches, Zoya me contaba cómo en la tienda de comestibles o en la carnicería, donde era clienta hacía años, la miraban con desconfianza en cuanto captaban su acento; que las porciones de carne racionada que le tendían desde el otro lado del mostrador eran siempre algo más pequeñas que las entregadas a las mujeres inglesas que la precedían y la seguían en la fila. Que la botella de leche estaba siempre más cerca de la fecha de caducidad y el pan un poco más duro. Cualquier lazo de amistad o aceptación que hubiésemos creado con nuestros vecinos durante más de veinte años, por mucho que nos hubiésemos creído integrados en su país, todo aquello pareció disiparse casi de la noche a la mañana. No les importaba que no fuésemos alemanes. No éramos ingleses; sólo contaba eso. Hablábamos de otra manera, de modo que debíamos de ser agentes enemigos, dispersos en el corazón de su capital para descubrir sus secretos, traicionar a sus familias, asesinar a sus hijos. El hedor de la sospecha nos rodeaba por todas partes.

Siempre que me detenía a leer uno de los carteles de propaganda pegados por doquier en las paredes de la ciudad –LA CHARLA DESPREOCUPADA CUESTA VIDAS, NUNCA SE SABE QUIÉN PUEDE ESTAR ESCUCHANDO, CUALQUIER MUJER GUAPA PUEDE SER UNA ESPÍA–, entendía por qué la gente interrumpía su conversación cuando me oía hablar y por qué se volvía para mirarme con los ojos muy abiertos, como si yo fuera una amenaza. Empecé a detestar hablar en tiendas o cafeterías, prefiriendo señalar lo que quería y confiando en que me sirvieran sin necesidad de abrir la boca. Cuando no estábamos evitando las bombas en los refugios antiaéreos, pasábamos las veladas en casa, donde podíamos hablar libremente sin tener que soportar las intimidantes miradas de extraños.

Hacia finales de 1941, yo regresaba a casa una tarde, especialmente abatido tras una jornada larga y difícil. La esposa, la hija y la suegra de mi jefe, el señor Trevors, habían muerto la noche anterior, cuando la casa familiar resultó alcanzada por una única bomba lanzada por un avión de la Luftwaffe que se había desviado bruscamente de su rumbo. Fue la peor suerte imaginable, pues la suya fue la única casa de la calle que sufrió daños, y el señor Trevors estaba deshecho por la tragedia. Había entrado en la biblioteca a última hora de la tarde sin que ninguno de nosotros lo advirtiera, y poco tiempo después oí gritos procedentes de su despacho. Cuando entré, el pobre hombre estaba sentado a su escritorio con una expresión de absoluto dolor, que dio paso a lágrimas y aullidos cuando traté de consolarlo. La señorita Simpson entró unos minutos después y me sorprendió al hacerse cargo por entero de la situación, sacando whisky no sé de dónde, antes de llevarlo a casa y ofrecerle la amistad que él podía admitir en tan terribles circunstancias.

Todavía afectado por esos sucesos, de camino a casa hice

algo absolutamente impropio de mí: entré en un bar con la necesidad perentoria de beber alcohol. El sitio estaba casi lleno, en su mayoría de hombres mayores que ya no tenían edad de alistarse, mujeres de todas las edades y unos cuantos soldados uniformados, de permiso. Apenas me fijé en ellos y fui derecho a la barra para apoyarme contra ella, alegrándome de que me ofreciera algún sostén.

–Una pinta de cerveza, por favor –le pedí al barman, que no me resultaba familiar pese a que el sitio era lo más cercano a un pub local que teníamos Zoya y yo, pero es que rara vez entrábamos allí.

–¿Qué ha dicho? –preguntó él con tono belicoso, entornando los ojos y mirándome con recelo apenas disimulado. Era difícil no advertir sus gruesos brazos, pues llevaba la camisa remangada hasta los bíceps, donde asomaba un tatuaje.

–He dicho una pinta de cerveza –repetí, y entonces él me observó unos diez segundos, como considerando si echarme a la calle o no, antes de asentir finalmente con la cabeza y dirigirse despacio a uno de los surtidores, donde llenó un vaso con mucha espuma, que luego dejó en la barra delante de mí–. ¿Es cerveza amarga? –pregunté, sabiendo perfectamente que lo mejor sería volver a casa.

Zoya solía tener escondidas unas cuantas botellas de cerveza racionada en algún armario para emergencias como aquélla.

–Una pinta de cerveza amarga –anunció el barman señalándola–. Lo que ha pedido. Serán seis peniques, si hace el favor.

Ahora me tocó a mí titubear. Miré el vaso, con la invitadora película de humedad en sus paredes, y decidí que no era el momento de protestar. En el local había decrecido el murmullo de la conversación, como si los demás clientes confiaran en que yo hiciera algo, lo que fuera, que provocara una pelea.

–De acuerdo. –Hurgué en el bolsillo y dejé el importe exacto sobre la barra–. Gracias.

Me llevé la bebida para sentarme a una mesa vacía. Cogí un periódico que había dejado un cliente anterior y eché un vistazo a los titulares.

La mayoría de los artículos trataban de la guerra, por supuesto. Una serie de citas de un discurso pronunciado por Churchill la tarde anterior en Birmingham. Otro que Attlee había ofrecido en apoyo al gobierno. Breves notas sobre bombardeos, y una lista de personas que habían resultado muertas, su edad y ocupación, aunque todavía no había nada sobre la familia del señor Trevors; me pregunté un instante si aparecerían en las noticias del día siguiente o si habría demasiados muertos para incluirlos a todos. En cualquier caso, probablemente era malo para la moral pública citar el nombre de los fallecidos cada día. Me disponía a leer un artículo sobre un acontecimiento deportivo que apenas me interesaba cuando advertí que dos hombres se acercaban desde el otro extremo del bar y se sentaban en una mesa junto a la mía. Alcé la vista; casi habían apurado sus bebidas y supuse que llevaban cierto tiempo allí. Pero volví al periódico, pues no quería entablar conversación.

–Buenas tardes –saludó con una inclinación de la cabeza uno ellos, un tipo más o menos de mi edad de cara pálida y dientes cariados.

–Buenas tardes –respondí, y confié en que mi tono lo disuadiera de continuar.

–Lo he oído en la barra al pedir su copa. Usted no es de por aquí, ¿verdad?

Alcé la vista y solté un suspiro, preguntándome si no me convendría levantarme e irme de allí, pero decidí no permitir que me intimidaran.

–En realidad sí lo soy. Vivo a sólo unas calles de aquí.

–Es posible que viva a unas calles de aquí –repuso él negando con la cabeza–, pero no es de aquí, ¿verdad?

Lo miré fijamente, y luego a su compañero, que era un poco más joven y de aspecto más bien simplón.

–Sí lo soy –repetí con calma–. Llevo viviendo aquí casi veinte años.

–Pero debe de tener mi edad, como poco. ¿Dónde estuvo los veinte años anteriores, eh?

–¿De verdad le importa?

–¿Que si me importa? –repitió con una risotada–. Por supuesto que me importa, maldita sea, o no se lo preguntaría, ¿no? Que si me importa, dice –añadió, sacudiendo la cabeza y mirando alrededor como si el bar entero fuera su público.

–Es que me parece una pregunta bastante sosa, eso es todo.

–Oiga, amigo –replicó con mayor energía–, sólo pretendo charlar un poco. Digamos que estoy siendo simpático. Verá, aquí en Inglaterra somos así, simpáticos. Quizá no está muy familiarizado con nuestras costumbres, ¿es eso?

–Mire... –Dejé el vaso en la mesa y lo miré a los ojos–. Si no le importa, preferiría que me dejaran en paz. Sólo quiero tomarme la cerveza y leer este periódico.

–¿En paz? –resopló, cruzándose de brazos y mirando a su amigo como si no hubiese oído nada tan extraordinario en su vida–. ¿Has oído eso, Frankie? Este caballero quiere que lo dejen en paz. Yo diría que todos queremos estar en paz, ¿no es así?

–Sí –coincidió Frankie, asintiendo con la cabeza como un burro que rebuznara–. Diría que sí.

–Sólo que ninguno de nosotros disfruta de paz, con todos los problemas que nos han causado los tipos como usted.

–¿Los tipos como yo? –repuse frunciendo el entrecejo–. ¿Y qué clase de tipos somos, exactamente?

–Bueno, dígamelo usted. Sólo sé que no es inglés. A mí me suena medio alemán.

Ahora me tocó a mí reír.

–¿De verdad cree que si fuera alemán estaría aquí, en un bar en pleno Londres? ¿No le parece que me habrían llevado hace tiempo para enterrarme en algún sitio?

–Bueno, no lo sé –respondió encogiéndose de hombros–. A lo mejor pasó inadvertido. Ustedes los alemanes son muy astutos.

–Yo no soy alemán.

–Bueno, pues esa voz suya me dice algo distinto. No creció en Holborn, eso seguro.

–No –admití–. No crecí aquí.

–Bueno, ¿y a qué viene entonces tanto secreto? ¿Tiene algo de lo que avergonzarse? ¿Le preocupa que lo descubran?

Miré alrededor y titubeé antes de responder; se oía el rumor de conversaciones, pero la mayoría de las orejas estaban pendientes de nosotros.

–No estoy preocupado por nada –respondí al fin–. Y preferiría no continuar con esta charla, si no le molesta.

–Entonces conteste a mi pregunta, es todo lo que quiero –dijo con tono más impaciente, más agresivo–. Vamos, hombre, si no es un secreto, ¿por qué no puede decirme de dónde sale ese acento suyo?

–De Rusia. Nací en Rusia. ¿Le basta con eso?

Se arrellanó cómodamente en la silla unos instantes y pareció impresionado.

–Rusia –repitió entre dientes–. ¿Cuál es nuestra posición en cuanto a los rusos, Frankie?

–Estamos hasta las narices de ellos –contestó el joven, inclinándose y tratando de parecer amenazador, algo difícil, puesto que tenía una expresión inocente, infantil, como la de un cordero recién nacido que intentara ponerse en pie; me dio la impresión de que, cuando no le pedían su opinión, estaba perdido en su propio mundo.

–Caballeros, creo que va siendo hora de que me vaya –dije, levantándome y alejándome.

Ellos insistieron en que sólo querían mostrarse simpáticos, en que sólo querían pasar el rato conmigo, pero yo salí del bar, consciente de que había más de una mirada fija en mí. Sin embargo, yo miraba al frente, y doblé hacia la calle que llevaba a mi casa. Unos instantes después, oí pisadas detrás de mí. Durante veinte o treinta segundos traté desesperadamente de no volverme, pero se acercaban más y más. Por fin, incapaz de contenerme, miré atrás justo cuando aquellos dos hombres conseguían darme alcance.

–¿Adónde crees que vas? –espetó el mayor, empujándome contra la pared e inmovilizándome con una mano contra el cuello–. Vas a contarles tus secretos a tus amigos rusos, ¿eh?

–Suélteme –siseé, liberándome un instante–. Los dos han estado bebiendo. Les aconsejo que sigan haciéndolo y me dejen en paz.

–Conque nos lo aconsejas, ¿eh? –rió burlón, mirando al joven, antes de echar atrás el brazo con el puño apretado, dispuesto a golpearme–. Yo sí que voy a darte un buen consejo.

Esa mano nunca tomó contacto con mi cara. Mi brazo izquierdo aferró su derecho y, llevado por antiguos hábitos, se lo rompió bruscamente, al tiempo que le propinaba un puñetazo en la mandíbula que lo hizo caer en la acera, donde soltó un improperio mientras se sujetaba el brazo roto, que aún no le dolía pero estaría entumecido, dándole la sensación de que muy pronto estaría viendo las estrellas.

–Me ha roto el brazo, Frankie –balbució, y las palabras parecieron brotar de sus labios como cerveza derramada–. Frankie, te digo que me ha roto el brazo. Cógelo, Frankie. Acaba con él.

El joven me miró con asombro –no había esperado tanta violencia por mi parte, y yo tampoco–, así que le devolví la mirada con frialdad, como indicándole que no sería buena idea ningún movimiento por su parte. Él tragó saliva con nerviosismo, y yo me alejé a buen paso hasta doblar la esquina, tratando de no oír los gritos y amenazas a mis espaldas.

Hacía muchos años que no me veía obligado a defenderme de esa manera, pero el conde Charnetski me había entrenado bien y recordé rápidamente los movimientos. Pese a todo, sentí cierta vergüenza por mi reacción y al llegar a casa no le conté nada a Zoya, sólo le hablé de la tragedia del señor Trevors y la compasión que le había mostrado la señorita Simpson cuando tanto la necesitaba.

Mi jornada laboral no varió. Llegaba a la biblioteca a las ocho en punto y me marchaba exactamente a las seis de la tarde. Pasaba la mayor parte del tiempo tras el escritorio principal, introduciendo títulos en los ficheros, como siempre. Cuando había excesivo desorden en las mesas, ayudaba a la señorita Simpson a despejarlas. Cuando los lectores necesitaban libros de consulta difíciles de encontrar, los localizaba y se los llevaba con la mayor eficiencia posible.

Pero ahora se trataba de una tapadera para mis auténticas responsabilidades, que residían en otro sitio bien distinto.

Si sólo era un sobre lo que tenían que entregarme, alguien me deslizaba una nota en el bolsillo de la chaqueta de camino al trabajo sin que yo lo advirtiese siquiera, con una frase garabateada. Una frase que no significaba nada. «No olvides comprar leche. Te quiero, Zoya», escrito con una letra que claramente no era la de mi esposa.

La *n* equivalía a 14, cuya suma daba 5. La *o*, a 16, es decir, a un 7. La *c* era un 3. La *l*, un 12, o sea, otro 3. La *t* ocupaba el puesto 21, de nuevo un 3. La *q* equivalía a 18, que daba 9. Y finalmente, la *z*, a 27, que volvía a sumar 9.

«No olvides comprar leche. Te quiero, Zoya.»

5733399

573-3399.

El número de referencia del libro. Encuentre el libro, y encontrará la carta.

Lea la carta.

Traduzca la carta.

Destruya la carta.

Entregue la traducción.

Si se trataba de más de un sobre, o de una serie de documentos que debía revisar, un hombre pasaba a mi lado cuando salía de casa por la mañana, un hombre distinto cada vez, y chocaba conmigo; luego se disculpaba diciéndome que debería mirar por dónde iba. Cuando eso sucedía, yo me paraba a comprar un periódico y algo de fruta en una tienda de una esquina, cerca del museo. Mientras examinaba la fruta en busca de la manzana con menos magulladuras, dejaba el maletín en el suelo a mi lado. Cuando volvía a levantarlo, pesaba un poco más que antes. Entonces pagaba la fruta y me iba.

En ocasiones sonaba el teléfono en el museo exactamente a las 16.22, y yo contestaba.

–¿Es el señor Samuels? –preguntaba una voz.

–Me temo que aquí no hay ningún señor Samuels –respondía yo, siempre con esas palabras exactas–. Ésta es la biblioteca del Museo Británico. ¿Por quién pregunta?

–Lo siento. Debo de tener el número equivocado. Quería hablar con el Museo de Historia Natural.

–No se preocupe, no pasa nada –contestaba yo, y colgaba, y al salir del trabajo, en lugar de ir derecho a casa con mi esposa y mi hija, cogía un autobús hasta Clapham, donde había un coche esperándome en la esquina de Lavender Hill y Altenburg Gardens para llevarme a ver al señor Jones.

–Hoy tenemos un problema endiablado para usted, señor Yáchmenev –me decía al llegar–. ¿Cree que podrá resolverlo?

–Puedo intentarlo –respondía con una sonrisa, y él me conducía a una habitación tranquila y me ponía delante una serie de documentos o fotografías.

O me hacía pasar a una habitación llena de hombres severos, ninguno de los cuales me facilitaba su nombre, pero que me acribillaban a preguntas en cuanto trasponía el umbral, y yo hacía lo que podía por contestarles con claridad y confianza.

En cierta ocasión, me pasé una noche entera leyendo más de trescientas páginas de telegramas y cartas. Cuando le comuniqué al señor Jones todo lo que creía entender, se mostró sorprendido por mi razonamiento y quiso que volviera a explicarle la lógica de mi traducción. Así lo hice; él reflexionó un poco más y entonces pidió que trajeran un coche. Antes de una hora me hallaba en presencia de Churchill, que chupaba su puro mientras yo repetía lo mismo que le había contado antes al señor Jones. El primer ministro pareció muy disgustado durante todo mi discurso, como si la dirección de la guerra estuviese cambiando por completo y fuera sólo culpa mía.

–Y está seguro de eso, ¿verdad? –me preguntó con brusquedad, frunciendo el entrecejo.

–Sí, señor. Estoy seguro.

–Bueno, pues es interesante –repuso, tamborileando con los regordetes dedos en la mesa unos segundos antes de ponerse en pie–. Muy interesante y muy sorprendente.

–En efecto, señor.

–Bien hecho, señor Jones –le dijo entonces a mi contacto mientras consultaba su reloj de bolsillo–. Pero ahora he de irme. Siga con el buen trabajo que hace, sea buen chico. Y vaya tipo tan competente se ha conseguido. ¿Cómo se llama, por cierto?

–Yáchmenev –respondí, aunque no me había dirigido a mí la pregunta–. Georgi Danílovich Yáchmenev.

Él se volvió para mirarme como si hubiese cometido una gran insolencia al responder, cuando la pregunta no era para mí, pero por fin asintió con la cabeza y se marchó.

–Un coche lo llevará de vuelta a Clapham –dijo entonces el señor Jones–. Me temo que desde ahí tendrá que llegar a casa por sus propios medios.

Y así lo hice. Caminando a la luz de la luna, cansado tras un día muy largo, me inquietó que en cualquier momento sonaran las sirenas y Zoya, Arina y yo estuviésemos separados.

Zoya me sonrió cuando llegué, preparó el desayuno y me lo puso delante con una tetera llena. No me preguntó dónde había estado.

Las noches blancas

La guerra no nos favorecía.

Cuando los disturbios callejeros se convirtieron en ataques a depósitos de grano y almacenes municipales, la atmósfera de confianza arrogante que rodeaba a la familia imperial y su séquito empezó a ser reemplazada por frustración e inquietud. Sin embargo, durante todo el proceso los zares continuaron dividiendo el tiempo entre los palacios de San Petersburgo, Livadia y Zárskoie Seló, y los viajes de placer a bordo del *Standart*, como si el mundo fuera como había sido siempre; y sus pobres seguidores recogíamos nuestras pertenencias para ir tras ellos a donde fuesen.

En ocasiones parecían absolutamente inconscientes de lo que sentía el pueblo al que gobernaban, pero a medida que iban llegando más noticias del frente sobre la cifra de bajas rusas, el zar decidió abandonar el Palacio de Invierno y sustituir a su primo, el gran duque Nicolás Nikoláievich, al mando de las fuerzas armadas. Para mi sorpresa, la zarina apenas se opuso a semejante decisión, aunque lo cierto es que en esa ocasión su marido no planeaba permitir que Alexis lo acompañara.

–Pero ¿es totalmente necesario? –quiso saber Alejandra cuando la familia se reunió en una de sus suntuosas comidas.

Yo permanecía de pie en la hilera que formaban mayordomos y criados contra la pared del comedor; no nos estaba permitido respirar demasiado sonoramente, no fuéramos a perturbar la imperial digestión. Como es natural, me había situado frente a Anastasia para observarla mientras comía; cuando ella se atrevía, me miraba y esbozaba una dulce sonrisa que me hacía olvidar el cansancio en las piernas.

–No debes ponerte en peligro, Nico. Al fin y al cabo, llevas demasiadas responsabilidades a tus espaldas.

–Sí, lo sé, pero es importante hacer algunos cambios –respondió el zar, tendiendo una mano hacia un elaborado samovar que había en la mesa para llenarse de nuevo la taza; entrecerró los ojos mientras vertía el té, como si éste pudiera hipnotizarlo y transportarlo por arte de magia a un lugar más feliz.

Un instante después se masajeaba las sienes con la yema de los dedos, con gesto de agotamiento. Advertí que había perdido mucho peso en esos últimos meses y que el cabello espeso y negro estaba veteado de gris. Parecía llevar sobre sus hombros una carga enorme y terrible, una carga que no iba a soportar mucho tiempo más.

–Inglaterra teme que retiremos nuestras tropas del frente –prosiguió con tono cansado–. El primo Jorge me lo ha contado en una carta. Y en cuanto a Francia...

–Le habrás dicho que no vamos a hacer tal cosa, ¿verdad? –lo interrumpió la zarina, horrorizada ante semejante idea.

–Por supuesto, Sunny –contestó irritado–. Pero cada vez es más difícil aportar un argumento convincente. La mayoría de los territorios polacos rusos están controlados ahora por el primo Guille y sus matones alemanes, por no mencionar las regiones bálticas.

Puse los ojos en blanco al oírlo; me resultaba extraordinario que los líderes de esos países mantuvieran una relación familiar tan cercana. Era como si todo el asunto se redujera a un juego de niños: Guille, Jorge y Nico corriendo por un jardín, disponiendo sus fuertes y soldados de juguete, disfrutando de una tarde de gran diversión hasta que uno de ellos llegaba demasiado lejos y un adulto responsable tenía que separarlos.

–No; ya he tomado una decisión –prosiguió el zar con tono firme–. Si me coloco al frente del ejército, será una muestra tanto para nuestros aliados como para nuestros enemigos de la seriedad de mis intenciones. Y también será bueno para la moral de los hombres. Es importante que me vean como un zar guerrero, un gobernante que combatirá junto a ellos.

–Entonces debes ir –aprobó la zarina, encogiéndose de hombros mientras retiraba la cáscara a una langosta y examinaba su carne en busca de imperfecciones, antes de concederle el honor de comérsela–. Pero mientras estés fuera...

–Tú quedarás, por supuesto, a cargo de nuestras obligaciones constitucionales –dijo él anticipándose a su pregunta–, tal como dicta la tradición.

–Gracias, Nico –repuso con una sonrisa, alargando una mano para posarla unos instantes sobre la de su esposo–. Me complace que tengas tanta fe en mí.

–Claro que la tengo –afirmó él, sin parecer muy convencido de la sensatez de su decisión, pero sabedor de que sería imposible colocar a nadie en una posición superior a la de su esposa. Aparte de ella, la única persona adecuada era un niño de once años.

–Además –añadió la zarina en voz queda, apartando la vista de su marido–, tendré cerca a mis consejeros en todo momento. Prometo escuchar atentamente a tus ministros, incluso a Stürmer, a quien detesto.

–Es un primer ministro eficiente, Sunny.

–Es un petimetre y un pusilánime –espetó ella–. Pero tú lo has elegido, y recibirá todas las atenciones, como corresponde a su cargo. Y el padre Grigori nunca se apartará de mi lado, desde luego. Su consejo será muy valioso para mí.

Advertí que el zar se quedaba helado ante la mención del *stáretz*, y un temblor en la mandíbula reveló su hostilidad a la influencia que pudiera ejercer tan malévola criatura, pero si tenía preocupaciones o argumentos que exponer, se los guardó para sí y se limitó a asentir resignado.

–Entonces estarás bien atendida –concluyó en voz baja tras una pausa respetable, y no se dijo más sobre el tema.

–Aunque lo cierto es que no podré dedicar todo mi tiempo a los asuntos constitucionales –continuó la zarina poco después, con cierto tono de ansiedad; y yo me volví ligeramente para mirarla, al igual que su esposo, que dejó la taza y frunció el entrecejo.

–¡Oh! ¿Y puede saberse por qué, Sunny?

–He tenido una idea. Y confío en que te parezca buena.

–Bien, no puedo decidirlo hasta que me la cuentes, ¿no crees? –replicó el zar sonriendo, aunque su voz revelaba cierta impaciencia, como si temiera lo que hubiese ideado su esposa.

–He pensado que yo también podría hacer algo por ayudar al pueblo –anunció ella–. Sabes que visité el hospital que está frente a la catedral de San Isaac la semana pasada, ¿no?

–Sí, lo mencionaste.

–Bueno, pues fue horrible, Nico, espantoso. No tienen médicos ni enfermeras suficientes para atender a los heridos, que llegan a centenares, durante todo el día. Y no sólo allí, sino en toda la ciudad. Me han dicho que hay más de ochenta hospitales diseminados por San Petersburgo en estos momentos.

El zar frunció el entrecejo y apartó la vista un instante; no le gustaba afrontar las realidades de la guerra que se estaba librando. No le gustaba la imagen de los jóvenes que llegaban en camillas.

–Estoy seguro de que se está haciendo cuanto se puede por ellos, Sunny –declaró al fin.

–Pero de eso se trata precisamente –adujo ella, con el rostro encendido por la emoción–. Siempre se puede hacer algo más. Y he pensado que podía ser yo quien lo hiciera. He pensado que podría colaborar como enfermera.

Por primera vez, que yo recordara, se hizo un silencio absoluto en el comedor imperial. Todos los miembros de la familia parecían haberse convertido en piedra, con los tenedores y cuchillos suspendidos en el aire, mirando a la zarina como si no diesen crédito a sus oídos.

–Bueno, ¿por qué me miráis todos así? –quiso saber–. ¿De verdad es tan extraordinario que quiera ayudar a esos muchachos que tanto sufren?

–No, claro que no, Sunny –contestó el zar recobrando la voz–. Es sólo que..., bueno, tú no tienes formación como enfermera, eso es todo. Puede que no seas más que un obstáculo para la buena labor que se está realizando allí.

–Pero de eso se trata precisamente, Nico –repitió ella–. Hablé con uno de los médicos, y él me dijo que sólo costaría unos días formar a una persona lega como yo para ayudar en las tareas básicas de enfermería. Oh, no es que vayamos a realizar operaciones ni nada parecido. Sólo estaremos allí para ayudar un poco. Para curar heridas, cambiar vendajes, incluso limpiar un poco. Me siento... Verás, este país ha sido muy bueno conmigo desde que me trajiste aquí hace ya muchos años. Y por cada bellaco irrespetuoso que deshonra mi nombre, hay un millar de rusos leales que aman a su emperatriz y darían su vida por mí.

Ésta es mi forma de demostrarles que soy digna de ellos. Di que puedo hacerlo, Nico, por favor.

Él tamborileó con los dedos sobre el mantel unos instantes, sopesando la petición, tan sorprendido como todos por el súbito ataque de filantropía de su mujer. Sin embargo, la zarina parecía sincera, y por fin el zar se encogió de hombros y esbozó una sonrisa nerviosa antes de asentir con la cabeza.

–Creo que es una idea maravillosa, Sunny. Y por supuesto cuentas con mi permiso. Pero ten cuidado; es todo lo que te pido. Habrá que disponer ciertas medidas de seguridad, pero si es eso lo que quieres, ¿quién soy yo para interponerme en tu camino? El pueblo comprobará hasta qué punto nos preocupa a ambos su bienestar y el éxito del esfuerzo de guerra. Sólo he de preguntarte una cosa. Has hablado en plural, no en singular. ¿A qué te referías?

–Bueno, no me gustaría acudir sola a esos sitios –explicó la zarina volviéndose hacia el resto de la familia–. He pensado que Olga y Tatiana podrían acompañarme. Al fin y al cabo, ya son mayores de edad. Y pueden ser útiles.

Miré a las dos hijas mayores de los zares, que habían palidecido un poco ante la mención de sus nombres. Al principio no dijeron nada; se limitaron a mirar a su madre, luego a su padre, y después la una a la otra con consternación.

–¿Padre? –inquirió Tatiana, pero él ya asentía con la cabeza, como si estuviese decidido.

–Es una idea magnífica, Sunny. Hijas mías, no puedo deciros cuán orgulloso me siento de que queráis contribuir ayudando de esta manera.

–Pero, padre –intervino Olga, perpleja con la idea–, ésta es la primera vez que oímos hablar de...

–Haces que me sienta muy orgulloso de ti, mi querida Sunny –la interrumpió el zar, inclinándose para cogerle la mano a su esposa–. Todos lo hacéis. ¡Qué gran familia tengo! Y si con esto los *mujiks* no dejan de envilecer nuestro nombre, no sé qué lo logrará. Son actos como éste los que ganan las guerras, no la lucha. La lucha, nunca. Lo comprendéis, hijos míos, ¿verdad?

–¿Y yo, padre? –intervino de pronto Anastasia–. ¿Puedo ayudar también?

–No, no, *shvipsik* –respondió el zar, riendo–. Eres todavía demasiado joven para ver esas cosas.

–¡Tengo dieciséis años!

–Pues cuando tengas dieciocho, como Tatiana, podremos reconsiderarlo. Si es que la guerra no ha terminado para entonces, Dios no lo quiera. Pero no te preocupes, que encontraremos otras formas de que tú y María seáis de utilidad. Todos ayudaremos. La familia entera.

Solté un suspiro de alivio porque no permitiesen a Anastasia unirse a su madre y sus hermanas, pues todo el asunto se me antojaba, aunque generoso, un poco insensato. Un puñado de enfermeras sin formación y rodeadas por guardaespaldas, metidas en un hospital, más me parecía un método para estorbar que una ayuda. Sin embargo, quizá mi suspiro fue demasiado audible, pues la zarina se giró para mirarme, algo que detestaba, con los ojos muy abiertos por la irritación.

–Y tú, Georgi Danílovich, ¿tienes algo que decir en este asunto?

–Le ruego me disculpe, majestad –repuse sonrojándome–. Me picaba la garganta, nada más.

La zarina enarcó una ceja con expresión de desagrado antes de volver a su comida, y advertí que Anastasia me sonreía como siempre.

–Qué horrible es todo esto –se lamentó la gran duquesa Tatiana semanas después, sentada con María, Anastasia y Alexis en su salón privado, al final de una jornada especialmente agotadora.

Se la veía pálida y había perdido peso desde que empezara como enfermera; las profundas ojeras atestiguaban que se levantaba temprano y se acostaba tarde, mientras que la incomodidad de su postura sugería que comenzaba a dolerle la espalda de pasarse largas horas inclinada sobre las camas de soldados heridos. Como el zarévich estaba presente, yo también lo estaba, y Serguéi Stasyovich completaba el grupo, no de pie y en posición de firmes como correspondía, sino descansando en el brazo de uno de los sofás junto a la gran duquesa María, liando un cigarrillo con gesto despreocupado, como si no fuera un criado de la familia imperial sino un amigo íntimo.

–Los hospitales están a rebosar –continuó Tatiana– y los hombres tienen heridas terribles; a algunos les falta un miembro, o un ojo. Hay sangre por todas partes, y gemidos y lamentos constantes. Los médicos corren de aquí para allá gritando órdenes, sin tener en cuenta el rango de nadie, y su lenguaje raya en lo blasfemo. Hay mañanas en que desearía caer enferma para no tener que ir allí.

–¡Tatiana! –exclamó María, escandalizada, pues compartía el sentido del deber de su padre hacia los soldados y envidiaba la nueva responsabilidad de sus hermanas mayores. Le había rogado a su madre que le permitiera ir con ellas, pero, al igual que a Anastasia, se lo había negado–. No deberías decir esas cosas. Piensa en la agonía que están soportando nuestros soldados.

–María Nikolaevna tiene razón –intervino Serguéi, participando en la conversación por primera vez y mirando a Tatiana con desagrado, una expresión que probablemente ella no había visto antes en el rostro de nadie–. El asco que sientes al ver sangre no es nada comparado con el sufrimiento que padecen esos hombres. ¿Y qué es un poco de sangre, al fin y al cabo? Todos estamos llenos de ella, no importa de qué color sea.

Me volví hacia él, sorprendido. Una cosa es que estuviésemos presentes en conversaciones como aquélla e incluso que hiciésemos un comentario de vez en cuando, pero criticar abiertamente a una de las grandes duquesas era una impertinencia intolerable.

–No estoy diciendo que yo sufra más que ellos, Serguéi Stasyovich –replicó Tatiana con las mejillas arreboladas por el enfado–. Jamás insinuaría nada parecido. Sólo quiero decir que es un espectáculo que nadie debería presenciar.

–Por supuesto, Tatiana –convino María–. Eso es obvio. Pero ¿no lo ves? Para nosotros está muy bien discutir sobre estas cuestiones, abrigados y todos juntos aquí, en el Palacio de Invierno, pero piensa en los jóvenes que están muriendo para asegurar la continuidad de nuestra forma de vida. Piensa en ellos y dime que no te dan muchísima pena.

–Pero, hermana, claro que me dan pena –protestó Tatiana

levantando la voz, exasperada–. Y me ocupo de sus heridas, les leo, les susurro al oído, y hago cuanto puedo para que se sientan cómodos. ¡Oh, qué más da! Me habéis malinterpretado por completo. En cuanto a ti, Serguéi Stasyovich –añadió, mirándolo iracunda–, quizá no hablarías con tanta arrogancia si estuvieses en el frente en lugar de aquí.

–¡Tatiana! –exclamó María, horrorizada.

–Bueno, pues es verdad –insistió Tatiana, echando la cabeza atrás de una forma que me recordó a su madre–. Además, ¿quién es él para hablarme de esa manera? ¿Qué sabe él de la guerra, cuando se pasa el día siguiéndonos y practicando pasos cruzados y ataques en flecha?

–Algo sé de la guerra –respondió Serguéi aguzando la mirada, furioso–. Al fin y al cabo, tengo seis hermanos luchando por la continuidad de tu familia. O los tenía, al menos. Tres han acabado muertos, uno desaparecido en combate, y de los otros dos no tengo noticias desde hace más de siete semanas.

Tatiana tuvo el buen criterio de ruborizarse un poco ante el comentario y quizá de sentirse un poco avergonzada. Advertí que, al mencionar Serguéi a sus hermanos, la gran duquesa María se había erguido en el asiento, como si quisiera acercarse a él y ofrecerle consuelo. Tenía lágrimas en los ojos; se la veía muy hermosa en ese momento, con las sombras que proyectaba el fuego bailando trémulas sobre su piel pálida. Serguéi también advirtió sus lágrimas, y las comisuras de su boca se elevaron en un asomo de sonrisa. Me sorprendió observar tanta intimidad entre ellos, y también me emocionó.

–No digo que desee encontrar una forma de no ir –declaró Tatiana, mirándonos de uno en uno para asegurarse de que comprendíamos hasta qué punto hablaba en serio–. Sólo deseo que la guerra acabe pronto, eso es todo. Sin duda es lo que todos deseamos. Así, las cosas podrán volver a ser como antes.

–Pero las cosas nunca volverán a ser como antes –me oí decir, y entonces me tocó ser el destinatario de su gélida mirada.

–¿Por qué dices eso, Georgi Danílovich?

–Sólo digo, alteza, que hay tiempos y estilos de vida que se han perdido para siempre. Cuando la guerra haya acabado, cuando la paz se restablezca, el pueblo va a exigirles más a sus líderes que en el pasado. Es obvio. Apenas habrá familias en este país que no hayan perdido un hijo en la lucha. ¿No cree que pedirán alguna compensación por sus pérdidas?

–¿Una compensación? ¿A quién? –preguntó con frialdad.

–Bueno, pues a vuestro padre, por supuesto.

La gran duquesa abrió la boca para contestar, pero debía de estar demasiado impresionada por mi impertinencia para encontrar las palabras. El silencio duró sólo unos instantes, hasta que ella apartó la mirada haciendo aspavientos de frustración.

–Mi hermana sólo desea que todo vuelva a ser como antes –intervino María interpretando el papel de conciliadora–. No me parece un deseo tan terrible. Éste era un país maravilloso en que crecer. Había bailes en palacio todas las noches, y magníficas fiestas. A todos nos gustaría que las cosas hubiesen seguido así para siempre.

No respondí, pero le dirigí a Serguéi una mirada divertida, con la intención de burlarme de la inocencia y la ingenuidad de María. Mas, para mi sorpresa, él no me devolvió la sonrisa sino que me miró furibundo, como si le ofendiese que yo lo incluyera en alguna broma particular contra la gran duquesa María.

–Deberías sentirte afortunada, Tatiana –dijo Anastasia, hablando por primera vez–. Supone un gran honor para ti ayudar así a las tropas. Estás salvando vidas.

–Oh, pero lo hago fatal –dijo entre suspiros–. ¡Y sólo ver todos esos miembros cercenados...! No puedes entenderlo, *shvipsik*, a menos que lo veas. ¿Sabes que ayer mismo nuestra madre ayudó en una operación en que a un chico de diecisiete años le amputaron las dos piernas? Ella tuvo que quedarse allí y ser testigo de aquello, ayudando en lo que pudo. Pero los gritos del muchacho... Juro que volveré a oírlos cuando me llegue la hora.

–Yo sólo desearía tener un par de años más para poder ayudar –dijo Anastasia con firmeza, poniéndose en pie para dirigirse a la ventana y asomarse al patio.

Oí el murmullo del agua que caía en la fuente, e imaginé que Anastasia miraba hacia la arcada cercana, donde yo la había estrechado entre mis brazos por primera vez y nos habíamos besado. Ansié que se volviese y me mirara a los ojos, pero permaneció allí, silenciosa y firme, mirando más allá de los muros de palacio.

–Bueno, pues puedes ocupar mi sitio cuando quieras –repuso Tatiana, levantándose y alisándose la falda–. Me siento absolutamente desdichada y tengo la intención de darme un largo baño. Buenas noches –concluyó, y salió de la habitación como si hubiese sido víctima de una gran ofensa, seguida por María, que miró atrás como si tuviese un último comentario que hacer, pero se marchó sin decir palabra.

Instantes después, Serguéi se fue también, aduciendo una tarea olvidada, y la velada finalizó. Mientras Anastasia acompañaba a Alexis a su habitación, yo me quedé unos minutos en el saloncito, apagando algunas luces hasta dejar sólo unas pocas velas encendidas, previendo el momento en que ella regresaría, cerraría las puertas detrás de sí y se refugiaría en mis brazos.

Nunca había experimentado las noches blancas, y fue idea de Anastasia que las viese por primera vez con ella. Lo cierto es que ni siquiera había oído hablar antes del fenómeno y pensé que me volvía loco cuando, al despertar inquieto en plena noche, abrí los ojos y vi la luz del día brillando en mi habitación. Creyendo que se me habían pegado las sábanas, me lavé y vestí rápidamente. Crucé corriendo el pasillo hacia el cuarto de juegos, donde solía encontrarse Alexis a esas horas, leyendo uno de sus libros militares o entreteniéndose con algún juguete nuevo.

Pero la habitación estaba desierta, y al recorrer los distintos salones y zonas de recepción, cada uno tan vacío como el anterior, empecé a sentir pánico y me pregunté si habría ocurrido alguna calamidad durante la noche, mientras yo dormía. Sin embargo, no estaba lejos del dormitorio del zarévich, y cuando me precipité en su interior, me alivió comprobar que el niño estaba profundamente dormido en su cama, tumbado sobre la colcha y con una pierna colgando.

–Alexis –dije, sentándome a su lado y sacudiéndolo con suavidad por un hombro–. Alexis, amigo mío. Vamos, deberías haberte levantado ya.

Él gruñó y murmuró algo indescifrable antes de girarse de costado; no pude sino imaginar qué diría su madre si aparecía para darle un beso de despedida antes de salir hacia el hospital y lo encontraba todavía acostado, y lo sacudí de nuevo para impedir que volviera a dormirse.

–Alexis, despierta ya. Deberías estar en clase.

Abrió lentamente los ojos y me miró como si no supiera dónde estaba, antes de dirigir la vista a la ventana, donde la luz penetraba a través de las cortinas.

–Es plena noche, Georgi –protestó haciendo un mohín, y luego bostezó exageradamente, estirando los brazos–. Todavía no tengo que levantarme.

–No, no es de noche. Mira cuánta luz hay. Deben de ser ya... –Eché un vistazo al reloj que colgaba en la pared de su habitación y me sorprendió comprobar que eran poco más de las cuatro. Sin embargo, no era posible que todos hubiésemos dormido hasta la tarde, de modo que sólo podían ser las cuatro de la mañana.

–Vuelve a la cama, Georgi –musitó Alexis, volviéndose de lado para dormirse de inmediato con la facilidad de quien tiene la conciencia tranquila.

Desorientado, regresé de nuevo a mi habitación y me metí otra vez en la cama, aunque tan confundido que me resultó imposible dormir.

A la mañana siguiente me encontré a solas con Anastasia cuando ella acababa el desayuno, y me explicó el fenómeno.

–Lo llamamos las noches blancas. ¿Nunca lo habías oído mencionar?

–No.

–Yo pienso que debe de ser propio de San Petersburgo. Tiene algo que ver con que la ciudad esté situada muy al norte. Monsieur Gilliard nos lo explicó hace poco. En esta época del año, durante unos días el sol no desciende por debajo del horizonte, de forma que el cielo no se oscurece. Da la impresión de que sea de día todo el tiempo, aunque supongo que de madrugada hay cierta sensación de crepúsculo.

–Qué extraordinario. Estaba seguro de que había dormido más de la cuenta.

–Oh, no te permitirían dormir más de la cuenta –replicó encogiéndose de hombros–. Alguien iría en tu busca, seguro.

Asentí con la cabeza, algo irritado por el comentario, sensación que sólo se vio aliviada cuando Anastasia se acercó y, tras asegurarse de que no había nadie observándonos, me besó levemente en los labios.

–¿Sabes una cosa? Es tradicional que los jóvenes amantes recorran juntos las riberas del Neva durante las noches blancas –añadió con una sonrisa coqueta.

–¿De verdad? –pregunté sonriendo de oreja a oreja.

–Sí. Incluso se sabe de algunos que han hecho allí planes de matrimonio. Es un fenómeno tan curioso como el de las propias noches blancas.

–Bueno –contesté liberándome de sus brazos, juguetón, como si la idea de semejante compromiso me repugnara–, entonces más vale que me vaya.

–¡Georgi! –exclamó, riendo.

–Lo digo en broma –dije, estrechándola de nuevo entre mis brazos, aunque con cierto nerviosismo. De los dos, yo era siempre el que más temía que nos descubrieran, quizá porque sabía que el castigo sería mucho más severo para mí que para ella–. Pero me parece un poco pronto para comprometernos, ¿no crees? Prefiero no imaginar qué diría tu padre.

–O mi madre.

–O tu madre –coincidí con una mueca, pues, aunque la idea de que me permitieran casarme con una hija de los zares era absurda, una pequeña parte de mí creía que el zar vería una unión por amor con mejores ojos que la zarina. Nada de eso venía al caso, desde luego. Nunca podría celebrarse tan inapropiado enlace, y ése era un hecho sobre el que tanto Anastasia como yo tratábamos de no pensar.

–Aun así –dijo para evitar tan incómodo momento–, no puedes estar en San Petersburgo y no experimentar las noches blancas. Iremos esta noche.

–¿Iremos? –repetí–. ¿Te refieres a nosotros dos?

–Bueno, ¿por qué no? Al fin y al cabo, puede que haya luz, pero seguirá siendo de noche. El palacio entero estará durmiendo. Podemos escaparnos, bien disfrazados, y nadie lo sabrá nunca.

Fruncí el entrecejo.

–¿No es un poco arriesgado? ¿Y si nos ve alguien?

–No nos verán. Siempre y cuando no llamemos la atención, claro.

Yo no estaba muy seguro de que fuera un plan sensato, pero el entusiasmo de Anastasia me convenció, así como la idea de los dos solos recorriendo la ribera del río de la mano, como las demás parejas que paseaban por las noches. Por una vez seríamos gente corriente. No una gran duquesa y un miembro de la Guardia Imperial. No una princesa ungida y un *mujik*. Sólo dos personas.

Georgi y Anastasia.

Como siempre, la familia imperial se fue a la cama temprano, en particular ahora que el zar se encontraba en Stavka y la zarina y sus dos hijas mayores se levantaban a las siete para estar en el hospital una hora más tarde. Así pues, decidimos encontrarnos en la columna de Alejandro, en la plaza del Palacio, a las tres de la madrugada, cuando tuviésemos la seguridad de que no habría nadie despierto para vernos. Me fui a la cama a medianoche como siempre, pero no pude dormir. Leí unos capítulos de un libro que había cogido de la biblioteca, un volumen de la poesía de Pushkin que estaba leyendo con el propósito de educarme un poco; no entendía gran cosa, pero me esforzaba al máximo en concentrarme. Cuando llegó la hora de irme, me puse unos pantalones, una camisa y un abrigo, no el uniforme de guardia, y bajé con sigilo la escalera para salir a aquella peculiar y luminosa noche.

Nunca había visto la plaza tan tranquila, pero aún quedaba gente cruzándola, animada por la extraña iluminación nocturna. Grupos de soldados que volvían de alguna aventura pasaban sin prisas y armando alboroto. Dos prostitutas jóvenes y maquilladas me lanzaron miradas lascivas y me propusieron placeres sensuales que yo aún desconocía pero deseaba ardorosamente. Borrachos que regresaban de algún exceso cantaban viejas tonadas, desafinando, olvidando la letra. Sin embargo, no hablé con nadie, hice caso omiso a todo el que se dirigía a mí, y esperé en silencio en el sitio acordado hasta que mi amada asomó por detrás de una columna y levantó una mano enguantada en mi dirección. Iba ataviada de la manera más insólita. Un vestido sencillo, con un *dusegrei* encima, el chaleco forrado de piel que lleva la gente corriente bajo el *letnik*. Un par de zapatos baratos. Un pañuelo en la cabeza. Nunca la había visto llevar nada tan desprovisto de pedrería.

–¡Dios santo! –exclamé sacudiendo la cabeza, mientras trataba de contener la risa–. ¿De dónde demonios has sacado esas cosas?

–Del armario de una de mis criadas –respondió con una risita–. Se las devolveré por la mañana; ni se dará cuenta.

–Pero ¿por qué? Es indigno de ti llevar esas...

–¿Indigno de mí? –me interrumpió, sorprendida–. Pero, Georgi, no me conoces en absoluto si crees que pienso así.

–No –me apresuré a replicar–. No quería decir eso. Es sólo que...

–Puede haber gente que me reconozca –explicó, mirando alrededor y ciñéndose más el pañuelo–. No es probable, pero más vale no correr ese riesgo. Esta ropa me ayudará a pasar inadvertida entre la multitud.

Le cogí la mano y posé los labios sobre los de ella, adaptando el cuerpo a los contornos del suyo, con un deseo que ansiaba el reconocimiento.

–Tú jamás podrás pasar inadvertida entre la multitud, ¿aún no lo sabes?

Ella sonrió y se mordió el labio de esa forma que tanto me divertía, negando con la cabeza, pero advertí que el cumplido le había gustado.

Unos minutos después nos hallábamos en camino, bordeando el palacio hacia el sendero que discurría por la ribera del río. La noche era más cálida que la mayoría: respirábamos sin ver nubecillas de palabras no pronunciadas que se disolvían ante nosotros en el aire, y los pantalones no se me pegaban a las piernas con esa húmeda sensación que caracterizaba tantas veladas en San Petersburgo. Lo primero que vimos fue la imagen de la obra inacabada del puente del Palacio, cuya construcción se había iniciado incluso antes de mi llegada a la ciudad, pero que la guerra había interrumpido; se alzaba como un patente recordatorio del frenazo de nuestro progreso en esos últimos años. Extendiéndose desde el Hermitage hacia la isla de Vasilievski, los enormes pilares de ladrillo y acero se elevaban a ambos lados del Neva, pero no había indicios de que fueran a encontrarse nunca; parecían inclinarse como dos amantes separados por una gran extensión de agua. Advertí que Anastasia los miraba con cierto desánimo, y me dio lástima.

–¿Estás mirando el puente? –pregunté.

Asintió con la cabeza, pero permaneció en silencio, imaginando cómo habría podido ser.

–Sí –dijo por fin–. ¿Crees que lo terminarán algún día?

–Por supuesto –contesté, y mi tono confiado ocultó mi incertidumbre–. Algún día. No puede quedarse así para siempre.

–Cuando lo empezaron, yo tenía once o doce años –recordó con una leve sonrisa–. La edad de Alexis ahora. La ley decretó que no se podría trabajar en él entre las nueve de la noche y las siete de la mañana, el espacio de tiempo que podría considerarse más apropiado para un proyecto como ése.

–¿De veras? –repuse, sorprendido de que supiera esas cosas.

–Sí. ¿Y sabes por qué lo hicieron?

–No.

–Porque no me habría dejado dormir. A mí y a mis hermanas. Y a Alexis.

La miré y me reí, convencido de que bromeaba, pero su expresión me dijo que no era así, y no pude sino volver a reír, asombrado ante la vida tan extraordinaria que llevaba.

–Bueno, ahora puedes dormir todo lo que quieras –dije por fin–. No habrá obreros disponibles, ni acero, hasta que acabe la guerra.

–Estoy deseando que llegue ese día –declaró cuando seguimos andando.

–¿Echas de menos a tu padre?

–Sí, mucho. Pero hay mucho más que eso. Y no son las razones por las que mi hermana quiere que acabe la guerra. A mí no me interesan los bailes, los vestidos bonitos o las demás frivolidades que la sociedad de San Petersburgo valora por encima de otras cosas.

–¿De verdad? –inquirí sorprendido–. Pensaba que disfrutabas de esas diversiones.

–No. No es que me desagraden exactamente, Georgi, la cosa no es tan simple. A veces pueden ser divertidas. Pero no tienes ni idea de cómo era la vida aquí antes de la guerra. Mis padres acudían a una fiesta distinta cada día de la semana. Olga acababa de ser presentada en sociedad. No habrían tardado en encontrarle marido. Algún príncipe inglés, seguramente. Y lo harán, una vez que la guerra acabe, sin duda. Siguen hablando de comprometerla con el primo David, el príncipe de Gales.

–Vaya –me asombré, pues no se me había ocurrido que Olga pudiese estar comprometida–. ¿Desde cuándo están enamorados?

–¿Enamorados? –repitió ella, enarcando una ceja–. No seas ridículo, Georgi, no están enamorados.

–Entonces, ¿cómo es que...?

–No seas ingenuo. Seguro que sabes cómo funcionan estas cosas. Olga es una joven muy guapa, ¿no estás de acuerdo?

–Bueno, sí, por supuesto. Aunque tiene una hermana todavía más guapa.

Anastasia sonrió y apoyó la cabeza contra mi brazo mientras seguíamos con nuestro paseo. La estatua del jinete de bronce quedaba a mi izquierda, con todo el aspecto de estar a punto de cargar hacia la orilla del río.

–Pues le hará falta un marido –continuó ella–. Al fin y al cabo, es la primogénita del zar. No puede casarse con cualquiera.

–No, claro, ya entiendo.

–Y siempre se ha dicho que ella y el primo David formarían una pareja perfecta. Él será rey algún día, cuando muera el tío Jorge. Puede que falten muchos años para eso, por supuesto, pero entonces el trono será suyo. Y Olga será reina de Inglaterra, como nuestra bisabuela la reina Victoria.

Sacudí la cabeza, confuso por las asociaciones con las familias reales de Europa.

–¿Hay alguien con quien no estéis emparentados?

–No lo creo –respondió con seriedad–. Nadie que no sea importante, en cualquier caso. El tío Jorge es rey de Inglaterra. El tío Alfonso es rey de España. El tío Cristián, de Dinamarca. Y está también el tío Guille, claro, el káiser de Alemania, aunque nos han dicho que ya no nos refiramos a él como «tío», ahora que estamos en guerra. Pero es nieto de la reina Victoria, al igual que mi madre. Quizá todo esto sea un poco extraño. ¿Te parece raro, Georgi?

–No estoy seguro de qué pensar –admití–. No consigo aprenderme todos esos nombres y los países que gobiernan. Pensaba que el príncipe de Gales era el príncipe Eduardo.

–Es la misma persona. David es su nombre de pila. Eduardo es su nombre real.

–Ya veo –afirmé, sin verlo en absoluto–. Y si Olga va a casarse con el príncipe de Gales y convertirse en reina de Inglaterra, ¿no tendrán Tatiana y María destinos similares?

–Por supuesto –contestó, ciñéndose más el abrigo, pues la noche se había vuelto más fría pese a que el sol consintiera aún en darnos su luz–. Encontrarán algún estúpido príncipe para cada una de ellas, estoy segura. No serán tan ilustres como el primo David, quizá. Supongo que Tatiana podría casarse con el primo Alberto. Mi madre propuso la idea el año pasado, y mi padre le dio su aprobación. Así podrían ser dos hermanas en la corte inglesa, lo que resultaría muy conveniente.

–¿Y qué será de ti? –pregunté en voz baja, deteniéndome y cogiéndola del brazo para situarla delante de mí.

Las corrientes del río fluían suavemente hacia la ribera. Cuando Anastasia se giró, el viento le apartó el cabello de la frente; ella entrecerró los ojos y se llevó una mano al cuello para ajustarse el pañuelo.

–¿De mí, Georgi?

–Sí. ¿Con quién vas a casarte tú? ¿Voy a perderte por culpa de algún príncipe inglés? ¿O de uno griego? ¿O danés? ¿Un italiano, quizás? Al menos revélame la nacionalidad de mi rival.

–Oh, Georgi –suspiró con tristeza, intentando apartarse, pero yo no pensaba dejarla ir con tanta facilidad.

–Dímelo –insistí, atrayéndola hacia mí–. Dímelo ahora; así estaré preparado cuando me rompas el corazón.

–Pero eres tú, Georgi –dijo, y los ojos se le llenaron de lágrimas cuando se inclinó para besarme–. Es contigo con quien pretendo casarme. Con nadie más.

–Pero ¿qué puedo ofrecerte yo? –repuse, con un amor y un deseo desesperados–. No tengo un reino que darte, ¿comprendes? Ni un principado. Ni tierras sobre las que reinar. Vengo sin títulos ni origen, sin dinero o expectativas. Soy simplemente yo. Sólo soy Georgi. No soy nadie.

Ella titubeó y me miró a los ojos. Vi tristeza en los suyos. Angustia. Supe que no le importaba que yo no tuviese perspectivas en el mundo, que no le hacía falta que fuese de sangre real para amarme. Aun así, aquella cuestión se interponía entre nosotros y nos dividía, como las corrientes del Neva, que separaban los dos extremos inacabados del puente del Palacio. La guerra concluiría, ese día llegaría al fin, y el zar decidiría entonces. Otro joven llegaría a San Petersburgo. Le presentarían a Anastasia, y los dos bailarían una mazurca en el palacio de Marinski ante la atenta mirada de toda la sociedad, y a ella no le quedaría otra opción que obedecer. Y ése sería el fin del asunto. La comprometerían con otro. Y yo estaría perdido.

–Hay una posibilidad... –empezó, pero antes de que pudiera decir más nos interrumpieron, sobresaltándonos. Tan inmersos estábamos en nuestra conversación que habíamos permanecido ajenos a cuanto nos rodeaba, y el sonido de una voz masculina a mi lado nos devolvió al mundo real.

–Disculpad –dijo un joven, más o menos de mi edad y con un atuendo parecido al mío–. ¿Tendríais por casualidad una cerilla?

Eché un vistazo al cigarrillo que me mostraba y me palpé los bolsillos del abrigo en busca de fuego. Anastasia se apartó y retrocedió un poco por el sendero, cruzando los brazos para protegerse del frío mientras contemplaba el agua. Encontré una cajita de cerillas y, mientras el chico la cogía, advertí que su acompañante, una joven campesina, miraba fijamente a Anastasia. Tendría la misma edad que mi amada, dieciséis años como mucho, y unas facciones bonitas, estropeadas tan sólo por una cicatriz que le recorría la mejilla izquierda desde debajo del ojo hasta más allá del pómulo. El joven, apuesto, de cabello rubio y sonrisa espontánea, encendió el cigarrillo y me dio las gracias.

–Todos vamos a tener sueño mañana por la tarde –comentó, mirando hacia el luminoso horizonte.

–Es probable –respondí–. No dejo de pensar que debería sentir cansancio, y sin embargo no es así. La luz me está jugando una mala pasada.

–El año pasado permanecí despierto los tres días enteros –explicó, y dio una buena calada al cigarrillo–. Se suponía que debía volver con mi regimiento inmediatamente después, pero me quedé dormido. Casi me fusilan por ello.

–¿Eres soldado?

–Lo era. Me dispararon en un hombro y ya no puedo mover este brazo. –Indicó con la cabeza el costado izquierdo–. Así que me dejaron marchar.

–Qué suerte –dije con una sonrisa.

–No tanta –replicó sacudiendo la cabeza–. Debería estar allí, no aquí. Quiero luchar. ¿Y tú? –preguntó, mirándome de arriba abajo para asegurarse de que estaba sano–. ¿Estás en el ejército?

–Estoy de permiso –mentí–. He de volver a finales de semana.

Él asintió con la cabeza y pareció apenado.

–Te deseo lo mejor, entonces –dijo, mirando hacia Anastasia y sonriendo–. Os deseo lo mejor a los dos.

–Lo mismo digo.

–Bueno, que disfrutéis de la velada –concluyó, volviéndose para cogerle la mano a su amada.

Pero ella miraba a Anastasia con asombro en el rostro, como si la Virgen María en persona hubiese descendido del cielo para pasear entre nosotros por las riberas del río. La había reconocido, por supuesto. Era obvio. Y como la mayoría de los *mujiks*, consideraba que el mismísimo Dios la había designado para la posición que ocupaba. Contuve el aliento, preguntándome si se pondría a gritar y nos delataría, pero prevaleció su sumisión y, sacudiendo la cabeza para salir de su estupor, lo que hizo fue tender una mano para coger la derecha de Anastasia, dejarse caer de rodillas en los adoquines mojados y llevarse la mano a los labios un instante. Observé a esa hermosa joven, cuyo rostro había sufrido una herida terrible, quién sabría cómo, con los labios contra la mano pálida y sin mácula de la muchacha que yo amaba, y sentí una súbita oleada de asombro por el hecho de hallarme en semejante situación. La joven se incorporó al cabo de un momento e inclinó la cabeza.

–¿Puede darme su bendición? –preguntó, y Anastasia abrió mucho los ojos, sorprendida.

–¿Mi...? –empezó.

–Por favor, alteza.

Anastasia titubeó, pero no se movió.

–Tienes mi bendición –dijo con una dulce sonrisa mientras se inclinaba para abrazar a la joven–. Y, por poco que valga, confío en que te proporcione paz.

La muchacha sonrió y asintió con la cabeza; cogió de la mano a su soldado herido y ambos se alejaron sin decir una palabra más. Anastasia se volvió hacia mí sonriendo, con lágrimas en los ojos.

–Está haciendo frío, Georgi.

–Sí.

–Ya es hora de volver.

Asentí y la tomé de la mano. Regresamos al palacio en silencio, sin mencionar la conversación sobre sus perspectivas de matrimonio. Habíamos nacido en dos mundos distintos, era así de simple. Tan imposible era cambiar quiénes éramos como alterar el color de nuestros ojos.

Nos separamos al llegar a la plaza del Palacio con un último y afligido beso, y me dirigí hacia las puertas que daban a la escalera, hacia mi habitación. Al levantar la vista hacia las ventanas sin iluminar, advertí que una figura oscura me observaba desde la segunda planta, pero cuando parpadeé, tratando de distinguir quién era, el agotamiento me invadió por fin y la visión pareció disolverse, como si sólo hubiese sido una ilusión. No le di mayor importancia en ese momento, y me fui derecho a la cama.

1935

Un instante de gran felicidad.

Zoya y yo estamos sentados en nuestra cama en la habitación del ático de una pensión en Brighton, disfrutando de una semana de vacaciones, y ella acaba de regalarme una exquisita camisa nueva por mi cumpleaños. No es habitual que hagamos salidas como ésta; nuestros días, semanas y meses están siempre llenos de trabajo, responsabilidades y preocupación por el dinero, de forma que los excesos como este viaje suelen quedar fuera de nuestro alcance. Pero Zoya propuso que nos tomáramos un breve descanso fuera de Londres, en algún sitio donde disfrutar de largas y perezosas comidas en cafeterías al aire libre sin tener que consultar el reloj, donde dar largos paseos por la playa cogidos de la mano con niños jugando y riendo en los guijarros, y yo acepté sin dudarlo un instante. «Sí, hagámoslo. Sí, ¿cuándo nos vamos?»

Resultó que durante el viaje yo cumplí treinta y seis años, y al despertar esa mañana caí en la cuenta de que llevaba más tiempo lejos de mi familia de Kashin del que había pasado con ella, una idea que ahogó mi buen humor con sensaciones de pesar y vergüenza. No solía dejar que el rostro de mis padres y mis hermanas reaparecieran en mis pensamientos –había sido un mal hermano, sin duda, y un hijo aún peor–, pero esa mañana estaban conmigo, llamando a gritos desde algún oscuro rincón de mi memoria, llenos de rencor ante mi inesperada felicidad, mientras que ellos..., bueno, no sabía qué había sido de ellos; sólo sabía que podían estar muertos.

–La compré en Harrods –explicó Zoya mordiéndose el labio, expectante, mientras yo desenvolvía el regalo; era una camisa de calidad extraordinaria, la clase de lujo que yo nunca me habría permitido pero que me encantaba recibir–. Te gusta, Georgi, ¿verdad?

–Por supuesto –respondí, inclinándome para besarla–. Es muy bonita. Pero en realidad es demasiado.

–Por favor... –repuso, deseosa de que no echara por tierra su propio placer enumerando las razones por las que no debería mimarme tanto–. Nunca había puesto un pie en Harrods. Fue toda una experiencia, si he de serte sincera.

Reí al oírla, sabiendo que habría planeado la excursión con semanas de antelación, eligiendo el día apropiado para ir andando hasta Knightsbridge, seleccionar el regalo, traerlo a casa, inspeccionarlo, empaquetarlo y esconderlo antes de que yo volviera de trabajar. Yo tampoco había entrado en esos grandes almacenes, aunque había pasado por delante unas cuantas veces. Pero siempre sentía un poco de aprensión, convencido de que algún portero con excesivo celo me echaría si intentaba entrar con mi traje barato y mi acento de refugiado. Zoya, en cambio, no se dejaba intimidar por el esplendor; el sentido común era lo único que la hacía evitar esas tiendas, pues jamás habría perdido el tiempo deseando cosas que no podía permitirse.

–¡Mi galo, mi galo! –exclamó Arina avanzando con torpeza hacia mí, con los brazos extendidos y un pequeño obsequio en las manos, también envuelto con primor. Sonreía de oreja a oreja, pero sus pasos eran todavía vacilantes, pues hacía poco que caminaba sin ayuda, encantada con su independencia recién descubierta. Detestaba que nos acercásemos demasiado; prefería tener la libertad de correr por donde quisiera, y no le importaba el peligro. Nuestra hija no quería red de seguridad.

–¡Otro regalo! –exclamé cogiéndola en brazos, pero ella pataleó en el aire y exigió que la devolviera al suelo de inmediato–. ¡Soy un hombre con suerte! Vamos a ver, ¿qué será?

Desenvolví el paquete despacio y saqué el obsequio para mirarlo unos instantes, sin saber muy bien qué estaba viendo, pero entonces lo reconocí y di un respingo, sorprendido por lo que tenía en las manos. Miré a Zoya, que me sonrió, creo que con cierto nerviosismo, como si no supiera muy bien cómo iba a reaccionar yo ante un recordatorio de mi pasado como aquél. Incapaz de hablar, temeroso de que unas palabras mal elegidas revelaran mis emociones, no dije nada y me dirigí hacia la ventana, dándole la espalda a mi familia mientras la luz del sol bañaba aquel tesoro.

Mi hija me había regalado una bola de nieve cuya base no era mayor que la palma de mi mano, una cúpula de plástico blanco con el hemisferio superior de cristal. En el centro había un delicado Palacio de Invierno de San Petersburgo en miniatura, con la fachada azul oscuro cuando debería haber sido verde claro, sin las estatuas en el tejado y sin la columna de Alejandro en la plaza principal; pero, pese a sus deficiencias, el edificio era inconfundible ante mis ojos. De hecho, habría sido reconocible de inmediato para cualquiera que hubiese vivido o trabajado alguna vez entre sus doradas paredes. Contuve el aliento mientras lo miraba, como si respirar fuera a provocar su derrumbe, y entrecerré los ojos para examinar las pequeñas ranuras blancas que representaban las ventanas del edificio de tres plantas.

Y los recuerdos acudieron en tropel.

Imaginé al zarévich Alexis saliendo de la columnata para rodear corriendo el patio, perseguido por un guardia imperial que, aterrorizado, trataba de impedir que el niño cayera y se hiciera daño.

Vi a su padre en el estudio de la planta baja, conferenciando con sus generales y el primer ministro, con la barba salpicada de gris; los ojos inyectados en sangre revelaban su ansiedad ante las noticias desalentadoras que llegaban del frente.

En una habitación del primer piso, imaginé a la zarina arrodillándose en su reclinatorio, con el *stáretz* musitando por lo bajo algún oscuro encantamiento mientras ella se postraba a sus pies como una vulgar *mujik*, no como una emperatriz.

Y luego, apareciendo por una puerta del patio interior, vi a un joven, un campesino de Kashin, encendiendo un cigarrillo en el frío aire, rechazando la compañía de un guardia como él, pues deseaba estar a solas con sus pensamientos, considerar cómo conseguiría sofocar el amor abrumador que sentía por alguien que quedaba por completo fuera de su alcance, una relación del todo imposible, como él sabía.

Agité la bola, y los copos de nieve que reposaban en su base se elevaron en el agua para flotar suavemente hacia el tejado del palacio antes de descender despacio, y los personajes de mi memoria salieron de sus escondrijos y miraron al cielo, con las manos extendidas y sonriéndose unos a otros, juntos una vez más, deseando que ese momento no tuviese fin y que el futuro nunca llegara.

Me giré hacia Zoya, emocionado con aquel regalo que, por supuesto, había comprado ella, no nuestra pequeña hija.

–Casi no puedo creerlo –dije, y mi voz reveló una súbita oleada de emoción.

–La encontré en una joyería del Strand –explicó, acercándose a la ventana para apoyar la cabeza en mi hombro mientras yo sostenía la bola entre ambos. La nieve continuó cayendo; la familia continuó respirando–. Había una estantería llena. Con distintos sitios del mundo, claro. El Coliseo. La Torre de Londres. La torre Eiffel. –Titubeó un segundo antes de levantar la vista hacia mí–. Pero no la escogí yo, Georgi, te lo juro. Dejé que Arina las viera todas y eligiera la que le gustaba más. Eligió San Petersburgo.

Me quedé mirándola, maravillado, y sonreí.

–Es que no esperaba esto. Hace ya... –Reflexioné un instante, calculando el tiempo–. Hace casi veinte años, ¿puedes creerlo? Qué joven era entonces, sólo un muchacho.

–Pero todavía eres joven, Georgi –repuso, y rió mientras me acariciaba el cabello. Era maravilloso verla tan feliz. Aquéllos fueron años dichosos, con la pequeña Arina, el regalo más inesperado, junto a nosotros–. Además, yo estoy envejeciendo contigo. No tardaré en tener arrugas. Me convertiré en una anciana. ¿Qué pensarás entonces de mí?

–Lo que siempre he pensado –contesté; la besé y la rodeé con los brazos mientras sujetaba con cuidado la bola de nieve, pero nos vimos separados por nuestra hija, que se coló entre ambos, decidida a formar parte de nuestra felicidad.

–Papi –dijo, muy seria ahora, como siempre que tenía una pregunta que le parecía de suma importancia–. ¿Galo beno mío o galo beno mami? –preguntó, queriendo saber si prefería su regalo o el de su madre.

–Me gustan los dos por igual. Y os quiero a las dos por igual –añadí levantándola en brazos para besarla; la sujeté con fuerza y la abracé, negándome a soltarla.

Cuando llegamos a Londres por primera vez, alquilamos un piso pequeño en Holborn, donde nos tocó tener como vecino a un aburrido funcionario de mediana edad que le lanzaba ojeadas lascivas a Zoya siempre que se cruzaban en la calle, mientras que a mí me miraba con furibundo desdén. En las pocas ocasiones en que traté de entablar conversación con él, se comportó con brusquedad, como si mi acento bastara para convencerlo de que no merecía la pena malgastar su tiempo conmigo.

–¿No puede hacer nada para que deje de llorar? –me gritó una vez cuando yo salía de casa, bloqueándome el acceso a la escalera que daba a la calle.

–Buenos días, señor Nevin –contesté, resuelto a mostrarme educado ante su grosera conducta.

–Sí, sí –replicó–. Esa niña suya me tiene despierto por las noches. Es intolerable. ¿Cuándo piensan hacer algo al respecto?

–Lo siento –dije, sin ánimo de irritarlo más, pues ya tenía las mejillas coloradas de rabia y negras ojeras por la falta de sueño–. Pero la niña sólo tiene unas semanas. –Sonreí un poco y añadí, confiando en apelar a su humanidad–: Además, somos nuevos en esto. Lo hacemos lo mejor que podemos.

–Bueno, pues eso no basta, señor Jackson –espetó, blandiendo ante mí un nudoso dedo que, por suerte para él, no llegó a tocarme; yo también estaba cansado, y la paciencia se me podría haber acabado–. Un hombre necesita dormir sus horas; llevo viviendo aquí desde...

–Es Yáchmenev –lo interrumpí en voz baja, empezando a enfurecerme.

–¿Cómo ha dicho?

–Mi apellido. No soy Jackson, soy Yáchmenev. Pero puede llamarme Georgi Danílovich, si lo prefiere. Al fin y al cabo, somos vecinos.

Él se quedó mirándome, como decidiendo si yo trataba de provocarlo, antes de hacer un aspaviento y alejarse a grandes zancadas, dejando una estela de comentarios patrioteros a modo de recordatorio.

Era una situación irritante, desde luego; el tipo era un grosero, pero ni Zoya ni yo queríamos pelearnos con nuestros vecinos. Sin embargo, la cuestión se resolvió felizmente unos meses más tarde, cuando el hombre se mudó por puro despecho y una viuda de unos cuarenta años ocupó su piso: Rachel Anderson. Y a ella, en lugar de irritarla, nuestra hija la conquistó del todo, con lo que se ganó el cariño de unos padres orgullosos, y nos hicimos rápidamente amigos.

Rachel se ofrecía con regularidad como canguro y, a medida que nuestra amistad crecía, también crecía nuestra confianza en ella, de modo que acabamos por aceptar su ofrecimiento. La mujer no tenía a nadie, y era obvio que se sentía sola y disfrutaba haciéndole de abuela a Arina, una sustituta quizá de los hijos y nietos que no había podido tener.

–Ha sido un golpe de suerte para nosotros que a Rachel le gusten los bebés –le comenté a Zoya una noche que paseábamos hacia el Holborn Empire, disfrutando de la romántica situación de estar a solas de nuevo, aunque fuera sólo unas horas–. No me imagino dejando a Arina al cuidado de nuestro anterior vecino, ¿tú sí?

–Desde luego que no –respondió Zoya, cuya inicial reticencia a pasar toda una velada fuera de casa se había disipado casi de inmediato al salir a la calle–. Aun así, ¿seguro que quieres ir al cine?

–Podemos ir a otro sitio, si lo prefieres –contesté, pues lo que más me importaba era pasar un rato juntos. Al ver qué proyectaban en el Empire, propuse que fuéramos, pero enseguida advertí que podía ser la mejor idea que había tenido en mi vida, o la peor.

–No, no –repuso–. Me apetece mucho ir, o eso creo. ¿A ti no?

–Sí –contesté con firmeza.

He de hacer una confesión: sólo había ido al cine tres veces antes de esa noche, pero siempre a ver a Greta Garbo. La primera ocasión fue cinco años antes, cuando me acerqué solo al Empire, sin saber qué película daban, y vi a la actriz en el papel de Anna Christie, una antigua prostituta que trataba de mejorar su suerte en la vida. Volví a ver a la Garbo dos años después, interpretando a Grusinskaya, la bailarina en declive de *Gran Hotel*, que no me gustó tanto. Pero me reconquistó al año siguiente como la reina de Suecia, Cristina, y en mi cuarta visita, con Zoya a mi lado, iba a verla en un papel muy querido para mí: el de Ana Karenina.

Esas dos simples palabras bastaban para hacerme retroceder veinte años. Al verlas impresas en grandes letras negras sobre la fachada del cine, sentí el dolor en los huesos de las interminables sesiones de instrucción del conde Charnetski, así como mi desorientación al intentar encontrar el camino de vuelta a mi habitación en un palacio con el que aún no estaba familiarizado.

–Es el chico al que dispararon en el hombro, ¿no? –preguntó Tatiana mirándome, agradecida por aquella breve interrupción de la clase.

–No, no puede ser él; he oído que quien salvó la vida del primo Nicolás era alguien guapísimo –repuso María negando con la cabeza.

–Sí, es él –dijo Anastasia en voz baja, mirándome a los ojos.

El cine estaba a rebosar aquella noche, con el aire lleno de humo de tabaco y la sonora charla de parejas y solteros románticos, pero encontramos dos asientos juntos en la platea y nos instalamos mientras las luces se apagaban y el murmullo de la conversación empezaba a disminuir. Se proyectó primero un noticiario, con imágenes de un huracán que asolaba las costas de Florida arrasándolo todo a su paso. Un hombre llamado Howard Hughes acababa de establecer un nuevo récord de velocidad de vuelo de 352 millas por hora, mientras que el presidente de Estados Unidos, Roosevelt, aparecía en el cañón Negro, entre los estados de Arizona y Nevada, dispuesto a inaugurar la presa Hoover. El noticiario acababa con una película de cinco minutos del canciller alemán Hitler desfilando por las calles de Nuremberg, pasando revista a las tropas y dando discursos en mítines a los que asistían decenas de miles de ciudadanos alemanes. El público soltó gritos ahogados ante la devastación provocada por el huracán y habló en voz alta sobre la alocución de Roosevelt, pero permaneció en embelesado silencio cuando el canciller se dirigió a las masas, entre gritos, ruegos, insistencia y exigencias, como si fuera consciente de que su discurso habría de oírse a ochocientos kilómetros de distancia, en el Holborn Empire, y quisiera hipnotizar a todos los asistentes con sus feroces gritos de batalla, pese a que no comprendían una sola de sus palabras.

Sin embargo, Zoya y yo entendíamos alemán lo suficiente

para captar la esencia de lo que Hitler decía. Y nos acercamos un poco más uno al otro mientras él seguía bramando, pero no dijimos nada.

Cuando Hitler abandonó la pantalla por fin, la película empezó y el tren que llevaba a Ana y la condesa Vronskaya se detuvo en la estación de Moscú entre nubes de humo, que se abrieron en parte para dejar paso a Greta Garbo –Ana Karenina–, con sus grandes ojos claros perfectamente centrados en la pantalla, y el visón negro del gorro y el abrigo en marcado contraste con sus largos rizos.

–¡Qué impresionante estaba! –le comenté después a Zoya, entusiasmado con la interpretación de la Garbo, cuando volvíamos andando a casa–. ¡Qué pasión había en sus ojos! Y en los de Vronski también. Ni siquiera les ha hecho falta decir una sola palabra; sólo con mirarse se han visto abrumados por sus pasiones.

–¿Tú crees que eso era amor? –preguntó Zoya en voz baja–. Yo he visto algo más.

–¿Qué?

–Miedo.

–¿Miedo? –repetí, mirándola con sorpresa–. No se tienen ningún miedo. Están hechos el uno para el otro. Lo saben desde el instante que se conocen.

–Pero su expresión, Georgi... –Levantó un poco la voz, frustrada ante mi simplista visión del mundo–. Oh, sólo son actores, ya lo sé, pero ¿no lo has visto? A mí me ha dado la sensación de que se miraban con el horror más absoluto, como si supieran que no iban a poder controlar la cadena de acontecimientos que pone en marcha ese simple e inevitable encuentro. La vida que llevaban hasta ese momento ha llegado a su fin. Y no importa qué ocurra después; sus destinos ya están decididos.

–Tienes una forma muy sombría de ver las cosas, Zoya –dije, pues su interpretación de la escena no acababa de gustarme.

–¿Qué es lo que le dice Vronski a Ana un poco más tarde? –preguntó, sin hacer caso de mi comentario–. «Tú y yo estamos condenados..., condenados a una desesperación inimaginable. O a la dicha..., a una dicha inimaginable.»

–No recuerdo esas frases en la novela.

–¿No? Quizá no están en el libro. Lo leí hace muchos años. Aun así, tengo la sensación de conocer a esa mujer.

–Si no os parecéis en nada –reí.

–¿Tú crees?

–Ana no ama a Karenin. Pero tú me amas.

–Por supuesto que sí –se apresuró a responder–. No me refería a eso.

–Y tú nunca serías infiel, como Ana.

–No –admitió–. Pero se trata de su tristeza, Georgi. De que, al bajarse del tren, comprende que su vida ya ha terminado, que sólo es cuestión de soportar el tiempo que le quede hasta llegar al final... ¿Eso no te resulta familiar?

Me detuve en plena calle para observarla, ceñudo. No supe responder. Necesitaba tiempo para considerar sus palabras; tiempo para comprender qué trataba de decirme.

–De todos modos, no importa –dijo por fin, sonriéndome–. Mira, Georgi, ya estamos en casa.

Una vez dentro, descubrimos que Arina dormía, y Rachel nos aseguró que nuestra hija era la criatura más maravillosa con la que había tenido la suerte de pasar una velada; ya lo sabíamos, pero aun así nos encantó oírlo.

–Hace años que no voy al cine –comentó al ponerse el abrigo para el corto trayecto hasta la casa de al lado–. Mi Albert me llevaba constantemente cuando éramos novios. Vimos toda clase de cosas, vaya que sí. Pero Charlie Chaplin era mi favorito. Habéis visto sus películas, ¿verdad, queridos?

–No, nunca –negué–. Lo conocemos, por supuesto, pero...

–¿Nunca habéis visto a Chaplin? –preguntó, escandalizada–. Pues tenéis que estar pendientes de la próxima. Volveré a haceros de canguro entonces, encantada. El viejo Charlie es el mejor. Resulta que lo conozco bien, de cuando era niño. Se crió en Walworth, en la esquina misma de mi casa. ¿Podéis creerlo? Solía verlo correr por ahí, con sus pantalones cortos y sus trucos baratos, sin dejarle a nadie un instante de paz. Yo vivía en Sandford Row, y mi Albert era de Faraday Gardens. Por aquel entonces todo el mundo se conocía, y Charlie ya era famoso de niño por sus tonterías. Pero les sacó buen partido, ¿no? Miradlo ahora. Un millonario allá en Estados Unidos con todos los encopetados a su entera disposición. Cuesta creerlo, la verdad. ¿Y quién salía en la película que habéis visto esta noche? ¿Nunca habéis visto una de Charlie Chaplin? ¡Jamás había oído nada igual!

–Greta Garbo –contestó Zoya con una sonrisa–. Georgi está medio enamorado de ella, ¿no lo sabía?

–¿De Greta Garbo? –preguntó Rachel, esbozando una mueca como si acabara de captar un olor desagradable–. Oh, no entiendo por qué. Siempre he pensado que es muy hombruna.

–Yo no estoy «medio enamorado» de ella, en absoluto –objeté, sonrojándome ante la idea–. Desde luego, Zoya, ¿por qué dices una cosa así?

–Mírelo, señora Anderson –rió–, le da vergüenza.

–Se ha puesto más rojo que un tomate –corroboró Rachel, riendo a su vez.

Me quedé allí plantado, sin atreverme a mirarlas y frunciendo el entrecejo, humillado.

–Qué tontería –mascullé; me dirigí a mi butaca y me senté para fingir que leía el periódico.

–Bueno, pero ¿qué tal era? –quiso saber Rachel mirando a mi esposa–. Esa película vuestra de Greta Garbo. ¿Era buena?

–Me ha recordado a mi hogar –respondió en voz baja, con un tono que me hizo observar su expresión, nostálgica.

–Pero eso es bueno, ¿no? –supuso Rachel.

Zoya sonrió, antes de asentir con la cabeza y soltar un profundo suspiro.

–Oh, sí, señora Anderson. Eso es bueno. En realidad eso es muy bueno.

Antes de que Arina naciera, en la fábrica donde Zoya trabajaba como operaria de una máquina de coser se había hablado de que iban a ascenderla al puesto de supervisora. El horario no habría sido mejor –largas jornadas de las ocho de la mañana hasta las seis y media de la tarde, con sólo media hora para comer–, pero el sueldo habría aumentado mucho, y en lugar de pasarse el día entero sentada a la máquina de coser, habría tenido la libertad de moverse por toda la fábrica.

Sin embargo, esa posibilidad llegó a su fin cuando quedó embarazada.

No le revelamos a nadie la noticia durante casi cuatro meses, pues ya habíamos sufrido demasiadas pérdidas para creer que alguna vez seríamos padres, pero por fin empezó a notarse y nuestro médico nos aseguró que sí, que en esa ocasión el embarazo prosperaba y no había motivos para temer otro aborto. Casi de inmediato, Zoya tomó la decisión de no regresar a la fábrica después del parto; en cambio, dedicaría el tiempo a criar a nuestro retoño, lo que fue una decisión relativa, dado que sus patrones no permitían a las madres jóvenes volver al trabajo hasta que sus hijos estuviesen en edad escolar. Y aunque supuso una presión mayor en nuestras finanzas, reducidas ahora a mi salario, habíamos tenido la cautela de ahorrar en los años precedentes y, además, en reconocimiento de mis nuevas responsabilidades, el señor Trevors me ofreció un pequeño aumento de sueldo cuando nació Arina.

Por tanto, fue una sorpresa regresar una tarde a casa y encontrarme con una gran máquina de coser en el rincón de la sala; la pesada carcasa metálica me miraba desafiante cuando traspuse la puerta, mientras mi esposa despejaba un espacio a la derecha del aparato para colocar una mesita auxiliar donde disponer telas, agujas y alfileres. Arina observaba con atención desde su sillita, con los ojos muy abiertos, cautivada por la inusual actividad, pero dio una palmada de alegría al verme y señaló la máquina con un grito de emoción.

–Hola –saludé, quitándome el sombrero y el abrigo mientras Zoya se volvía para sonreírme–. ¿Qué pasa aquí?

–No vas a creerlo –respondió, y me besó en la mejilla; me pareció emocionada por lo que fuera que había pasado durante la jornada, y su tono reveló asimismo cierta ansiedad ante mi reacción, sin saber si compartía su alegría–. Estaba preparándole el desayuno a Arina esta mañana cuando llamaron a la puerta. Y al mirar por la ventana, no pude creer lo que veía. Era la señora Stevens.

Zoya solía ponerse nerviosa cuando alguien llamaba inesperadamente a la puerta. Teníamos pocos amigos y no era frecuente que aparecieran sin avisar, de forma que cualquier cambio en la rutina la inquietaba, como si estuviera a punto de ocurrir algo terrible. En lugar de abrir la puerta de inmediato, siempre se dirigía a la ventana y apartaba un poco la cortina para averiguar quién era, pues desde ahí se veía la espalda del supuesto visitante. Era una costumbre que nunca abandonaba. Nunca se sentía a salvo, ése era el problema. Zoya siempre pensaba que algún día, de algún modo, alguien la encontraría. Que nos encontrarían a todos.

–¿La señora Stevens? –pregunté enarcando una ceja–. ¿De Newsom?

–Sí, me pilló totalmente por sorpresa. Pensé que quizás había algún error en mi finiquito y que la habían mandado a arreglarlo, pero no, no era nada parecido. Al principio dijo que sólo pasaba por aquí a ver qué tal estábamos, lo que por supuesto no creí. Y luego, después de tomarse una taza de té y hacer que me sintiera incómoda en mi propia casa, dijo por fin que ahora mismo andan cortos de operarias, que no tienen suficientes para cumplir con los pedidos, y que se preguntaba si yo estaría interesada en trabajar un poco en casa.

–Ya veo –contesté, echándole un vistazo a la máquina, sabiendo muy bien cómo había terminado tan particular entrevista–. Y tú contestaste que sí, claro.

–Bueno, no vi razón alguna para no aceptar. Me ofrecen una paga muy generosa. Y un hombre de Newsom me traerá todo lo que necesite una vez por semana y recogerá al mismo tiempo mi trabajo, de modo que no tengo ni que acercarme a la fábrica. Nos será útil ingresar más dinero, ¿no?

–Sí, por supuesto –repuse, considerando la cuestión–. Aunque me gustaría pensar que puedo ocuparme de los tres.

–Oh, desde luego que puedes, Georgi. Sólo quería decir...

–La señora Stevens debía de estar segura de tu respuesta si se trajo la máquina consigo.

Zoya me miró perpleja, antes de echarse a reír.

–Oh, Georgi –exclamó, negando con la cabeza–. No pensarás que la señora Stevens trajo la máquina desde la fábrica, ¿verdad? Pero si no podría ni arrastrarla por el suelo. No; uno de los empleados vino esta tarde, después de que yo diera mi consentimiento. Se ha marchado hace sólo un ratito.

Quizá no estuvo bien por mi parte, pero no me sentí del todo contento con aquel acuerdo. Me pareció que nuestra casa era nuestra casa, no una especie de factoría en que se explotaba a la gente, y pensé que habían llegado a aquel arreglo sin consultarme siquiera. Pero al mismo tiempo advertí lo contenta que estaba Zoya, que ese trabajo le supondría no tener que pasarse el día entero jugando con Arina, y comprendí que interponerme sería rudo por mi parte.

–Te parece bien, Georgi, ¿verdad? –preguntó entonces, captando mis sentimientos ambivalentes–. ¿No te importa?

–No, no –me apresuré a responder–. Si a ti te hace feliz.

–Sí, así es. Me halaga que hayan pensado en mí. Además, me gusta ganar mi propio dinero. Te lo prometo, no trabajaré por las noches. No tendrás que soportar el ruido de la máquina de coser cuando vuelvas a casa. Y si compro un poco de tela por mi cuenta, también podré hacerle ropa a Arina, lo que será una ventaja adicional.

Sonreí y le dije que me parecía una idea excelente, y entonces, para mi sorpresa, Zoya se pasó el resto de la tarde trabajando en la máquina, examinando los distintos diseños que debía tener listos cuando el hombre de Newsom volviera la semana siguiente. La observé concentrada en su tarea, entrecerrando los ojos al trazar una costura en una pieza de buen algodón de color claro, cortar el hilo al llegar al final y levantar el brazo de la máquina antes de rematarlo. En Rusia se habría considerado un trabajo de baja categoría, una tarea de *mujik*, pero en Londres, a tres mil kilómetros y veinte años de San Petersburgo, era una ocupación que hacía feliz a mi esposa. Y por eso, al menos, me sentí agradecido.

Cuando sí teníamos visita por las noches, solía ser Rachel Anderson, que llamaba a la puerta un par de veces por semana y pasaba una hora en nuestra compañía para aliviar un poco su soledad. A los dos nos gustaban sus visitas, pues era una persona encantadora que acudía para jugar con Arina, que la adoraba, y para vernos a nosotros, un hecho que le granjeaba nuestro cariño.

Aquel año, cuando se acercaba la Navidad, estábamos todos una noche en la sala de estar escuchando un concierto en la radio. Arina dormía en mis brazos, con la boquita abierta y los párpados estremeciéndose levemente en sueños, y yo tenía una sensación casi abrumadora de bienestar ante el regalo de aquella feliz vida de familia. Zoya estaba sentada a mi lado, con la cabeza apoyada contra un cojín mientras escuchábamos la *Cuarta Sinfonía* de Tchaikovski. Teníamos los dedos entrelazados y advertí que ella estaba enfrascada en la música y los recuerdos que le evocaba. Al volver la vista hacia Rachel, nuestras miradas se cruzaron a la luz de las velas; aunque sonreía ante nuestra pequeña familia, su expresión reflejaba un pesar casi insoportable.

–Rachel –le dije, preocupado–, ¿se encuentra bien?

–Estoy bien –me tranquilizó tratando de sonreír–. Perfectamente.

–Yo no lo diría. Parece a punto de llorar.

–¿De verdad? –preguntó, alzando los ojos unos instantes, como para contener unas lágrimas repentinas–. Bueno, quizá sí estoy un poco emocionada.

–Tchaikovski puede provocar sensaciones intensas –comenté, confiando en no haberla incomodado–. Cuando escucho este movimiento, mi cabeza se llena de recuerdos de antiguas canciones populares rusas. No puedo evitar sentir nostalgia.

–No es por la música –susurró–. Es por vosotros tres.

–¿Qué nos pasa?

Ella soltó una risita y apartó la mirada.

–Sólo estoy siendo una blandengue, nada más. Se os ve tan felices a los tres, ahí juntitos y acurrucados... Me recordáis a mi Albert, y pienso en lo que podríamos haber vivido juntos. –Titubeó y se encogió de hombros, contrita–. Hoy habría sido su cumpleaños. Habría cumplido cuarenta. Lo más probable es que estuviésemos celebrándolo a lo grande, si las cosas hubiesen salido de otra manera.

–Rachel, debería habérnoslo dicho. –Zoya fue a sentarse junto a ella; le rodeó los hombros con un brazo y la besó en la mejilla. Siempre mostraba gran empatía en momentos como aquél, cuando veía otra alma atormentada; era una de las cosas que yo adoraba de ella–. Supongo que piensa en él muchas veces.

–Sí, todos los días. Aunque ya hace más de veinte años que murió. Lo enterraron en Francia, ¿os lo había contado? Pensé que eso lo volvía aún peor, porque no podría dejar flores en su tumba. Algunos días no deseo otra cosa que llenar un termo con té e ir a sentarme cerca de él, pero no puedo hacerlo. Aquí no. En Londres no.

–¿Nunca ha ido a verlo? –quise saber–. No queda tan lejos desde Dover.

–He estado allí ocho veces –respondió con una sonrisa–. Es posible que vuelva dentro de un año más o menos, si puedo permitírmelo. Está enterrado en Ypres, en un cementerio llamado Prowse Point. Hileras e hileras de pulcras lápidas blancas, perfectamente alineadas, cubren los cuerpos de los muchachos muertos. Todo el lugar se conserva de manera inmaculada. Casi parece que intenten simular que hubo algo..., no sé..., limpio en la forma que murieron, cuando no es así. La pureza de ese lugar es una mentira. Por eso siempre he deseado que él estuviese aquí, en alguna tumba con árboles, setos, maleza y unos ratones de campo correteando por ahí. En algún sitio más normal.

–¿Era de infantería? ¿Oficial?

–Oh, no –contestó Rachel–. No, Georgi; no era lo bastante ambicioso para ser oficial. Tampoco lo habría deseado, además. Pertenecía a la Infantería Ligera de Somerset. Sólo era uno de tantos muchachos, nada especial, supongo. Excepto para mí. Murió a finales del catorce, bastante al principio, en realidad. No llegó a ver mucha acción. A veces pienso que eso fue una bendición –añadió pensativa–. Siempre me han dado lástima esos pobres chicos que murieron en el diecisiete o dieciocho. Los que pasaron los últimos años de su vida luchando, sufriendo y presenciando sólo Dios sabe qué horrores. Al menos mi Albert... al menos él no tuvo que soportar todo eso. Pasó a mejor vida bastante pronto.

–Pero aún lo echa de menos –musitó Zoya cogiéndole la mano, y Rachel asintió con un profundo suspiro, tratando de contener las lágrimas.

–Así es, cielo. Lo echo en falta todos los días. Pienso en todo lo que podríamos haber vivido juntos, en todas las cosas que podríamos haber hecho. Unas veces me siento muy triste, y otras me enfado tanto con el mundo que me pondría a gritar. Gritarles a aquellos malditos políticos. Y a Dios. Y a los belicistas: Asquith, el káiser y el zar, unos cabrones, todos ellos –exclamó; Zoya se estremeció un poco al oírla, pero no hizo comentario alguno–. Los odio por habérmelo arrebatado. A un muchacho como él, un joven con toda la vida por delante. Pero qué os voy a contar a vosotros... También debisteis de sufrir durante la guerra. Tuvisteis que dejar vuestra patria. No puedo ni imaginar lo que debió de ser eso.

–No fueron tiempos fáciles para nadie –dije, sin saber muy bien si era un tema seguro.

–Yo perdí a toda mi familia en la guerra –reveló Zoya, asombrándome al hablar de su pasado–. A todos.

–Oh, querida –exclamó Rachel, sorprendida; se inclinó para acariciarle las manos–. No lo sabía. Creía que los habías dejado en Rusia. Me refiero a que nunca hablas de ellos. Y ahora voy yo y te traigo esos malos recuerdos.

–Eso es lo que provocan las guerras –señalé, ansioso por cambiar de tema–. Nos arrebatan a nuestros seres queridos, separan familias, provocan desdichas incalculables. ¿Y para qué? Cuesta entenderlo.

–Y va a volver, ¿sabéis? –dijo Rachel, y me extrañó la seriedad de su tono.

–¿Qué es lo que va a volver?

–La guerra. ¿No lo sentís? Yo sí, casi puedo olerla.

Negué con la cabeza.

–No lo creo. Europa está... agitándose, sí, hay problemas y enemistades, pero no creo que haya otra guerra. Al menos nosotros no la veremos. Nadie quiere pasar por todo lo que pasamos la última vez.

–¿No os parece curioso que todos los niños concebidos en el torrente de amor y deseo que supuso el final de la Gran Guerra tendrán la edad precisa para combatir cuando empiece la siguiente? –preguntó Rachel–. Casi parece que Dios los haya creado tan sólo para luchar y morir. Para plantarse ante los fusiles y encajar las balas que les disparen. Parece una broma, realmente.

–Pero no habrá ninguna guerra más –aseguró Zoya–. Como dice Georgi...

–Qué desperdicio –concluyó Rachel con un suspiro; se puso en pie y cogió el abrigo–. Un terrible desperdicio. Y no pretendo contradecirte en tu propia casa, Georgi, pero me temo que te equivocas. Se acerca, desde luego que sí. No tardará en llegar. Esperad y veréis.

El Neva

El sobre pasó por debajo de mi puerta, y se deslizó tanto por el suelo que casi desapareció bajo la cama. Sólo llevaba escrito mi nombre, «Georgi Danílovich», en elegante cirílico. Era raro que recibiese comunicaciones de esa forma; lo habitual era que el conde Charnetski transmitiese cualquier cambio en las instrucciones de la Guardia Imperial a los oficiales superiores, que a su vez informaban a los hombres a su mando. Sentí curiosidad, pero al abrirlo no encontré más que una dirección y una hora escritas en la tarjeta interior. Ni instrucciones ni indicios de quién mandaba la nota. Tampoco se detallaba por qué se requería mi presencia. Todo el asunto era un misterio que, al principio, atribuí a Anastasia, pero luego recordé que esa noche debía asistir a una cena en casa del príncipe Rogeski con su familia, de modo que difícilmente podría haber organizado un encuentro secreto. Aun así, sentí curiosidad; esa noche estaba libre y me sentía animado, así que fui a los baños y me lavé a fondo, antes de ponerme mi mejor ropa de paisano y salir de palacio para dirigirme al sitio indicado.

La noche era oscura y fría y en las calles se amontonaba la nieve, tanto que me veía obligado a pasar sobre los montículos levantando mucho los pies y avanzando lentamente. Me resultaba imposible pasar por alto los carteles de propaganda pegados en paredes y farolas del centro de la ciudad. Dibujos de Nicolás y Alejandra, imágenes vergonzosas que los acusaban de saqueadores de la patria, tiranos, déspotas. Retratos de la zarina representada como una fulana o una loba: en unos estaba rodeada por un harén de hombres jóvenes y excitados; en otros, tendida boca abajo y semidesnuda ante la lujuriosa mirada del *stáretz* de ojos oscuros. Los carteles se habían convertido en un rasgo habitual de la ciudad y las autoridades los arrancaban a diario, pero reaparecían con la misma rapidez con que los quitaban. Que te descubrieran en posesión de uno era arriesgarse a la muerte. Me pregunté cómo soportarían los zares verse representados de manera tan obscena cuando pasaban por las calles. Ese hombre que había invertido meses y había sacrificado su salud en liderar al ejército para proteger nuestras fronteras. Esa mujer que acudía al hospital todos los días, a ocuparse de los enfermos y moribundos. La zarina no era una María Antonieta, y su esposo ningún Luis XVI, pero los *mujiks* parecían considerar el Palacio de Invierno un segundo Versalles, y sentí congoja al preguntarme dónde acabaría toda esa discordia.

La dirección de la tarjeta me condujo a una parte de la ciudad que rara vez visitaba, una de esas curiosas zonas que no albergaba palacios para príncipes ni casuchas para campesinos. Había calles anodinas, pequeñas tiendas, tabernas; nada indicaba que allí sucediera algo que requiriese mi presencia. Me pregunté si la nota iría dirigida a mí. Quizás alguien pretendía colarla bajo la puerta de un tipo involucrado en una de las numerosas sociedades secretas que infestaban la ciudad. Alguien que tuviera que ver con la política. Quizá me estaban conduciendo a una reunión encubierta con el objeto de aumentar la agitación contra los Romanov, y todo el mundo me tomaría por un traidor. Casi consideré dar la vuelta y regresar al palacio, pero antes de que pudiera decidirme, la casa que buscaba apareció ante mí. Observé con cautela la imponente puerta negra, detrás de la cual alguien esperaba mi visita.

Titubeé, sorprendido ante mi propia ansiedad, y golpeé brevemente con los nudillos. Me habían invitado a acudir. La nota iba dirigida a mí. Sin embargo, no hubo respuesta de inmediato, de forma que me quité el guante derecho para llamar más fuerte. Pero en ese preciso instante la puerta se abrió y me vi cara a cara con una figura vestida de oscuro, que se quedó mirándome un momento mientras trataba de identificarme en la penumbra, antes de esbozar una espantosa sonrisa.

–¡Has venido! –bramó, extendiendo ambas manos para posarlas sobre mis hombros–. ¡Sabía que vendrías! Qué fácil es dirigir a los jóvenes, ¿no crees? Podría haberte dicho que te arrojaras a las profundidades del Moika y ahora yacerías muerto en el lecho del río.

Me retorcí bajo el peso de aquellas manazas y traté de zafarme, sin conseguirlo; el hombre me oprimía con tanta determinación como si estuviese poniendo a prueba sus fuerzas y mi resistencia.

–Padre Grigori –dije, pues era él quien me había abierto la puerta; el monje, el hombre de Dios, el *mujik* que había convertido en fulana a la emperatriz rusa–. No sabía que la invitación fuese suya.

–¿Acaso habrías venido más rápido de haberlo sabido? –preguntó con una amplia sonrisa–. ¿O quizá no habrías venido? ¿Qué habrías hecho, Georgi Danílovich? Sin duda no habría sido lo segundo, estoy seguro.

–Me sorprende, eso es todo. –Y era cierto, pues por muy incómodo que me sintiera y por mucho que me repugnara, era imposible no sentirse fascinado a la vez por su persona, pues la suya era una presencia hechizante. Siempre que lo veía, me sumía en un estado cercano a la parálisis. Y no me pasaba sólo a mí. Todo el mundo lo odiaba, pero nadie conseguía apartar la vista de él.

–Has venido, y eso es lo único que importa –concluyó haciéndome pasar–. Entra, que ahí fuera hace frío y no podemos permitir que caigas enfermo. Te presentaré a mis amigos.

–Pero ¿qué hago yo aquí? –quise saber; lo seguí por un pasillo a oscuras hacia la parte trasera de la casa, donde se vislumbraba una habitación iluminada con velas rojas–. ¿Por qué me ha invitado?

–Porque disfruto con la compañía de gente interesante, Georgi Danílovich –exclamó, encantado al parecer con el sonido de su propia voz–. Y a ti te considero una persona muy interesante.

–No sé por qué.

–¿No? Pues deberías saberlo. –Se detuvo un momento y se volvió para sonreírme, revelando dos hileras de dientes amarillentos–. Me gusta cualquiera que tenga algo que ocultar, y tú, mi joven encanto, estás lleno de secretos, ¿no es así?

Miré sus ojos azul marino y tragué saliva con nerviosismo.

–Yo no tengo secretos –declaré–. Ninguno en absoluto.

–Por supuesto que los tienes. Sólo un zopenco no tiene secretos, y no creo que tú lo seas. Además, todos ocultamos algo. Todos nosotros. Los mejores, nuestros iguales y también aquellos que no han tenido nuestras ventajas. A nadie le gusta revelar su yo auténtico: caeríamos unos sobre otros si lo hiciéramos. Pero tú eres un poco diferente de la mayoría, en eso estoy de acuerdo contigo, pues pareces absolutamente incapaz de ocultar tus secretos. No puedo creer que yo sea el único que se ha dado cuenta. Pero, por favor, no te he traído aquí por eso –añadió, echando a andar de nuevo–. Esta conversación puede esperar. Ven a conocer a mis amigos. Creo que disfrutaréis con la mutua compañía.

Me dije que debía dar la vuelta y marcharme, pero para entonces él había desaparecido en el interior de la habitación de las velas rojas y ninguna fuerza en la tierra podría haberme impedido seguirlo. No sabía qué iba a encontrar cuando cruzara el umbral. Una pandilla de *stáretz* como él, quizás. O a la zarina. Era imposible adivinarlo. Y por mucho que traté de imaginarlo, la visión que me aguardaba cuando entré fue extraña, inesperada e inmediatamente embriagadora.

La sala estaba llena de sofás bajos –todos tapizados en oscuros tonos de escarlata y púrpura– y dominada por alfombras y tapices caros que parecían salidos de los bazares de Delhi. Repartidas por la estancia, tendidas en los sofás y *chaises longues*, había unas doce personas, cada una con un atuendo más provocativo que la anterior. Una condesa y antigua amiga íntima de la emperatriz, que se había granjeado su hostilidad tras una problemática visita a Livadia en que osó darle una patada al malévolo terrier de la zarina, *Eira*. Un príncipe de sangre real. La hija de uno de los más conocidos sodomitas de San Petersburgo. Cuatro o cinco jóvenes, de mi edad o quizás algo mayores, a los que no había visto nunca. Unas cuantas prostitutas. Un muchacho de belleza extraordinaria con el rostro embadurnado de colorete y lápiz de labios. La mayoría estaban semidesnudos, con la camisa abierta, los pies descalzos; otros llevaban tan sólo la ropa interior. Una de las prostitutas, visible a través de la bruma que nublaba la habitación e invadía mis sentidos, provocándome modorra y anhelo de inhalar más, se hallaba en el sofá con la cabeza de un chico en el regazo; él estaba completamente desnudo y le lamía el cuerpo como un gato un platillo de leche. Me quedé mirando aquel cuadro vivo, con los ojos muy abiertos y una mezcla de repugnancia y deseo, la una instándome a salir corriendo, el otro insistiendo en que me quedara.

–¡Amigos! –bramó el padre Grigori, abriendo los brazos y sumiendo la habitación en el silencio–. Mis más queridos amigos, íntimos y allegados, permitid que os presente a un delicioso joven al que he tenido la suerte de conocer. Georgi Danílovich Yáchmenev, antaño residente en la aldea de Kashin, un mísero agujero en el centro de nuestro bendito país. Mostró gran lealtad hacia la familia real, aunque no, en honor a la verdad, hacia su más antiguo amigo. Ya lleva algún tiempo en San Petersburgo, pero tengo entendido que no ha aprendido a divertirse. Pretendo cambiar eso esta noche.

Sus invitados me miraron con una mezcla de aburrimiento y desinterés, sin dejar de beber de sus copas de vino y dar profundas chupadas a las burbujeantes pipas de cristal que se pasaban unos a otros, y reanudaron su conversación en susurros. Tenían una expresión moribunda, todos y cada uno de ellos. Excepto el padre Grigori; él estaba ferozmente vivo.

–Georgi, ¿no te alegras de que te haya invitado? –me preguntó en voz baja, rodeándome los hombros con el brazo para atraerme hacia sí mientras observaba cómo la mujer y el muchacho empezaban a moverse a ritmo acompasado entre gemidos–. Se está mucho mejor aquí que en ese espantoso palacio, ¿no te parece?

–¿Qué quiere de mí? –pregunté volviéndome hacia él–. ¿Por qué me ha invitado?

–Pero, mi querido Georgi, si eras tú quien deseaba venir. –Se rió en mi cara como si fuera un imbécil–. Yo no te he cogido de la mano para guiarte por las calles, ¿verdad?

–Yo ignoraba quién había enviado la tarjeta. De haberlo sabido...

–Lo sabías perfectamente, pero no te ha importado –me interrumpió con una sonrisa–. Mentirse a uno mismo es una tontería. Tienes que mentirles a los demás, por supuesto, pero no a ti mismo. Bueno, ven conmigo, mi joven amigo, no te enfades. Toma una copa de vino. Relájate. Déjate entretener. Quizá te guste este sitio, Georgi Danílovich, si olvidas quién crees ser y te comportas como quien realmente quieres ser. ¿O debería llamarte Pasha? ¿Lo preferirías?

Lo miré con los ojos como platos. Hacía mucho tiempo que nadie me llamaba así, e incluso entonces ese apelativo sólo lo usaban en Kashin.

–¿Cómo conoce ese nombre? ¿Quién se lo ha contado?

–¡Yo oigo muchas cosas! –exclamó, elevando de pronto la voz, pero ninguno de sus invitados mostró temor o sorpresa–. Oigo las voces de los campesinos, que piden a gritos justicia e igualdad. Oigo llorar por las noches a la *matushka* sobre el cuerpo de su hijo enfermo. Yo lo oigo todo, Pasha –añadió, con tono lastimero y el rostro contraído muy cerca del mío–. Oigo su respingo cuando se vuelve y ve el vehículo dispuesto a arrollarla, a acabar con su vida. Oigo los gritos de los pecadores en el infierno, implorando que los liberen. Oigo la risa de los salvados cuando nos dan la espalda desde el paraíso. Oigo el retumbar de las botas de los soldados cuando entran en la habitación, listos para disparar, matar, martirizar... –Se interrumpió y ocultó la cara entre las manos–. Y te oigo a ti, Georgi Danílovich Yáchmenev –prosiguió, asiendo mis frías mejillas con dedos cálidos y suaves–. Oigo las cosas que dices, las cosas que intentas desesperadamente no oír.

–¿Qué cosas? –pregunté con una voz que fue poco más que un murmullo–. ¿Qué digo? ¿Qué es eso que oye?

–Oh, mi querido muchacho –repuso–. Tú dices: «¿Qué ha pasado? ¿Quién ha disparado?».

–Toma, bebe un poco de esto –nos interrumpió una voz a mi derecha, y al girarme vi al príncipe con una copa de vino tinto en la mano.

No se me ocurrió ninguna buena razón para rechazarla, y me la llevé a los labios para apurarla de un solo trago.

–Muy bien –aprobó el padre Grigori sonriendo, y me acarició la mejilla de una forma que me dieron ganas de apretujarme contra su mano y dormir–. Muy bien, Pasha. Ahora, siéntate, ¿quieres? Deja que te presente a mis amigos. Creo que aquí hay algunos que pueden darte placer. –Mientras hablaba, cogió una pipa de un estante y la sostuvo sobre una llama; su mano no pareció notar la quemadura. Luego añadió, tendiéndomela–: Tú también participarás de esto, Georgi. Te relajará. Confía en mí –susurró–. Confías en mí, Pasha, ¿verdad? ¿Confías en tu amigo Grigori?

Sólo había una respuesta posible. Estaba hechizado por todo aquello. Sentí unas manos tendidas desde el sofá que tenía detrás para acariciarme el cuerpo. La prostituta. El muchacho. Invitándome a unirme a ellos en sus juegos. Desde el otro extremo de la sala, la condesa me miraba y se acariciaba los pechos, mostrándolos sin la menor vergüenza. Delante de ella, el príncipe se había dejado caer de rodillas. Los demás jóvenes hablaban en susurros, fumaban y bebían, me observaban y luego apartaban la vista; y sentí que mi cuerpo flotaba como si fuera un estorbo innecesario al tiempo que me dejaba caer, que me fundía con la habitación, me unía al alegre grupo, y cuando mi voz brotó, no me pareció la mía en absoluto, sino el suspiro de otro, de una persona que no conocía y que hablaba desde una tierra distante.

–Sí –contesté–. Sí, confío en usted.

Cuando 1916 se acercaba a su fin, San Petersburgo semejaba un volcán a punto de entrar en erupción, pero el palacio y sus habitantes permanecían felizmente ajenos al malestar que circulaba por las calles, y todos proseguimos con nuestras rutinas y costumbres como si nada anduviese mal. A principios de diciembre, el zar regresó de Stavka durante unas semanas y sobre la familia real pendió una atmósfera de alegría e incluso frivolidad; es decir, hasta la tarde en que el zar descubrió que su adorada hija mantenía una relación ilícita con uno de sus guardias imperiales más leales. Y entonces pareció que la guerra se hubiese trasladado desde las fronteras alemanas, rusas, bálticas y turcas para concentrar por completo su furia en la primera planta del Palacio de Invierno.

Ni Anastasia ni yo supimos jamás con certeza quién reveló al zar aquel secreto largamente guardado. Se rumoreó que algún entrometido había dejado una nota anónima sobre el escritorio del zar. También se dijo que la zarina se había enterado por una doncella chismosa, que lo había visto con sus propios ojos. La tercera teoría, absolutamente falsa, especulaba con que Alexis había presenciado un beso clandestino y se lo había contado a su padre, aunque yo sé que el niño jamás habría hecho algo así; lo conocía demasiado bien.

La primera noticia que tuve del descubrimiento me llegó una noche en que salía de la habitación del zarévich y oí avecinarse una tormenta pasillo abajo, donde estaba el estudio del zar. En cualquier otra ocasión me habría detenido para escuchar a hurtadillas el motivo de aquel alboroto, pero estaba cansado y hambriento y proseguí mi camino, y entonces me vi repentinamente agarrado del brazo por alguien que me arrastró a un salón y cerró la puerta con llave. Me volví en redondo, asustado, y me encontré cara a cara con mi secuestrador.

–Anastasia –dije, encantado de verla, convencido en mi arrogancia de que, llena de deseo, había esperado allí a que yo pasara–. Esta noche estás aventurera.

–Calla, Georgi –ordenó–. ¿No sabes lo que ha pasado?

–¿Lo que ha pasado? ¿A quién?

–A María. A María y Serguéi Stasyovich.

Parpadeé y reflexioné. Esa noche estaba muy cansado, mi mente no funcionaba todo lo bien que debería, y no comprendí de inmediato.

–María, mi hermana –explicó al ver que no la entendía–. Y Serguéi Stasyovich Póliakov.

–¿Serguéi? –pregunté arqueando una ceja–. Bueno, ¿y qué ocurre con él? Esta noche no lo he visto, si te refieres a eso. ¿No tenía que formar parte del séquito de tu padre esta tarde, para asistir a la catedral de San Pedro y San Pablo?

–Escúchame, Georgi –exclamó Anastasia, impaciente con mi estupidez–. Mi padre ha descubierto lo suyo.

–¿Lo de María y Serguéi Stasyovich?

–Sí.

–No lo entiendo. ¿Qué ha descubierto? Entre María y Serguéi Stasyovich no hay nada, ¿verdad? –Oí mi propia frase y de pronto lo vi con claridad–. ¡No! –exclamé anonadado–. ¿No querrás decir que...?

–Hace meses que dura.

–Pero no puedo creerlo... –repuse asombrado–. Tu hermana es una gran duquesa de sangre real. Y Serguéi Stasyovich..., bueno, es un tipo simpático y apuesto, supongo, para el que aprecie esas cosas, pero difícilmente iba ella a... –Titubeé y decidí no completar la frase. Anastasia enarcó una ceja y, pese a su inquietud, no pudo evitar sonreír un poco, de modo que añadí–: Claro que es posible, tonto de mí.

–Alguien se lo contó a mi padre. Y está furioso. Sencillamente furioso, Georgi. Creo que nunca lo había visto tan enfadado.

–Es sólo que... no puedo creer que Serguéi no me lo contara. Pensaba que éramos amigos. En realidad, es el mejor amigo que tengo aquí. –Al decirlo, de pronto mi mente se llenó de imágenes del último muchacho al que había considerado mi mejor amigo. El chico con el que me había criado desde la infancia. El amigo cuya sangre seguía manchándome las manos.

–Bueno, ¿tú le has contado lo nuestro? –preguntó ella, apartándose para pasearse de aquí para allá, preocupada.

–No, por supuesto que no. Nunca le confiaría una cosa tan íntima.

–Entonces él debe de sentir lo mismo con respecto a ti.

–Supongo –admití, y pese a la hipocresía del asunto, me sentí un poco ofendido–. ¿Y qué me dices de ti? ¿Sabías lo que estaba pasando?

–Desde luego, Georgi –contestó como si la respuesta fuera obvia–. María y yo nos lo contamos todo.

–Pero no me lo habías dicho.

–No; era un secreto.

–No sabía que tuviéramos secretos –murmuré.

–¿No lo sabías?

–Todos ocultamos algo –musité para mí, apartando la vista un instante. Ella me miró a los ojos con tanta intensidad como el *stáretz* aquella terrible noche de unas semanas atrás. La asociación, el recuerdo, fue como un cuchillo que me atravesara el corazón, y esbocé una mueca, avergonzado–. ¿Y qué pasa con nosotros? –pregunté por fin, tratando de recobrar la compostura–. ¿Sabe María lo nuestro?

–Sí. Pero te aseguro que no se lo dirá a nadie. Es nuestro secreto.

–Lo de María y Serguéi también era vuestro secreto. Y ha salido a la luz.

–Bueno, no soy yo quien se lo ha dicho a mi padre –puntualizó, enfadada–. Jamás haría una cosa así.

–¿Y qué me dices de Olga y Tatiana? ¿Sabían ellas lo de María y Serguéi? ¿Saben lo nuestro?

–No. Son cosas de las que María y yo hablamos en la cama. Son los secretos que compartimos sólo la una con la otra.

Asentí con la cabeza, creyéndole. Pese a que había cientos de habitaciones en cada palacio de la familia imperial, las dos hermanas mayores, Olga y Tatiana, siempre compartían una, al igual que María y Anastasia. No era de extrañar que cada par de hermanas tuviese sus propios secretos e intimidades.

–Bueno, ¿y qué ha sucedido? –inquirí, recordando los gritos procedentes del estudio del zar–. ¿Sabes qué está pasando ahí?

–Hace una hora, mi madre ha llevado a María a rastras al estudio de mi padre. Al salir, estaba llorando, histérica. Casi no podía hablar conmigo, Georgi, apenas era capaz de hablar. Ha dicho que van a mandar a Serguéi al exilio en Siberia.

–¿Siberia? –repetí con un respingo–. Pero no puede ser.

–Se marcha esta noche. Nunca volverán a verse. Y María dice que ha tenido suerte. De haber llegado más lejos la relación, podrían haberlo ejecutado.

Entrecerré los ojos y ella se ruborizó. Pese a que llevábamos unidos mucho tiempo, aún no había habido nada sexual entre nosotros, salvo nuestros románticos besos interminables.

–Han llamado al doctor Féderov –añadió en voz baja, enrojeciendo aún más al mencionar ese nombre.

–¿Al doctor Féderov? Nunca he visto que lo llamen como no sea para proteger la salud de tu hermano. ¿Para qué lo necesitaban?

–Para examinar a María. Mis padres le ordenaron que averiguara si... si la habían desflorado o no.

Me quedé boquiabierto; me costó imaginar el espanto de la escena. María había cumplido diecisiete años unos meses atrás. Verse sometida a tan humillante examen a manos del viejo Féderov, y con sus padres en la habitación contigua –supuse–, sería una experiencia tan horrible que me resultó insoportable pensar en ella.

–¿Y estaba...? –empecé, titubeante.

–Es inocente –afirmó Anastasia con una mirada feroz, decidida a no apartar los ojos de los míos.

Asentí y pensé un poco en todo aquello antes de consultar el reloj.

–Y Serguéi... ¿dónde está? ¿Se ha marchado ya?

–Me parece que sí... No estoy segura, Georgi, pero no puedes ir en su busca. No será bueno para ti que te vean mostrándole compasión.

–Pero es mi amigo –dije, posando una mano en el picaporte de la puerta–. Tengo que hacerlo.

–No es tan amigo tuyo si no te contó lo que estaba ocurriendo.

–Eso no importa. Ahora mismo lo estará pasando mal. No puedo dejar que se vaya sin hablar con él. Traicioné a un amigo una vez, y apenas puedo sobrellevar esa vergüenza. No lo repetiré, no importa lo que me digas.

Anastasia se quedó mirándome como si fuera a protestar, pero supo reconocer una determinación como la suya en mi rostro y finalmente asintió, aunque con expresión de ansiedad.

–Debemos tener cuidado a partir de ahora –dijo cuando yo iba a abrir la puerta–. No soportaría que nos descubrieran. Que te enviaran lejos de mí... Nadie puede saberlo nunca.

Fui hacia ella y la estreché en mis brazos; ella se echó a llorar, en parte por nosotros, supuse, y en parte por el corazón destrozado de su hermana.

–Nadie lo sabrá –aseguré, aunque preocupado porque ya había alguien que lo sabía.

Encontré a Serguéi Stasyovich justo cuando abandonaba el palacio custodiado por dos jóvenes oficiales, amigos suyos y míos, con quienes nos habíamos emborrachado muchas noches de permiso. Parecían muy desdichados con la tarea que les habían encomendado. Les rogué que me dejaran unos minutos a solas con él y accedieron, alejándose un poco para que pudiéramos despedirnos.

–No puedo creerlo, Serguéi.

Observé su rostro cansado y triste; su expresión era angustiada, como si tampoco él acabase de creer los acontecimientos de las últimas horas.

–Pues ya ves, Georgi –respondió con una sonrisa.

–Pero ¿de verdad tienes que irte? –Eché un vistazo a nuestros amigos, sus guardias–. ¿No te dejarán libre en algún sitio por el camino? Podrías ir a cualquier parte y empezar una nueva vida.

–No pueden hacerlo –explicó encogiéndose de hombros–. Con eso pondrían en peligro sus vidas. Habrá alguien al final del camino para recibirme y escribirle al zar. Es lo que les han ordenado. Y yo tampoco puedo desobedecer. Siento tener que decirte adiós, Georgi –añadió, y la voz le flaqueó un poco, tan triste estaba–. No sé si he sido un buen amigo para ti...

–O yo para ti.

–Quizá los dos teníamos los pensamientos en otro sitio, ¿verdad? –Me sonrió y yo palidecí. Él sabía lo mío, por supuesto. Él lo sabía y yo no había sido lo bastante astuto para adivinar lo suyo–. Pero ten mucho cuidado –agregó bajando la voz y mirando alrededor con nerviosismo–. Esperará el momento apropiado. Y acabará contigo, como ha hecho conmigo.

Fruncí el entrecejo.

–¿Quién?

–¡Rasputín! –siseó, dándome un gran abrazo–. El autor de mis desdichas. Rasputín lo sabe todo, Georgi –me susurró al oído–. Trata a todos como si no fuéramos más que fichas en sus juegos interminables. Desde el zar y la zarina hasta la gente más insignificante como nosotros. Ha jugado conmigo durante meses.

–¿De qué forma? –pregunté cuando nos separamos.

Sacudió la cabeza y soltó una risa amarga.

–No importa cómo. Me avergüenza pensar en ello. Pero no es un hombre al que te convenga revelar tus secretos. Creo que ni siquiera es un hombre. Es un demonio. Debería haberlo matado cuando tuve la oportunidad.

–Pero no podrías haber hecho semejante cosa –repuse, atónito–. No sin un motivo.

–¿Y por qué no? ¿Qué va a ser ahora de mi vida sin ella? ¿Qué va a ser de la suya sin mí? Rasputín está ahí arriba ahora mismo, riéndose de los dos. En mi estupidez, creí que no nos traicionaría si... si...

–¿Si qué, Serguéi?

–Si hacía lo que él me pidiera. Debería haberlo matado, Georgi. Haberle rebanado el cuello de oreja a oreja.

Alcé la mirada hacia las ventanas de palacio, casi esperando captar la sombra oscura que había visto allí en más de una ocasión, pero no había ni rastro del padre Grigori. Deseé poder ver la nota que le había dejado al zar, examinar el sobre, el papel, la letra. La imaginaba con claridad.

Aquella perfecta letra en cirílico.

–Debo irme –suspiró Serguéi mirando a los guardias, que traían consigo tres caballos–. No volveremos a vernos. Pero piensa en lo que te he dicho. Mi vida está acabada. La mía y la de María. Pero la tuya y la de Anastasia..., aún os queda tiempo.

Abrí la boca dispuesto a protestar, pero como ignoraba a qué se refería, no dije nada y me limité a observar cómo se alejaba cabalgando del palacio hacia su desesperante futuro.

El padre Grigori. El monje. El *stáretz*. Rasputín. Llámenlo como quieran. Su mano estaba en ese asunto, desde luego que sí. Había manipulado a Serguéi, a saber de qué formas. Y finalmente mi amigo había dicho que no y se había vuelto contra él. Y ésa era su recompensa.

Yo había intentado, sin éxito, apartar de mi mente los sucesos de aquella noche. Lo cierto es que recordaba bien poco. El alcohol. Las drogas. Las pociones que Rasputín me dio. Los otros intérpretes de su cuadro vivo. Ni siquiera recordaba todo lo que había hecho, excepto que me avergonzaba de ello, que lo lamentaba, que deseaba fervientemente no haber recogido aquel sobre del suelo de mi dormitorio.

Lo único importante ahora era Anastasia. No podía permitir que el monje nos hiciera lo mismo que les había hecho a Serguéi y María. No podía permitir que nos separara. Así pues, lo admito, lo confieso ahora, de una vez por todas: me convertí en el hombre que nunca creí llegar a ser. Decidí que él no nos destruiría.

Encontrar enemigos del padre Grigori no fue difícil: los tenía a cientos. Su influencia sobre todos los sectores de la sociedad era extraordinaria. Durante los años que llevaba en San Petersburgo, se había hecho con el poder suficiente para privar de su cargo tanto a ministros como a primeros ministros. Su lujuria incontrolable lo había situado en el centro de incontables rupturas matrimoniales. Se había granjeado la enemistad de las clases dirigentes por volver al pueblo contra la autocracia, pues mientras que las grandes damas de la sociedad, incluida la mismísima zarina, estaban bajo su hipnótico y seductor control, no sucedía lo mismo con los *mujiks* de los pueblos y aldeas de Rusia.

Lo increíble no era que hubiese tanta gente deseando matarlo, sino que aún siguiese con vida.

Los días posteriores al descubrimiento de la aventura de María y Serguéi Stasyovich estuvieron llenos de angustia. Me volví medio loco de inquietud ante la posibilidad de que el *stáretz* encontrara un motivo para informar al zar de mi relación con la menor de sus hijas. Además, me entristecía la pérdida de mi amigo y me preocupaba Anastasia, que atendía a su desolada y deshonrada hermana y parecía estar sufriendo igual que ella.

Se me antojó imposible continuar con aquella existencia, constantemente aterrorizado ante cualquier llamada a mi puerta, temeroso de recorrer los pasillos de palacio, no fuera a tropezar con mi torturador. Así pues, unos días después del exilio de Serguéi, y sin pararme a considerar las consecuencias de mis actos, fui a la armería, cogí una pistola de los estantes y esperé a que oscureciera para dirigirme a la casa que había visitado no hacía ni tres semanas, la noche en que me degradé para el placer del *stáretz*. Me inquietaba que me vieran, de modo que me disfracé bien, con un pesado abrigo que había comprado en un puesto la noche anterior, sombrero y bufanda. Nadie me habría reconocido ni me habría tomado por otra cosa que por un ajetreado comerciante que recorría a toda prisa las calles con el único objetivo de llegar a casa y refugiarse del frío. Incluso caminar por esas calles otra vez y el sonido de mi mano golpeando el marco de madera negra me llenaron de vergüenza y remordimiento; sentí náuseas ante el recuerdo de lo que había hecho y tan desesperadamente había tratado de olvidar. Había perdido la inocencia y ya no sabía si era digno siquiera del amor de Anastasia.

Me temblaban las manos, no sólo por el gélido aire sino también de temor ante lo que planeaba hacer, y aferré la pistola que llevaba oculta en el abrigo mientras esperaba a que apareciese mi enemigo. Me pregunté si le dispararía ahí mismo. Si le permitiría rezar una última plegaria, pedir perdón, suplicarle al dios que venerase, como él había hecho que tantos le suplicaran.

Capté unas pisadas cada vez más audibles en el interior y el corazón me palpitó con furia; los dedos sudorosos se me pegaban al gatillo de la pistola, y me dije que, si iba a hacerlo, tenía que ser en cuanto lo viese, antes de que él advirtiera mis intenciones y me engatusara para que tuviera piedad de él. Sin embargo, para mi sorpresa, no fue él quien abrió la puerta, sino la prostituta de cuyos placeres yo había disfrutado unas semanas antes. Su rostro lucía una expresión ausente y al principio no me reconoció; supuse que estaba borracha o que había perdido la razón por culpa de Dios sabía qué brebaje.

–¿Dónde está? –pregunté con tono profundo y amenazador, decidido a llevar a cabo mi propósito.

–¿Dónde está quién? –quiso saber, impasible ante mi aspecto o mi determinación. Yo sólo era uno más de los muchos que el *stáretz* había llevado allí. Docenas, probablemente. Centenares.

–Ya sabes quién. El monje. Ese al que llaman Rasputín.

–No está aquí –contestó con un suspiro; se encogió de hombros, soltó una carcajada ebria y añadió con tono soñoliento–: Me ha dejado sola.

–¿Dónde está? –espeté, sacudiéndola por los hombros; ella se enfadó y me miró con odio, pero luego lo pensó mejor y sonrió.

–El príncipe ha venido a buscarlo –explicó.

–¿El príncipe? ¿Qué príncipe? ¡Dime su nombre!

–Yusúpov. Hace varias horas. No sé adónde han ido.

–Por supuesto que lo sabes –repuse, apretando el puño y mostrándoselo sin tapujos–. Dime adónde han ido o juro que te...

–No lo sé –espetó–. No me lo han dicho. Podrían estar en cualquier parte. –Y agregó con tono burlón–: De todos modos, ¿qué vas a hacer, Pasha? ¿Crees que puedes hacerme daño? ¿De verdad quieres hacérmelo?

Me quedé mirándola, impresionado porque me hubiese reconocido, pero no dije nada; me limité a girar en redondo para no tener que verla.

–El palacio de Moika –mascullé, recordando dónde vivía Félix Yusúpov.

Era el lugar más probable; al fin y al cabo, el Moika tenía muy mala fama por sus fiestas y su depravación. Era un sitio donde el padre Grigori se sentiría como en casa. Miré a la fulana una última vez, y ella volvió a provocarme, pero no escuché sus palabras, pues me alejé en dirección al río.

Fui hasta la ribera del Moika y lo crucé en Gorojovaya Ulitsa, pasando ante las brillantes luces del palacio de Marinski de camino a la casa de Yusúpov. El río estaba congelado, y los muros de las orillas comprimían y resquebrajaban el hielo, que se elevaba aquí y allá en grandes capuchones de blancas cumbres; visto desde arriba semejaba una cordillera nevada. No me topé con un alma en la larga y gélida caminata; mucho mejor, pues mis actos sólo podrían resultar en mi propia muerte, en particular si la zarina se enteraba. Muchos me aplaudirían por lo que pretendía hacer, por supuesto, pero formarían una mayoría silenciosa y nada inclinada a apoyarme si me llevaban a juicio. Y si me declaraban culpable, terminaría mi historia como la última víctima de Rasputín, colgado de un árbol en los bosques de las afueras de San Petersburgo.

Finalmente, el palacio Moika se alzó ante mí. Me alegró ver que no había guardias patrullando alrededor. Diez o quince años antes, habría habido docenas desfilando en el patio, pero ya no. Era un indicio de hasta dónde llegaba el declive de las clases dirigentes. Se decía que los propios palacios no durarían ni un año más. Entretanto, los ricos seguían con su depravada vida, bebiendo vino, atiborrándose de carne y sodomizando a sus fulanas. Su fin se acercaba y lo sabían, pero estaban demasiado ebrios para preocuparse.

Me dirigí a la parte posterior del palacio, e iba a intentar abrir una de las puertas cuando oí un disparo en el interior. Asustado, me quedé allí como si me hubiese convertido en piedra. ¿Había sido realmente un disparo o imaginaba cosas? Tragué saliva con nerviosismo y miré alrededor, pero no había nadie a la vista. Oí voces que gritaban y reían dentro del edificio, luego que alguien pedía silencio, y después, para mi espanto, otro disparo. Y otro. Y otro más. Cuatro en total. Miré alrededor, y justo en ese momento me iluminó una súbita luz al abrirse la puerta; un hombre se arrojó sobre mí para rodearme el cuello con un brazo y pegarme la hoja de un cuchillo a la garganta.

–¿Quién eres? –siseó–. Dímelo rápido o morirás.

–Un amigo –balbucí sin moverme lo más mínimo, no fuera a clavárseme el cuchillo.

–¿Un amigo? –repitió–. Ni siquiera sabes con quién estás hablando.

–Soy... –Titubeé.

¿Debería identificarme como un hombre del zar? ¿O como un amigo de Rasputín? ¿Como un enemigo, quizá? ¿Cómo saber de quién era el cuerpo que controlaba ese brazo?

–¡Dimitri, no! –ordenó una segunda voz, y otro hombre emergió del palacio; lo reconocí de inmediato: era el príncipe Félix Yusúpov–. Deja que se vaya. Conozco a ese chico.

Aunque me soltaron, me quedé donde estaba, palpándome el cuello en busca de heridas, pero estaba ileso.

–¿Qué haces aquí? –me preguntó el príncipe–. Te conozco, ¿verdad? Eres el guardaespaldas del zarévich.

–Georgi Danílovich.

–Bueno, ¿y qué quieres? Es tarde. ¿Te ha enviado el zar?

–No –me apresuré a responder–. No me manda nadie. He venido por voluntad propia.

–Pero ¿por qué? ¿A quién andas buscando?

El hombre que me sujetaba un momento antes se plantó ante mí, y yo le dirigí una mirada asesina. Lo había visto unas cuantas veces; era un tipo alto y de aspecto desdichado. Un gran duque, supongo, o quizás un conde. Me miró con furia, desafiante.

–Contesta –espetó–. ¿A quién buscabas?

–Al *stáretz*. He ido a buscarlo a su casa y no estaba. Pensé que podía estar aquí.

El príncipe Yusúpov me miró sorprendido.

–¿A Rasputín? ¿Y para qué lo buscas?

–Para matarlo –exclamé, sin importarme ya quién lo supiera. No estaba dispuesto a seguir siendo un títere en sus malditos juegos–. He venido a asesinarlo, y lo haré, aunque tenga que matarlos a ustedes primero.

El príncipe y su acompañante intercambiaron miradas, y se

volvieron hacia mí antes de echarse a reír. Tuve ganas de dispararles a los dos allí mismo. ¿Por quién me habían tomado, por un niño con una pataleta? Estaba allí para matar al *stáretz*, y por nada del mundo iba a irme sin hacerlo.

–¿Y por qué, Georgi Danílovich, quieres hacer algo así? –preguntó Yusúpov.

–Porque es un monstruo. Porque, si no es aniquilado, todos los demás lo seremos.

–Todos los demás seremos aniquilados igualmente –replicó con una sonrisa desafecta–. Nadie puede evitarlo. Pero, con respecto al monje loco..., bueno, me temo que llegas tarde.

No supe si sentir alivio o consternación.

–¿Se ha ido? –pregunté; lo imaginé huyendo por las calles de vuelta a los brazos de sus fulanas.

–Oh, sí.

–Pero ¿ha estado aquí?

–Así es. Lo he traído aquí esta noche. Le he dado vino. Le he ofrecido pasteles. Los había rociado con el cianuro suficiente para matar a una docena de hombres, no digamos ya a un apestoso *mujik* de Pokróvskoie.

Lo miré con los ojos muy abiertos.

–Entonces..., ¿está muerto? –pregunté, atónito–. ¿Ya lo han matado?

Ambos hombres intercambiaron otra mirada y se encogieron de hombros, casi excusándose.

–Lo lógico sería pensar que sí –contestó Yusúpov con una sonrisa. No se comportaba como alguien que hubiese cometido un asesinato, y me pregunté si él también estaría borracho o habría perdido el juicio–. Pero no le ha hecho efecto. Verás, es que Rasputín no es humano –añadió, como si se tratara de un dato obvio, algo que toda persona civilizada conocía–. Es una criatura del demonio. El cianuro no lo ha matado.

–¿Qué lo ha matado, entonces? –pregunté, y un escalofrío me recorrió las venas.

–Esto –respondió el príncipe sonriendo, y sacó de la túnica una pistola cuyo cañón aún humeaba.

Recordé los disparos que casi me habían impulsado a alejarme del Moika no hacía ni diez minutos.

–Le ha disparado... –declaré simplemente, estremecido ante esas palabras pese a que también era ésa mi intención.

–Por supuesto. Te lo enseñaré, si quieres.

Entré tras él en el palacio y recorrimos una corta distancia hasta un pasillo oscuro, iluminado tan sólo a ambos lados por altas velas blancas. En el centro, boca arriba, yacía la inconfundible figura del padre Grigori, con la capa negra desparramada alrededor, los brazos extendidos como una caricatura y las hebras de su largo y sucio cabello sobre el suelo de mármol.

–He decidido que, si el veneno no funcionaba, las balas sí funcionarían –dijo el príncipe cuando me acerqué al cuerpo para observarlo–. Le he metido una en el pecho, dos en los riñones y otra más en el estómago. Debería haberlo hecho alguien hace años. Quizás así no estaríamos ahora metidos en todo este desastre.

Yo apenas lo escuchaba, sino que miraba fijamente el cuerpo. Me alegraba que otra persona hubiese hecho aquello por mí, y me pregunté un instante si yo habría tenido la fortaleza suficiente para cometer un crimen tan horrendo. Sin embargo, no sentí gozo ni satisfacción porque Rasputín ya no estuviera vivo, sólo náusea y repugnancia, y comprendí que no deseaba otra cosa que estar a salvo en mi cama de palacio durante todo el tiempo que me quedase. No; puestos a elegir, habría preferido hallarme en los brazos de mi amada, mi Anastasia, pero por el momento eso era imposible.

–Me alegro de que lo haya hecho –le dije al príncipe, volviéndome para tranquilizarlo, no fuera a matarme a mí también por conocer el crimen–. Rasputín merecía todo lo que...

No llegué a acabar la frase, pues en ese momento brotó un sonido del cuerpo del padre Grigori, quien abrió los ojos desmesuradamente, se echó a reír y luego emitió un alarido que fue más animal que humano. Yo solté un grito ahogado cuando su boca esbozó una espantosa sonrisa y sus labios revelaron los dientes amarillentos y la lengua oscura. Sentí deseos de gritar o echar a correr, pero no pude hacerlo. Al cabo de un segundo, el príncipe le descerrajó un tiro en el corazón. El cuerpo dio un brinco y volvió a derrumbarse, desmadejado.

Ahora sí estaba muerto.

Antes de que pasara una hora, había desaparecido. Entre los tres lo llevamos hasta la ribera del Neva y lo arrojamos al agua. Se hundió con rapidez, mirándonos con su horrible rostro mientras descendía a las negras profundidades; cuando lo vimos por última vez aún tenía los ojos abiertos.

Esa noche fue una de las más frías que recuerdo, y el río estuvo congelado durante más de una semana.

Cuando empezó a deshelarse un poco y se descubrió el cuerpo de Rasputín, tenía los dedos crispados como garras y las uñas blancas de virutas de hielo. Había tratado de salir. Todavía no estaba muerto cuando cayó al agua. Había arañado la gruesa capa de hielo, quién sabía durante cuánto tiempo. El cianuro no lo había matado, ni cinco balas del príncipe, ni ahogarse. Nada de eso había funcionado.

No sé qué se lo llevó al final. Lo único que importaba era que ya no estaba.

1924

En Londres encontramos trabajo con facilidad; tanto Zoya como yo teníamos un empleo respetable al cabo de unas semanas de llegar de París, suficiente para tener comida en la mesa, suficiente para no pensar demasiado en el pasado. Mi entrevista con el señor Trevors se produjo la misma mañana que a Zoya le ofrecieron trabajar en la fábrica textil Newsom, especializada en ropa interior y de dormir femenina. Todas las mañanas a partir de entonces, salía de nuestro pequeño piso en Holborn a las siete en punto, vestida con el anodino uniforme gris del taller y una cofia igual de anodina sobre el cabello, pero ni una sola hebra, hilo o puntada disminuía en lo más mínimo su belleza. Sus tareas eran monótonas y rara vez tenía oportunidad de aplicar los conocimientos que había perfeccionado en París, pero aun así se sentía orgullosa de su trabajo. Una parte de mí pensaba que estaba desaprovechando su talento en ese oficio de baja categoría, pero ella parecía satisfecha con su puesto y no buscaba mejores oportunidades.

–Me gusta estar en la fábrica –decía siempre que yo le proponía buscar otra cosa–. Hay tanta gente que es fácil pasar inadvertida. Todo el mundo debe realizar una sola tarea simple, y todo el mundo lo hace sin protestar. Nadie me presta atención. Eso me gusta. No quiero destacar. No quiero que se fijen en mí.

Pero a veces, cuando llegaba a casa, se quejaba de cuánto le costaba soportar la charla de las demás mujeres, pues su puesto estaba en el centro de una larga hilera de operarias que abrían la boca en cuanto sonaba la sirena por la mañana y prácticamente no volvían a cerrarla hasta que estaban de nuevo en casa al final de la jornada. Tenía ocho mujeres a la izquierda y seis más a la derecha, con cinco filas delante y otras cinco detrás. La conversación bastaba para producirle dolor de cabeza a cualquiera, pero al menos hacía más llevadero el incesante zumbido de las máquinas de coser.

En Inglaterra mostraban más interés en nuestro acento que en Francia, donde la presencia de un crisol de nacionalidades se había vuelto normal después de la guerra. Por haber pasado más de cinco años en la capital francesa, nuestra pronunciación había adquirido un curioso tono híbrido, localizado en algún punto entre San Petersburgo y París. Nos preguntaban con frecuencia de dónde éramos, y cuando contestábamos la verdad, solíamos ver una ceja enarcada, y a veces un cauteloso asentimiento con la cabeza. Pero la mayoría nos trataba cortésmente porque, al fin y al cabo, estábamos en 1924, el período de entreguerras.

Zoya se convirtió en objeto de interés para una joven llamada Laura Highfield, que manejaba la máquina contigua a la suya. Laura era una soñadora; encontraba romántico y exótico que Zoya hubiese nacido en Rusia y vivido muchos años en Francia, y la interrogaba sin cesar sobre su pasado, con poco éxito. Una tarde de finales de primavera, cuando una semana de nevadas había cubierto las calles hasta recordarme a mi patria, acabé pronto en la biblioteca y me dirigí a la fábrica para recoger a Zoya y llevarla a cenar a una de las cafeterías baratas que había en el camino a casa. Cuando nos íbamos, Laura nos vio juntos y llamó a gritos a Zoya, haciendo frenéticos aspavientos mientras corría hacia nosotros.

Debía de haber doscientas o trescientas mujeres saliendo por los portones en aquel momento, todas enfrascadas en la charla y el cotilleo, pero el clamor de la sirena de la fábrica anunciando repetidamente el final de la jornada laboral me hizo embarcarme en una peculiar ensoñación. Me recordó muchísimo al eco del silbato del tren imperial cuando atravesaba la campiña rusa, transportando a la familia del zar en sus interminables peregrinajes a lo largo del año. Sonó una vez e imaginé a Nicolás y Alejandra sentados en su salón privado, con los emblemas dorados en la gruesa alfombra mientras el tren los llevaba de San Petersburgo al palacio de Livadia para las vacaciones de primavera; sonó de nuevo, y ahí estaba Olga estudiando idiomas mientras viajábamos a Peterhof en mayo; otra vez, y vi a Tatiana inmersa en una de sus novelas románticas mientras el tren avanzaba, en junio, hacia el yate imperial y los fiordos fineses; otra más, y pensé en María, mirando por la ventanilla hacia el pabellón de caza en el bosque polaco; una vez más, y ahí estaba Anastasia, tratando desesperadamente de atraer la atención de sus padres cuando regresaban de Crimea; una última vez, y era noviembre y el tren avanzaba a paso de tortuga hacia Zárskoie Seló para el invierno, bajo las estrictas instrucciones de la emperatriz de no exceder los veinticinco kilómetros por hora, y evitar así que el zarévich Alexis sufriera otro de sus traumas a causa del traqueteo. Cuántos recuerdos, todos precipitándose hacia mí, renacidos con el sonido de una sirena que mandaba a un grupo de obreras a casa, con sus familias.

–Se te ve distraído –me dijo Zoya, cogiéndome del brazo y apoyando la cabeza en mi hombro unos instantes–. ¿Va todo bien?

–Perfectamente, *dusha* –respondí con una sonrisa; le di un leve beso en la coronilla–. Sólo ha sido una tontería por mi parte. Por un instante he creído que...

–¡Zoya!

La voz nos hizo volvernos y vimos a Laura corriendo hacia nosotros con un grupo de mujeres a la zaga. Al alcanzarnos, le contó a Zoya que iban a tomar una taza de té, mirándome de arriba abajo mientras hablaba; luego le preguntó si quería acompañarlas.

–No puedo –contestó mi esposa, que no me presentó y me instó a seguir–. Lo siento, en otro momento quizá.

–¿Son amigas tuyas? –pregunté, sorprendido de que quisiera librarse de ellas tan rápido.

–Intentan serlo, pero sólo trabajamos juntas.

–Puedo irme a casa si quieres tomar el té con ellas. Al fin y al cabo, no conocemos mucha gente en Londres. Podría ser agradable tener...

–No –me interrumpió–. No, no quiero ir.

–Pero ¿por qué no? ¿No te caen bien?

Titubeó y su rostro reflejó cierta ansiedad antes de responder.

–No deberíamos hacer amigos.

–No te entiendo.

–Yo no debería hacer amigos –se corrigió–. No es necesario que se relacionen conmigo.

Fruncí el entrecejo, no muy seguro de a qué se refería.

–Pero no te comprendo... ¿Qué tiene de malo? Zoya, si piensas que...

–No es seguro, Georgi –espetó–. A esa chica no le hará ningún bien ser amiga mía. Doy mala suerte. Ya lo sabes. Si intimo demasiado...

Me detuve, mirándola con asombro.

–¡Zoya! –exclamé, cogiéndola del brazo para girarla hacia mí–. No puedes hablar en serio.

–¿Por qué no?

–Nadie da mala suerte. Esa idea es ridícula.

–Conocerme significa sufrir –afirmó con voz profunda y solemne; sus ojos se movieron con inquietud y la frente se le llenó de pesarosas arrugas–. No tiene sentido, ya lo sé, Georgi, pero es verdad. Has de reconocer que es verdad. No quiero entablar amistad con Laura. No quiero que muera.

–¿Que muera? –exclamé, pero entonces un hombre me apartó de un empujón y me volví con furia; de pronto me sentí capaz de ir tras él y desafiarlo, y quizá lo habría hecho si Zoya no me hubiese cogido del codo para obligarme a mirarla.

–Yo no debería estar viva –declaró, y sus palabras disolvieron la multitud que nos rodeaba hasta convertirla en polvo, de modo que quedamos los dos, solos en el mundo; yo, con el corazón desbocado ante la expresión de convencimiento y desdicha de mi mujer–. Él lo vio en mí –prosiguió, fijando la mirada en los altos ribazos de nieve que se estaban formando detrás de nosotros. Yo oía las risas de los niños que se abrían paso a puntapiés en los montículos y hacían bolas de nieve para arrojárselas unos a otros, los gritos ahogados cuando hundían las manitas en la nieve y se les entumecían los dedos–. Él me dijo: «Pobrecita, todos acaban sufriendo cuando están cerca de ti, ¿verdad?».

–Zoya –susurré impresionado, pues nunca había mencionado eso–. No sé... cómo puedes...

–No quiero amigos –siseó–. No necesito a nadie. Sólo a ti. Piénsalo. Piensa en todos ellos. Piensa en lo que hice. Nunca se acaba. Es el precio que tengo que pagar por la vida. Incluso Leo...

–¡Leo! –Casi no pude creer que pronunciase su nombre. No lo habíamos olvidado, por supuesto, pero formaba parte del pasado, como todos los demás. Y Zoya y yo habíamos enterrado el pasado muy hondo. Jamás hablábamos de él. Así sobrevivíamos–. Lo que le ocurrió a Leo sólo fue culpa suya, de nadie más.

–Oh, Georgi –musitó; rió un poco y movió la cabeza–. Quién pudiese ser tan ingenuo como tú. Qué dicha debe de aparejar.

Abrí la boca para contradecirla; no me sentí insultado por sus palabras, sino desconsolado. Porque Zoya tenía razón. Yo era un ingenuo, un virtual imbécil cuando se trataba de discutir sobre ese tema. Quise expresarle mi amor, pero me pareció muy vacío, muy trivial comparado con lo que ella estaba diciendo. No me quedaban palabras.

–¡Oh, mira! –exclamó un momento después, dando una palmada de alegría al ver que su cafetería favorita estaba abriendo las puertas, y su repentino entusiasmo, que se reflejó en la oscuridad cada vez mayor del crepúsculo, me recordó a la muchacha inocente de la que me había enamorado. Fue como si los últimos diez minutos de conversación no hubiesen existido–. Han vuelto a abrir; pensaba que habían cerrado para siempre. Vamos, Georgi, ¿te parece? Podemos cenar ahí.

Cruzó la calle con tanta precipitación, sin mirar, que casi la atropella un autobús, el cual tocó violentamente la bocina cuando ella pasó corriendo. El corazón se me encogió de angustia al imaginarla aplastada bajo sus ruedas, pero cuando el autobús arrancó de nuevo, la vi entrar en la acogedora cafetería, ajena por completo al accidente del que acababa de librarse.

Cinco meses después, trató de suicidarse.

El día empezó de forma similar a cualquier otro, con la excepción de que yo padecía un agudo dolor de cabeza, de lo que me quejé en el desayuno; era una sensación extraña para mí, pues casi nunca me ponía enfermo. Había despertado de un sueño vistoso y dramático, de esos que uno confía en retener en la memoria para analizarlo después pero que se esfuman y disuelven lentamente, como azúcar en el agua. Pensé que en él habría aparecido una banda o una orquesta de percusión, pues la jaqueca –un latido sordo en la frente que emborronaba mi visión y minaba mi energía– estaba ahí desde que había abierto los ojos, amenazando con empeorar a medida que avanzara la mañana.

Zoya iba aún en camisón en el desayuno, algo poco habitual, pues solía vestirse para el trabajo mientras yo me bañaba. Tampoco se había preparado el huevo duro y la tostada de costumbre, y se sentó frente a mí con una expresión distante, sin tocar la taza de té que yo le había servido.

–¿Va todo bien? –pregunté, casi lamentando tener que hablar, pues eso aumentó el tamborileo detrás de mis ojos–. No te encontrarás mal tú también, ¿verdad?

–No; estoy bien –se apresuró a responder, sonriendo a medias y sacudiendo la cabeza–. Sólo se me ha hecho un poco tarde, eso es todo. Me siento un poco cansada esta mañana. Supongo que debo ponerme en marcha.

Se levantó y se dirigió al cuarto de baño para cambiarse. Una parte de mí reconoció algo distinto y extraño en su comportamiento, pero me dolía tanto la cabeza que no fui capaz de preguntarle qué ocurría. La ventana estaba abierta y advertí que hacía una mañana fría y tonificante; sólo deseé salir a la calle y emprender el camino hacia el trabajo, con la esperanza de que el aire fresco me despejara la cabeza antes de llegar a Bloomsbury.

–Hasta la tarde, Zoya –dije al entrar en el dormitorio para darle un beso de despedida. Me sorprendió encontrarla sentada en la cama, mirando la pared desnuda frente a ella. Fruncí el entrecejo–. ¿Zoya? ¿Qué demonios te pasa? ¿Seguro que te encuentras bien?

–Estoy bien, Georgi.

Se puso en pie y abrió el armario para sacar su uniforme.

–Pero estabas ahí sentada. ¿Te preocupa alguna cosa?

Se volvió para mirarme, y vi que arrugaba un poco la frente pensando cómo decirme algo. Abrió un poco la boca e inspiró, pero luego dudó, negó con la cabeza y apartó la vista.

–Sólo estoy cansada, nada más –repuso al fin encogiéndose de hombros–. Ha sido una semana muy larga.

–Pero si sólo es miércoles –le recordé con una sonrisa.

–Un mes muy largo, entonces.

–Estamos a seis.

–Georgi... –suspiró irritada, con frustración.

–De acuerdo, de acuerdo. Quizá deberías descansar un poco.

¿Esto no tendrá que ver con...? –Entonces vacilé yo; era un tema difícil y poco apropiado para empezar la jornada–. ¿No estarás preocupada por...?

–¿Por qué? –preguntó a la defensiva.

–Sé que te llevaste una decepción el domingo. El domingo por la tarde, cuando...

–No se trata de eso –zanjó; me pareció que se ruborizaba un poco, pero entonces se volvió para alisar el uniforme en su percha–. Francamente, Georgi, no todo tiene que ver con eso. De todos modos, sabía que no sucedería este mes. Lo intuía.

–Parecías creer que sí.

–Pues me equivocaba. Si vamos a recibir esa bendición... ocurrirá en el momento apropiado. No puedo seguir pendiente de eso. Es demasiado para mí, Georgi, ¿es que no lo entiendes?

Asentí con la cabeza. No quería discutir, e incluso el esfuerzo de mantener esa conversación agudizaba tanto mi dolor de cabeza que creí que estaba a punto de vomitar.

–¿Qué hora es? –preguntó un instante después.

–Las siete y cuarto –respondí consultando el reloj–. Vas a llegar tarde si no te das prisa. Los dos llegaremos tarde.

Zoya asintió y me dio un beso, sonriendo un poco.

–Entonces será mejor que espabile. Nos vemos esta tarde. Espero que se te pase pronto la jaqueca.

Nos despedimos, y yo me dirigí a la puerta principal, pero antes de que llegase a abrirla, la oí cruzar rápidamente la cocina; me agarró de la manga y se arrojó en mis brazos cuando me volví.

–Perdóname –dijo, y su voz sonó amortiguada contra mi pecho.

–¿Que te perdone? –pregunté, apartándola un poco y sonriendo confuso–. ¿Por qué?

–No lo sé –contestó, lo que me confundió aún más–. Pero te quiero, Georgi. Lo sabes, ¿verdad?

Me quedé mirándola y reí.

–Por supuesto que lo sé. Lo noto todos los días. Y tú sabes que yo también te quiero, ¿verdad?

–Lo he sabido siempre. A veces no sé qué he hecho para merecer tanto cariño.

En cualquier otra ocasión me habría encantado sentarme con ella para enumerar sus virtudes, las docenas de formas en que la amaba, los centenares de motivos que tenía para hacerlo, pero el latido sordo de mi frente no dejaba de empeorar, así que me incliné para besarla en ambas mejillas y le dije que necesitaba un poco de aire fresco o me desplomaría de dolor.

Me observó ascender los peldaños hacia la calle, pero cuando me volví para despedirme con la mano, la puerta ya se cerraba detrás de mí. Me quedé contemplando el cristal esmerilado, a través del cual vislumbré a mi esposa apoyada contra la puerta, con la cabeza gacha. Estuvo así cinco segundos, quizá diez, y luego se alejó.

Contrariamente a lo que esperaba, aún me sentía peor cuando llegué a la biblioteca, pero me esforcé en olvidar el dolor y ocuparme de mis obligaciones. Sin embargo, hacia las once el dolor se me había extendido al estómago, los brazos y las piernas, y supuse que había contraído algún tipo de virus que no se curaría con una larga jornada de actividad. No era un día muy ajetreado, pues no había adquisiciones que catalogar y la sala de lectura estaba inusualmente tranquila, de modo que llamé a la puerta del señor Trevors y le expliqué mi estado. Mi cara pálida y sudorosa, junto con el hecho de que no hubiese estado un solo día de baja por enfermedad en los cinco años que llevaba empleado allí, hizo que me mandara a casa sin objeciones.

Al salir de la biblioteca, no me vi con ánimos de volver andando a Holborn y cogí un autobús. Pero los bamboleos y traqueteos al recorrer Theobald's Road sólo consiguieron que me encontrara peor, y temí vomitar ante mis pies o verme obligado a saltar en marcha del autobús para evitarme semejante vergüenza. Pero como al final del trayecto se hallaba lo único que me interesaba en ese momento, mi cama, me concentré en eso y traté de sobrellevar el sufrimiento que amenazaba con doblegarme.

Por fin, a las once y media descendí con cautela los peldaños hacia nuestro piso y abrí la puerta con un gran suspiro de alivio. Me resultó extraño estar solo en casa, pues Zoya siempre estaba allí cuando llegaba, pero me serví un vaso de agua y me senté a la mesa, sin pensar en nada particular mientras tomaba cautelosos sorbos, confiando en que eso me asentara el estómago.

Saqué el *Times* de mi maletín y eché un vistazo a los titulares; un artículo sobre el levantamiento en Georgia atrajo mi atención. Los mencheviques luchaban contra los bolcheviques para obtener la independencia, pero parecían abocados al fracaso. Yo estaba al corriente de los numerosos alzamientos e insurgencias que se producían por las distintas partes del imperio y del número de estados que pugnaban por su soberanía. Solía leer el *Times* durante la merienda en la biblioteca y prestaba especial interés a cualquier noticia relacionada con mi patria, pero llevaba varias semanas fijándome en ésa a causa del líder menchevique, el coronel Cholokashvili, el cual había formado parte de una delegación enviada a Zárskoie Seló en 1917 para informar al zar del avance del ejército ruso en el frente. Aun siendo más joven que los demás representantes en el palacio, tuve la suerte de conversar brevemente con él cuando se marchaba, y me dijo que proteger la vida del emperador y su heredero era tan importante como salvaguardar nuestras fronteras durante la guerra. Sus palabras tuvieron una particular trascendencia para mí en aquel tiempo, pues me preocupaba estar faltando a mis verdaderos deberes al servir a la familia imperial cuando decenas de miles de jóvenes de mi edad estaban muriendo en los Cárpatos o los campos de batalla de los lagos de Masuria.

Cuando acabé el artículo, descubrí que tanto el dolor de cabeza como el de estómago habían remitido un poco, pero decidí pasar igualmente el día en la cama; con un poco de suerte me levantaría totalmente restablecido.

Abrí la puerta del dormitorio y me quedé de piedra.

Zoya estaba tendida en la cama con los brazos en cruz; de unas profundas heridas en sus muñecas manaba sangre, que formaba sendos charcos de un rojo oscuro en la colcha. Me quedé paralizado del horror, experimentando la más curiosa sensación de incomprensión e impotencia. Era como si mi cerebro no pudiera asimilar del todo la escena, y fuera por tanto incapaz de transmitir instrucciones a mi cuerpo sobre cómo reaccionar. Finalmente, con un gran rugido visceral brotado de lo más hondo de mi vientre, corrí hacia la cama y levanté a Zoya en brazos, con lágrimas por el rostro mientras gritaba su nombre una y otra vez en un desesperado intento por reanimarla.

Al cabo de unos segundos le temblaron levemente los párpados; sus pupilas se clavaron en las mías un instante, y luego apartó la vista con un suspiro de agotamiento. Zoya no agradecía mi presencia; no quería que la salvara. Corrí hacia el armario, cogí un par de bufandas de un estante y volví a la cama; localicé los puntos donde había entrado el cuchillo y vendé las heridas bien prietas para cortar el flujo de sangre. De la boca de Zoya surgió entonces un grito profundo con el que me rogaba que la dejara en paz, pero yo no podía hacerlo, me negué a hacerlo, y tras amarrarle bien los brazos, salí corriendo a la calle y me precipité hacia el final de nuestra hilera de casas, donde por suerte un médico tenía su consulta. Debí de parecer un lunático al entrar corriendo, con los ojos desorbitados y la camisa, los brazos y la cara cubiertos de la sangre de Zoya; una mujer de mediana edad sentada en la recepción soltó un grito terrible, tomándome quizá por un asesino chiflado. Pero tuve la presencia de ánimo suficiente para explicarle a la enfermera qué había ocurrido y pedirle ayuda, exigírsela, antes de que fuera demasiado tarde.

En los días que siguieron, pensé con frecuencia en el virus que había afectado a mi cabeza y mi estómago aquel día. Era insólito que lo hubiera padecido, y sin embargo, de haber gozado de mi buena salud de siempre, me habría quedado en la biblioteca del Museo Británico todo el día y habría sido viudo al volver a casa.

Considerando la vida que había llevado, la gente que había conocido y los sitios que había visto, no era habitual que alguien me intimidara simplemente por ocupar una posición de autoridad, pero el doctor Hooper, que se ocupó de Zoya mientras estuvo en el hospital, me impresionó un poco, y yo temía parecer tonto en su compañía. Era un caballero mayor, ataviado con un caro traje de *tweed*, con una pulcra barba a lo Romanov, penetrantes ojos azules y un cuerpo atlético poco corriente en un hombre de su edad y condición. Sospeché que tenía aterrorizados a los médicos y enfermeras a su cargo y que no toleraba de buen grado a los idiotas. Me irritó que no considerara conveniente hablar conmigo durante las semanas que mi esposa pasó en el hospital recobrándose de sus heridas; siempre que me lo encontraba en el pasillo e intentaba hablar con él, se disculpaba aduciendo que estaba muy ocupado y me remitía a uno de sus residentes, ninguno de los cuales parecía más informado que yo sobre el estado de Zoya. Sin embargo, el día anterior a que la mandaran a casa, llamé a su secretaria y solicité una cita con el doctor antes de que firmara el alta. Así pues, tres semanas después de haber descubierto a Zoya sangrando y moribunda en nuestra cama, me encontré sentado en la amplia y cómoda consulta de la planta superior del ala psiquiátrica, mirando cómo aquel médico entrado en años examinaba con cautela el historial de mi mujer.

–Las heridas físicas de la señora Yáchmenev están curadas –anunció por fin, dejando el expediente y mirándome–. Los cortes que ella misma se produjo no fueron lo bastante profundos para dañar las arterias. En ese aspecto tuvo suerte. La mayoría de la gente no sabe hacerlo correctamente.

–Había una cantidad espantosa de sangre –repuse, reacio a revivir la experiencia pero sintiendo que era necesario que él conociese toda la historia–. Pensé que... cuando la encontré, quiero decir... bueno, estaba muy pálida y...

–Señor Yáchmenev. –Levantó una mano para hacerme callar–. Ha estado usted aquí dos o tres veces al día desde que su mujer ingresó, ¿no es así? Estoy impresionado por su dedicación. Le sorprendería saber que pocos maridos se molestan en visitar a sus esposas, no importa cuál sea el motivo de su ingreso. Durante ese tiempo habrá advertido una mejora en el estado de su mujer. En realidad ya no hay que inquietarse por sus problemas físicos. Es posible que le queden unas leves cicatrices en los brazos, pero se irán borrando con el tiempo hasta volverse apenas visibles.

–Gracias –respondí, y se me escapó un suspiro de alivio–. Debo admitir que, cuando la encontré, temí lo peor.

–Por supuesto, conoce usted mi especialidad, y a mí me interesan más las cicatrices mentales que las físicas. Como sabe, todo intento de suicidio debe ser evaluado en profundidad antes de permitir al perpetrador que vuelva a casa. –«El perpetrador»–. Por su bien, entre otras cosas. He hablado mucho con su esposa estas semanas tratando de llegar a la causa fundamental de su comportamiento, y he de ser franco con usted, señor Yáchmenev: su mujer me preocupa.

–¿Quiere decir que podría intentarlo de nuevo?

–No, no lo creo probable. La mayoría de los supervivientes de intentos de suicidio quedan demasiado avergonzados e impresionados por sus actos para probar una segunda vez. La mayor parte, comprenda usted, ni siquiera pretendía hacerlo realmente. Se trata, como dicen, de una llamada de socorro.

–¿Y cree usted que fue ése el caso? –pregunté esperanzado.

–De haber querido hacerlo, habría cogido una pistola y se habría pegado un tiro –contestó, como si fuera la cosa más obvia del mundo–. Con eso no hay vuelta atrás. La gente que sobrevive quiere sobrevivir. Su esposa tiene eso a su favor.

Yo no estaba tan convencido de que fuera así; al fin y al cabo, Zoya creía que yo no iba a volver a casa antes de seis horas por lo menos. No habría sobrevivido tanto tiempo sin desangrarse, sin importar qué venas se hubiese cortado. Además, ¿dónde habría encontrado una pistola? A lo mejor el doctor Hooper nos juzgaba a todos según su propio arsenal de armas. Tenía todo el aspecto de ser un hombre que se pasaba los fines de semana rifle en mano, matando toda clase de fauna en compañía de miembros secundarios de la realeza.

–Y en el caso de su mujer –continuó–, creo que la impresión producida por el intento, unida a sus sentimientos hacia usted, pueden prevenir que se repita.

–¿Sus sentimientos hacia mí? –pregunté enarcando una ceja–. Pero no estaba pensando en mí cuando lo hizo, ¿verdad?

Esas palabras eran indignas de mí, pero mi estado anímico –como el de Zoya– había pasado de positivo a espantosamente depresivo en esas últimas semanas. Había noches en que permanecía despierto, pensando tan sólo en lo cerca que había estado Zoya de la muerte y en cómo habría sobrevivido yo sin ella. Había días que me reprochaba no haber reconocido su sufrimiento y acudido en su ayuda. En otras ocasiones me golpeaba la frente con los puños, frustrado y furioso porque Zoya me tuviese en tan poca estima como para causarme tanto sufrimiento.

–No debe pensar que esto tiene que ver con usted –dijo por fin el doctor, como si me hubiese leído el pensamiento; salió de detrás del escritorio y se sentó en una butaca a mi lado–. No tiene nada que ver con usted, sino con ella, con su mente. Su depresión, su infelicidad.

Sacudí la cabeza, incapaz de asimilarlo.

–Doctor Hooper –dije, cauteloso–, debe saber que mi matrimonio con Zoya es muy feliz. Rara vez discutimos, y nos queremos muchísimo.

–Y llevan juntos ya...

–Nos conocimos cuando éramos adolescentes. Nos casamos hace cinco años. Han sido tiempos felices.

Asintió con la cabeza y juntó las manos para formar un campanario que señalaba al cielo; soltó un profundo suspiro mientras sopesaba lo que yo acababa de decir.

–No tienen hijos, claro.

–No. Como sabe, hemos sufrido una serie de abortos.

–Sí, su esposa me ha hablado de eso. Han sido tres, ¿no es así?

Titubeé un instante al acordarme de los tres bebés perdidos, pero finalmente asentí.

–Sí. –Tosí para aclararme la garganta–. Sí, ha ocurrido tres veces.

Se inclinó hacia mí y me miró a los ojos.

–Señor Yáchmenev, hay algunas cosas que no puedo comentar libremente con usted, cosas que Zoya me ha contado como confidencias entre médico y paciente, ¿me comprende?

–Sí, por supuesto –repuse, frustrado porque no me dijera con exactitud qué le pasaba a mi mujer cuando era yo, por encima de todos los demás, quien quería ayudarla–. Pero soy su marido, doctor. Hay cosas...

–Sí, sí –se apresuró a decir, quitándole importancia, y se reclinó en el asiento. Tuve la sensación de que me examinaba con cautela, que me psicoanalizaba incluso, como decidiendo cuánto permitirme saber y cuánto revelar–. Si le dijera que su esposa es una mujer muy infeliz, señor Yáchmenev, sin duda me comprendería.

–Diría que eso es obvio –repuse en voz baja y airada–, teniendo en cuenta lo que hizo.

–Quizás incluso piense que está perturbada.

–No lo creerá, ¿verdad?

–No, no pienso que ninguna de las dos cosas explique por entero lo que le ocurre a Zoya. Esos términos son demasiado simplistas, demasiado superficiales. Yo creo que sus problemas se hallan en lo más hondo. En su historia. En las cosas que ha presenciado. En los recuerdos que ha reprimido.

Entonces lo miré fijamente y noté que palidecía un poco, no muy seguro de adónde quería llegar. No me imaginé ni un instante que Zoya le hubiese confiado los detalles de nuestro pasado, de su pasado, incluso aunque confiara en él. No era propio de ella. Y no pude evitar preguntarme si el doctor sabía que algo se le escapaba y pensaba que yo podría revelárselo si me guiaba por ese camino. Por supuesto, no me conocía; no entendía que yo jamás traicionaría a mi esposa.

–¿A qué recuerdos se refiere? –pregunté por fin.

–Creo que los dos conocemos la respuesta, señor Yáchmenev, ¿no le parece?

Tragué saliva y apreté los dientes. No iba a admitir si era cierto o no.

–Lo que quiero saber –anuncié con determinación– es si debo continuar preocupándome por ella, vigilándola el día entero. Quiero saber si puede volver a ocurrir algo similar. Debo ir a trabajar todos los días, no puedo estar con ella constantemente.

–Resulta difícil decirlo, pero considero que no hay mucho motivo de preocupación. Voy a someterla a más sesiones, por supuesto, como paciente externa. Creo que puedo ayudarla a aceptar las cosas que la hacen sufrir. Su esposa tiene la falsa impresión de que la gente que intima con ella está en peligro; lo sabe, ¿verdad?

–Me lo ha mencionado, pero sólo por encima. Es algo que guarda celosamente en su interior.

–Me ha hablado de esos abortos que tuvo, por ejemplo. Y de ese amigo suyo, monsieur Raymer.

Asentí con la cabeza y bajé la vista un momento, inmerso en el recuerdo. Leo.

–Hay que conseguir que comprenda que no es responsable de ninguna de esas cosas –concluyó el doctor poniéndose en pie, con lo que indicó que nuestra entrevista había llegado a su fin–.

Eso depende de mí, por supuesto, durante las sesiones como paciente externa. Y depende de usted, en su vida juntos.

Cuando entré en la sala, Zoya ya estaba vestida y esperándome, sentada en el borde de la cama, arreglada y formal con el sencillo vestido de algodón y el abrigo que le había llevado el día anterior. Alzó la vista y sonrió al verme ir hacia ella, y yo sonreí también y la estreché en mis brazos, contento de que los vendajes que cubrían las heridas casi curadas de sus brazos quedaran ocultos por las mangas del abrigo.

–Georgi –susurró, y se echó a llorar al advertir una expresión confusa en mi rostro–. Lo siento muchísimo, no pretendía hacerte daño.

–Tranquila, no pasa nada. –Fue una respuesta curiosa por mi parte, pues desde luego que pasaba algo–. Al menos ya puedes irte de aquí. Todo irá bien, te lo prometo.

Asintió con la cabeza y me cogió del brazo cuando salíamos de la sala.

–¿Vamos a casa? –quiso saber.

A casa. Otra extraña expresión. ¿Dónde estaba, al fin y al cabo? No allí, en Londres. Y tampoco en París. Nuestra casa estaba a muchos kilómetros de distancia, en un sitio al que jamás podríamos regresar. No iba a mentirle contestando que sí.

–Volvemos a nuestro pequeño piso –respondí en voz baja–. Cerraremos la puerta y estaremos juntos, como siempre hemos debido estar. Sólo nosotros dos. GeorgiZoya.

La firma del zar

Que acabara como acabó, en un vagón de tren en Pskov, todavía me asombra.

No celebramos la llegada de 1917 con las mismas festividades y la misma alegría con que habíamos recibido años anteriores. Entre el personal de la casa del zar reinaba tal confusión que hasta consideré marcharme de San Petersburgo y regresar a Kashin, o quizá dirigirme hacia el oeste en busca de una nueva vida; sólo el hecho de que Anastasia jamás habría abandonado a su familia –y que nunca me habrían permitido llevarla conmigo– me impidió hacerlo. Pero a todos los que formábamos parte del séquito imperial nos envolvía la tensión. El final estaba a la vista, la única cuestión era cuándo llegaría.

El zar pasó gran parte de 1916 con el ejército, y en su ausencia, la zarina había quedado al mando de los asuntos políticos. Mientras que él mantenía su posición en Stavka, ella dominaba al gobierno con una fortaleza y una determinación tan impresionantes como equivocadas. Pues evidentemente no hablaba con su propia voz, sino con las palabras del *stáretz*. La influencia de éste había calado en todas partes. Pero ahora había muerto, el zar se hallaba lejos y la zarina estaba sola.

La noticia de la muerte del padre Grigori llegó al Palacio de Invierno un par de días después de aquella terrible noche de diciembre en que su cuerpo, envenenado y lleno de balas, fue arrojado al río Neva. La emperatriz quedó consternada, por supuesto, y se mostró implacable al insistir en que los asesinos pagaran por el crimen, pero al advertir la vulnerabilidad de su posición empezó a interiorizar su dolor. Yo a veces la observaba cuando se sentaba en su salón privado, mirando por la ventana con rostro inexpresivo mientras una de sus damas de compañía parloteaba sin cesar sobre algún cotilleo insignificante que circulaba en palacio, y advertía en sus ojos la determinación de continuar, de gobernar, y la admiraba por ello. Al fin y al cabo, quizá no fuera sólo un títere de Rasputín.

Sin embargo, cuando el zar regresó para una breve visita por Navidad, ella insistió en que Félix Yusúpov fuera llevado ante la justicia, pero como era miembro de la extensa familia imperial, su marido dijo que no podía hacer nada.

–¡Estás más sometido a esos parásitos y sanguijuelas que a Dios, Nico! –exclamó Alejandra a las pocas horas de su regreso.

Fue una tarde en que todos quedamos impresionados por el mal aspecto del emperador. Era como si hubiese envejecido diez años, quizá quince, desde la última vez que lo habíamos visto, en agosto. Daba la impresión de que, si tenía que enfrentarse a un solo drama más, sería demasiado para él y acabaría con su vida.

–El padre Grigori no era Dios –replicó, masajeándose las sienes y paseando la vista por la habitación en busca de apoyo.

Sus cuatro hijas fingían que aquella discusión no se estaba produciendo; los miembros del séquito habían retrocedido hacia las sombras de la estancia, como yo. Alexis observaba desde su asiento en el rincón; estaba casi tan pálido como su padre, y me pregunté si se habría hecho daño y no se lo había contado a nadie. A veces se podía saber cuándo había empezado la hemorragia interna: la mirada de pánico desesperado en su rostro, el deseo de permanecer perfectamente inmóvil para contener el trauma que se aproximaba, eran síntomas familiares para los que lo conocíamos bien.

–¡Era el representante de Dios! –exclamó la zarina.

–¿De veras? –replicó el zar dirigiéndole una mirada colérica, esforzándose por mantener la compostura–. Y yo que pensaba que el representante de Dios en Rusia era yo. Pensaba que el ungido era yo, no un campesino de Pokróvskoie.

–¡Oh, Nico! –se lamentó Alejandra frustrada, dejándose caer en una silla y ocultando el rostro entre las manos unos segundos, antes de ponerse en pie, acercarse de nuevo hacia él y hablarle como si fuera su madre, la emperatriz viuda María Fédorovna, y no su esposa–: No puedes permitir que los asesinos queden impunes.

–No quiero hacerlo. ¿Crees que eso es lo que quiero de Rusia? ¿De mi propia familia?

–Apenas son tu familia –espetó ella.

–Si los castigo, será como decir que apruebo la influencia del padre Grigori.

–¡Él salvó a nuestro hijo! –exclamó–. ¿Cuántas veces...?

–Él no hizo tal cosa, Sunny. Por todos los santos, desde luego te tenía bajo su influencia.

–¿Y por eso lo odiabas tanto? ¿Porque yo creía en él?

–Hubo un tiempo en que creías en mí –repuso él en voz baja, apartando la vista, con tanta desdicha reflejada en el rostro que casi olvidé que se trataba del zar y creí estar viendo a un hombre en absoluto distinto de mí.

Qué aliviado me sentí entonces de que nadie conociera mi participación en la muerte de Rasputín; de haberse sabido, sin duda la ira del zar se habría vuelto hacia mí, y para sofocar la consternación de su esposa me habría enviado de camino a la horca antes del anochecer.

–Pero sigo creyendo en ti, Nico –afirmó ella con cierta ternura, tendiendo los brazos hacia él. Pero creo que el zar malinterpretó el movimiento, pues retrocedió, dejándola en el centro de la estancia con los brazos extendidos–. Todo lo que te pido es...

–Sunny, el pueblo lo odiaba, tú lo sabes.

–Por supuesto que lo sé.

–Y sabes por qué.

La zarina asintió con la cabeza y no dijo nada, quizá consciente por fin de que sus cinco hijos presenciaban la escena, aunque simularan que no ocurría nada fuera de lo corriente. Miré a Anastasia, que estaba sentada en un sofá haciendo ganchillo; sus dedos se movían con rapidez mientras oía discutir a sus padres. Quise correr hacia ella, llevármela de aquel sitio terrible que parecía estar desmoronándose en torno a nosotros. Volvieron a pasarme por la cabeza imágenes de Versalles, pero las aparté; sabía demasiado bien cómo había acabado aquella historia.

–El padre Grigori era mi confesor, nada más –declaró por fin la zarina con tono ofendido–. Y mi confidente. Pero puedo vivir sin él, Nico, tienes que creerme. Puedo ser fuerte. Soy fuerte, de hecho. Ahora que tú estás lejos mientras esta odiosa guerra continúa...

–¡Y eso también! –resopló él alzando los brazos–. Es demasiado, ¿es que no lo ves? El poder que tienes... Debes permitir que otros...

–La tradición dicta que la zarina esté a cargo de la política cuando el zar no está –repuso ella con altivez, levantando la cabeza con gesto regio–. Hay precedentes. Tu madre lo hizo, al igual que la suya, y la suya antes de ella.

–Pero tú vas demasiado lejos, Sunny. Lo sabes. Trepov me ha dicho...

–¡Ja! ¡Trepov! –chilló, escupiendo casi el nombre del primer ministro–. Trepov me odia. Todo el mundo lo sabe.

–Sí –exclamó el zar, y soltó una risa amarga–. Sí, te odia. ¿Y por qué?

–No comprende cómo hay que gobernar un país. No comprende de dónde procede la fuerza.

–¿Y de dónde procede, Sunny? ¿Puedes decírmelo tú? –preguntó el zar, acercándosele de pronto, enfadado. Llevaban meses sin verse, todos conocíamos bien la intensidad de su pasión y su amor, que impregnaba las cartas que se enviaban a diario, pero ahí estaban, aparentemente odiándose, peleando como si el mundo entero hubiese conspirado para separarlos–. ¡Procede del corazón! ¡Y de la cabeza!

–¿Qué sabes tú de mi corazón? –vociferó la zarina, y todas sus hijas dejaron la labor al oírla gritar y miraron asustadas a sus padres. Le eché un vistazo a Alexis, que parecía al borde de las lágrimas–. ¡Tú, que no tienes corazón! ¡Tú, que sólo eres capaz de pensar con la cabeza! ¿Cuándo fue la última vez que te preocupaste por lo que sentía mi corazón?

El zar se quedó mirándola unos instantes sin hablar; luego dijo, encogiéndose de hombros:

–Trepov insiste en que no puedes seguir al mando cuando yo me haya ido.

–¡Entonces no debes irte!

–Tengo que hacerlo, Sunny. El ejército...

–Puede sobrevivir sin ti. Puedes restituir al gran duque Nicolás Nikoláievich.

–El zar debe estar a la cabeza del ejército –insistió.

–Entonces yo sigo al mando aquí.

–No puedes.

–¿Vas a permitir que un hombre como Trepov te dicte qué hacer? –preguntó perpleja–. ¿Vas a permitir que cualquiera te dicte lo que sea? ¿A ti, que aseguras ser el ungido por Dios?

–¿Que «aseguro» serlo? –inquirió él con los ojos llenos de asombro–. ¿Cómo que «aseguro»? ¿Acaso me estás diciendo que tú no lo crees?

–Te estoy preguntando si así están las cosas ahora, eso es todo. Según tú, no permitirías que un campesino de Pokróvskoie te dijera lo que tienes que hacer, pero te sometes como un perro callejero ante un bastardo de Kiev. Explícame la diferencia, Nico. Explícamela como si fuera una *mujik* ignorante y sin educación, y no la nieta de una reina, la prima de un káiser y la esposa de un zar.

Nicolás rodeó su escritorio y se sentó; se tapó los ojos con la mano unos segundos, antes de levantar la vista otra vez con el rostro nublado por una expresión funesta.

–La Duma –dijo por fin–. Exigen que se les concedan derechos parlamentarios propiamente dichos.

–Pero ¿cómo puede haber Parlamento en una autocracia? –quiso saber la zarina–. Esos dos términos se excluyen mutuamente.

–Ése, mi querida Sunny –respondió él con una risa amarga–, es precisamente el quid de la cuestión, ¿no te parece? No puede haberlo. Pero yo tampoco puedo librar dos guerras al mismo tiempo. Y no lo haré. No tengo fuerzas suficientes. Y tampoco las tiene el país. No; yo regresaré a Stavka dentro de poco, tú irás a Zárskoie Seló con la familia, y Trepov se ocupará de los asuntos políticos en mi ausencia.

–Si haces eso, Nico –dijo Alejandra en voz baja–, no habrá ningún palacio al que regresar. Puedes creerlo.

–Las cosas... –empezó el zar, desmadejado en la silla–. Las cosas se resolverán por sí mismas. Simplemente llevará su tiempo, eso es todo.

La emperatriz abrió la boca para hablar, pero, dándose por vencida, se limitó a mirar a su marido con lástima. Entonces se volvió hacia la habitación y fijó la vista en sus hijas; su mirada iba ensombreciéndose y endulzándose de un rostro al siguiente, y sus ojos sólo volvieron a llenarse de luz cuando se clavaron en los de su pequeño Alexis.

–Hijos. Venid conmigo, ¿queréis?

Los cinco Romanov se pusieron en pie de inmediato, pero la zarina tendió las manos con las palmas abiertas y negó con la cabeza; fue una de las raras ocasiones en que se dignó reconocer la presencia de simples mortales en la estancia.

–Sólo mis hijos –apostilló con voz enérgica–. El resto quedaos aquí. Con el zar. Quizás él os necesite.

Salió la primera hacia su salón privado y observé cómo sus hijos la seguían. Anastasia se volvió hacia mí y esbozó una sonrisa nerviosa; sonreí a mi vez, confiando en reconfortarla de algún modo. Unos instantes después, las acompañantes de las grandes duquesas abandonaron la habitación, y los guardias ocuparon sus puestos a ambos lados de las puertas, hasta que sólo quedamos allí el zar y yo. Una parte de mí, en mi juvenil insensatez, deseó quedarse y hablar con él, ofrecerle algún consuelo, pero no me correspondía hacer eso. Titubeé sólo un instante antes de darme la vuelta para marcharme. Sin embargo, el zar alzó la vista cuando me alejaba y me llamó.

–Georgi Danílovich.

–Majestad –contesté, girándome para hacerle una profunda reverencia.

Se levantó de la silla y se acercó a mí, despacio. Me impresionó comprobar que le costaba caminar. No tenía ni cincuenta años, pero los acontecimientos de los últimos años lo habían convertido en un anciano.

–Mi hijo –dijo, apenas capaz de mirarme a los ojos después de la escena que había presenciado–. ¿Se encuentra bien?

–Creo que sí, señor. No lleva a cabo ninguna actividad peligrosa.

–Se le ve pálido.

–La zarina ha insistido en que permanezca dentro del palacio desde el asesinato del *stáretz*. Creo que ni siquiera ha visto la luz del día.

–Entonces, ¿está prisionero aquí dentro?

–Más o menos.

–Bueno, aquí todos somos prisioneros, Georgi –repuso con un atisbo de sonrisa–. ¿No te parece?

Yo no contesté, y cuando él me dio la espalda, lo tomé como indicativo de que me fuera y me dirigí hacia la puerta.

–No te vayas, Georgi –pidió, volviéndose de nuevo hacia mí–. Por favor. Hay algo que necesito que hagas por mí.

–Lo que sea, señor.

Sonrió.

–Nunca deberías decir eso hasta saber qué se te pide.

–No lo haría, señor –repuse–. Pero usted es el zar. De modo que lo repito: lo que sea, señor.

Se quedó mirándome, se mordió el labio unos instantes de una forma que me recordó a la menor de sus hijas, y sonrió.

–Necesito que dejes a Alexis. Necesito que dejes de ser su protector, durante un tiempo al menos. Necesito que vengas conmigo.

Me pregunté si habría imaginado que alguien llamaba, pero entonces los golpes se repitieron con más urgencia; bajé de un salto de la cama y me dirigí a la puerta para abrir con cautela, de modo que el resquicio no alertara a nadie en el pasillo. Sin decir una palabra, ella empujó la puerta y pasó ante mí, y antes de que me diera cuenta estaba plantada en el centro de mi habitación.

–¡Anastasia! –exclamé en voz baja, mirando fuera un instante para asegurarme de que no la habían seguido–. ¿Qué haces aquí? ¿Qué hora es?

–Es tarde –contestó con ansiedad–. Pero tenía que venir. Cierra la puerta, Georgi. Nadie puede saber que estoy aquí.

Cerré de inmediato y cogí la vela del alféizar de la ventana. Cuando la mecha prendió, me volví y vi que Anastasia llevaba camisón y bata, un atuendo que bien podría cubrirle todo el cuerpo pero que aun así tenía una clara carga sensual, al sugerir la proximidad de la hora de acostarse y la intimidad. Ella también me miraba con fijeza, y entonces reparé en que yo iba vestido de forma aún más impropia, con sólo unos calzones amplios. Me ruboricé –confié en que no se notara a la luz de la vela– y me puse los pantalones y la camisa mientras Anastasia se daba la vuelta para dejarme un poco de intimidad.

–Ya estoy decente –anuncié cuando me hube vestido.

Ella se volvió hacia mí, pero pareció haber perdido el hilo de sus pensamientos, como me había pasado a mí. No había nada que desease más que volver a quitarme la ropa, quitarle a ella el camisón, y cubrir su cuerpo con el mío en la calidez de las sábanas.

–Georgi... –empezó, al borde de las lágrimas.

–Anastasia, ¿qué tienes? ¿Qué ocurre?

–Tú estabas ahí hoy. Lo has visto. ¿Qué va a pasar? ¿Lo sabes? Corren muchos rumores espantosos.

Le cogí la mano y nos sentamos juntos en el borde de la cama. Después de que la zarina se hubiese llevado a sus hijos del salón, yo había buscado a Anastasia para contarle mi conversación con su padre, pero ella se había pasado la tarde bajo la tutela de monsieur Gilliard y yo no había encontrado una buena excusa para verla al terminar las clases.

–Olga dice que todo va a acabarse –continuó con desesperación–. Tatiana está casi histérica de preocupación. María no ha sido la misma desde que se fue Serguéi Stasyovich. Y en cuanto a mi madre... –Soltó una risita indignada–. La odian, ¿verdad, Georgi? Todo el mundo la odia. El pueblo, el gobierno, Trepov, la Duma. Hasta mi padre parece...

–No lo digas –la interrumpí–. Nunca digas eso. Tu padre la adora.

–Pero no hacen más que discutir. Papá acaba de llegar de Stavka, y ya has visto lo que ha pasado. Y volverá a irse pronto. ¿Terminará alguna vez esta guerra, Georgi? ¿Y por qué se ha vuelto el pueblo contra nosotros de esta manera?

Dudé si responder. Amaba perdidamente a Anastasia, pero se me ocurrían muchas razones por las que la familia imperial se hallaba en esa situación. Por supuesto, el zar había cometido muchos errores en su forma de conducir la agresión contra alemanes y turcos, pero eso no era nada comparado con cómo se trataba a los súbditos que él aseguraba amar. Los miembros de la casa real y sus sirvientes íbamos de palacio en palacio, subíamos a bordo de lujosos trenes, embarcábamos en suntuosos yates; disfrutábamos de la mejor comida, llevábamos los atuendos más exuberantes. Jugábamos, interpretábamos música y cotilleábamos sobre quién se casaría con quién, qué príncipe era el más apuesto, qué muchacha presentada en sociedad, la más coqueta. Las damas se adornaban con joyas que lucían una sola vez y luego desechaban; los hombres engalanaban sus imponentes espadas con brillantes y rubíes, comían caviar y se emborrachaban todas las noches con el mejor vodka y el mejor champán. Entretanto, fuera de los palacios el pueblo necesitaba desesperadamente comida, pan, trabajo, cualquier cosa con que sentirse más humanos. Tiritaban en el frío de nuestro invierno ruso y calculaban los miembros de sus familias que no sobrevivirían hasta la primavera. Enviaban a sus hijos a morir en los campos de batalla, mientras una mujer a la que consideraban más alemana que rusa controlaba sus vidas. Observaban cómo su emperatriz tenía tratos de fulana con un campesino al que despreciaban. Intentaban expresar su ira mediante manifestaciones, disturbios y panfletos, y eran masacrados a cada intento. ¿Con cuánta frecuencia se habían llenado los hospitales con heridos y moribundos después de que el zar y sus hombres pretendieran garantizar la preeminencia de la autocracia? ¿Cuántos viajes habían hecho al cementerio? Ésas eran las cosas que deseaba contarle a Anastasia, las explicaciones que quería darle, pero cómo hacerlo cuando ella no conocía otra vida que la palaciega en que había nacido... Ella, que estaba destinada a casarse algún día con un príncipe y pasarse la vida como objeto de veneración. Además, quién era yo para darle semejantes explicaciones cuando me había pasado cerca de dos años entre los privilegiados, disfrutando de sus lujos, deleitándome en la fantasía de que era uno de ellos y no un simple criado, un guardia prescindible al que podían enviar a cualquier rincón de Rusia por capricho de un autócrata.

–Las cosas se resolverán por sí mismas –susurré, repitiendo las palabras de su padre mientras la estrechaba entre mis brazos sin creer en lo que decía–. Hay un ciclo de desilusión y...

–Oh, Georgi, no lo entiendes –exclamó, apartándose–. Mi padre ha ordenado que toda la familia vayamos a Zárskoie Seló. Dice que él se quedará en Stavka durante el resto de la guerra, que luchará en el frente si es necesario.

–Tu padre es un hombre honorable.

–Pero los rumores, Georgi... ¿sabes a qué me refiero?

Titubeé. Sabía exactamente a qué se refería, pero no quería ser el primero en pronunciar las palabras que reverberaban en cada pared tachonada de oro del palacio y en cada sucia calle de San Petersburgo. La frase que todo ministro, todo miembro de la Duma y todo *mujik* de Rusia parecían estar deseando oír.

–Dicen... –continuó, tragando saliva–, dicen que mi padre..., lo que quieren es que él..., Georgi, dicen que tendrá que renunciar al trono.

–Eso nunca pasará –contesté de forma maquinal, y ella me miró entornando los ojos, temblorosa.

–Ni siquiera pareces sorprendido. Entonces, ¿tú también lo habías oído?

–Lo he oído. Pero no creo..., no puedo imaginar que llegue a ocurrir. Por Dios, Anastasia, ha habido un Romanov en el trono de Rusia durante trescientos años. Nadie puede quitárselo. Es inconcebible.

–Pero ¿y si te equivocas? ¿Y si mi padre deja de ser el zar? ¿Qué será entonces de nosotros?

–¿Nosotros? –repetí, preguntándome a quién se refería. ¿A ella y a mí? ¿A sus hermanos? ¿A la familia Romanov?–. No puede ocurrirte nada malo –afirmé con una sonrisa tranquilizadora–. Eres una gran duquesa de linaje imperial. ¿Qué demonios crees que...?

–El exilio –susurró, y la palabra sonó como una maldición en sus labios–. Se habla de que nos mandarán al exilio, a todos. A la familia entera. Nos echarán de Rusia como a un grupo de inmigrantes indeseables. Nos enviarán a... quién sabe dónde.

–La cosa no llegará a ese punto. El pueblo de Rusia no lo permitirá. Hay ira, sí, pero también amor. Y respeto. También aquí en esta habitación. Pase lo que pase, tesoro mío, estaré contigo. Te protegeré. Nunca sufrirás ningún daño mientras yo esté cerca.

Anastasia sonrió levemente, pero seguía inquieta; se apartó un poco, como considerando si volver o no a su dormitorio antes de que la descubrieran. Para mi vergüenza, yo me encontraba totalmente excitado por su presencia en un entorno tan íntimo, y tuve que luchar contra los demonios de mi cuerpo para no tenderla sobre el colchón y cubrirle el cuerpo de besos. «Me dejaría hacerlo –pensé–. Si se lo pidiera, me dejaría hacerlo.»

–Anastasia –musité, levantándome y dándole la espalda para que no viera el deseo en mi cara–. Es una suerte que hayas venido aquí esta noche. Hay algo que necesito contarte.

–No deseaba estar en ningún otro sitio –repuso ablandándose un poco–. Al menos en Zárskoie Seló habrá más oportunidades para estar juntos. Eso es bueno.

–Yo no estaré en Zárskoie Seló –respondí, decidiendo que lo más sencillo era decírselo y acabar de una vez–. No puedo ir contigo. El zar me ha dispensado de mis obligaciones con respecto a tu hermano. Desea que vaya a Stavka con él.

El silencio en la habitación pareció durar una eternidad. Finalmente me volví y vi su expresión. Un fino haz azul pálido entraba por la ventana, dividiéndole el rostro en dos.

–No –gimió al fin, negando con la cabeza–. No.

–No puedo hacer nada –respondí, sintiendo que se me llenaban los ojos de lágrimas–. El zar me lo ha ordenado y...

–¡No! –exclamó entonces, y miré con inquietud hacia la puerta, no fueran a oírla y advirtiesen su presencia allí–. No puedes hablar en serio. No puedes dejarme sola.

–Pero no estarás sola. Tu madre estará allí. Tus hermanos. Monsieur Gilliard, el doctor Féderov.

–¿Monsieur Gilliard? –inquirió horrorizada–. ¿El doctor Féderov? ¿De qué me sirven ellos? Es a ti a quien necesito, Georgi, a ti. Sólo a ti.

–Y yo te necesito a ti –exclamé, precipitándome hacia ella para cubrirle el rostro de besos–. Tú eres lo único que me importa, ya lo sabes.

–Si eso es verdad, ¿por qué me abandonas? Tienes que decirle que no a mi padre.

–¿Al zar? ¿Cómo voy a hacer eso? Él ordena, yo obedezco.

–No, no, no –sollozó–. No, Georgi, por favor...

–Anastasia –dije, tragando saliva para recobrar la compostura–, pase lo que pase durante estas semanas, regresaré a ti. ¿Me crees?

–Ya no sé qué creer –contestó con el rostro surcado de lágrimas–. Todo ha salido mal. Todo se está desintegrando a nuestro alrededor. A veces pienso que el mundo se ha vuelto loco.

Oímos un fuerte ruido fuera del palacio y nos sobresaltamos.

Corrí a la ventana y vi una multitud de unas quinientas personas, quizá mil, marchando hacia la columna de Alejandro con pancartas que proclamaban la preeminencia de la Duma, profiriendo gritos hacia el Palacio de Invierno con un brillo asesino en los ojos. «No será está noche –me dije entonces–. Pero no tardará. No tardará en ocurrir.»

–Escúchame, Anastasia –dije, regresando a su lado para cogerle ambas manos y mirarla a los ojos–. Quiero que me digas que me crees.

–No puedo –gimió–. Estoy muy asustada.

–Pase lo que pase, dondequiera que vayas, te lleven a donde te lleven, te encontraré. Estaré contigo. No importa cuánto tiempo me cueste. ¿Me crees? –pregunté, y ella movió la cabeza llorando, pero no me bastó con eso, de modo que insistí–: ¿Me crees?

–Sí. Sí, te creo.

–Y que Dios me arrebate la vida si te decepciono –añadí en voz baja.

Se apartó un poco para mirarme una última vez; luego se dio la vuelta y salió de la habitación, dejándome solo, sudando, asustado y atormentado.

Pasarían casi dieciocho meses antes de que volviera a verla.

El tren imperial, antaño tan lleno de vida y emoción, se veía vacío y desolado. La familia imperial no iba a bordo, casi toda la guardia estaba ausente, no había maestros, médicos, chefs o cuartetos de cuerda esmerándose por atraer la atención. El zar, sentado al escritorio de su vagón privado, parecía consumido, inclinado sobre una serie de papeles desplegados ante sí, pero sin leerlos aparentemente. Estábamos en marzo de 1917, dos meses después de haber dejado San Petersburgo.

–Señor. –Di un paso adelante, mirándolo con inquietud–. Señor, ¿se encuentra bien?

Él alzó la vista despacio y me miró como si no supiese quién era. Luego en su rostro apareció una leve y fugaz sonrisa.

–Estoy bien. ¿Qué hora es?

–Casi las tres –respondí, mirando el ornamentado reloj que había detrás de él.

–Pensaba que todavía era por la mañana –murmuró.

Abrí la boca para contestar, pero no se me ocurrió nada apropiado. Deseé que estuviera allí el doctor Féderov, pues nunca había visto al zar tan enfermo. Tenía el rostro macilento y había envejecido considerablemente. La piel de su frente estaba seca y descamada, mientras que el cabello, habitualmente tan brillante, se veía grasiento y lacio. El aire del estudio estaba enrarecido y sentí tanta claustrofobia que me dirigí hacia una ventana para abrirla.

–¿Qué haces? –quiso saber el zar.

–Iba a abrir para que entre un poco de aire. Quizá se sentirá mejor si...

–Déjala cerrada.

–Pero ¿no le parece agobiante el ambiente? –pregunté, poniendo las manos en la base de la ventana, dispuesto a levantarla.

–¡Que la dejes cerrada! –espetó, dándome un susto.

Me volví de inmediato.

–Lo siento, alteza –repuse tragando saliva.

–¿Tanto han cambiado las cosas que tengo que dar una orden dos veces? –inquirió, aguzando la mirada como un zorro dispuesto a atrapar un conejo–. Si digo que la dejes cerrada, la dejas cerrada. ¿Está claro?

–Por supuesto. Discúlpeme, señor.

–Sigo siendo el zar.

–Usted siempre será...

–Antes he tenido un sueño, Georgi –me interrumpió, fijando la vista en un público invisible; su tono había cambiado en un instante de la ira a la nostalgia–. Bueno, no era tanto un sueño como un recuerdo. Del día que me convertí en zar. Mi padre no tenía ni cincuenta años cuando murió, ¿lo sabías? No pensé que me llegaría el turno hasta... –Se encogió de hombros y reflexionó–. Bueno, hasta que pasaran muchos años. Algunos decían que no estaba preparado, pero se equivocaban. Llevaba toda la vida preparándome para ese momento. Qué curioso, Georgi, que uno sólo pueda cumplir su destino cuando pierde a su padre. Yo quedé desconsolado cuando él murió. Era un monstruo, sin duda, pero aun así su muerte fue un golpe muy duro. Tú nunca conociste a tu padre, ¿verdad?

–Sí lo conocí, señor. Le hablé de él una vez.

–Ah, sí –repuso con un ademán indiferente–. No me acordaba. Bueno, pues mi padre era un hombre muy difícil, pero no era nada comparado con mi madre. Dios te libre de tener una madre como la mía.

Fruncí el entrecejo y miré hacia la puerta abierta que daba al pasillo del tren. Seguía vacío, y deseé que apareciera alguien para relevarme. Nunca había oído al zar hablar de aquella manera, y detestaba captar tanta autocompasión, tanta desilusión en su voz. Era como si se hubiese convertido en uno de esos borrachos taciturnos que uno se encuentra en la calle por las noches, llenos de resentimiento hacia quienes consideran culpables de haberles destrozado la vida, desesperados porque alguien escuche sus melancólicas historias.

–Me casé con mi querida Sunny sólo una semana después de que él muriese –continuó, tamborileando con los dedos sobre el escritorio–. Parece que fuera otra época cuando entramos en Moscú para ser coronados, y... Acudieron multitudes de todas partes de Rusia a vernos. Entonces nos amaban, ¿sabes? No da la impresión de que haga tanto tiempo, pero sí que lo hace. Más de veinte años. Cuesta creerlo, ¿verdad?

Sonreí y asentí con la cabeza, aunque lo cierto es que sí me parecía mucho tiempo. Al fin y al cabo, yo sólo tenía dieciocho años y nunca había conocido una Rusia sin Nicolás II a la cabeza. Veinte años eran más que una vida entera, más que la mía al menos.

–No deberías estar aquí –añadió unos instantes después, poniéndose en pie y mirándome–. Siento haberte traído.

–¿Preferiría que me fuera, señor?

–No, no me refiero a eso. –De pronto hablaba más alto y con voz lastimera–. ¿Por qué la gente malinterpreta constantemente mis palabras? Sólo quería decir que no ha sido justo por mi parte traerte aquí. Sólo lo he hecho porque confío en ti. ¿Eso lo entiendes, Georgi?

Asentí con la cabeza, no muy seguro de qué quería de mí.

–Por supuesto. Y se lo agradezco.

–Pensé que si habías salvado la vida de un Romanov, estarías dispuesto a salvar la de otro. Una fantasía supersticiosa. Pero me equivocaba, ¿no es así?

–Majestad, ningún asesino va a acercarse a usted mientras yo esté presente.

Rió y sacudió la cabeza.

–Tampoco quería decir eso. No me refería a eso en absoluto.

–Pero ha dicho que...

–Tú no puedes salvarme, Georgi. Nadie puede. Debería haberte mandado a Zárskoie Seló. Es un sitio precioso, ¿verdad?

Tragué saliva y estuve a punto de decir que aún podía hacerlo, pero me mordí la lengua. No era momento para abandonarlo. Quizá fuese sólo un muchacho, pero era suficientemente hombre para comprender eso.

–Señor, parece muy preocupado –dije, dando un par de pasos hacia él–. ¿Hay algo que pueda...? Quizá si nos vamos de este sitio... El tren ya lleva dos días detenido aquí. Estamos en medio de la nada, señor.

Rió y movió la cabeza mientras se instalaba en un sofá.

–En medio de la nada –repitió–. En eso tienes razón.

–Podría mandar a uno de los soldados a la población más cercana en busca de un médico.

–¿Para qué necesito un médico? No estoy enfermo.

–Pero, señor...

–Georgi –me interrumpió, masajeándose las oscuras ojeras con la yema de los dedos–. El general Ruzski va a volver dentro de unos minutos. ¿Conoces el motivo de su visita?

–No, señor.

El general había pasado la mayor parte de la mañana con el zar. Yo no había presenciado sus conversaciones, pero había oído voces airadas a través de los tabiques y luego, finalmente, silencio. El general había salido con una expresión de inquietud y alivio a un tiempo, dejando al zar solo con sus pensamientos durante casi una hora; pero mi preocupación por mi señor había ido en aumento, de forma que había entrado para ver si necesitaba algo.

–Va a traerme unos papeles para que los firme –explicó–. Cuando haya firmado esos documentos, se producirá un gran cambio en Rusia. Algo que nunca imaginé que podría suceder. No mientras yo viviera.

–Sí, señor –respondí, pues incluso cuando el zar hablaba así se consideraba descortés interrogarlo. Había que esperar a que él continuara.

–Te habrás enterado de lo del Palacio de Invierno, imagino.

–No, majestad –repuse.

–Lo han tomado –explicó con una leve sonrisa–. El gobierno. Tu gobierno. Mi gobierno. Me lo han arrebatado. Me han dicho que ahora está bajo el dominio de la Duma. Quién sabe qué será de él. Dentro de unos años quizá sea un hotel. O un museo. Nuestras salas de recepción serán tiendas de recuerdos. Nuestros salones se utilizarán para vender pasteles y panecillos.

–Eso nunca pasará –repliqué, horrorizado al imaginar el palacio bajo el control de alguien que no fuera él–. Es su hogar, señor.

–Yo ya no tengo hogar. En San Petersburgo ya no hay sitio para mí, eso está claro. Si se me ocurriera volver...

Unos golpes lo interrumpieron. Miré hacia la puerta y de nuevo al zar, que soltó un profundo suspiro antes de asentir con la cabeza para que fuese a abrir. El general Ruzski estaba al otro lado con un pesado pergamino en la mano. Era un hombre flaco de cabello cano y espeso bigote negro, que había estado yendo y viniendo desde que el tren se había detenido allí un par de días antes, sin reconocer nunca mi presencia, pese a que yo estaba cerca y disponible durante casi todos sus tratos con el zar. Incluso ahora pasó ante mí sin dirigirme la palabra y entró rápidamente en el estudio, haciéndole una venia al soberano antes de dejar el documento en su mesa. Me volví para marcharme, pero el zar me miró y levantó una mano.

–No te vayas, Georgi. Creo que vamos a necesitar un testigo, ¿no es así, general?

–Bueno..., sí, señor –repuso Ruzski con aspereza, mirándome de arriba abajo como si nunca hubiese visto un espécimen humano tan defectuoso–. Pero no creo que un guardaespaldas sea la persona adecuada, ¿usted sí? Puedo llamar a uno de mis tenientes.

–No es necesario. Georgi nos servirá perfectamente. Siéntate –me indicó, y yo tomé asiento en un rincón del vagón, procurando pasar inadvertido–. Bueno, general... –agregó, examinando con atención el documento–. ¿Pone todo lo que hemos acordado?

–Sí, señor –contestó Ruzski sentándose a su vez–. Sólo falta su firma.

–¿Y mi familia? ¿Estará a salvo?

–En estos momentos están bajo la protección del ejército del gobierno provisional en Zárskoie Seló –respondió con cautela–. No sufrirán ningún daño; se lo prometo.

–¿Y mi esposa? –añadió el zar con la voz un poco trémula de emoción–. ¿Garantizan su seguridad?

–Por supuesto. Sigue siendo la zarina.

–Sí, lo es –afirmó sonriendo–. Por el momento. General, ha dicho usted que están «bajo la protección del ejército». ¿Se trata de un eufemismo para no decir que son prisioneros?

–Su condición aún está por decidir, señor.

Su respuesta me dejó asombrado. ¿Quién era él para hablarle así al zar? Era un ultraje. Además, no me gustó la idea de que Anastasia fuera vigilada por miembros de ese gobierno provisional. Al fin y al cabo, era una gran duquesa imperial; hija, nieta y bisnieta de ungidos por Dios.

–Hay otra cuestión –dijo el zar tras una larga pausa–. Desde nuestra última conversación, he cambiado de opinión en una cosa.

–Señor, ya hemos discutido sobre esto –repuso el general con tono cansado–. No hay forma de que...

–No, no –lo interrumpió–. No es lo que piensa. Está relacionado con la sucesión.

–¿La sucesión? Pero ya ha tomado una decisión al respecto. Abdicará en su hijo, el zarévich Alexis.

Me incorporé en el asiento al oír esas palabras y casi se me escapó un grito de horror. ¿Era eso cierto? ¿Estaba el zar a punto de renunciar al trono? De inmediato comprendí que sí, por supuesto. Ya sabía que la cosa acabaría así. Todos lo sabíamos. Sencillamente, no quería afrontarlo.

–Todos nosotros... y con ese «nosotros» me refiero a mi familia inmediata: mi esposa, mis hijos y yo –dijo el zar–, seremos enviados al exilio una vez que se invoque este documento, ¿no es así?

El general titubeó sólo un instante, para luego asentir.

–Sí, señor. Sí; será imposible garantizar su seguridad en Rusia. Sus parientes en Europa quizá...

–Sí, sí –lo cortó con desdén–. El primo Jorge y esa gente. Sé que se ocuparán de nosotros. Pero si Alexis se convirtiera en zar, ¿se vería obligado a quedarse en Rusia? ¿Sin su familia?

–Es lo más probable, en efecto.

El zar asintió con la cabeza.

–Entonces quiero añadir una cláusula al documento. Deseo renunciar no sólo a mi derecho al trono, sino también al de mi hijo. La Corona puede pasar a mi hermano Miguel en su lugar.

El general se arrellanó en la silla y se acarició el bigote unos instantes.

–Majestad, ¿le parece sensato? ¿No merece el niño la oportunidad de...?

–El niño –espetó–, como usted ha dicho claramente, no es más que un niño. Sólo tiene doce años. Y no está bien. No puedo permitir que lo separen de Sunny y de mí. Haga el cambio, general, y firmaré su documento. Entonces quizá disfrute de un poco de paz. Al menos merezco eso después de todos estos años, ¿no está de acuerdo?

El general Ruzski vaciló un segundo antes de asentir con la cabeza y garabatear en la página mientras el zar miraba por la ventana. Clavé mis ojos en él, confiando en que percibiera mi mirada y se volviera para así ofrecerle una pequeña semblanza de apoyo, pero no lo hizo hasta que el general le murmuró algo. Entonces cogió rápidamente el papel, le echó un vistazo y lo firmó.

Todos permanecimos inmóviles después de aquello, hasta que Nicolás se levantó.

–Ya pueden irse –dijo en voz baja–. Los dos, por favor.

El general y yo nos dirigimos a la puerta y la cerramos detrás de nosotros.

Dentro, el último zar se quedó a solas con sus pensamientos, recuerdos y pesares.

1922

Mi jefe parisino, monsieur Ferré, no estaba muy contento con mis continuas ausencias del trabajo, pero esperó a que el último cliente hubiera salido de la tienda para llevarme aparte y dejar claro su malestar. Llevaba todo el día exhibiendo una conducta huraña, haciendo comentarios sarcásticos sobre mi impuntualidad, y me negó el derecho al descanso habitual de la tarde, aduciendo que se había mostrado demasiado benévolo conmigo. Traté de hablar con él a media tarde, pero me despachó con la facilidad con que se espanta una mosca molesta alegando que no podía dedicarme su tiempo en ese momento, que estaba completando las cuentas del mes y que hablaría conmigo más tarde, cuando hubiese cerrado la tienda. No me apetecía tener esa conversación, de modo que, a la hora señalada, me entretuve en la sección de historia de la librería y fingí hallarme tan inmerso en mi trabajo como para no oírlo cuando me llamó. Por fin, él se asomó con decisión, me descubrió colocando en los estantes una serie de volúmenes sobre la historia de los uniformes militares franceses, y prácticamente escupió en el suelo de pura irritación.

–Yáchmenev, ¿no me ha oído llamarlo?

–Disculpe, señor –contesté, incorporándome y sacudiéndome el polvo de los pantalones; me fallaron un poco las rodillas al enderezarme, pues los huecos entre las pilas de libros eran increíblemente estrechos. Monsieur Ferré presumía de tener todas las existencias posibles, pero el resultado era que los libros llenaban en exceso las baldas, y la proximidad entre las estanterías casi imposibilitaba que las examinara más de una persona al mismo tiempo–. Estaba absorto en mi labor, pero había...

–Y si hubiese sido un cliente, ¿qué? –preguntó con tono belicoso–. De haber estado usted solo en la tienda, escondido como un adolescente curioseando un volumen de Bellocq, cualquier vulgar ladrón podría haber salido corriendo con la caja del día, sólo porque es usted incapaz de concentrarse en más de una tarea a la vez.

Sabía por experiencia que de nada servía discutir con él, que más valía dejar que expresara su ira antes de defenderme.

–Lo siento mucho, señor –dije al fin, procurando parecer arrepentido–. Intentaré prestar más atención en el futuro.

–No se trata sólo de prestar atención, Yáchmenev –replicó irritado–. De eso precisamente quería hablar con usted. Admitirá, cómo no, que he sido más que justo en mi relación con usted estas últimas semanas, ¿verdad?

–Ha sido usted extremadamente generoso, señor, y se lo agradezco mucho. Y mi esposa también.

–Le he permitido tomarse todo el tiempo libre que necesitara para superar su... –Titubeó, no muy seguro de cómo expresarlo; advertí que lo incomodaba hablar de eso–. Sus dificultades recientes –concluyó por fin–. Pero no soy una organización benéfica, Yáchmenev, debe comprenderlo. No puedo mantener a un empleado que va y viene como si tal cosa, que no cumple las horas fijadas en su contrato, que me deja solo en la tienda cuando tengo muchos otros asuntos que atender...

–Señor –lo interrumpí, dando un paso adelante, ansioso porque no me despidiera, pues habría supuesto otro duro golpe en una época ya muy difícil–. Señor, sólo puedo disculparme por lo informal que he sido últimamente, pero creo de veras que lo peor ha pasado ya. Zoya está de nuevo al pie del cañón, y este mismo lunes volverá al trabajo. Si le fuera posible darme otra oportunidad, le prometo que no tendrá motivos para reprenderme de nuevo.

Pareció furioso, y apartó la vista un instante para morderse el labio inferior, una costumbre que tenía cuando se enfrentaba a una decisión difícil. Supe que el instinto le decía que me despidiera, supe incluso que ésa era su intención, pero mis palabras lo estaban convenciendo y flaqueaba en su decisión final.

–Estará de acuerdo, señor –añadí–, en que he sido absolutamente formal en los tres años que llevo a su servicio.

–Ha sido usted un ayudante excelente, Yáchmenev –admitió con frustración–. Por eso todo este asunto me ha defraudado tanto. Les he hablado muy bien de usted a ciertos amigos míos, ¿sabe? A otros hombres de negocios de París. Hombres que tienen muy mala opinión de los refugiados rusos en general, que lo sepa. Hombres que los consideran a todos ustedes unos revolucionarios y alborotadores. Les he dicho que usted era uno de los trabajadores más formales que he tenido la suerte de emplear. No quiero que se vaya, joven, pero si ha de quedarse...

–Entonces tiene usted mi palabra de que llegaré puntual todas las mañanas y permaneceré en mi puesto toda la jornada. Otra oportunidad, monsieur Ferré, es cuanto le pido. Le prometo que no le daré motivos para lamentar su decisión.

Reflexionó un poco más, antes de blandir su regordete dedo ante mí.

–Otra oportunidad, Yáchmenev, eso es todo. ¿Me comprende?

–Sí, señor.

–Usted y su esposa cuentan con toda mi compasión, han pasado por algo terrible, pero eso no tiene nada que ver. Si me da motivos para volver a hablarle de esta manera, supondrá el fin de nuestra relación laboral. Entretanto, puede hacer unas horas extraordinarias esta tarde para compensar. Algunas de estas estanterías están hechas un desastre. Me he acercado antes y he advertido que el orden alfabético prácticamente brilla por su ausencia. No he conseguido encontrar nada de lo que buscaba.

–Sí, señor –acepté, inclinando un poco la cabeza, una vieja costumbre mía cuando me hallaba ante una figura de autoridad–. Estaré encantado de arreglarlo. Y gracias. Por la segunda oportunidad, quiero decir.

Él asintió con la cabeza y yo volví aliviado a mi trabajo, pues me gustaba mucho el empleo en la librería y encontraba estimulante verme rodeado por tanta erudición. Lo más importante, sin embargo, era que no podía permitirme perder los pequeños ingresos que nos proporcionaba. Los pocos ahorros que habíamos conseguido reunir desde nuestra llegada a París más de tres años antes se habían visto reducidos considerablemente por los gastos médicos en las últimas cinco semanas, desde el aborto de Zoya, por no mencionar la pérdida temporal de nuestros segundos ingresos, y temía por nuestro futuro si me despedían. Resolví no darle más motivos a monsieur Ferré para tener mala opinión de mí.

La primera noticia que tuve del arresto de Leo me la dio una pálida Zoya, que apareció en la librería una tarde de finales de noviembre, cuando el tiempo se había vuelto muy frío y los árboles ya estaban desnudos. Me hallaba tras el mostrador, examinando una serie de libros de texto sobre anatomía que monsieur Ferré había adquirido inexplicablemente en una subasta unos días antes, cuando sonó la campanilla de la puerta y me estremecí instintivamente, esperando que la gélida brisa penetrara en la tienda y me helara las orejas y la nariz. Al levantar la mirada, me sorprendió ver a mi esposa dirigiéndose hacia mí, ciñéndose el abrigo, al cuello una bufanda que había tejido ella misma.

–Zoya –dije, aliviado porque mi jefe se hubiese marchado ya, pues no le habría gustado ver que recibía visitas personales–. ¿Qué pasa? Estás más blanca que un fantasma.

Ella titubeó un instante mientras recobraba el aliento, y mis pensamientos se llenaron de todas las posibles cosas que podían andar mal. Hacía casi tres meses que había perdido el bebé, y aunque todavía estaba un poco desanimada, había empezado a reencontrar la felicidad en nuestra vida cotidiana. Unas noches atrás habíamos hecho el amor por primera vez desde la pérdida; yo me mostré dulce y cariñoso, y después la estreché entre mis brazos, donde ella permaneció inmóvil, alzando la vista de vez en cuando para besarme con ternura, con las lágrimas reemplazadas al fin por una promesa de esperanza. Me asustó pensar que se sintiera enferma otra vez, pero al ver que la miraba con pánico, se apresuró a aliviar mi preocupación.

–No se trata de mí. Estoy bien.

–Gracias a Dios. Pero pareces angustiada. ¿Qué...?

–Se trata de Leo. Lo han arrestado.

Abrí mucho los ojos, sorprendido, pero no pude evitar que una sonrisa me cruzara el rostro, preguntándome en qué lío se habría metido esta vez nuestro querido amigo, pues no era ajeno al dramatismo y la exaltación.

–¿Lo han arrestado? Pero ¿por qué motivo? ¿Qué demonios ha hecho?

–Cuesta creerlo –contestó, y por su cara supe que el asunto era serio–. Georgi: Leo ha matado a un gendarme.

Me quedé boquiabierto y sentí que me mareaba un poco. Leo y su novia Sophie eran nuestros más íntimos amigos en París, los primeros compañeros que habíamos encontrado allí. Habíamos compartido incontables cenas, nos habíamos emborrachado juntos en muchas ocasiones, reíamos y bromeábamos y, sobre todo, discutíamos sobre política. Leo era un soñador, un idealista, un romántico, un revolucionario; podía ser ingenioso y frustrante, apasionado e irritable, conquistador y generoso. Los adjetivos para describir a aquel extraordinario hombre no tenían fin; abundaban las ocasiones en que Zoya y yo nos habíamos despedido medio cautivados por él o jurando que no volveríamos a verlo. Era todo lo que entrañaba la juventud: un hombre lleno de poesía, arte, ambición y determinación. Pero no era ningún asesino. No había un solo ápice de violencia en su ser.

–Pero no es posible –dije, perplejo–. Tiene que haber habido algún error.

–Hay testigos –repuso ella, sentándose y ocultando la cara entre las manos–. Bastantes, por lo visto. No sé qué ha pasado exactamente, sólo que está retenido en la gendarmería y no hay posibilidad de que lo suelten.

Me agarré al mostrador, pensando. Me costaba creerlo. Esa clase de violencia me resultaba repugnante, y estaba seguro de que a Leo también. Él predicaba un evangelio de pacifismo y comprensión, incluso aunque a veces sus ideas revolucionarias le permitían entusiasmarse con precedentes históricos de salvajismo proletario. Yo tenía la certeza de haber dejado atrás esas cosas, en otro lugar, en otro país.

–Dime qué ha ocurrido –pedí–. Cuéntame todo lo que sepas.

–Sé muy poco –contestó, y su voz temblorosa reveló que ella también había esperado que acontecimientos como aquél no formaran ya parte de nuestra vida–. Ha sido hace sólo una hora. Sophie y yo estábamos trabajando como de costumbre, cosiendo unos adornos de encaje para los cuellos, cuando entró un hombre en la tienda, muy alto y muy serio. No supe qué pensar al verlo. A veces pasa un mes entero, Georgi, sin que entre un solo hombre por la puerta. Me avergüenza admitirlo, pero al ver lo serio que estaba, al ver la determinación en su mirada, pensé... pensé que...

–¿Que nos habían descubierto?

Asintió con la cabeza, pero no habló más del tema.

–Sorprendida, le pregunté si podíamos ayudarlo en algo, pero se limitó a apuntarme con un dedo, como si fuera una pistola, y casi me desmayo.

»–¿Sophie Tambleau? –preguntó mirándome, y yo no podía ni contestar, tan nerviosa estaba–. ¿Eres Sophie Tambleau? –repitió, y antes de que pudiera decir nada, la propia Sophie se acercó con una mezcla de curiosidad y preocupación.

»–Yo soy Sophie Tambleau –dijo–. ¿En qué puedo ayudarlo?

»–En nada –contestó el hombre–. Me mandan para darte un mensaje, eso es todo.

»–¿Un mensaje? –preguntó Sophie, riendo un poco y mirándome. Yo también sonreí, aliviada, pues la situación era insólita. Nadie nos manda nunca mensajes.

»–¿Eres tú la concubina de Leo Raymer? –preguntó él, y Sophie se encogió de hombros.

»La palabra es ridícula, desde luego, pero ella admitió que lo era.

»–Monsieur Raymer está detenido en la gendarmería de la rue de Clignancourt –dijo entonces el hombre–. Lo han arrestado.

»–¿Arrestado? –exclamó ella, y él explicó que Leo había matado a un gendarme unas horas antes, que estaba detenido a la espera de ser llevado ante al juez, y que había pedido que alguien le comunicara a Sophie lo ocurrido.

–Pero... ¡Leo! –exclamé, asombrado ante lo que me contaba–. ¿Nuestro Leo? ¿Cómo es posible que haya matado a alguien? ¿Por qué iba a hacer algo así?

–No lo sé, Georgi. –Zoya se paseaba presa de los nervios–. Sólo sé lo que acabo de contarte. Sophie ha ido a verlo. Yo le he dicho que vendría a buscarte y que los dos iríamos para allá. He hecho bien, ¿verdad?

–Por supuesto –contesté, cogiendo las llaves de la librería, aunque faltaba al menos una hora para el cierre–. Por supuesto que debemos ir; nuestros amigos tienen problemas.

Salimos a la calle y cerré la tienda, maldiciéndome por haber olvidado los guantes esa mañana, pues el viento soplaba con fuerza y sentía las mejillas coloradas de frío al cabo de sólo unos instantes. Al apresurarnos calle abajo, mis pensamientos estaban con mi querido amigo, encerrado en una celda por un crimen horrible, pero aun así no pude evitar sentir tanto alivio como Zoya porque el caballero buscase a Sophie, no a nosotros.

Habían pasado cuatro años desde que abandonáramos Rusia. Seguía creyendo que, algún día, nos encontrarían.

No nos permitieron visitar a Leo, y ningún gendarme quiso contarnos nada sobre las circunstancias de su arresto. El anciano gendarme de la recepción me miró con desprecio al oír mi acento y pareció renuente a responder mis preguntas, limitándose a gruñir o encogerse de hombros en cada ocasión, como si contestarme lo degradara. Era raro que Zoya o yo encontrásemos hostilidad por motivos raciales en la ciudad –al fin y al cabo, la guerra había llenado París de gente de todas las nacionalidades–, pero de vez en cuando veíamos cierto resentimiento en los franceses de cierta edad, a quienes no agradaba que su capital se hubiese visto invadida por tantos exiliados europeos y rusos.

–No son familiares del detenido –dijo sin apenas levantar la vista del crucigrama que estaba completando–. No puedo decirles nada.

–Pero somos amigos –protesté–. Monsieur Raymer fue testigo en mi boda. Nuestras esposas se conocen y trabajan juntas. Sin duda podrá...

En ese momento se abrió una puerta a mi izquierda y salió Sophie muy pálida, tratando de contener las lágrimas, seguida por otro gendarme. Pareció sorprendida de vernos esperando, pero también agradecida, e intentó sonreír antes de dirigirse hacia la salida.

–Sophie. –Zoya salió con ella a la oscuridad; había caído la noche y, por suerte, el viento había amainado–. Sophie, ¿qué está pasando? ¿Qué ha ocurrido? ¿Dónde está Leo?

Sophie parecía incapaz de encontrar las palabras para explicar lo sucedido, de forma que la llevamos a una cafetería que había enfrente, donde pedimos café, y finalmente reunió las fuerzas necesarias para contarnos lo que le habían dicho.

–Es absolutamente ridículo. Ha sido un accidente, un accidente estúpido. Pero dicen lo que dicen porque el muerto es un gendarme...

–¿Y dicen que lo mató Leo? –inquirí, impresionado por la brutalidad de esas palabras y su desagradable sonido–. ¿Leo? ¡Pero eso es imposible! Dime qué ha ocurrido exactamente.

–Esta mañana se fue como de costumbre –comenzó Sophie con un suspiro, como si no pudiera creer que un día que había empezado de forma tan banal pudiese acabar tan dramáticamente–. Salió de casa temprano, confiando en encontrar un buen sitio para su caballete. Con este tiempo tan espantoso, cada vez hay menos oportunidades para los retratistas. La mayoría de la gente no quiere sentarse en una calle ventosa durante treinta minutos mientras la retratan. Leo se dirigió hacia el Sacré Coeur, seguro de que habría turistas. Últimamente vamos un poco cortos de dinero –admitió–. No lo suficiente para preocuparnos sin necesidad, ya me entendéis, pero no podemos permitirnos perder las ganancias de un día. La cosa está difícil.

–Está difícil para todo el mundo –musité–. Pero siempre puedes recurrir a nosotros si necesitas ayuda; lo sabes, ¿verdad?

No estuvo bien por mi parte decir eso. Lo cierto es que si Leo o Sophie nos hubiesen pedido ayuda, no habríamos estado en posición de ofrecérsela. Insinuar lo contrario era una arrogancia indigna de mí. Zoya lo sabía bien y me miró con leve ceño; yo agaché la cabeza, arrepentido de mi bravata.

–Es muy amable por tu parte, Georgi –repuso Sophie, que seguramente sabía muy bien que nuestra situación económica era casi exacta a la suya–. Pero aún no hemos llegado al punto de depender de la caridad de los amigos.

–Leo –terció Zoya en voz baja, posando una mano sobre la de Sophie, que había empezado a temblar levemente–. Cuéntanos lo de Leo.

–En el Sacré Coeur había más gente de la que esperaba. Unos cuantos artistas habían instalado ya sus caballetes y todos trataban de convencer a algún turista de posar para ellos. Había una anciana sentada en el césped, dando de comer a los pájaros...

–¿Con este tiempo? –pregunté muy asombrado–. Se moriría de frío.

–Ya sabes lo fuertes que son esos viejos –repuso encogiéndose de hombros–. En verano o invierno, llueve o truene, se sientan ahí. El tiempo no les importa.

Era cierto. Había observado en más de una ocasión la cantidad de ancianos parisinos que pasaban las mañanas y las tardes sentados en el césped de las laderas, frente a la basílica, arrojando pan duro a los pájaros. Era como si creyesen que, sin su ayuda, el mundo aviario se enfrentaría a la extinción. No hacía ni tres semanas había visto a un hombre de unos ochenta años, un anciano marchito cuyo rostro era un mapa de arrugas y pliegues, sentado con los brazos extendidos a los lados y con unos cuantos pájaros posados encima. Me quedé mirándolo durante casi una hora, y todo ese tiempo permaneció inmóvil; de no haber tenido los brazos abiertos, lo habría tomado por un cadáver.

–Otro artista –prosiguió Sophie–, alguien nuevo en París, alguien a quien Leo no conocía, llega y decide instalarse exactamente donde está sentada la anciana. Le pide que se mueva y ella se niega. Él le dice que quiere pintar ahí y ella le suelta que se vaya a freír espárragos. Creo que hay unas palabras subidas de tono, y el hombre va y trata de quitar a la anciana de su sitio. La obliga a ponerse en pie sin importarle sus gritos de protesta.

–¿De dónde era el pintor? –quiso saber Zoya, y me sorprendió su pregunta. Sospeché que esperaba que no procediese de nuestro país.

–Leo cree que de España. O de Portugal, quizá. Sea como fuere, Leo vio semejante tropelía, y ya lo conocéis: no soporta ser testigo de una falta de cortesía así.

Era cierto. Leo era famoso por levantarse el sombrero ante las mujeres mayores en la calle, por conquistarlas con su amplia sonrisa y su simpatía. Les cedía el asiento en los cafés y las ayudaba con las bolsas de la compra cuando iban en la misma dirección que él. Se consideraba un representante de la histórica orden de caballería, uno de los últimos hombres en el París de los años veinte que suscribía los principios de la antigua sociedad.

–Leo se acercó para agarrar al español y reprenderlo por tratar así a la mujer. Hubo bronca, por supuesto, con empujones, insultos y quién sabe cuántas tonterías de críos. Y gritaban mucho. Leo hablaba a voz en cuello, llamando de todo a su oponente, y por lo que me han contado, el español no se quedaba corto. La cosa estaba por llegar más lejos cuando los interrumpió un gendarme para separarlos, lo que enfureció aún más a Leo.

»Acusó al joven policía de ponerse de parte de un extranjero contra un compatriota, y el comentario desató una gran disputa. Y ya sabéis cómo es Leo cuando se ve enfrentado a la autoridad. Sin duda habrá proclamado todas sus opiniones sobre los *gardiens de la paix*, y antes de que alguien pudiese controlar la situación, le dio un puñetazo al español en la nariz y otro al gendarme en la cara.

–¡Dios santo! –exclamé, tratando de imaginar a Leo aplastando la nariz de un hombre para luego darle al otro. Era un hombre fuerte; no me habría gustado ser el receptor de ninguno de esos dos golpes.

–Por supuesto, después de eso –añadió Sophie–, al gendarme no le quedaba otra opción que arrestarlo, pero Leo intentó quitárselo de encima dándole un empujón, quizá para luego echar a correr. Por desgracia, el joven resbaló y perdió el equilibrio en la escalera. Unos instantes después rodaba unos quince o veinte peldaños hasta el siguiente rellano, donde cayó pesadamente y se partió el cráneo contra la piedra. Cuando Leo llegó corriendo para ayudarlo, sus ojos miraban fijos al cielo. Estaba muerto.

Guardamos silencio y miré a Zoya, que estaba muy pálida y apretaba los dientes como temiendo su propia reacción si daba rienda suelta a sus emociones. Cualquier mención de un acto violento, de una muerte, del instante en que una vida llegaba a su fin bastaba para perturbarla e inquietarla, para que los terribles recuerdos aflorasen de nuevo. Ninguno de los dos habló. Esperamos a que Sophie, que se veía más tranquila ahora que estaba contando la historia, continuase.

–Leo trató de huir –dijo por fin–. Y, claro, eso sólo empeoró las cosas. Creo que llegó bastante lejos, corriendo por la rue de la Bonne para luego doblar por Saint-Vicent y después volver atrás para dirigirse a Saint-Pierre de Montmartre...

Contuve el aliento; mi primer hogar en París había estado allí, y el piso que Zoya y yo compartíamos desde nuestra boda estaba en la rue Cortot, no muy lejos de Saint-Pierre; me pregunté si Leo habría tenido la esperanza de encontrar refugio con nosotros.

–... pero para entonces ya eran seis o siete los gendarmes que lo perseguían, tocando el silbato en cada calle, y al alcanzarlo lo derribaron. –Tendió una mano hacia su amiga y exclamó–: Oh, Zoya, le dieron una paliza terrible. Tiene un ojo tan hinchado que no se le ve, y la mejilla horrorosamente morada. Casi no lo reconocerías si lo vieras. Dicen que fue necesario para dominarlo, pero no puede ser.

–Todo ha sido un terrible accidente –dijo Zoya con firmeza–. Sin duda lo reconocerán, ¿no? Y por algo tan trivial, además. El español tiene tanta culpa como él.

–Ellos no lo ven así –repuso Sophie, y rompió a llorar otra vez, con un torrente de sollozos que le salió de lo más hondo del corazón; la emoción antes contenida se desataba al comprender lo que estaba ocurriendo–. Lo ven como un asesinato. Irá a juicio por ello. Podría pasar años en la cárcel, la vida entera, quizá. Desde luego, ya no será joven cuando salga, si es que sale. Y yo no puedo vivir sin él, ¿lo entendéis? –gimió levantando la voz, al borde de la histeria–. No viviré sin él.

El propietario del café nos miró con suspicacia, esperando que nos fuéramos pronto. Se aclaró la garganta de forma audible, y yo asentí con la cabeza; dejé unos francos sobre la mesa y me levanté.

Nos llevamos a Sophie a casa, donde le dimos dos buenas copas de brandy y la mandamos a nuestro dormitorio a descansar. Obedeció sin protestar y no tardó en quedarse dormida, aunque la oímos agitarse en sueños, inquieta.

–No puede ir a la cárcel –dijo Zoya cuando nos quedamos solos. Estábamos sentados a la pequeña mesa de la cocina, buscando una forma de ayudar a nuestro amigo–. Es inconcebible. Tiene que haber alguna forma de salvarlo, ¿no?

Asentí con la cabeza, pero no dije nada. Estaba preocupado por Leo, por supuesto, pero lo que me inquietaba no era la posibilidad de que lo enviaran a la cárcel, sino algo aún peor. Al fin y al cabo, Leo era responsable de la muerte de un policía francés.

Fuese o no un accidente, esas cosas no se tomaban a la ligera. El castigo podía ser mucho más severo de lo que mi esposa o Sophie estaban dispuestas a considerar.

El juicio de Leo Raymer empezó tres semanas después, a mediados de diciembre, y duró tan sólo un día y medio. Se inició el martes por la mañana, y a mediodía del miércoles el jurado leyó su veredicto.

Sophie se quedó unos días en nuestro apartamento después del incidente, pero luego se fue a casa, aduciendo que no tenía sentido dormir en nuestro sofá, importunándonos, cuando tenía una cama perfectamente buena, aunque solitaria, a menos de cuatro calles. La dejamos irse con mínimas protestas, pero aun así pasábamos todas las veladas juntos, ya fuera en su casa o en la nuestra o, si podíamos permitírnoslo, en uno de los cafés del vecindario.

Al principio estaba al borde de la histeria; luego pareció más fuerte y optimista, decidida a hacer cuanto pudiera para que liberaran a Leo. Poco después se sumió en una depresión, y entonces pasó a enfadarse con su novio por haber causado todos esos problemas. Para cuando empezó el juicio, estaba agotada emocionalmente y tenía oscuras ojeras por la falta de sueño. Empezó a preocuparme cuál sería su reacción si el juicio no se resolvía felizmente.

Le rogué a monsieur Ferré que me diera libre el martes en que empezaba la vista oral y tuve la mala fortuna de pillarlo en un mal momento. Arrojó en la mesa la pluma, que salpicó tinta en mi dirección y me hizo dar un salto, y me miró fijamente respirando con fuerza por la nariz.

–¿Un día libre entre semana, Yáchmenev? ¿Otro día libre? Pensaba que habíamos llegado a un acuerdo.

–Así es, señor. –Yo no esperaba que reaccionase con tal violencia ante tan simple petición. Había sido un empleado modélico desde la reprimenda y pensé que accedería sin problemas a darme un día libre–. Lamento pedírselo, sólo...

–Su esposa debe comprender que el mundo no...

–No se trata de mi esposa, monsieur Ferré –interrumpí, molesto porque se atreviera a criticar a Zoya–. No tiene nada que ver con lo que pasó hace meses. Me parece que le he hablado de mi amigo monsieur Raymer, ¿no?

–Ah, el asesino –respondió con un asomo de sonrisa–. Sí, lo recuerdo. Y he leído sobre el caso en los periódicos, por supuesto.

–Leo no es ningún asesino. Fue un terrible accidente.

–En el que murió un hombre.

–Así es.

–Y no uno cualquiera, sino un hombre cuya responsabilidad era proteger a los ciudadanos. Creo que a su amigo le será difícil conseguir que lo liberen. Tiene en contra a la opinión pública.

Asentí con la cabeza y traté de controlar mis emociones; mi jefe sólo repetía lo que yo ya sabía.

–¿Puedo tomarme el día libre o no? –insistí, clavando mi mirada en la suya, hasta que por fin apartó la vista e hizo un ademán exasperado, rindiéndose.

–De acuerdo, de acuerdo. Puede tomarse un día libre. Sin sueldo, desde luego. Y si hay periodistas en el tribunal, como sin duda sucederá, no les diga que trabaja en este establecimiento. No quiero que mi librería se vea relacionada con tan sórdido asunto.

Accedí, y la mañana en que dio comienzo el juicio acompañé a Zoya y Sophie al tribunal. Nos sentamos en la tribuna, conscientes de que todas las miradas estaban fijas en nosotros. Advertí que eso incomodaba a Zoya, así que le cogí la mano y se la apreté dos veces para que nos diera suerte.

–No me gusta toda esta atención –susurró–. Al entrar, un periodista me ha pedido que me identificase.

–No estás obligada a decirles nada. Ninguno de los dos. Recuerda que en realidad no les interesamos; a quien quieren es a Sophie.

Me sentí cruel al hacer ese comentario, pero era la verdad y quería tranquilizar a mi esposa asegurándole que estábamos a salvo; quizá si ella lo creía, también lo creería yo.

La sala del tribunal estaba llena de espectadores interesados y no tardó mucho en oírse un murmullo colectivo cuando se abrió una puerta y apareció Leo rodeado por varios gendarmes. Recorrió rápidamente la estancia con la mirada, buscándonos, y al encontrarnos esbozó una valiente sonrisa que sin duda ocultaba su ansiedad. Estaba más pálido y flaco que la última vez que lo había visto –la noche anterior al incidente, cuando estuvimos los dos en un bar, bebiendo demasiado vino tinto; la noche en que me contó que planeaba pedirle a Sophie que se casara con él el día de Navidad, cosa que ella aún no sabía–, pero se comportó con valentía, mirando al frente cuando se leyeron los cargos y contestando con claridad cuando se declaró «no culpable».

La mañana transcurrió con una serie de tediosas discusiones legales entre el juez, el fiscal y el abogado de oficio. A media tarde, sin embargo, la cosa se puso más interesante, pues llamaron al estrado a varios testigos, incluida la anciana a la que el español había intentado echar de su sitio. La mujer alabó profusamente a Leo, por supuesto, y culpó al gendarme por el accidente, así como al español, quien fue innecesariamente duro en su condena de Leo, quizá por culpa de su ego herido. Testificaron unas cuantas personas más, hombres y mujeres que estaban en las escalinatas del Sacré Coeur en el momento del incidente y que habían facilitado sus nombres a la policía. Una dama que se hallaba a sólo unos centímetros del muerto cuando éste cayó. El médico que lo había examinado en primer lugar. El forense.

–Ha ido bien, ¿no crees? –me preguntó Sophie por la noche, y yo asentí con la cabeza, pensando que no tenía nada que perder con esa mentira piadosa.

–Algunos testimonios han sido útiles –admití, aunque estuve a punto de añadir que la mayoría describía a un Leo impetuoso y bravucón, cuya impulsiva conducta había causado la muerte de un joven honrado e inocente.

–Todo irá bien mañana –dijo Zoya, abrazándola al despedirse–. Estoy segura.

Más tarde nos peleamos; fue la primera vez que Zoya y yo nos levantamos la voz. Aunque yo pensaba acudir al tribunal, cometí el error de mencionar que probablemente monsieur Ferré se enfadaría conmigo por tomarme un segundo día libre, y ella confundió mi preocupación por nuestro futuro con egoísmo y desconsideración hacia nuestros amigos, acusación que me irritó y ofendió.

Esa misma noche, tras habernos reconciliado –me resulta extraño recordar que ambos lloramos, tan poco acostumbrados estábamos a discutir–, tumbados juntos en la cama, le pedí a Zoya que se preparara para lo que pudiera pasar, pues aquello podía no acabar como deseábamos.

Ella se limitó a ponerse de costado para dormir, pero supe que no era tan ingenua como para no reconocer la verdad en mi advertencia.

Al día siguiente ocupamos los mismos asientos, y en esa ocasión la sala estaba a rebosar para oír el testimonio de Leo. Nuestro amigo empezó con nerviosismo, pero no tardó en recuperar su fuerza habitual, y dio todo un espectáculo de habilidad oratoria que me hizo pensar que tal vez sería capaz de salvarse. Se describió como un héroe anónimo, un joven que no soportaba quedarse mirando cómo un invitado en su país insultaba y maltrataba a una anciana, una anciana francesa, puntualizó. Habló de lo mucho que admiraba la labor de los gendarmes, dijo haber visto cómo el joven agente perdía pie y que había tendido la mano para salvarlo, no para empujarlo, pero era demasiado tarde. Había caído. Toda la sala permaneció en silencio mientras hablaba. Al bajar del estrado, Leo miró brevemente a Sophie, que le sonrió con ansiedad; él le contestó con otra sonrisa antes de volver a sentarse entre los guardias que lo custodiaban.

Sin embargo, el último testigo fue la madre del joven policía, que le relató al tribunal los movimientos de su hijo aquella mañana y lo describió, quizá no sin razón, como un santo varón. Habló con orgullo y dignidad, dejándose vencer por el llanto una sola vez, y cuando concluyó su testimonio, supe que había pocas esperanzas.

Una hora más tarde, el jurado regresó para anunciar el veredicto de culpable de asesinato. Al prorrumpir la sala en espontáneos aplausos, Sophie se puso en pie de un salto y se desmayó. Zoya y yo tuvimos que sacarla de allí.

–No puede ser, no puede ser –gimió aturdida al volver en sí en uno de los fríos bancos de piedra adosados a las paredes exteriores–. Leo es inocente. No pueden arrebatármelo.

Zoya también lloraba; las dos se abrazaron, sacudidas por temblores espasmódicos. Yo también me sentí al borde de las lágrimas, y eso fue demasiado para mí. Me levanté, pues no deseaba que me vieran derrumbarme.

–Vuelvo a entrar –me apresuré a decir dándoles la espalda–. Voy a averiguar qué pasa ahora.

De nuevo en la sala, tuve que abrirme paso hasta llegar a un sitio desde donde ver el espectáculo. Leo estaba de pie, con un gendarme a cada lado, muy pálido y con todo el aspecto de no poder creer aquella pesadilla, seguro de que en cualquier momento sería puesto en libertad con las disculpas del tribunal. Pero no iba a ser así.

El juez dejó caer el mazo para pedir silencio y dictó sentencia.

Cuando salí de la sala unos segundos después, creí que iba a vomitar. Corrí al exterior para llenarme los pulmones con todo el aire posible, y entonces asimilé de golpe el absoluto espanto de lo que acababa de oír y tuve que apoyarme en la pared para mantener el equilibrio y no desplomarme.

Zoya y Sophie, a un par de metros de distancia, dejaron de llorar un instante, mirándome.

–¿Qué pasa? –preguntó Sophie corriendo hacia mí–. Georgi, ¡dímelo! ¿Qué ha ocurrido?

–No puedo.

–¡Dímelo! –repitió a voz en grito–. ¡Dímelo, Georgi!

Me abofeteó una, dos, tres veces, muy fuerte. Apretó los puños y me golpeó en los hombros, pero no sentí nada; sólo me quedé ahí mientras Zoya la apartaba.

–¡Dímelo! –siguió exclamando, pero la palabra surgía empapada de tanta desdicha y tantos sollozos que resultaba casi ininteligible.

–¿Georgi? –me preguntó Zoya tragando saliva–. Georgi, ¿qué pasa? Tenemos que saberlo. Tienes que decírselo.

Asentí con la cabeza y la miré, sin saber muy bien cómo expresar algo así, algo tan atroz, con palabras.

La ejecución se llevó a cabo a primera hora de la mañana siguiente. Ni Zoya ni yo la presenciamos, pero a Sophie le permitieron pasar media hora con su amante antes de que lo llevaran al patio para guillotinarlo. Me dejó horrorizado –más que horrorizado– saber que un instrumento de muerte que yo asociaba con la Revolución francesa siguiera utilizándose, más de un siglo después, con los condenados a la pena capital. Me pareció una barbaridad. Nos resultaba inconcebible que pudieran imponerle un castigo así a nuestro joven, apuesto, divertido, vibrante e incorregible amigo. Pero no hubo forma de evitarlo. La sentencia se cumplió antes de que transcurriesen veinticuatro horas.

Después de eso, París ya no tuvo belleza alguna para nosotros. Presenté mi renuncia por escrito a monsieur Ferré, que la rompió en pedazos sin leerla y me dijo que no importaba qué le contara, que estaba despedido de todos modos.

Me dio igual.

Sophie acudió a vernos una sola vez antes de marcharse del país; nos agradeció lo que habíamos hecho por ayudarla y prometió escribir cuando llegara a donde fuera que se dirigiese.

Y Zoya y yo decidimos dejar París para siempre. La decisión fue de ella, pero yo accedí encantado.

La última noche en la ciudad nos sentamos en el piso vacío, mirando por la ventana las agujas de las muchas iglesias que salpicaban las calles.

–Fue culpa mía –declaró Zoya.

El viaje a Ekaterimburgo

Cuando me acosté aquella noche en uno de los pequeños catres adosados a las paredes del vagón de la guardia, estaba seguro de que no podría dormir. El día se había vuelto caótico, el zar se había sumido en una silenciosa depresión, y los que formábamos su séquito nos sentíamos avergonzados y desconsolados. No me enorgullece admitir que lloré al apoyar la cabeza en la almohada, pues experimentaba un cúmulo de emociones, y aunque por fin cerré los ojos, mis sueños fueron atormentados y desperté varias veces durante la noche, desorientado y alterado. Sin embargo, con el paso de las horas me sumí en un sueño más profundo, y cuando volví a abrir los ojos, no se había esfumado tan sólo la noche, sino también gran parte de la mañana. Parpadeé, esperando que los acontecimientos del día anterior se disolvieran como los sueños, pero en lugar de desvanecerse se tornaron más claros y precisos, y comprendí que era todo verdad, que realmente había pasado lo inimaginable.

La luz del sol se colaba por las ventanillas. Eché una ojeada para ver con quién más compartía el carruaje y me sorprendió comprobar que estaba totalmente solo. Esa parte del tren estaba casi siempre llena de otros guardias imperiales que dormían o trataban de dormir, se vestían, hablaban, discutían. Que estuviese todo tan tranquilo era desconcertante. Me rodeaba un extraño silencio cuando me levanté despacio de la cama, me puse la camisa y los pantalones, y observé con recelo el bosque frío e interminable que se extendía kilómetros y kilómetros a ambos lados del tren.

Recorrí a buen paso el comedor, el salón de juegos y los vagones que constituían los dominios de las grandes duquesas, hasta llegar al estudio privado del zar, donde la tarde anterior había renunciado con su firma a su derecho inalienable y el de su hijo, y llamé a la puerta. No hubo respuesta, de modo que pegué la oreja a la madera por si captaba alguna conversación en el interior.

–¡Majestad! –llamé, decidido a seguir denominándolo así, e insistí–: Majestad, ¿puedo ayudarlo en algo?

No hubo respuesta, de forma que abrí la puerta y entré... a una habitación tan vacía como el vagón en que había dormido. Fruncí el entrecejo, intentando imaginar dónde estaría el zar; pasaba todas las mañanas encerrado en su estudio, trabajando en sus papeles. No creía que eso hubiese cambiado, ni siquiera en las nuevas circunstancias en que nos hallábamos. Al fin y al cabo, seguía habiendo cartas que escribir, papeles que firmar, decisiones que tomar. Era más importante que nunca que el zar se ocupara de sus asuntos. Tras mirar al pasillo para asegurarme de que nadie venía, me acerqué a su escritorio y eché un vistazo a los papeles que continuaban allí. Eran complicados documentos políticos que no significaban nada para mí, y los dejé, frustrado, antes de advertir que habían quitado el retrato de la familia imperial que siempre estaba en el escritorio: sólo quedaba el marco de plata. Contemplé unos instantes el marco vacío y lo cogí, como si pudiera ofrecerme alguna pista del paradero del zar, pero luego volví a dejarlo y decidí que debía bajar del tren de inmediato.

El tren no se había movido desde la noche anterior. Al saltar a tierra, mis botas crujieron contra las piedras junto a las traviesas. Más allá vislumbré la figura de Piotr Ilyavich Maksi, otro miembro de la Guardia Imperial que formaba parte del séquito del zar desde antes de mi llegada a San Petersburgo; nunca nos habíamos llevado bien y en general lo evitaba. Era un antiguo miembro del cuerpo de pajes, y le molestaba mi presencia entre el personal imperial; se había enfurecido cuando me relevaron de lo que él llamaba mi papel de «niñera» del zarévich para llevarme como parte de la comitiva del zar. Aun así, parecía la única persona que había allí, de forma que no me quedaba otra opción que hablar con él.

–Piotr Ilyavich –dije acercándome, sin inmutarme por la cara de pocos amigos que puso al verme, como si yo fuera sólo una pequeña molestia esa mañana.

Se entretuvo con el cigarrillo en la boca antes de darle una última calada y arrojarlo al suelo, donde lo aplastó bajo la bota.

–Amigo mío –saludó entonces con sarcasmo–. Buenos días.

–¿Qué está pasando? ¿Dónde está todo el mundo? El tren está vacío.

–Están todos delante –repuso mirando hacia el primer vagón–. Bueno, los que quedan, al menos.

–¿Los que quedan? –repetí, enarcando una ceja–. ¿Qué quieres decir?

–¿No te has enterado? ¿No sabes qué pasó anoche?

Empecé a sentir una oleada de pánico, pero no quise aventurar a qué se refería.

–Cuéntamelo, Piotr. ¿Dónde está el zar?

–Ya no hay zar –contestó encogiéndose de hombros, como si fuera lo más natural del mundo–. Se ha ido. Nos hemos librado de él, por fin.

–¿Que se ha ido? Pero ¿adónde? No querrás decir...

–Ha renunciado al trono.

–Eso ya lo sé –espeté–. Pero ¿dónde...?

–Mandaron un tren para él en plena noche.

–¿Quiénes?

–Nuestro nuevo gobierno. ¡No me digas que estabas dormido! Pues te perdiste un espectáculo estupendo.

Sentí una oleada de alivio: el zar estaba vivo, lo que significaba que probablemente su familia no había sufrido ningún daño; pero al alivio siguió el deseo de saber adónde lo habían llevado.

–¿Por qué te importa? –preguntó Piotr, aguzando la mirada y alargando una mano para quitarme una mota de polvo del cuello de la camisa, un gesto agresivo ante el que retrocedí.

–No me importa –mentí, intuyendo que el mundo había cambiado de la noche a la mañana y dónde residían ahora los peligros–. Sencillamente me interesa.

–¿Te interesa lo que le haya pasado al Romanov?

–Quiero saberlo, eso es todo. Me fui a la cama y... No sé; debía de estar agotado. Me quedé dormido y no oí ningún tren.

–Todos estamos agotados, Georgi. Pero ya ha acabado todo. Las cosas irán mejor a partir de ahora.

–¿Qué tren era ése? –pregunté, pasando por alto el claro placer que le producía la abdicación del zar–. ¿Cuándo llegó?

–Debió de ser a las dos o tres de la madrugada –contestó mientras encendía otro cigarrillo–. La mayoría estaban dormidos, supongo. Yo no. Quería ver cómo se lo llevaban. El tren vino de San Petersburgo y se detuvo a más o menos un kilómetro de aquí, en la misma vía. A bordo iba un destacamento de soldados con la orden de arrestar a Nicolás Romanov.

–¿Lo arrestaron? –inquirí atónito, pero sin mostrar mi desagrado porque llamara al zar por su nombre–. ¿Por qué? Había hecho lo que le pedían.

–Dijeron que era para protegerlo. Que no sería seguro para él volver a la capital. Allí hay disturbios por todas partes, es un caos. El palacio está repleto de gente. Saquean las tiendas en busca de pan y harina. Hay anarquía en toda la ciudad. Culpa de él, por supuesto.

–Ahórrame tu opinión –siseé furioso, y lo cogí del cuello de la camisa–. Sólo dime adónde se lo llevaron.

–¡Eh, Georgi, suéltame! –exclamó sorprendido, retorciéndose para liberarse–. Pero ¿qué te pasa?

–¿Que qué me pasa? Se han llevado al hombre al que hemos servido, y tú te quedas aquí fumando como si fuera cualquier otra mañana.

–Bueno, es una mañana gloriosa –dijo, perplejo porque yo no compartiera sus sentimientos–. ¿No habías ansiado que llegara este día?

–¿Por qué no utilizaron este tren? –quise saber, sin responder a su pregunta y observando los quince vagones del transporte imperial, allí varado–. ¿Por qué mandaron otro?

–Al Romanov ya no van a permitirle sus lujos. Es un prisionero, ¿entiendes? No posee nada. No tiene dinero. Este tren ya no le pertenece. Pertenece a Rusia.

–Hasta ayer, él era Rusia.

–Pero ahora es hoy.

Me pasó por la cabeza desafiarlo ahí mismo, darle un empujón y un puñetazo en plena nariz, retándolo a que contraatacara, para descargar en él toda mi ira, pero no habría servido de nada.

–Georgi Danílovich –rió, sacudiendo la cabeza–. No puedo creerlo. De verdad eres la fulana del zar, ¿eh?

Esbocé una mueca ante el comentario. Sabía que algunos del séquito imperial despreciaban al zar y todo lo que representaba, pero yo sentía una lealtad hacia ese hombre que no iba a menguar. Me había tratado bien, de eso no había duda, y ahora no iba a renegar de él; no me importaban las consecuencias.

–Soy su siervo –declaré–. Hasta el fin de mis días.

–Ya veo –musitó, mirando a sus pies y propinando una patada al suelo con la punta de la bota.

Aparté la vista, pues no deseaba seguir hablando con él, y miré hacia el este, hacia San Petersburgo. Era imposible que lo hubiesen llevado de nuevo allí. Si los disturbios eran tan graves como decía Piotr Ilyavich, lo habrían linchado en la plaza del palacio, y los bolcheviques no podían permitirse un derramamiento de sangre público en los inicios de su revolución. Me giré de nuevo hacia Piotr, decidido a obtener más respuestas, pero él ya no estaba. Al mirar hacia el primer vagón, capté el sonido de varias voces que hablaban y discutían, pero no conseguí distinguir qué decían. A la izquierda del tren vi dos coches que no estaban ahí la noche anterior –más bolcheviques, supuse–, y sentí una repentina oleada de ansiedad.

Había sido un insensato al decirle a Piotr Ilyavich lo que le había dicho: en ese preciso instante estaba denunciándome.

Tragando saliva con nerviosismo, me di la vuelta y eché a andar despacio hacia la cola del tren, apretando el paso cuando apareció ante mi vista el último vagón. Miré por encima del hombro y no vi a nadie, pero supe que sólo disponía de unos instantes hasta que viniesen por mí. Quién era yo, al fin y al cabo, aparte de un *mujik* con suerte que había tenido un extraño éxito en la vida. Podían mantener con vida al zar, pues era un trofeo, pero ¿quién era yo? Sólo alguien que había salvado a un Romanov y protegido a otro.

El bosque se abrió a mi izquierda; crucé las vías y me interné directamente en la confluencia de abetos y pinos, cedros y alerces, que crecían juntos en densa compañía. A través de mis jadeos y del ruido de las ramas, tuve la certeza de oír a los soldados que me seguían, blandiendo los fusiles, decididos a darme caza. Titubeé unos instantes, tratando de recobrar el aliento: sí, era verdad, ahí venían, no lo había imaginado.

Ya no era un miembro de la Guardia Imperial; esa parte de mi vida había tocado a su fin. Ahora era un fugitivo.

Era casi octubre cuando regresé a San Petersburgo. Resultaba difícil saber si aún corría peligro, pero la idea de que los bolcheviques me capturaran y asesinaran bastaba para tenerme siempre un paso por delante de cualquiera que pareciese perseguirme. Así pues, había decidido no volver de inmediato a la ciudad; preferí pasar inadvertido en los pueblos que había por el camino, durmiendo donde encontraba un sitio aislado y protegido, bañándome en arroyos y ríos para quitarme la mugre de encima. Me dejé crecer el cabello y una espesa barba para ocultar mi rostro, hasta que ya no fui reconocible como el soldado de dieciocho años que era al final de la dinastía Romanov. Mis brazos y mis piernas se volvieron musculosos por la constante actividad, y aprendí a cazar animales, despellejarlos y destriparlos, para luego asarlos en una hoguera, sacrificando sus vidas para salvar la mía.

De vez en cuando me detenía en pueblos pequeños, donde me ofrecían trabajo de jornalero a cambio de cama y comida. Yo interrogaba a los granjeros sobre política, y me sorprendía que un gobierno provisional que se enorgullecía tanto de pertenecer al pueblo hiciese públicos tan pocos detalles de sus actividades. Por lo que pude averiguar, un hombre llamado Vladímir Ilich Uliánov, al que todos conocían como Lenin, se hallaba ahora al mando de Rusia, y, en directo contraste con el zar, había trasladado su cuartel general de San Petersburgo al Kremlin, en Moscú, un sitio que Nicolás siempre había detestado y rara vez visitaba. Lo habían coronado allí, por supuesto, como a todos los zares anteriores, y no pude evitar preguntarme si Lenin no tendría en mente esa tradición al elegir su nueva sede de poder.

Cuando por fin regresé, San Petersburgo –o Petrogrado, su nuevo nombre oficial– había cambiado considerablemente, pero aún era reconocible para mí. Todos los palacios que se alzaban a lo largo del Neva estaban clausurados, y me pregunté dónde habrían establecido su hogar los príncipes, condes y duquesas viudas. Estaban emparentados con familias reales de toda Europa, por supuesto. Sin duda, algunos se habrían dirigido a Dinamarca; otros, a Grecia. Los más fuertes habrían cruzado el continente para navegar hasta Inglaterra, como el propio zar planeaba hacer. Pero en la ciudad no estaban. Ya no.

Las riberas del río, antaño rebosantes de carruajes que transportaban a sus acaudalados ocupantes a patinar en los lagos helados o disfrutar de alegres veladas en sus mansiones, estaban ahora desiertas, a excepción de los campesinos que recorrían a toda prisa las aceras, ansiosos por llegar a casa, por huir del frío y comer las pocas migajas que hubiesen podido reunir durante la jornada.

Ese invierno hacía muchísimo frío, me acuerdo muy bien. En la plaza del Palacio, el aire era tan gélido que el viento me helaba las mejillas, las orejas y la punta de la nariz, y yo me hincaba las uñas en las palmas para no ponerme a chillar. Me detuve en las sombras de la columnata y contemplé mi antiguo hogar, pensando en lo distintas que eran las cosas a mi llegada dos años antes, tan ingenuo, tan inocente, tan deseoso de llevar una existencia distinta de la que soportaba en Kashin. Me pregunté qué pensaría ahora mi hermana Asya de mí, acurrucado como estaba contra una pared, rodeándome el cuerpo con los brazos para darme calor.

Quizá pensaría que era mi justa retribución.

Yo ignoraba qué había sido de la familia imperial, pues había averiguado bien poco en mi trayecto de un pueblo a otro. Imaginaba que los habrían retenido un tiempo para luego mandarlos al exilio, el peor temor de Anastasia, cruzando el continente hasta Inglaterra, donde sin duda el rey Jorge los habría recibido con un familiar abrazo, sin saber qué demonios se suponía que debía hacer con aquellos Romanov que tanto esperaban de él.

Por supuesto, era el rostro de Anastasia el que permanecía grabado en mis pensamientos todos los días de mi viaje, y durante las noches, cuando trataba de dormir. Soñaba con ella, y componía mentalmente cartas, sonetos y toda clase de ridículos poemas. Le había prometido que jamás la abandonaría, que ocurriera lo que ocurriese siempre estaría con ella. Pero habían pasado más de nueve meses desde que nos vimos por última vez, la noche en que ella acudió a mi habitación del Palacio de Invierno, consternada por la desdicha de su familia. Entonces no pensábamos que sería una despedida, pero el zar decidió partir a primera hora de la mañana siguiente, antes de que su familia se hubiese levantado, y mi deber fue acompañarlo. Ni siquiera podía imaginar lo triste que debió de sentirse Anastasia al levantarse y descubrir que me había marchado.

Tumbado en graneros y establos, vislumbrando las estrellas en lo alto a través de las grietas en las vigas de madera, me preguntaba si ella soñaría conmigo como yo con ella. ¿Se quedaba dormida al mismo tiempo, contemplando quizás el titilar plateado en un cielo londinense, preguntándose dónde estaba yo, imaginándome tendido bajo el mismo cielo que ella, susurrando su nombre y rogándole que creyera en mí? Aquéllos fueron tiempos difíciles. De haber podido escribir, lo habría hecho, pero ¿adónde enviar las cartas? De haber podido verla, habría cruzado desiertos, pero ¿adónde dirigirme? No tenía datos de su paradero, y sólo en San Petersburgo –sí, siempre sería San Petersburgo para mí, nunca Petrogrado– podría encontrar a alguien que contestara a mis preguntas.

Llevaba casi una semana allí cuando hallé la pista que necesitaba. Esa tarde había reunido unos rublos ayudando a descargar barriles de grano en un almacén auspiciado por el nuevo gobierno, y decidí concederme una comida caliente, algo que rara vez podía permitirme. Sentado junto al fuego en una acogedora taberna, mientras comía un cuenco de *schi* y bebía vodka, tratando de disfrutar de los más simples placeres por una vez, de volver a ser un hombre joven, de ser Georgi, advertí la presencia de un tipo algo mayor que yo sentado a la mesa de al lado, cada vez más borracho a medida que avanzaba la tarde. Iba bien afeitado y llevaba el uniforme del gobierno provisional, un bolchevique de cabo a rabo. Pero algo en su actitud me dijo que había encontrado lo que buscaba.

–Pareces desgraciado, amigo –le dije.

Él me observó unos segundos, examinando mi rostro con cautela, como tratando de decidir si valía la pena molestarse en hablar conmigo.

–Ah –contestó con un ademán despreciativo–. Era desgraciado, es cierto. –Levantó la botella de vodka con la mano izquierda y me sonrió–. Pero ya no lo soy.

–Entiendo –repuse levantando mi vaso–. *Za vas*.

–*Za vas* –respondió, y apuró su vaso y se sirvió otro.

Esperé unos instantes, y al cabo me levanté y fui a sentarme frente a él.

–¿Puedo? –pregunté.

Me miró con recelo y luego se encogió de hombros:

–Como quieras.

–Eres soldado.

–Sí. ¿Y tú?

–Soy granjero.

–Necesitamos más granjeros –declaró con ebria determinación, golpeando la mesa con los puños–. Así es como nos volvemos más ricos, con el grano.

–Tienes toda la razón –coincidí, sirviéndonos más vodka a los dos–. Gracias a vosotros, los soldados, nos haremos todos más ricos con el tiempo.

Él soltó un enorme bufido y sacudió la cabeza, con cara de desilusión.

–No te engañes, amigo mío. Nadie sabe qué están haciendo. No escuchan a la gente como yo.

–Pero las cosas están mejor que antes, ¿no? –comenté con una sonrisa, pues aunque el hombre parecía descontento con su suerte, lo más probable es que sus lealtades estuvieran con los revolucionarios–. Mejor que cuando vivíamos bajo el z... bajo Nicolás Romanov, quiero decir.

–Ésa es una gran verdad –afirmó, tendiendo la mano para estrechar la mía como si fuéramos hermanos–. No importa qué más suceda; estamos todos mejor gracias a esos cambios. Malditos Romanov –añadió, y escupió en el suelo, por lo que el tabernero le gritó que si no se comportaba lo echaría a la calle.

–Bueno, ¿y qué te ocurre? –quise saber–. ¿Por qué se te ve tan desdichado? ¿Es por una mujer, quizá?

–Ojalá se tratara de una mujer –respondió con amargura–. En este momento las mujeres son lo que menos me preocupa. No, no es nada, amigo. No te aburriré con eso. Hoy esperaba algo de un mezquino burócrata del gobierno de Lenin, pero me ha decepcionado, eso es todo. De modo que estoy ahogando mis penas para superarlo. Mañana aún me sentiré decepcionado, pero se me pasará.

–También tendrás resaca.

–Eso también se me pasará.

–¿Eres amigo de Lenin? –pregunté, convencido de que podía averiguar lo que quería si lo halagaba.

–Por supuesto que no, no lo conozco.

–Entonces, ¿cómo...?

–Tengo otras conexiones. Hay hombres en puestos de poder que me tienen en gran estima.

–Seguro que sí –repuse, deseoso de mostrarme simpático–. Son los hombres como tú los que están cambiando este país.

–Cuéntale eso a mi mezquino burócrata.

–¿Puedo preguntarte...? –Titubeé, pues no quería parecer demasiado ansioso por obtener información–. ¿Eres uno de los héroes responsables de la destitución de los Romanov? Si lo fuiste, dímelo para que pueda invitarte a otra copa, pues todos nosotros, los pobres *mujiks*, estamos en deuda contigo.

Se encogió de hombros.

–En realidad no –admitió–. Con el papeleo, quizá. Sólo tuve que ver con eso.

–Ah. –El corazón me dio un vuelco en el pecho–. ¿Crees que les permitirán alguna vez regresar aquí?

–¿A San Petersburgo? –preguntó frunciendo el entrecejo–. No, definitivamente no. Los harían pedazos. El pueblo nunca lo toleraría. No; se hallan más seguros donde están ahora.

Solté un suspiro de alivio, que traté de enmascarar con una tos. Aquél era el primer dato seguro de que seguían vivos, de que ella seguía viva.

–No estarán acostumbrados a aquel clima –comenté, riendo para ganarme su confianza–. Dicen que allí los inviernos son fríos, pero no son nada comparados con los de aquí.

–¿En Tobolsk? –preguntó enarcando una ceja–. No tengo ni idea. Pero estarán bien atendidos. La casa del gobernador de Siberia podrá no ser un palacio, pero es un hogar más elegante del que tú o yo conoceremos jamás. Esa clase de gente sabe sobrevivir. Son como gatos: siempre caen de pie.

Casi se me escapa un grito de sorpresa. Así pues, no estaban en Inglaterra. Ni siquiera habían abandonado Rusia. Los habían llevado a Tobolsk, en los Urales. En la Siberia profunda. Estaba lejos, por supuesto. Pero podía ir. Podía llegar hasta allí y encontrar a Anastasia.

–Claro que no es algo que sepa todo el mundo, amigo –me advirtió, aunque no pareció muy preocupado porque yo fuera a contárselo a alguien–. Me refiero al sitio en que los tienen recluidos. No debes decírselo a nadie.

–Tranquilo –repuse, poniéndome en pie y arrojando unos rublos sobre la mesa para pagar la cena y la bebida de ambos; se lo había ganado–. No tengo intención de hablar con nadie sobre eso.

Tras salir de San Petersburgo viajé hacia el este, atravesando Vólogda, Viatka y Perm antes de llegar a las llanuras de Siberia. Para entonces hacía más de un año que no veía a Anastasia y casi el mismo tiempo desde que el zar se había convertido en Nicolás Romanov. Llegué flaco y hambriento, pero empujado por el deseo de volver a verla, de protegerla. Tenía el cuerpo consumido por el largo viaje, y de haberme visto en un espejo, seguro que habría parecido un hombre de treinta años, aunque no llegaba ni a los veinte.

El trayecto había estado lleno de dificultades. Sucumbí a la fiebre en las afueras de Viatka, pero tuve la suerte de que me acogieran un granjero y su esposa, que me cuidaron en su hogar hasta que recobré la salud, aguantaron mis delirios y no me los reprocharon. La última noche que pasé en su casa estaba sentado junto al fuego cuando la esposa del granjero, una mujer robusta llamada Polina Pavlovna, puso una mano sobre la mía, sorprendiéndome por lo íntimo del gesto.

–Debes tener cuidado, Pasha –me dijo, pues mi primera o segunda noche allí me habían preguntado mi nombre, y yo, en mi delirante estado, incapaz de recordarlo, había dado ese odiado mote de mi infancia–. Lo que vas a hacer ahora es peligroso.

–¿Lo que voy a hacer? –repetí, pues al recuperar la salud les había dicho que volvía junto a mi familia, que vivía en Surgut, para ayudar con la granja–. No veo ningún peligro en eso.

–Cuando Luka y yo nos conocimos, no contamos con la aprobación de mi padre –me susurró–. Aunque no nos importó, porque nuestro amor era fuerte. Y mi padre era un hombre pobre, una persona cuya opinión tampoco importaba demasiado. Tu caso es distinto.

Tragué saliva con nerviosismo, no muy seguro de cuánto habría revelado durante mi enfermedad.

–Polina...

–Tranquilo –me sonrió–. Sólo me lo contaste a mí. Y no se lo he dicho a nadie. Ni siquiera a Luka.

Asentí con la cabeza y miré por la ventana.

–¿Me queda mucho viaje por delante?

–Tardarás semanas. Pero todo irá bien. Estoy segura.

–¿Cómo puedes saberlo?

–Porque la historia de esa familia no acaba en Tobolsk –susurró, apartando la mirada con expresión de profunda tristeza–. Y la gran duquesa, la que tú amas, tiene mucho por delante todavía.

No supe qué decir a eso, de modo que guardé silencio. No era de los que creían en supersticiones o en predicciones de ancianas. No las había creído en el caso del *stáretz*, y no iba a creer las de la esposa de un granjero de Viatka, aunque confié en que fuera cierto lo que decía.

–El zar pasó una vez por aquí en sus viajes, ¿sabes? –comentó antes de que me fuera–. Cuando yo no era más que una niña.

Fruncí el entrecejo, pues Polina era muy vieja. Me costaba creerlo.

–No tu zar –explicó riendo un poco–. Su abuelo, Alejandro II. Fue sólo unas semanas antes de que lo mataran. Llegó y se fue como una exhalación. La ciudad entera salió a verlo y él apenas miró a ninguno de nosotros, sino que se limitó a pasar cabalgando en su corcel, y sin embargo nos pareció que nos había tocado la mano de Dios. Cuesta imaginarlo ahora, ¿verdad?

–Un poco –concedí.

Partí al día siguiente y tuve la suerte de permanecer sano el resto del viaje. Llegué a Tobolsk a principios de julio. La ciudad estaba llena de bolcheviques, pero nadie me prestó atención. Comprendí que ya no me buscaban. Quién era yo, al fin y al cabo; sólo un criado, un don nadie. Cualquier intención de seguirme el rastro tras el arresto del zar se había desvanecido hacía mucho.

Fue fácil localizar la casa del gobernador, adonde llegué a media tarde, esperando encontrarla rodeada de guardias. No estaba seguro de lo que haría una vez allí. Una parte de mí había pensado pedir simplemente que me dejaran ver al zar –o a Nicolás Romanov, si insistían–, tras lo cual me ofrecería a permanecer con la familia como criado, y así podría ver a Anastasia todos los días hasta que los mandaran al exilio.

Sin embargo, la casa no era exactamente como había imaginado. No había vehículos en el exterior y sólo la vigilaba un soldado que, apoyado contra la verja, le ofreció al mundo un gran bostezo. Me observó al acercarme y entrecerró los ojos con gesto irritado, pero no mostró indicios de preocupación. Tampoco se molestó en ponerse firme.

–Buenas tardes –saludé.

–Camarada.

–Me preguntaba..., tengo entendido que ésta es la residencia del gobernador, ¿no?

–¿Y qué si lo es? ¿Quién eres?

–Me llamo Georgi Danílovich Yáchmenev. Soy hijo de un granjero de Kashin.

Asintió con la cabeza y se volvió para escupir en el suelo.

–Nunca había oído hablar de ti.

–No lo esperaba. Pero tu prisionero sí me conoce.

–¿Mi prisionero? –preguntó sonriendo un poco–. ¿Y qué prisionero es ése?

Suspiré. No me apetecía andarme con juegos.

–He hecho un largo viaje para llegar hasta aquí. Vengo de San Petersburgo.

–¿Quieres decir de Petrogrado?

–Si lo prefieres...

–¿A pie? –preguntó arqueando una ceja.

–Casi todo el camino, sí.

–Bueno, ¿y qué quieres?

–Hasta el año pasado, trabajaba en el palacio imperial. Trabajaba para el zar.

Titubeó antes de responder.

–Ya no hay zar –declaró con aspereza–. Quizás hayas trabajado para el antiguo zar.

–El antiguo zar, entonces. Pensaba... Me preguntaba si podría presentarle mis respetos.

Frunció el entrecejo.

–Por supuesto que no –espetó–. ¿Eres estúpido o qué? ¿Crees que dejamos entrar a todo el mundo a ver a los Romanov?

–No soy una amenaza para nadie –repuse, extendiendo los brazos para mostrar que no llevaba armas ocultas–. Sólo quería ofrecerles mis servicios.

–¿Y por qué?

–Porque fueron buenos conmigo.

–Eran tiranos. Estás loco si quieres estar con ellos.

–Aun así, es lo que quiero –respondí en voz baja–. ¿Es posible?

–Todo es posible –contestó encogiéndose de hombros–. Pero me temo que llegas demasiado tarde.

Se me encogió el corazón; estuve a punto de cogerlo de las solapas y obligarlo a explicar qué quería decir.

–¿Demasiado tarde? –repetí con cautela–. ¿En qué sentido?

–Me refiero a que ya no están. Aquí vuelve a residir el gobernador. Puedo pedirte audiencia con él, si lo deseas.

–No, no –contesté sacudiendo la cabeza–. No será necesario. –Me dieron ganas de sentarme en el suelo y llevarme las manos a la cabeza. ¿Nunca acabaría ese tormento? ¿Volveríamos a encontrarnos alguna vez?–. Confiaba en... en verlos.

–No los han llevado muy lejos de aquí. Quizá podrías ir en su busca.

Levanté la vista, esperanzado.

–¿De veras? ¿Dónde están?

El soldado sonrió abriendo las manos, y supe de inmediato que semejante información no me saldría barata. Hurgué en los bolsillos y saqué hasta el último rublo que tenía.

–No puedo negociar –dije tendiéndole el dinero–. Puedes registrarme si quieres. Es todo lo que tengo. Todo lo que tengo en el mundo. Por favor...

Se miró la mano, contó las monedas y se las metió en el bolsillo; luego, antes de alejarse, se inclinó para susurrarme una palabra al oído:

–Ekaterimburgo.

Así pues, di media vuelta y eché a andar una vez más, en esta ocasión hacia el sudoeste y la ciudad de Ekaterimburgo, sabiendo de algún modo que sería el final de mi viaje y que encontraría por fin a Anastasia. Los pueblos que crucé de camino –Tavda, Tirinsk, Irbit– me recordaron un poco a Kashin; descansé en algunos, confiando en charlar con los agricultores y granjeros, pero no sirvió de nada, porque parecían sospechar de mí y se mostraban reacios a hablar. Me pregunté si sabrían quiénes habían atravesado sus pueblos antes que yo, si los habrían visto. De ser así, no dijeron nada al respecto.

Tardé casi una semana en llegar.

En Ekaterimburgo la gente parecía más inquieta incluso que la que había visto en el viaje, y supe de inmediato que había alcanzado mi destino. No me costó mucho encontrar a alguien que me indicara el sitio correcto. Una casa grande en las estribaciones de la ciudad, rodeada por soldados.

–El propietario es un comerciante muy rico –me explicó el amable hombre–. Los bolcheviques se la confiscaron. No se permite entrar a nadie.

–Ese comerciante, ¿dónde está ahora?

–Se ha ido. Le pagaron para que se fuera. Se llamaba Ipátiev. Le quitaron su hogar. Ahora dicen que la casa Ipátiev se ha convertido en «la casa del propósito especial».

Asentí con la cabeza y eché a andar en la dirección que me había indicado.

Anastasia estaría allí; lo sabía. Todos estarían allí.

1919

Quizá suene extraño o anticuado, pero en París Zoya y yo alquilamos habitaciones en casas distintas en las colinas de Montmartre, con vistas opuestas, de forma que ni siquiera podíamos despedirnos con la mano al irnos a dormir por las noches o lanzarnos un beso como último acto del día. Desde su cuarto, Zoya veía la cúpula blanca de la basílica del Sacré Coeur, donde el santo nacional había muerto decapitado, como mártir por su país. Veía las multitudes que ascendían las empinadas escalinatas hacia la entrada con tres arcadas, oía charlar a la gente que pasaba bajo su ventana, yendo y viniendo a sus puestos de trabajo. Yo veía las cumbres de Saint-Pierre de Montmartre, cuna de los jesuitas, y si estiraba el cuello alcanzaba a ver a los artistas que plantaban el caballete en su estudio callejero todas las mañanas, con la esperanza de ganarse unos francos para una frugal comida. No pretendíamos rodearnos de tanta religión, pero en el distrito *dix-huitième* los alquileres eran baratos y dos rusos podían pasar inadvertidos sin suscitar comentarios en una ciudad que ya bullía de refugiados.

La guerra llegó a su fin durante esos meses, cuando empezaron a firmarse tratados de paz en Budapest, Praga, Zagreb, y luego, por fin, en un vagón de tren en Compiègne, pero los cuatro años anteriores habían generado una avalancha de decenas de miles de europeos hacia la capital francesa, llevados allí por el avance de los hombres del káiser en sus patrias. Aunque esas cifras empezaban a menguar para cuando llegamos, no nos costó fingir que sólo éramos dos exiliados más que se habían visto obligados a viajar hacia el oeste, y nadie cuestionó nunca la veracidad de la historia que habíamos urdido.

Cuando llegamos a la ciudad tras un doloroso y aparentemente interminable trayecto desde Minsk, cometí el error de suponer que Zoya y yo viviríamos juntos como marido y mujer. La idea rondaba mis pensamientos mientras mi tierra natal quedaba atrás para verse reemplazada por ciudades, ríos y cordilleras sobre los que sólo había leído, y la verdad es que me sentía a un tiempo inquieto y emocionado. Pasé gran parte del viaje decidiendo las palabras correctas con que abordar el tema.

–Sólo necesitamos un piso pequeño –propuse a unos quince kilómetros de París, sin atreverme a mirar a Zoya, no fuera a advertir mi nerviosismo–. Una salita de estar con cocina adosada. Un baño pequeño, si tenemos suerte. Y un dormitorio, por supuesto –añadí, sonrojándome.

Zoya y yo aún no habíamos hecho el amor, pero yo tenía la ferviente esperanza de que nuestra vida en París nos proporcionara no sólo independencia y la oportunidad de volver a empezar, sino también una introducción en los placeres del mundo sensual.

–Georgi –contestó, negando con la cabeza–. No podemos vivir juntos, ya lo sabes. No estamos casados.

–Sí, claro –repuse, con la boca tan seca que se me pegaba la lengua al paladar–. Pero corren nuevos tiempos para nosotros, ¿no es así? Aquí no conocemos a nadie, sólo nos tenemos el uno al otro. Pensaba que quizá...

–No, Georgi –me interrumpió con firmeza, mordiéndose un poco el labio–. Eso no. Todavía no. No puedo.

–Entonces... entonces nos casaremos –sugerí, sorprendido porque no se me hubiese ocurrido antes–. Pero si eso es lo que siempre he querido hacer... ¡Nos convertiremos en marido y mujer!

Ella me miró boquiabierta, y por primera vez desde que se arrojara en mis brazos una semana antes, rió y puso los ojos en blanco, no para insinuar que era un loco, sino que mi propuesta era una locura.

–Georgi, ¿me estás pidiendo que me case contigo?

–Sí, te lo pido –afirmé con una gran sonrisa–. Quiero que seas mi esposa.

Traté de arrodillarme como exigía la tradición, pero el espacio entre los bancos del compartimento del tren era demasiado estrecho para que resultara elegante. Al final conseguí hincar una rodilla en el suelo, pero tuve que doblar el cuello para mirarla.

–Todavía no tengo anillo que ofrecerte, pero mi corazón te pertenece. Hasta la última parte de mi ser te pertenece, ya lo sabes.

–Sí, lo sé –contestó, tirando de mí para levantarme, y luego me empujó con suavidad para que me sentara–. Pero ¿me lo estás pidiendo para que podamos..., para que...?

–¡No! –exclamé, molesto porque tuviera tan mala opinión de mí–. No, Zoya, no es por eso. Te lo pido porque quiero pasar mi vida contigo. Todos mis días y mis noches. Para mí no existe nadie más en este mundo, debes saber que es así.

–Y para mí tampoco existe nadie más, Georgi –musitó–. Pero no puedo casarme contigo. Todavía no.

–¿Por qué no? –pregunté, conteniendo la irritación–. Si nos queremos, si estamos juntos, entonces...

–Georgi..., piensa un poco, por favor. –Apartó la vista después de susurrar esas palabras, y me sentí avergonzado de inmediato.

Por supuesto, ¿cómo podía ser tan insensible? Era absolutamente inapropiado por mi parte sugerir nuestra unión en esos momentos, pero yo era joven, rezumaba amor y no deseaba otra cosa que estar con ella para siempre.

–Lo siento –murmuré–. Lo he dicho sin pensar. Ha sido desconsiderado por mi parte –añadí, y advertí que ella estaba al borde de las lágrimas–. No volveré..., no volveré a hablar de este asunto. Hasta que llegue el momento adecuado –apostillé, pues quería dejar claro que no iba a olvidarme del tema–. ¿Tengo tu permiso, Zoya, para volver a mencionarlo? ¿En el futuro?

–Viviré esperando que lo hagas –contestó sonriendo ampliamente de nuevo.

Pensé que eso suponía que estábamos comprometidos, y mi corazón se llenó de alegría.

Y así llegamos a las colinas de Montmartre y llamamos a puertas distintas en busca de habitaciones de alquiler. No teníamos equipaje, ni otra ropa que los andrajos que vestíamos. Carecíamos de pertenencias. Disponíamos de muy poco dinero. Habíamos llegado a un país extraño para empezar de cero, y cada posesión que tuviésemos a partir de entonces haría referencia a esa nueva existencia. De hecho, no conservábamos nada de nuestra antigua vida, excepto nosotros mismos.

Pero me pareció que con eso bastaría, sin duda.

Ese invierno celebramos la Navidad dos veces.

A mediados de diciembre, nuestros amigos Leo y Sophie nos mandaron una invitación para cenar con ellos el 25, el día tradicional de la celebración cristiana, en su piso cerca de la place du Tertre. Me preocupó cómo afrontaría Zoya una festividad como ésa y le propuse olvidarnos de la Navidad y pasar la tarde paseando por las riberas del Sena, los dos solos, disfrutando de la rara paz que ofrecería el día.

–Pero yo quiero ir, Georgi –dijo, sorprendiéndome con su entusiasmo–. ¡Suena muy divertido por lo que cuentan! Y no nos vendría mal un poco de diversión, ¿no crees?

–Por supuesto –respondí, contento con su reacción, pues yo también quería ir–. Pero sólo si estás segura. Puede ser un día difícil, nuestra primera Navidad desde que dejamos Rusia.

–Me parece... –Titubeó un instante, reflexionando–. Me parece que puede ser buena idea pasarla con amigos. Así habrá menos tiempo para pensar en cosas tristes.

En los cinco meses que llevábamos viviendo en París, la personalidad de Zoya había empezado a cambiar. En Rusia ya era vivaz y divertida, desde luego, pero en París comenzó a bajar la guardia más y más y daba rienda suelta a su entusiasmo. El cambio le sentaba bien. Seguía siendo austera, pero se había abierto más a los placeres que el mundo brindaba, aunque con nuestra posición económica, lastimosa, podíamos aprovechar bien pocos. Sin embargo, había momentos, muchos momentos, en que su dolor volvía a la superficie, en que aquellos recuerdos terribles derribaban las barricadas de su memoria y la dejaban abatida. En esas ocasiones prefería quedarse sola, y no sé cómo luchaba para abrirse paso en la oscuridad. Había mañanas en que nos encontrábamos para desayunar y aparecía pálida y con grandes ojeras; yo le preguntaba cómo estaba y ella evitaba mis preguntas, diciendo que no valía la pena hablar, que simplemente no había podido dormir. Si yo insistía, ella cambiaba de tema, molesta. Aprendí a dejarle espacio para enfrentarse a esos horrores por sí misma. Ella sabía que yo estaba ahí; sabía que la escucharía siempre que quisiera hablar.

Zoya había conocido a Sophie en la tienda de confección donde ambas trabajaban, y no tardaron en hacerse amigas. Confeccionaban vestidos sencillos para las parisinas, en una tienda que había proporcionado prendas funcionales durante toda la guerra. Conocimos al novio pintor de Sophie, Leo, y los cuatro formamos un cuarteto habitual para cenar o pasear los domingos, cuando cruzábamos el Sena con espíritu aventurero y nos internábamos en los Jardines de Luxemburgo. Leo y Sophie me parecían muy cosmopolitas, y los idolatraba un poco, pues sólo eran un par de años mayores que nosotros pero vivían juntos en franca armonía y exhibían su pasión incluso en público, con frecuentes muestras de afecto que, confieso, me avergonzaban y excitaban a un tiempo.

–He asado un pavo –anunció Sophie aquel día de Navidad.

Dejó sobre la mesa un ave de aspecto extraño: una parte parecía haber pasado demasiado rato en el horno mientras que el resto conservaba un curioso tono rosado; una peculiaridad extraordinaria que volvía el plato muy poco apetitoso. Sin embargo, con la compañía de que disfrutábamos y fluyendo el vino como fluyó, no nos importaron semejantes sutilezas, y comimos y bebimos toda la noche. Zoya y yo apartábamos la vista siempre que nuestros anfitriones intercambiaban sus largos y vehementes besos.

Después de cenar, nos instalamos en los dos sofás de la sala de estar para hablar de arte y política. Zoya apoyó su cuerpo contra el mío y me permitió rodearle los hombros con el brazo, y la calidez de su piel contra la mía y el aroma de su cabello, normalmente de lavanda pero perfumado un rato antes con una fragancia de Sophie, me resultaron embriagadores.

–Y vosotros dos que venís de Rusia... –dijo Leo, animándose con su tema favorito– debéis de haber pasado la vida empapados de política.

–En realidad, no –repuse–. Yo crecí en una aldea donde no había tiempo para esas cosas. Trabajábamos, cultivábamos la tierra, intentábamos sobrevivir. No teníamos tiempo para debates. Se habría considerado un gran lujo.

–Deberíais haber encontrado el tiempo. En especial en un país como el vuestro.

–Oh, Leo –intervino Sophie sirviendo más vino–, ¡no empieces otra vez, por favor!

Sophie lo regañaba, pero siempre con buen humor. Siempre que pasábamos una velada juntos, la conversación acababa centrándose en la política. Leo era un artista, y bueno, además, pero como la mayoría de los artistas creía que el mundo que recreaba en sus lienzos era un mundo corrupto, necesitado de hombres íntegros, hombres como él, que saltaran a la palestra y lo reclamaran para el pueblo. Leo era joven, como atestiguaba su ingenuidad, pero confiaba en presentarse algún día a las elecciones legislativas. Era un idealista y un soñador, pero también era indolente, y yo dudaba que algún día reuniera la energía necesaria para poner en marcha una campaña electoral.

–Pero esto es importante –insistió él–. Cada uno tiene un país al que llama su patria, ¿no es así? Y durante toda la vida tendremos la responsabilidad de hacer de ese país un lugar mejor para todos.

–¿Mejor en qué sentido? –quiso saber Sophie–. A mí me gusta Francia tal como es, ¿a ti no? No me imagino viviendo en ningún otro sitio. No quiero que cambie.

–Mejor en el sentido de que sea más justo para todos. Más equitativo socialmente. Que haya libertad económica. Liberalización de la política.

–¿Qué quieres decir con eso? –inquirió Zoya, y su voz sonó cortante, sin el ebrio entusiasmo de Sophie ni la hostil superioridad moral de Leo. Llevaba un rato callada, con los ojos cerrados pero despierta, relajada al parecer en el cálido ambiente de la habitación y el lujo del alcohol. Los tres la miramos.

–Bueno –respondió Leo encogiéndose de hombros–, que para mí es lógico que cada ciudadano tenga una responsabilidad hacia...

–No –lo interrumpió–, no es eso. Lo que has dicho antes, lo de un país como el nuestro.

Leo reflexionó unos instantes y volvió a encogerse de hombros, como si la cuestión fuese perfectamente obvia.

–Ah, eso. –Se incorporó sobre un codo, entusiasmado con

el tema–. Mira, Zoya, mi país, Francia, pasó siglos bajo el peso opresivo de una aristocracia repugnante, generaciones de parásitos que chuparon la sangre de los trabajadores de esta nación, robaron nuestro dinero, tomaron nuestras tierras, nos hicieron pasar hambre y ser pobres mientras ellos satisfacían sus apetitos y perversiones hasta el exceso. Y al final dijimos: «¡Esto es demasiado!». Nos resistimos, nos sublevamos, les pusimos grilletes a esos gordos aristócratas, los llevamos a la place de la Concorde, y ¡zas! –Con la palma de la mano, imitó la hoja al caer–. ¡Les cortamos la cabeza! Y recuperamos el poder. Pero, amigos míos, eso fue hace casi ciento cincuenta años. Mi retatarabuelo luchó con Robespierre, ¿sabéis? Irrumpió en la Bastilla con...

–Oh, Leo –protestó Sophie con frustración–, eso no lo sabes. Siempre lo dices, pero ¿qué pruebas tienes?

–Tengo la prueba de que le contó a su hijo historias sobre su heroísmo –contestó él a la defensiva–. Y esas historias se han transmitido de padre a hijo desde entonces.

–Sí –dijo Zoya, creo que con cierta frialdad–. Pero ¿qué tiene que ver eso con Rusia? No estás comparando cosas semejantes.

–Bueno... –Leo soltó un bufido desdeñoso–. Sólo me pregunto por qué la Madre Rusia tardó tanto tiempo en hacer lo mismo. Pues ya me diréis cuántos siglos llevabais los campesinos como vosotros (perdonadme los dos, pero llamemos a las cosas por su nombre) soportando una existencia miserable para que los palacios siguieran abiertos y se celebraran bailes. Para que hubiese acontecimientos sociales. –Sacudió la cabeza como si el concepto fuera demasiado para él–. ¿Por qué tardasteis tanto en echar a vuestros autócratas? ¿En reclamar el poder sobre vuestra propia tierra? ¿En cortarles la cabeza, ya puestos? Aunque no hicisteis eso. Vosotros les disparasteis, según recuerdo.

–Sí –repuso Zoya–. Eso hicimos.

No recuerdo cuánto había bebido aquella noche, un montón, sospecho, pero me despejé de inmediato y deseé haber advertido el rumbo que tomaba la conversación. De haberlo previsto, podría haber cambiado rápidamente de tema, pero ya era demasiado tarde: Zoya estaba muy tiesa en el sofá, mirando fijamente a Leo, muy pálida.

–Qué estúpido eres –espetó–. ¿Qué sabes tú de Rusia, aparte

de lo que has leído en los periódicos? No puedes comparar tu país con el nuestro. Son absolutamente distintos. Tus afirmaciones son simplistas e ignorantes.

–Zoya... –Leo se sorprendió por su agresividad, pero no quiso ceder terreno; a mí me gustaba mucho Leo, pero era de los que siempre creían tener razón en esos temas y miraban con asombro y lástima a quienes no compartían sus opiniones–. Los hechos no se prestan a discusión. No hay más que recurrir al material publicado sobre el tema para ver que...

–¿Te considerarías un bolchevique, entonces? –preguntó Zoya–. ¿Un revolucionario?

–Estaría de parte de Lenin, desde luego. Es un gran hombre. Proceder de donde procede y lograr todo lo que ha logrado...

–Es un asesino.

–¿Y el zar no lo era?

–Leo –me apresuré a intervenir, dejando el vaso en la mesa–, es descortés hablar de esa manera. Debes comprender que nosotros nos criamos durante el gobierno del zar. Mucha gente lo veneraba y continúa venerándolo. Dos de esas personas están en esta habitación contigo. Tal vez sepamos más sobre el zar y los bolcheviques e incluso Lenin que tú, puesto que vivimos esos tiempos y no sólo leímos al respecto. Tal vez hemos sufrido más de lo que puedes entender.

–Y tal vez no deberíamos hablar de estas cosas el día de Navidad –añadió Sophie, volviendo a llenar los vasos–. Estamos aquí para pasarlo bien, ¿no?

Leo se encogió de hombros y se arrellanó en el asiento, contento de dejar el tema, seguro en su arrogancia de que tenía razón y de que éramos demasiado tontos para verlo. Zoya habló muy poco más aquella noche, y la celebración concluyó con cierta tensión; los apretones de manos fueron un poco forzados; los besos, un poco mecánicos.

–¿Es eso lo que piensa la gente? –me preguntó Zoya cuando regresábamos andando a nuestras habitaciones separadas–. ¿Es así como recuerdan al zar? ¿Como nosotros pensamos en Luis XVI?

–No sé qué piensa la gente. Y no me importa. Lo que importa es lo que pensemos nosotros. Lo que importa es lo que sabemos.

–Pero han corrompido la historia, no saben nada de nuestras luchas. Rusia suele analizarse en términos muy simplistas. Los privilegiados son monstruos, los pobres son héroes. Esos revolucionarios hablan de forma muy idealista, pero sus teorías son muy ingenuas. Qué absurdo.

–Leo no es precisamente un revolucionario –reí, tratando de quitarle hierro al asunto–. Es un pintor, nada más. Le gusta pensar que puede cambiar el mundo, pero ¿qué hace a diario, aparte de pintar retratos para gordos turistas y beberse el dinero en los cafés, endilgando sus opiniones a quien quiera escucharlas? No deberías preocuparte por lo que diga.

Zoya seguía sin estar convencida. Habló poco el resto del trayecto y me permitió tan sólo darle un casto beso en la mejilla al despedirnos, como el que una chica le daría a un hermano. Pensé que la esperaba una noche difícil, dándole vueltas a todas las cosas que querría decir, a toda la rabia que querría expresar. Deseé que me invitara a entrar, sólo para compartir sus inquietudes con ella, nada más. Para hacerme cómplice de su rabia, porque yo también la sentía.

Celebramos nuestra segunda Navidad trece días después, el 7 de enero, y devolvimos el cumplido invitando a Leo y Sophie a cenar en un café. Era imposible preparar una comida en alguna de nuestras habitaciones –las caseras no lo habrían permitido–, y de todos modos me avergonzaba que Zoya y yo no viviésemos juntos, por lo que no habría disfrutado como invitado en su casa ni recibiéndola como invitada en la mía. Me pregunté si Leo y Sophie hablarían de nuestros alojamientos separados, y tuve la convicción de que sí. De hecho, una vez Leo se refirió a mí, en un momento de ebriedad eufórica, como su «joven e inocente amigo»; a mí me ofendió la insinuación de casta ingenuidad que acarreaban sus palabras, una insinuación que no hizo nada por mejorar mi autoestima. En otra ocasión, se ofreció a llevarme a una casa particular que conocía para que solucionara mi problema, pero rechacé la propuesta y preferí irme a casa para satisfacer mi lujuria a solas.

–No lo comprendo –dijo Sophie, quitándose el abrigo y agitando la larga melena oscura cuando nos sentábamos–. ¿Una segunda Navidad?

–Es la Navidad ortodoxa rusa tradicional –expliqué–. Tiene algo que ver con los calendarios juliano y gregoriano. La cosa es muy complicada. Los bolcheviques preferirían que el pueblo se adaptara al resto del mundo, y hay cierta ironía en eso, pero los tradicionalistas pensamos de otro modo. De ahí un día de Navidad distinto.

–Por supuesto –dijo Leo con una sonrisa encantadora–. ¡Dios no permita que suscribáis las consignas bolcheviques!

Zoya y Leo no habían hablado desde el incidente anterior y el recuerdo de la discusión pendía sobre la mesa como una nube, pero el hecho de que los hubiésemos invitado implicaba que no deseábamos perder su amistad, de modo que, dicho sea en su honor, Leo fue el primero en pedir la paz.

–Creo que te debo una disculpa, Zoya –dijo tras un par de vasos de vino y un visible codazo de Sophie para ponerlo en marcha–. Quizá fui un poco grosero contigo el día de Navidad. Nuestro día de Navidad, quiero decir. Es probable que estuviera un poco borracho. Dije algunas cosas improcedentes. No tenía derecho a hablar de vuestro país como lo hice.

–Cierto, no debiste hacerlo –respondió Zoya, sin agresividad alguna–. Pero también es cierto que yo no debería haber reaccionado como reaccioné; no me educaron de esa manera, y creo que yo también te debo una disculpa.

Reparé en que ninguno de los dos concedía que su punto de vista fuese incorrecto, pues en realidad no se estaban disculpando sino sólo simulando que se debían una disculpa, pero me abstuve de mencionarlo.

–Bueno, eres una invitada en nuestro país –dijo Leo con una amplia sonrisa–, y como tal, fue injusto por mi parte hablar de esa forma. Si me lo permites... –Levantó el vaso y todos lo imitamos–. Por Rusia.

–Por Rusia –respondimos al unísono, entrechocando los vasos antes de beber un buen trago.

–*Vive la révolution!* –añadió Leo en voz baja, pero creo que sólo lo oí yo. Unos instantes después, dijo–: De todos modos, me pregunto por qué nunca habláis de Rusia. Si era un sitio tan maravilloso, quiero decir. Oh, vamos, no me mires de ese modo, Sophie; he planteado una cuestión perfectamente razonable.

–A Zoya no le gusta hablar de Rusia –repuso Sophie, pues en más de una ocasión había intentado que su nueva amiga le hiciera confidencias sobre su pasado, pero había acabado por rendirse.

–De acuerdo, ¿y qué me dices de ti, Georgi? –preguntó Leo–. ¿No puedes hablarnos un poco de tu vida antes de llegar a París?

–Hay muy poco que contar –respondí encogiéndome de hombros–. Diecinueve años viviendo en una granja, y poco más. No hay mucho material para anécdotas.

–Bueno, ¿y dónde os conocisteis? Zoya, tú eres de San Petersburgo, ¿verdad?

–En un compartimento de tren –contesté yo–. El día que los dos abandonamos Rusia para siempre. Íbamos sentados uno frente al otro; no había nadie más y empezamos a charlar. Hemos estado juntos desde entonces.

–Qué romántico –suspiró Sophie–. Pero decidme una cosa: si celebráis dos días de Navidad, sin duda recibiréis dos regalos. ¿Tengo razón? Ya sé que le regalaste un perfume el primer día de Navidad, Georgi. ¿Qué me dices, Zoya? ¿Hoy te ha regalado algo más?

Zoya me miró y sonrió, y yo asentí con la cabeza, contento de que fuera a contárselo. Ella rió un poco y los miró con una sonrisa de oreja a oreja.

–Sí, por supuesto que me ha hecho un regalo. ¿No os habéis dado cuenta?

Dicho lo cual, alargó la mano izquierda para enseñarles mi obsequio. No me sorprendió que no lo hubiesen advertido. Debía de ser el anillo de compromiso más pequeño de la historia, pero era cuanto podía permitirme. Y lo importante era que Zoya lo llevaba puesto.

Nos casamos en el otoño de 1919, casi quince meses después de haber huido de Rusia, en una ceremonia tan austera que habría parecido patética si la intensidad de nuestro amor no hubiese compensado su escasez.

Educados en la observancia de una doctrina estricta y férrea, deseábamos que la bendición de la Iglesia santificara nuestra unión. Sin embargo, no había iglesias ortodoxas rusas en París, de modo que sugerí casarnos en una católica francesa, pero Zoya se negó de plano y casi pareció enfadarse ante mi propuesta. Yo nunca había sido especialmente creyente, aunque no cuestionaba la fe que me habían inculcado, pero Zoya tenía otros sentimientos: veía el rechazo a nuestro credo como un paso definitivo que la alejaba de nuestra patria, y no estaba dispuesta a darlo.

–Pero ¿dónde, entonces? –pregunté–. No pensarás que deberíamos volver a Rusia para la ceremonia, ¿verdad? Ya sólo el peligro sería...

–Por supuesto que no –replicó, aunque yo sabía que una parte de ella ansiaba regresar a nuestro país. Tenía una conexión con la tierra y su gente de la que yo me había desprendido con rapidez; era una parte indeleble de su carácter–. Pero no me consideraría verdaderamente casada sin las debidas ceremonias. Piensa en mis padres, en cómo se sentirían si rechazara nuestras tradiciones.

Ante eso no había discusión posible, de modo que me puse a buscar un sacerdote ortodoxo ruso. La comunidad rusa era pequeña y estaba diseminada, y nunca habíamos intentado integrarnos en ella. De hecho, la única ocasión en que una pareja rusa entró en la librería donde yo trabajaba, sus voces –la musicalidad del acento cuando hablaban entre ellos en nuestra lengua natal– me evocaron imágenes y recuerdos que me aturdieron de nostalgia y pesar, y me vi obligado a excusarme y salir al callejón detrás de la tienda, fingiendo una repentina indisposición y dejando a mi jefe, monsieur Ferré, presa de la irritación por tener que atender él mismo a la pareja. Yo sabía que la mayor parte de mis compatriotas refugiados vivían y trabajaban en el barrio de Neuilly, en el distrito *dix-septième*, y lo evitábamos deliberadamente, pues no deseábamos entrar en un ámbito que podía suponer un peligro potencial.

Fui sutil en mi labor de investigación, y por fin me presentaron a un anciano llamado Rajletski, que vivía en una pequeña casa de vecinos en Les Halles y que estuvo de acuerdo en oficiar la ceremonia. Me contó que se había ordenado sacerdote en Moscú durante la década de 1870 y que era un verdadero creyente, pero que se había peleado con su diócesis tras la revolución de 1905 y se había trasladado a Francia. Súbdito leal del zar, se opuso enérgicamente al sacerdote revolucionario, el padre Gapón, e intentó disuadirlo de organizar la marcha sobre el Palacio de Invierno aquel año.

–Gapón era combativo –me contó–. Un anarquista que se describía como defensor de los trabajadores. Faltó a las convenciones de la Iglesia casándose dos veces y desafiando al zar, y aun así lo convirtieron en héroe.

–Antes de volverse contra él y ahorcarlo –repuse, como un muchacho ingenuo que tratara con condescendencia a un anciano.

–Sí –admitió–. Pero ¿cuántas personas inocentes murieron por su culpa el Domingo Sangriento? ¿Mil? ¿Dos mil? ¿Cuatro mil? –preguntó, apenado y furioso a partes iguales–. Yo no podía quedarme después de eso. Él habría ordenado que me mataran por mi desobediencia. Siempre me ha asombrado, Georgi Danílovich, que aquellos a quienes más repugna un gobierno autócrata o dictatorial sean los primeros en eliminar a sus enemigos una vez que acceden al poder.

–El padre Gapón nunca llegó a tener ningún poder –puntualicé.

–Pero Lenin sí –repuso sonriendo–. No es más que otro zar, ¿no crees?

No le comenté sus opiniones políticas a Zoya, aunque habría estado de acuerdo con ellas, porque me pareció mal relacionar esos recuerdos con el día de nuestra boda. Tan sólo le hablé del padre Rajletski como un exiliado más, obligado a abandonar su patria por el avance de las fuerzas del káiser. Me había costado mucho encontrarlo; no quería problemas que pospusieran nuestro enlace más de lo necesario.

La ceremonia se celebró en el piso de Sophie y Leo, un cálido atardecer de sábado en octubre. Nuestros amigos habían tenido la generosidad de ofrecer su casa para el servicio y actuaron de testigos. El padre Rajletski pasó una hora a solas en el apartamento esa misma tarde, consagrando la salita de estar, un procedimiento según él «muy poco ortodoxo pero extremadamente agradable», una ocurrencia que me divirtió.

Me entristeció no poder ofrecerle a mi novia una boda más

elaborada, pero fue cuanto pudimos hacer sin traspasar el límite de la pobreza. Nuestros empleos no nos proporcionaban mucho dinero, sólo el suficiente para pagar el alquiler y comer. Zoya se aseguraba de que ambos ahorrásemos unos cuantos francos cada semana por si surgía una emergencia que nos obligara a huir de París, pero aun así podíamos permitirnos muy pocos lujos. Zoya y Sophie se ocuparon de hacer el vestido de novia en la tienda de confección después de cada jornada; Leo y yo nos pusimos nuestros mejores pantalones y camisas. El día señalado pensé que ofrecíamos una imagen deliciosa, pese a los limitados medios.

El padre Rajletski no conoció a Zoya hasta el momento de la ceremonia. Ella entró en la sala de mi brazo, con el rostro cubierto por un sencillo velo que enmascaraba su belleza y su encanto. El padre nos sonrió feliz, como si fuésemos sus hijos o sus sobrinos favoritos, y captamos su alegría al volver a oficiar una nueva boda. Sophie y Leo nos flanqueaban, contentos de formar parte de aquella experiencia singular. Creo que les pareció terriblemente moderno y poco convencional casarse de esa manera y en ese sitio. Romántico también, quizá.

Zoya y yo intercambiamos unos sencillos anillos; luego le tomé la mano izquierda con mi derecha, y con la mano libre cada uno cogió una vela encendida para sostenerlas en alto mientras el sacerdote recitaba los ensalmos sobre nuestras cabezas. A una señal, Leo y Sophie cogieron las pequeñas y sencillas coronas que Zoya había elaborado con una combinación de lámina de metal y fieltro y nos las pusieron al mismo tiempo.

–Los siervos de Dios Georgi Danílovich Yáchmenev y Zoya Fédorovna Danichenko –entonó el sacerdote con las manos a unos centímetros de nuestras cabezas– son coronados en el nombre del Padre, el Hijo y el Espíritu Santo.

Sentí una gran felicidad cuando dijo esas palabras y apreté la mano de Zoya; apenas creía que nuestras vidas fueran a unirse por fin.

Después se leyó el Evangelio y bebimos de la copa común, prometiendo compartirlo todo desde ese momento, así las alegrías como las penas, así los triunfos como las cargas. Cuando completamos las promesas, el padre Rajletski nos hizo rodear la mesa sobre la que estaban el Evangelio y la Cruz, que simbolizaban la palabra de Dios y nuestra redención. Describimos juntos el círculo por primera vez como pareja casada y luego volvimos a situarnos ante el sacerdote, que recitó la bendición final. Imploró que yo fuera exaltado como Abraham, bendecido como Isaac y prolífico como Jacob, y que viviera en paz y trabajara con justicia. Luego rogó que Zoya fuera exaltada como Sara, feliz como Rebeca y prolífica como Raquel, y que se regocijara en su esposo y guardara los límites de la ley, porque así le complacía a Dios.

Con eso concluyó la ceremonia y dio comienzo nuestra vida de casados.

Sophie y Leo prorrumpieron en aplausos, y el padre Rajletski pareció sorprendido por la informalidad. Nos felicitó a los dos, estrechándome la mano a mí primero para luego inclinarse a darle un beso a mi esposa al tiempo que ella se levantaba el velo.

El sacerdote se detuvo en ese momento, bruscamente, y se enderezó con un súbito e inesperado movimiento que me hizo pensar que había sufrido alguna clase de ataque o colapso. Musitó unas palabras por lo bajo, que no alcancé a oír, y titubeó tanto que Sophie, Leo y yo lo miramos como si se hubiera vuelto totalmente loco. Tenía los ojos clavados en los de Zoya, quien, en lugar de apartar la vista confusa o avergonzada, le sostuvo la mirada levantando el mentón, y no le ofreció la mejilla para que se la besara, sino la mano. Un instante después, el hombre volvió al presente, le cogió la mano con gesto apresurado, se la besó y retrocedió, alejándose sin darnos la espalda. Su rostro revelaba confusión, asombro y una absoluta incredulidad.

Pese a haber prometido que comería con nosotros después de la ceremonia, recogió rápidamente sus pertenencias y se marchó tras unas palabras a solas con Zoya en el rellano de la escalera.

–Qué hombre tan curioso –comentó Sophie, cuando comíamos con cierta elegancia una hora después, acompañando el menú con una botella de vino extraordinariamente bueno aportado por nuestros amigos.

–Creo que debía de llevar mucho tiempo sin ver a una preciosidad como tu novia rusa –dijo Leo, encantador e insinuante como nunca, con la corbata desanudada y colgando en torno al cuello abierto–. Zoya, te ha mirado como si lamentara no ser él quien se casaba contigo.

–A mí me ha parecido que la miraba como si hubiese visto un fantasma –opinó Sophie.

Me volví hacia mi esposa, que me miró un momento a los ojos antes de negar con la cabeza y retomar la conversación. Yo estaba deseando que nos quedáramos a solas, pero no por la razón que podría imaginarse. Quería saber qué le había dicho el sacerdote en el rellano antes de irse.

El segundo regalo que nos hicieron Leo y Sophie fue cedernos su piso como residencia para la luna de miel, tres noches juntos, que ellos pasarían en mi habitación y la de Zoya respectivamente. Fue muy considerado por su parte, pues aunque no tardaríamos en mudarnos a nuestro propio piso, éste no quedaría listo hasta mediados de semana, y por supuesto no deseábamos estar separados justo después de la boda.

–Te ha reconocido –le dije a Zoya cuando Leo y Sophie por fin se marcharon aquella noche.

–Me ha reconocido –admitió asintiendo con la cabeza.

–¿Hablará de ello?

–No, con nadie. Estoy segura. Es totalmente leal, un verdadero creyente.

–¿Te pareció sincero?

–Sí.

Asentí, sin más opción que confiar en su juicio. Fue un curioso instante de pánico para los dos, pero ya había quedado atrás y éramos una pareja recién casada. Cogí a Zoya de la mano y la llevé hasta el dormitorio.

Después, con mi cuerpo envolviendo el suyo mientras intentábamos dormir, desacostumbrados al calor resbaladizo de dos formas desnudas entrelazadas bajo las ásperas mantas, cerré los ojos y le deslicé los dedos por las piernas, la columna perfecta, la longitud entera de su cuerpo, mientras ella sollozaba entre mis brazos y procuraba controlar los temblores que le provocaba pensar en ese día, en la boda y el recuerdo de quienes no habían estado presentes en nuestra celebración.

La casa Ipátiev

Vista de cerca, la casa Ipátiev no resultaba especialmente intimidante.

La miré desde mi escondrijo, en el espeso bosque que rodeaba el hogar del comerciante, tratando de imaginar qué ocurría dentro de sus muros. Un grupo de alerces me proporcionaba un buen sitio para observar la casa sin ser visto; las ramas y la densa vegetación ofrecían cierta protección del frío, aunque lamenté no contar con un abrigo más pesado ni con los gruesos guantes de lana que me había dado el conde Charnetski en mis primeros días en San Petersburgo. Ante mí había una pequeña zona de hierba donde podía tenderme a reposar cuando se me cansaban las piernas y, más allá, varios metros de seto espeso que conducían a un sendero de gravilla paralelo a la fachada de la casa.

Me dije que ahí, en algún sitio, estaba reunida la familia imperial, prisionera del nuevo gobierno provisional; ahí, en algún sitio, estaba Anastasia.

Una docena de soldados fueron y vinieron a lo largo de la tarde, apoyándose contra las paredes mientras fumaban, hablaban y reían en pequeños grupos. En cierto momento apareció una pelota de fútbol, nada menos, y durante media hora todos se dedicaron a intentar marcarse goles; el portón de la verja servía de una portería y la pared opuesta, de otra. Casi todos eran jóvenes, de poco más de veinte años, aunque el oficial al mando, que aparecía de vez en cuando para estropearles el juego, era un hombre de más de cincuenta, bajo y musculoso, de ojos pequeños y conducta agresiva. Eran bolcheviques, por supuesto –sus uniformes lo atestiguaban–, pero desempeñaban sus obligaciones de forma despreocupada, mostrándose casi deliberadamente indiferentes ante la elevada jerarquía de sus prisioneros. Las cosas habían cambiado mucho desde la abdicación del zar. En el transcurso de mi odisea de dieciocho meses desde el vagón de tren en Pskov a la casa del propósito especial en Ekaterimburgo, había advertido que ya no se trataba a la familia imperial con el respeto y la deferencia que siempre habían merecido. Si algo hacía la gente era competir entre sí por soltar el insulto más obsceno, condenando públicamente al hombre que antaño consideraran nombrado por Dios para ocupar el trono. Por supuesto, ninguno había visto al zar en persona; de lo contrario, seguramente hubiesen albergado sentimientos distintos hacia él.

Lo que más me sorprendió, sin embargo, fue la displicente seguridad del lugar. En un par de ocasiones salí de mi escondite y anduve camino abajo, pasando ante la verja abierta, teniendo buen cuidado de no mirar a los ojos a nadie, y sólo merecí las miradas indiferentes de los soldados plantados en el sendero de entrada. Para ellos yo era sólo un muchacho, un empobrecido *mujik* con el que no valía la pena perder el tiempo. El portón permanecía abierto el día entero; en varias ocasiones entró y salió un coche. La puerta principal nunca se cerraba, y yo veía a través de los amplios ventanales de un salón de la planta baja cómo se congregaban los guardias para las comidas. Dado lo poco estricta que era la guardia, me pregunté por qué la familia no bajaría sin más para huir al pueblo que quedaba un poco más allá. A media tarde de mi primer día de vigilancia, mi mirada se vio atraída hacia una ventana del piso superior, donde una figura apareció de pronto muy cerca de las cortinas; supe de inmediato que aquella silueta pertenecía a la mismísima zarina, la emperatriz Alejandra Fédorovna. Pese a nuestra relación con frecuencia antagónica, el corazón me dio un vuelco al verla porque era una prueba, si necesitaba alguna, de que mi viaje había sido un éxito y los había encontrado al fin.

Al anochecer, me disponía a volver a la ciudad en busca de un sitio donde dormir cuando de pronto un perrillo salió corriendo por la puerta principal. Oí voces alteradas, la de una muchacha y la de un hombre, procedentes de la casa. Unos instantes después, la chica salió al sendero, mirando a derecha e izquierda con expresión irritada, y reconocí de inmediato a María, la tercera de las cuatro hijas del zar. Estaba llamando al terrier de la zarina, que para entonces había salido de la finca y cruzado el camino, y se hallaba a salvo entre mis brazos.

María recorrió el sendero con rapidez, llamando al perro, y el animal respondió ladrando. Al oírlo, la gran duquesa miró hacia el bosque y titubeó un instante antes de cruzar el camino y venir directo hacia mí.

–¿Dónde estás, *Eira*? –llamó, acercándose más y más, hasta que estuvo a sólo un par de metros de mí en la oscuridad del bosque. Su tono era más nervioso ahora, como si intuyera que no estaba sola–. ¿Estás ahí?

–Sí –contesté, agarrándola del brazo para tirar de ella hacia los matorrales, donde fue a dar directamente contra mí.

Estaba demasiado asustada para gritar y, antes de que recobrara la voz, le tapé la boca con la mano y la sostuve con firmeza mientras se debatía en mis brazos. El perro cayó al suelo y empezó a escarbar la tierra entre gañidos. María giró un poco la cabeza y se le dilataron los ojos al verme, pero su cuerpo se relajó. Me había reconocido. Le dije que dejara de forcejear y que prometiera no gritar. Asintió con la cabeza y la solté.

–Te ruego me perdones, alteza –me apresuré a decir cuando retrocedió un paso, haciéndole una profunda reverencia para tranquilizarla–. Confío en no haberte hecho daño. Es que no podía arriesgarme a que gritaras y alertaras a los guardias.

–No me has hecho daño –contestó; se volvió hacia el perro y chistó para que dejara de gañir–. Me has sorprendido, eso es todo. No estoy segura de creer lo que estoy viendo. Georgi Danílovich, ¿de verdad eres tú?

–Sí –repuse con una sonrisa, encantado de verla de nuevo–. Sí, alteza, soy yo.

–Pero ¿qué haces aquí? ¿Cuánto tiempo llevas oculto entre estos árboles?

–Tardaría demasiado en explicártelo. –Miré hacia la casa para asegurarme de que nadie andaba buscándola–. Me alegra volver a verte, María –añadí, temiendo que fuera un comentario demasiado personal, pero me salió de lo más hondo del corazón–. Llevo buscando a tu familia..., bueno, mucho tiempo.

–A mí también me alegra verte, Georgi –contestó con una sonrisa, y me pareció ver lágrimas en sus ojos.

Estaba más delgada; el vestido barato que llevaba le quedaba demasiado grande y le colgaba sin forma. Y hasta en la penumbra del bosque distinguí las marcadas ojeras que indicaban falta de sueño.

–Eres como una maravillosa visión del pasado; a veces tengo la sensación de que aquellos días no eran más que fruto de mi imaginación. Pero aquí estás. Nos has encontrado. –Su emoción era evidente y, sin previo aviso, me echó los brazos al cuello y me abrazó, un gesto de amistad, nada más, pero que aprecié sobremanera.

–¿Estáis bien? –pregunté apartándome, con una sonrisa tan amplia como la suya, enternecido por el cariñoso reencuentro–. ¿Hay alguien herido? ¿Cómo está tu familia?

–Quieres decir que cómo está mi hermana, ¿no? –repuso sonriendo–. Cómo está Anastasia.

–Sí –admití ruborizándome un poco, sorprendido de que adivinase mis pensamientos–. Claro que tú ya lo sabías...

–Oh, sí, ella me lo dijo hace mucho tiempo. Pero no te preocupes, no se lo he contado a nadie. Después de lo que le pasó a Serguéi Stasyovich... –Alzó la vista con rapidez y sus ojos fueron de un lado a otro en la oscuridad. Su tono se llenó de pronto de emoción y esperanza–. No estará aquí también, ¿verdad? Oh, por favor, dime que lo has traído contigo...

–Lo siento. No lo he visto desde el día que se marchó de San Petersburgo.

–El día que lo echaron de allí, querrás decir.

–Sí, desde entonces. ¿No te ha escrito?

–Si lo ha hecho, no me han entregado sus cartas. Rezo todos los días por que esté bien y logre encontrarme. Imagino que él también anda buscándome. Pero no puedo creer que estés aquí, mi querido y viejo amigo. Sólo que... ahora que estás aquí, ¿a qué has venido?

–Quiero ver a Anastasia. Quiero ayudar a tu familia.

–No hay nada que puedas hacer. En realidad, nadie puede hacer nada.

–Pero no lo entiendo, alteza. Acabas de salir de ahí. Los soldados no han venido en tu busca. ¿Les importa siquiera que vuelvas?

–Les he dicho que iba por el perro de mi madre.

–¿Y no les ha preocupado? ¿Te han dejado marchar sin más?

–¿Por qué no? ¿Adónde podría ir, al fin y al cabo? ¿Adónde podría ir cualquiera de nosotros? Mi familia está ahí dentro. Mis padres están en el piso de arriba. Saben que volveré. Nos dan toda la libertad que queramos, excepto la de abandonar Rusia, por supuesto.

–Eso no tardará en suceder. Estoy seguro.

–Sí, yo también lo creo. Mi padre dice que iremos todos a Inglaterra. Le escribe al tío Jorge casi a diario para hablarle de nuestra difícil situación, pero no ha habido respuesta. No sabemos si despachan las cartas. ¿Te has enterado de algo al respecto?

–No, de nada. Sólo sé que los bolcheviques esperan el momento adecuado para sacar a tu familia del país. No os quieren aquí, de eso no hay duda. Pero creo que esperan a que sea seguro.

–Ojalá sea pronto. Yo ya no quiero ser gran duquesa, y mi padre ya no quiere ser zar. Todo eso ya no nos importa. Al fin y al cabo, no son más que palabras. Todo cuanto queremos es marcharnos y que nos devuelvan la libertad.

–Ese día llegará, María. Estoy seguro. Pero, por favor, tienes que decirme cuándo podré ver a Anastasia.

Ella se volvió hacia la casa, de donde había salido uno de los soldados, que miró alrededor bostezando. Permanecimos en silencio mientras él encendía un cigarrillo, se lo fumaba y luego regresaba al interior.

–Le diré a Anastasia que estás aquí. Todavía dormimos juntas. Hablaremos esta noche, te lo prometo. No te marchas pronto, ¿verdad?

–Nunca me marcharé –declaré–. Sin tu familia no.

–Gracias, Georgi –repuso sonriendo, y bajó la vista un instante para fijarla en *Eira*, que nos observaba en silencio–. Mira, hay un grupo de cedros ahí enfrente. –Señaló hacia la oscuridad, más allá de la casa, camino arriba–. Ve allí y espera. Volveré dentro y le diré a Anastasia dónde estás. Puede tardar unos minutos o pueden pasar horas antes de que consiga salir, pero espérala y te prometo que irá.

–Esperaré toda la noche si hace falta.

–Muy bien. Se pondrá contentísima. Y ahora será mejor que me vaya, antes de que vengan en mi busca. Espérala en los cedros, Georgi. No tardará en reunirse contigo.

Asentí, y María cogió al perro de la zarina y cruzó corriendo la carretera; sólo miró atrás un momento antes de entrar. Esperé hasta comprobar que nadie observaba, y entonces me incorporé, me sacudí el polvo de la ropa y recorrí rápidamente el sendero en la dirección que María había indicado, con el corazón latiendo más deprisa ante la perspectiva de ver a Anastasia de nuevo.

Cuando desperté, ya era de día. Abrí los ojos, vislumbré retazos de cielo azul entre las ramas de los árboles, y por un momento no supe dónde estaba. Un instante después, recordé los acontecimientos de la tarde anterior y me senté, alarmado. De inmediato sentí un agudo dolor en la base de la columna, provocado sin duda por la incómoda postura en que había dormido.

Había esperado a Anastasia junto a los cedros durante horas, pero finalmente me había vencido el sueño. ¿Y si ella había salido mientras yo dormía? Enseguida desestimé la idea, pues en ese caso sin duda habría descubierto mi escondite y me habría despertado. Me puse en pie y anduve de aquí para allá unos minutos, tratando de aliviar el dolor masajeándome la espalda; no tardé en sentir punzadas de hambre, pues no había comido nada en más de un día.

Al regresar por el camino, titubeé ante los muros de la casa Ipátiev y alcé la vista hacia las ventanas superiores. No se oían voces en el interior. Al pasar ante el portón reparé en un soldado que cambiaba el neumático de un coche, y me acerqué con cautela.

–Camarada –le dije.

Él levantó la vista, protegiéndose los ojos del sol, y me miró de arriba abajo con desdén apenas disimulado.

–¿Quién eres? ¿Qué quieres, chico?

–Unos cuantos rublos, si los tienes. Llevo días sin comer. Agradeceré mucho lo que puedas darme.

–Vete a pedir a otro sitio –espetó, haciendo ademán de que me fuera–. ¿Qué te has creído que es esto?

–Por favor, camarada. Voy a morirme de hambre.

–Mira... –Se puso en pie para enjugarse la frente con la mano, dejándose una mancha alargada de aceite sobre los ojos–. Ya te he dicho que...

–Puedo hacer eso por ti, si quieres –propuse–. Sé cambiar un neumático.

Titubeó y bajó la vista unos instantes, considerando el ofrecimiento. Supuse que llevaba bastante rato intentando en vano realizar la tarea. Junto al coche había un gato y una llave inglesa, pero aún no había quitado los tornillos de la rueda.

–¿Sabes hacerlo?

–Por el precio de una comida.

–Hazlo bien y te daré para un plato de *borsch*. Pero date prisa. Quizá necesitemos este coche más tarde.

–Sí, señor –dije, viendo cómo se alejaba.

Me agaché y examiné lo poco que había hecho hasta el momento: meter el gato bajo el bastidor para levantar el coche. Perdida la costumbre de estímulos mentales como aquél, no tardé en enfrascarme en la labor. De hecho, tan absorto estaba que ni siquiera oí las pisadas que se acercaban. Y entonces, cuando alguien pronunció mi nombre con asombro, la sorpresa me hizo dar un respingo y el gato resbaló y me arañó los nudillos de la mano. Solté un improperio, pero al alzar la vista mi rabia se disipó de inmediato.

–Alexis.

–Georgi –respondió, y miró hacia la casa para comprobar que nadie nos observaba–. ¿Has venido a verme?

–Sí, amigo mío. –Entonces me emocioné súbitamente. No me había percatado de cuánto me importaba aquel chico–. Es increíble que esté aquí, ¿verdad?

–Llevas barba.

–Pero no es gran cosa –respondí, frotándome la incipiente barba–. Desde luego no es tan impresionante como la de tu padre.

–Te veo distinto.

–Mayor, quizá.

–Más flaco –puntualizó–. Y más pálido. No tienes buen aspecto.

Reí sacudiendo la cabeza.

–Gracias, Alexis. Siempre puedo confiar en ti para que me hagas sentir mejor.

Me observó unos instantes como intentando descifrar qué

quería decir, pero luego una gran sonrisa le iluminó el rostro al comprender que sólo le tomaba el pelo.

–Lo siento –dijo.

–¿Cómo te encuentras? Ayer vi a tu hermana, ¿lo sabías?

–¿A cuál?

–A María.

Soltó un bufido y sacudió la cabeza.

–Odio a mis hermanas.

–Alexis, no digas eso, por favor.

–Pero es verdad. Nunca me dejan en paz.

–Aun así, te quieren muchísimo.

–¿Puedo ayudarte a cambiar el neumático? –preguntó, observando la tarea a medias.

–Puedes mirar. ¿Por qué no te sientas ahí?

–¿No puedo ayudarte?

–Puedes asumir el mando –propuse–. Puedes ser mi supervisor.

Asintió con la cabeza y se sentó en una roca que tenía detrás, para charlar conmigo mientras trabajaba. No parecía especialmente sorprendido de verme allí; ni siquiera me preguntó al respecto. Parecía tomarlo con naturalidad.

–Te has hecho sangre, Georgi –comentó señalando mi mano.

Bajé la vista y, en efecto, tenía un hilo de sangre coagulándose sobre los nudillos, donde me había rasguñado el gato.

–Ha sido culpa tuya –sonreí–. Me has sobresaltado.

–Y has dicho una palabrota.

–Así es –admití.

–Has dicho...

–Alexis –le advertí frunciendo el entrecejo.

Cogí la llave inglesa y continué trabajando; ansiaba hablar con él, pero preferí no hacerle preguntas demasiado deprisa, no fuera a volver corriendo al interior para anunciar a los demás mi presencia.

–Y tu familia... –me aventuré por fin–. ¿Se hallan todos en la casa?

–Están arriba. Mi padre está escribiendo cartas. Olga está leyendo alguna estúpida novela. Mi madre les está dando clases a mis otras hermanas.

–¿Y tú? ¿Por qué no estás tú también en clase?

–Yo soy el zarévich –contestó encogiéndose de hombros–. He elegido no participar.

Le sonreí y asentí, compadeciéndolo. Ni siquiera comprendía que ya no era zarévich, que era simplemente Alexis Nikoláievich Romanov, un niño con tan poco dinero o tan poca influencia como yo.

–Me alegra que estéis todos bien. Echo de menos nuestros tiempos en el Palacio de Invierno.

–Yo echo de menos el *Standart* –repuso, pues el barco imperial siempre había sido su residencia real favorita–. Y también mis juguetes y mis libros. Aquí tenemos muy pocos.

–Pero ¿has estado bien desde que llegaste a Ekaterimburgo? ¿No has sufrido ningún contratiempo?

–No. Mi madre no me deja salir mucho. El doctor Féderov está aquí también, por si acaso, pero he estado bien, gracias.

–Me alegra oírlo.

–¿Y a ti, Georgi Danílovich, qué tal te ha ido? ¿Sabes que ya tengo trece años?

–Sí, lo sé. Conmemoré tu cumpleaños el pasado agosto.

–¿De qué manera?

–Encendí una vela por ti. –Me acordé del día que había caminado casi ocho horas para encontrar una iglesia donde conmemorar el nacimiento del zarévich–. Encendí una vela y recé por que estuvieras sano y salvo, y rogué que Dios te protegiera de todo mal.

–Gracias –contestó con una sonrisa–. El mes que viene cumpliré catorce. ¿Harás lo mismo entonces?

–Sí, por supuesto. Lo haré el doce de agosto de cada año mientras viva.

Alexis asintió con la cabeza y miró el patio. Pareció sumirse en sus pensamientos y no dije nada para no molestarlo; me limité a seguir con mi tarea.

–¿Podrás quedarte aquí, Georgi? –preguntó por fin.

Lo miré y negué con la cabeza.

–No lo creo. Uno de los soldados me ha dicho que me daría unos rublos si cambiaba este neumático.

–¿Y qué harás con ellos?

–Comer.

–¿Vendrás después? No tenemos a nadie que nos proteja, ya sabes.

–Ahora os protegen los soldados. Para eso están aquí, ¿no?

–Eso nos dicen, sí. –Frunció el entrecejo, pensativo–. Pero no les creo. Me parece que no les gustamos. Desde luego, a mí ellos no me gustan. Les oigo decir cosas terribles. De mi madre, de mis hermanas. No nos muestran respeto. Olvidan cuál es su sitio.

–Pero debes escucharlos, Alexis –dije, preocupado por su seguridad–. Si te portas bien con ellos, te tratarán bien.

–Ahora todo el mundo me llama Alexis.

–Acepta mis disculpas, señor –repuse inclinando la cabeza–. Alteza.

Se encogió de hombros como si en realidad no tuviera importancia, pero advertí que estaba muy confuso con su nueva condición.

–Tú también tienes hermanas, ¿verdad, Georgi?

–Sí. Tenía tres. Pero no sé qué ha sido de ellas. No las he visto desde que me marché de Kashin.

–Así pues, entre los dos tenemos siete hermanas y ningún hermano.

–Exacto.

–Es raro, ¿verdad?

–Un poco.

–Siempre quise tener un hermano –musitó mirando el suelo. Recogió unos guijarros del sendero y se los pasó de una mano a otra.

–Nunca me lo habías contado –me sorprendí.

–Bueno, pues es verdad. Siempre pensé que estaría bien tener un hermano mayor. Alguien que cuidara de mí.

–Entonces el zarévich habría sido él, no tú.

–Sí, lo sé. Habría sido maravilloso.

Fruncí el entrecejo, asombrado de que dijera eso.

–¿Y tú, Georgi, nunca quisiste un hermano?

–Pues no. Nunca lo pensé. Tuve un amigo una vez, Kolek Boríavich..., crecimos juntos. Era como un hermano para mí.

–¿Y dónde está ahora? ¿Luchando en la guerra?

–No; murió.
–Lo lamento.
–Sí, bueno, fue hace mucho tiempo.
–¿Cuánto?
–Casi tres años.
–Eso no es tanto tiempo.
–A mí me parece toda una vida. Bueno, tú no tienes un hermano y Kolek Boríavich está muerto, pero tú y yo estamos vivos. Quizá yo podría ser un hermano mayor para ti, Alexis. ¿Qué te parecería?
Se quedó mirándome.
–Pero eso es imposible –dijo poniéndose en pie–. Al fin y al cabo, tú eres sólo un *mujik* y yo soy el hijo del zar.
–Sí –admití con una sonrisa. No pretendía ofenderme, pobre chico. Era simplemente la forma en que lo habían educado–. Sí, es imposible.
–Pero podemos ser amigos –se apresuró a añadir, como advirtiendo que había dicho algo indebido–. Siempre seremos amigos, Georgi, ¿verdad?
–Sí, por supuesto. Y cuando te marches de aquí, seguiremos siendo grandes amigos para siempre. Te lo prometo.
Me sonrió otra vez y negó con la cabeza.
–Nunca nos iremos de aquí, Georgi Danílovich –dijo con firmeza–. ¿No lo sabes?
Titubeé, desconcertado por su convicción, pensando en cómo tranquilizarlo, pero entonces miré hacia la casa y vi que María se dirigía rápidamente hacia nosotros.
–Alexis –dijo, cogiéndolo del brazo–, conque estás aquí. Te estaba buscando.
–María, mira, es Georgi Danílovich.
–Ya lo veo –respondió ella, mirándome a los ojos antes de volverse hacia su hermano–. Vuelve a la casa. Padre pregunta por ti. Pero no le digas con quién estabas hablando, ¿entendido?
–¿Por qué? Querrá saberlo.
–Podemos decírselo después, pero ahora no. Lo reservaremos como una sorpresa especial. Alexis, confía en mí, ¿de acuerdo?
–Vale –repuso el niño encogiéndose de hombros–. Bueno, adiós, Georgi –se despidió, tendiéndome la mano con formali-

dad, como hacía ante generales y príncipes; yo se la estreché con energía, sonriendo.

–Adiós, Alexis. Nos veremos después, estoy seguro.

Asintió con la cabeza y echó a correr hacia la casa.

María se giró hacia mí.

–Lo siento, Georgi. Se lo dije a Anastasia y ella quería ir, por supuesto. Pero los soldados estuvieron jugando a las cartas toda la noche y no pudo bajar.

–¿Y dónde está ahora?

–Con nuestra madre. Está desesperada por verte. Yo he podido salir. Me dirigía a los cedros en tu busca. Anastasia me ha pedido que te diga que acudirá esta noche, muy tarde. Te promete que, pase lo que pase, irá.

Esperar medio día más parecía una tortura, pero lo cierto es que había esperado mucho tiempo, más de dieciocho meses; podría aguantar unas horas más.

–Muy bien. Allí. –Señalé el grupo de árboles donde había pernoctado–. Estaré allí a partir de medianoche y...

–No; más tarde todavía. Ve sobre las dos de la madrugada. Para entonces todos estarán durmiendo. Ella acudirá a verte, te lo prometo.

–Gracias, María.

–Ahora deberías irte de aquí –me advirtió, mirando alrededor con inquietud–. Si mis padres te ven..., bueno, cuanta menos gente sepa que estás aquí, mejor.

Se inclinó para besarme en las mejillas antes de regresar a la casa. La observé alejarse, sintiéndome tremendamente agradecido. Nunca llegué a conocerla bien mientras servía a la familia, pero había sido buena conmigo, y Serguéi Stasyovich la amaba. Miré alrededor, pensando si esperar a que el soldado volviera y me pagara, pero no había rastro de él y decidí alejarme de allí.

Cuando salía por el portón, oí unas pisadas que corrían por la gravilla hacia mí. Me di la vuelta y vi a Alexis, que no mostró indicios de parar, de forma que abrí los brazos y él se arrojó en ellos para abrazarme con fuerza, rodeándome el cuello, sin tocar el suelo con los pies.

–Quería que supieras... –empezó, y la voz le tembló como si intentara tragarse las lágrimas–. Quería que supieras que puedes ser mi hermano, si quieres. Siempre que me dejes ser el tuyo.

Entonces se separó y me miró a los ojos, y yo sonreí asintiendo con la cabeza. Fui a decir que sí, que me llenaría de orgullo ser su hermano, pero él no necesitaba más: ya se estaba alejando de vuelta a la casa, de vuelta al corazón de su familia.

Los minutos pasaban muy despacio.

No tenía reloj, así que entré en una pequeña taberna del pueblo a preguntar la hora. Las dos y diez. Me quedaba medio día de espera. Me pareció una eternidad. Me paseé por las calles con creciente inquietud. Pasé lo que se me antojaron horas vagando sin rumbo, antes de volver a la taberna a preguntar de nuevo la hora.

–¿Qué te has creído que soy, chico, un reloj? –exclamó el tabernero–. Vete a molestar a otro con tus preguntas.

–Por favor –insistí–. ¿No puede...?

–Son casi las tres en punto –espetó–. Ahora lárgate de aquí y no vuelvas.

Sin embargo, poco después pareció que Dios me sonreía, porque al doblar una esquina capté un destello metálico en el suelo. Agucé la mirada para ver de qué se trataba, pero no conseguí localizarlo, así que volví sobre mis pasos hasta que vislumbré el brillo una vez más. Acercándome con cautela, recogí un sujetapapeles que había quedado medio enterrado en el polvo y que sujetaba un fajo de billetes, no muchos, pero más de los que había visto en mucho tiempo. Algún desafortunado debía de haberlos perdido; podía haber sucedido sólo unos minutos antes o días atrás, no había modo de saberlo. Miré alrededor para comprobar si alguien me había visto, pero nadie me prestaba atención, de modo que me metí el dinero en el bolsillo, entusiasmado con mi buena suerte. Podría habérselo entregado a un soldado, por supuesto, o haber ido al ayuntamiento para que se lo devolvieran a su legítimo propietario, pero no hice ninguna de esas cosas. Hice lo que habría hecho cualquiera en mi empobrecida y hambrienta situación: me lo quedé.

–¡Son las tres y cuarto! –bramó el dueño de la taberna cuando volví a entrar, pero yo le mostré un billete para que supiera que no estaba allí sólo para molestarlo–. Ah –añadió sonriendo–, eso lo cambia todo.

Me senté, pedí comida y algo de beber, y me esforcé en no preguntar qué hora era cada pocos minutos. Ahora que mi viaje de año y medio había concluido, ahora que Anastasia y yo íbamos a reencontrarnos por fin, una sola cuestión me rondaba la cabeza: ¿qué haría cuando volviésemos a estar juntos?

Los bolcheviques no iban a dejarla salir de la casa Ipátiev para irse conmigo. Y aunque así fuera, ¿adónde iríamos? No; lo más probable era que nos viésemos durante unos minutos, una hora con suerte, y luego ella tendría que regresar con su familia. ¿Y qué haría yo después: volver cada noche a verla? ¿Planear un encuentro clandestino tras otro? No; tenía que haber una solución más sensata.

Me dije que a lo mejor podría salvarlos. Quizás encontrara una forma de sacar a la familia entera, atravesar clandestinamente Rusia y dirigirnos a Finlandia, desde donde podrían huir a Inglaterra. Sin duda habría simpatizantes por el camino que protegerían a los miembros de la familia imperial, que mentirían por ellos, que morirían por ellos de ser necesario. Y si tenía éxito, el zar no podría negarme la mano de su hija, pese a nuestra diferencia de rango.

Era una idea valiente y loable, pero no se me ocurría cómo llevarla a cabo. Todos los soldados iban armados con fusiles, mientras que yo sólo contaba con unos cuantos billetes encontrados en la calle. Era poco probable que los bolcheviques y el Gobierno del Pueblo fueran a permitir que sus bienes más preciados huyeran del país sin más para crear una corte rusa en el exilio. No; se aferrarían a ellos para siempre, los mantendrían recluidos, ocultos del mundo. Los zares ya no volverían a tener una corte, pasarían el resto de su vida bajo vigilancia en Ekaterimburgo. Sus hijos envejecerían allí. Los tendrían escondidos el resto de sus días, sin permitirles casarse ni tener hijos, y la dinastía Romanov llegaría a su fin natural. Cincuenta, quizá sesenta años más, y habrían desaparecido.

Era inconcebible, pero también la explicación más probable. El mero hecho de pensarlo me deprimió terriblemente. Las horas pasaron, el sol se puso, salí de la taberna y vagué por las calles otra vez, alejándome una hora en una dirección para que me costara una hora más regresar. No sentí cansancio, pues esa noche estaba completamente alerta. Llegaron las nueve y pasaron; luego las diez, las once. Se acercaba la medianoche. Ya no pude esperar más.

Me encaminé hacia allí.

Si la casa no parecía especialmente opresiva durante el día, por la noche adquiría un aspecto distinto, con las inquietantes sombras moteadas que proyectaba la luna sobre paredes y verjas. Los guardias, que se habían turnado para recorrer el sendero con aparente despreocupación, brillaban ahora por su ausencia. El portón estaba cerrado y había un camión en el centro del sendero, con la carga, si llevaba alguna, oculta por una lona. Titubeé en la extensión de hierba de enfrente, mirando con nerviosismo mientras me preguntaba qué estaría pasando dentro de la casa. Al cabo de unos minutos, temiendo que los soldados volvieran y me encontraran allí plantado, me dirigí al grupo de árboles donde le había dicho a María que esperaría, y confié en que Anastasia no tardara en salir en mi busca.

No había pasado mucho rato cuando se encendieron las luces del salón de la planta baja, y lo que pareció la dotación entera de soldados entró en la estancia. No llevaban uniforme de bolcheviques, sino la vestimenta sencilla de los campesinos locales, con el fusil al hombro, como siempre. En lugar de dividirse como yo esperaba –unos a dormir, otros a trabajar y otros a vigilar–, se sentaron en torno a la mesa y centraron la atención en un soldado algo mayor que parecía al mando y que les habló; todos escucharon en silencio.

Instantes después, oí crujir la gravilla del sendero. Me agazapé aún más en la espesura e intenté ver quién había salido. Pero estaba muy oscuro y el camión me tapaba la visión, así que no logré distinguir a nadie, sólo a los soldados del salón. Contuve el aliento, y sí, ahí estaba otra vez: unos pies caminaban con cautela sobre las piedrecillas, haciéndolas crujir.

Alguien había salido de la casa.

Agucé la mirada pensando que era Anastasia, pero me resistí

a llamarla incluso en susurros, pues si estaba equivocado delataría mi presencia. Sólo me quedaba esperar. El corazón me palpitaba y, pese al frío de la noche, el sudor me perlaba la frente. Algo andaba mal. Me pregunté si debía arriesgarme y cruzar el camino, pero antes de que pudiera decidirme, todos los guardias se levantaron a la vez y extendieron el brazo derecho hacia el centro de la habitación, poniendo una mano sobre otra antes de separarse y formar una fila en silencio. Dos hombres, el que había hablado y otro, abandonaron el salón; a través de la puerta principal entreabierta los vi subir por la escalera que se alzaba en el centro de la casa.

Eché otro vistazo al sendero tratando de distinguir a la persona que había salido, pero ahora todo estaba en silencio. Quizá sólo había sido el terrier de la zarina, me dije, u otro animal. A lo mejor sólo lo había imaginado. No importaba; si antes había alguien allí, ahora ya no estaba.

En una ventana del piso superior se encendió una luz. Oí voces allí arriba, un murmullo, y entonces se reflejó una sombra en la cortina, la de un grupo de personas apiñadas como una sola, que se fueron separando para dirigirse, una por una, hacia la puerta.

Me moví rápidamente hacia la izquierda para ver la escalera a través de los árboles. Un instante después apareció la gran duquesa Olga, seguida por un grupito que no conseguí distinguir, pero sin duda eran sus hermanos: María, Tatiana, Anastasia y Alexis. Los vi sólo brevemente mientras bajaban, antes de desaparecer por un lado de la planta baja. Supuse que los separaban de sus padres para llevarlos a otro sitio. Al fin y al cabo, eran jóvenes y no habían cometido crimen alguno. A lo mejor les estaban permitiendo marcharse.

Pero no; el vestíbulo permaneció desierto sólo un minuto, hasta que aparecieron el zar y la zarina y empezaron a bajar la escalera, despacio, apoyándose uno en el otro, aparentemente sin fuerzas, escoltados por dos soldados que los guiaron en la misma dirección que habían tomado sus hijos.

Siguió un silencio absoluto. Los soldados que quedaban en el salón se levantaron y salieron lentamente –el último apagó la luz–, y entonces también siguieron a sus camaradas y desaparecieron de la vista.

En ese momento me sentí muy solo. El mundo semejaba un sitio perfectamente silencioso y apacible, salvo por el leve susurro de las hojas en lo alto, movidas por la brisa. Había cierta belleza en aquel lugar, la sensación de que todo iba bien en nuestro país y de que todo iría bien para siempre; cerré los ojos y permití que mi mente recapitulara. La casa Ipátiev estaba sumida en la oscuridad. La familia se había desvanecido. Los soldados se habían esfumado. No se veía ni oía a quienquiera que hubiese recorrido el sendero de gravilla. Y yo estaba solo, asustado, perdido, enamorado. Una abrumadora oleada de cansancio me invadió con la fuerza de un huracán; me dije que podía tumbarme ahí mismo en la hierba, cerrar los ojos, dormir y confiar en que llegara la eternidad. Sería muy fácil rendirse ahora, poner mi alma en manos de Dios, permitir que el hambre y la privación me alcanzaran y me llevaran a un sitio lleno de paz, donde podría plantarme ante Kolek Boríavich y decirle que lo sentía.

Donde podría arrodillarme ante mis hermanas y decirles que lo sentía.

Donde podría esperar a que mi amada viniese a mí y decirle que lo sentía.

Anastasia.

Durante un instante más, el mundo permaneció en perfecto silencio.

Y entonces resonaron los disparos.

Primero fue uno, repentino, inesperado. Me estremecí. Abrí los ojos. Me incorporé y me quedé paralizado. Instantes después hubo una segunda detonación, que me dejó sin aliento. Luego sonaron tiros y más tiros, como si los bolcheviques estuviesen vaciando todas sus armas. El ruido fue tremendo. No pude moverme. Restallaron destellos, una y otra vez, cientos, a la izquierda de la escalera y al son de las armas. Diversas posibilidades acudieron a mi mente en tropel. Fue tan inesperado que no pude hacer más que quedarme donde estaba, preguntándome si el mundo entero habría llegado a su fin.

Tardé quince o veinte segundos en poder respirar de nuevo, y entonces traté de ponerme en pie. Tenía que verlo, tenía que ir allí, tenía que ayudarlos, fuera lo que fuese lo que había pasado. Me levanté por fin, pero antes de que pudiese dar un paso hubo un gran revuelo en los árboles y alguien se arrojó sobre mí y me derribó al suelo, donde quedé despatarrado, preguntándome qué ocurría. ¿Me habían disparado? ¿Era ése el momento de mi muerte?

Pero esa confusión sólo duró un instante, y retrocedí arrastrándome, escudriñando la oscuridad para ver quién estaba a mi lado. Vi quién era y solté un grito ahogado.

–¡Georgi! –exclamó.

1918

Fue un instante que jamás había concebido en mi imaginación. Yo, Georgi Danílovich Yáchmenev, hijo de un siervo, un don nadie, agazapado en un bosquecillo en la penumbra de una gélida noche en Ekaterimburgo, estrechando entre mis brazos a la mujer que amaba, la gran duquesa Anastasia Nikoláevna Romanova, hija menor de su majestad imperial el zar Nicolás II y la zarina Alejandra Fédorovna Romanova. ¿Cómo había llegado a eso? ¿Qué extraordinario destino me había llevado de las cabañas de troncos de Kashin al abrazo de una ungida por Dios? Tragué saliva con nerviosismo, y mi estómago llevó a cabo sus propias revoluciones mientras trataba de comprender qué había sucedido.

En la distancia, las luces de la casa Ipátiev se encendían y apagaban, y en su interior se oían los contradictorios sonidos de gritos airados y risas histéricas. Entornando los ojos, vi al cabecilla bolchevique ante una de las ventanas de arriba; la abrió, se asomó y estiró el cuello de forma casi obscena para observar el panorama de derecha a izquierda, antes de estremecerse de frío, volver a cerrarla y desaparecer de la vista.

–Anastasia –musité, apartándola unos centímetros de mi cuerpo para verla mejor; ella había pasado los últimos minutos aferrada a mí, como si tratara de horadarme el pecho para llegar al corazón y encontrar allí su escondrijo–. Anastasia, amor mío, ¿qué ha ocurrido? He oído disparos. ¿Quién ha sido? ¿Los bolcheviques? ¿El zar? ¡Háblame! ¿Hay alguien herido?

No dijo una palabra; se quedó mirándome como si yo no fuera un hombre, sino una figura de una pesadilla que se disolvería en una miríada de fragmentos en cualquier instante. Parecía no reconocerme, ella, que me había hablado de amor, que me había prometido su devoción eterna. Le cogí las manos y a punto estuve de soltárselas. Si hubiese ido camino de la tumba no las habría tenido más frías. En ese instante perdió la compostura y empezó a temblar espasmódicamente; un sonido gutural de respiración torturada le brotó de la garganta, anticipando un grito inminente.

–Anastasia –repetí, cada vez más alarmado–. Soy yo, tu Georgi. Cuéntame qué ha pasado. ¿Quién estaba disparando? ¿Dónde está tu padre? ¿Y tu familia? ¿Qué les ha ocurrido? –Pero no hubo respuesta–. ¡Anastasia!

Empecé a experimentar el horror que sigue al reconocimiento de una matanza. De niño, había presenciado el sufrimiento y la muerte de gente de Kashin, con el cuerpo devastado por el hambre o la enfermedad. Al unirme a la Guardia Imperial había visto cómo conducían hombres a la muerte, unos impasibles, otros aterrados, pero jamás había visto tanto espanto contenido como el que reflejaba el cuerpo tembloroso de mi amada. Era obvio que había presenciado algo tan terrible que aún no podía asimilarlo, pero en mi juventud e inocencia no supe cuál era la mejor forma de ayudarla.

Las voces procedentes de la casa se tornaron más audibles, y yo atraje a Anastasia hacia el abrigo de la espesura. Aunque estaba seguro de que allí no podían vernos, me preocupó que ella recobrara de pronto el juicio y nos delatara; deseé haber llevado un arma encima, por si acaso.

Tres bolcheviques salieron por las altas puertas rojas de la casa y encendieron cigarrillos, hablando en voz baja. Vi el brillo de las cerillas al encenderse una y otra vez y me pregunté si ellos también estaban nerviosos o era que la brisa apagaba los fósforos. Estaba demasiado lejos para oír su conversación, pero al cabo de unos instantes uno de ellos, el más alto, soltó un grito de angustia y oí las siguientes palabras quebrando la paz de la noche:

–Pero si se descubre que ella ha...

Nada más. Siete simples palabras sobre las que he reflexionado muchas veces en el transcurso de mi vida.

Agucé la vista, tratando de descifrar el semblante de aquellos hombres, si era alegre, exaltado, nervioso, arrepentido, conmocionado, homicida, pero me resultó difícil saberlo. Miré a Anastasia, que me aferraba tan fuerte que me hacía daño. Ella alzó la vista en ese mismo instante, y su expresión de absoluto terror me hizo pensar que lo ocurrido en aquella maldita casa la había trastornado gravemente. Abrió la boca para inspirar hondo y yo, temiendo que empezara a gritar y revelara nuestra presencia, se la tapé con la mano, como había hecho con su hermana dos noches antes. La mantuve así, con todas las fibras de mi ser rebelándose ante semejante ofensa, hasta que por fin sentí que su cuerpo se desmadejaba contra el mío y apartaba la mirada, como si su voluntad de seguir luchando se hubiese agotado.

–Perdóname, tesoro mío –le susurré al oído–. Perdona mi brutalidad. Por favor, no tengas miedo. Los soldados están ahí fuera, pero yo velaré por ti. Debes seguir en silencio, amor mío. Si nos descubren, vendrán por nosotros. Nos quedaremos aquí hasta que vuelvan dentro.

La luna salió por detrás de una nube y bañó el rostro de Anastasia con su pálido resplandor. Parecía casi serena y tranquila, como siempre la imaginaba en mis fantasías cuando surgía ante mí en la quietud de la noche. Cuántas veces había soñado que me daba la vuelta en la cama para encontrármela ahí, que me incorporaba para observarla, la única belleza que había conocido en mis diecinueve años de vida. Cuántas veces había despertado empapado en sudor, avergonzado, con su imagen desvaneciéndose de mis sueños. Pero esa serenidad suya estaba tan reñida con nuestra precaria situación que me asustó. Era como si hubiera perdido la razón. En cualquier momento podía ponerse a gritar o reír, o echar a correr entre los árboles, rasgándose la ropa, si yo cometía la imprudencia de soltarla.

De modo que la sostuve con fuerza contra mí y, como era joven, imprudente y lujurioso, no pude evitar excitarme al sentir su cuerpo pegado al mío. «Ahora podría poseerla», pensé, y me odié por mi lascivia. Nos encontrábamos en una encrucijada terrible, en la que ser descubiertos podía significar la muerte, y sin embargo mis pulsiones instintivas surgían abyectamente. Me sentí asqueado de mí mismo. Aun así, no la solté.

Escudriñé entre los árboles, esperando que los soldados se fueran.

Y seguí sin soltarla.

Lo único que sabía con certeza era que teníamos que huir de allí. Lo que pretendía ser una cita romántica de dos jóvenes amantes se había convertido en algo muy distinto, y aunque mi alarma era menos visible que la de Anastasia, no era menos real. Yo había imaginado que ella llegaría a mis brazos sonriente y radiante; la misma chica cálida, atolondrada y afectuosa de quien me había enamorado en un lugar privilegiado, una chica a la que el tiempo transcurrido en Ekaterimbugo apenas habría apagado un poco. En su lugar, tenía entre mis brazos a una muda conmocionada, y cómo música de fondo el restallido de los disparos. Algo terrible había ocurrido en la casa Ipátiev, era obvio, pero Anastasia había conseguido librarse. Supuse que, si nos descubrían, no sobreviviríamos para ver la mañana.

Aunque la noche era oscura y fría, el instinto me dijo que debíamos emprender el camino hacia el este sin demora y, con suerte, buscar refugio en algún granero o carbonera. Ayudé a Anastasia, que parecía reacia a soltarme, a ponerse en pie, y le levanté la barbilla para que me mirara a los ojos. Intenté que se concentrara en mi mirada, transmitiéndole confianza, y sólo hablé cuando tuve la certeza de que me escuchaba.

–Anastasia –dije en voz baja pero resuelta–, no sé qué ha pasado esta noche y éste no es momento para explicaciones. Sea lo que sea, es irreparable. Pero tienes que decirme una cosa. Sólo una, amor mío. ¿Podrás hacerlo? –pregunté, pero ella siguió mirándome sin muestras de haberme entendido; confié en que una parte de su cerebro aún permaneciera receptiva y proseguí–: Tienes que decirme algo. Quiero llevarte lejos de aquí, que abandonemos este sitio ahora mismo, no mandarte de nuevo con tu familia. Anastasia, ¿es eso lo que debo hacer? ¿Hago bien si te llevo lejos de aquí?

En ese momento reinó tanta quietud entre nosotros que no me atreví a respirar. Yo la agarraba de los antebrazos, tan fuerte que en cualquier otra circunstancia ella habría chillado de dolor, pero no lo hizo. Examiné su rostro, ansioso por hallar algún indicio de respuesta, y entonces, con alivio, advertí que asentía casi imperceptiblemente con la cabeza y la volvía un poco hacia el este, como queriendo indicar que sí, que ésa era la dirección que debíamos tomar. Eso me dio la esperanza de que la verdadera Anastasia seguía estando tras aquel extraño semblante, aunque el esfuerzo de ese minúsculo gesto fue excesivo para ella y se derrumbó de nuevo contra mi pecho. Yo ya había tomado la decisión.

–Partimos ahora. Antes de que salga el sol. Debes encontrar fuerzas para caminar conmigo.

A lo largo de mi vida he pensado a menudo en ese momento, y me imagino inclinándome para levantarla del suelo y llevarla en brazos para intentar salvarla, aunque no lo consiguiera. Ése habría sido quizás el gesto heroico, el detalle que habría retratado adecuadamente tan dramático instante. Pero la vida no es poesía. Si bien Anastasia era una muchacha joven y ligera de peso, la dureza del clima, el frío pertinaz mordía cada parte expuesta de nuestro cuerpo de un modo que me recordaba al odioso cachorro de la emperatriz. Parecía que la sangre hubiese dejado de fluir para convertirse en hielo. Teníamos que caminar, movernos de forma constante aunque sólo fuera para que nuestra circulación sanguínea no se detuviera.

Yo llevaba tres capas de ropa debajo del abrigo, de modo que me lo quité y se lo puse a Anastasia, bien abrochado, antes de echar a andar. Me concentré en mantener un ritmo que pudiésemos seguir los dos. No hablábamos, y el sonido de mis pisadas acabó por hipnotizarme mientras intentaba no aflojar el paso para no perder ímpetu.

Todo ese tiempo me mantuve alerta por si oía a los bolcheviques detrás de nosotros. Algo había ocurrido esa noche dentro de la casa, algo terrible. No sabía qué, pero mi mente bullía de posibilidades. Lo peor era inconcebible, un crimen contra el mismísimo Dios. Pero si eso que no me atrevía a expresar con palabras había acontecido en efecto, entonces Anastasia y yo no éramos los únicos que se alejaban de Ekaterimburgo; habría soldados siguiéndonos, siguiéndola a ella, desesperados por recuperarla. Y si nos atrapaban..., no me atreví a pensar en eso y apreté el paso.

Para mi sorpresa, Anastasia no parecía encontrar difícil aquella marcha. De hecho, no sólo acompasaba su ritmo al de mis constantes zancadas, sino que en ocasiones me rebasaba, como si pese a su silencio estuviera más ansiosa que yo por poner la mayor distancia posible entre ella y su antigua prisión. Su resistencia fue sobrehumana aquella noche; creo que podría haberle propuesto ir andando hasta San Petersburgo y ella habría accedido sin pedir descanso.

Sin embargo, al cabo de dos o tres horas supe que debíamos detenernos. Mi cuerpo protestaba a cada paso. Teníamos una gran distancia que cubrir y había que dosificar energías. El sol no tardaría en salir y yo no quería que estuviéramos a campo descubierto, aunque para mi sorpresa no había señales evidentes de que nos siguieran. Vislumbré un pequeño cobertizo para animales a unos centenares de metros y decidí que nos refugiaríamos allí para dormir.

Dentro, el hedor era terrible, pero estaba vacío, las paredes eran sólidas y había suficiente paja en el suelo para descansar con razonable comodidad.

–Dormiremos aquí, amor mío –anuncié. Ella asintió con la cabeza y se tumbó sin protestar, mirando al techo con aquella expresión inquietante y vacía–. Y no hace falta que me cuentes nada –añadí, pasando por alto el hecho de que había pronunciado una única palabra, mi nombre, y no daba muestras de querer contarme lo ocurrido–. Todavía no. Sólo duerme, nada más. Necesitas dormir.

De nuevo asintió brevemente, pero sus dedos apretaron un poco más los míos, como si reconociera lo que le decía. Me tendí a su lado, pegando mi cuerpo al suyo para darle calor, y supe que el sueño sólo tardaría unos segundos en vencerme. Intenté permanecer despierto para velar por ella, pero verla mirar tan fijamente el techo del cobertizo me dejó como absorto, y el agotamiento me ganó la batalla.

Transcurrieron dos largos días antes de que Anastasia volviera a hablar.

La mañana que despertamos en el cobertizo, tuvimos la suerte de encontrar un carro que se dirigía a Izevsk; el viaje duró un día entero, pero el granjero que nos llevó no quiso más que unos cópecs por su amabilidad y por el camino nos ofreció pan y agua, que aceptamos agradecidos porque ninguno de los dos había comido nada desde la tarde anterior. Dormimos de manera intermitente en la parte trasera, tendidos sobre los tablones de madera; cada bache del camino nos hacía despertar sobresaltados, y yo rogaba que aquella tortura acabase pronto. Cada vez que Anastasia despertaba, tardaba unos instantes en recordar dónde estaba y cómo había acabado allí. Su rostro aparecía relajado y tranquilo unos segundos para luego nublarse en un súbito eclipse de su esplendor, y cerraba los ojos con fuerza otra vez, como si quisiera que el sueño, o algo peor, se la llevara. El granjero no nos dio conversación y no reconoció a la princesa de sangre imperial que iba de espaldas a él. Me sentí agradecido por el silencio de aquel hombre, pues pensaba que no soportaría fingirme amistoso o sociable en aquellas circunstancias.

En Izevsk, nos detuvimos a comer en una pequeña taberna antes de dirigirnos a la estación de tren, que estaba más llena de lo que esperaba, cosa que me alegró, pues podríamos mezclarnos con la multitud sin dificultad. Me preocupó que hubiese soldados buscándonos, buscándola a ella, pero no percibí nada fuera de lo corriente. Anastasia llevaba la cabeza gacha en todo momento, y cubría su cabello caoba con una capucha oscura, de forma que parecía una joven campesina más de las que pululaban por allí. Yo todavía tenía casi todos los rublos que había encontrado y tomé la decisión de gastarme casi el doble de lo necesario para disponer de un compartimento privado a bordo del tren. Adquirí dos billetes con destino a Minsk, un trayecto de más de mil quinientos kilómetros. No se me ocurrió otro sitio más lejos al que dirigirnos. Desde Minsk, no tenía ni idea de adónde iríamos.

Hay curiosos momentos de gozo en la vida, placeres inesperados, y uno de ellos sucedió cuando el tren se disponía a partir. El jefe de estación tocó su penetrante silbato, se oyeron gritos que instaban a los últimos pasajeros a embarcar, y entonces empezó a ponerse en marcha la locomotora lanzando vapor. Unos instantes después, el tren aceleraba hasta adquirir una velocidad adecuada, dirigiéndose hacia el este, y miré a Anastasia, cuyo rostro era una súbita imagen del alivio más absoluto. Me incliné hacia ella y le cogí la mano. Pareció sorprendida por aquella inesperada intimidad, como si hubiese olvidado incluso que yo iba a su lado, pero luego me miró y sonrió. No la había visto sonreír en dieciocho meses, y le devolví el gesto, agradecido. Su sonrisa me llenó de esperanza y supe que no tardaría en volver a ser ella misma.

–¿Tienes frío, amor mío? –pregunté, cogiendo una manta de la rejilla que había sobre los asientos–. Tápate las piernas con esto. Te mantendrá caliente.

Aceptó la manta y luego observó por la ventanilla el inhóspito paisaje. La tierra, los cultivos, los *mujiks*, los revolucionarios. Poco después volvió a mirarme, y yo contuve el aliento, expectante. Sus labios se separaron. Tragó saliva con cautela. Abrió la boca para hablar. Vi cómo se movía su garganta en el pálido cuello mientras el cerebro le daba a la lengua la orden de hablar, pero justo cuando estaba a punto de empezar, la puerta del compartimento se abrió violentamente. Me giré asustado, pero sentí un alivio inmediato al ver al revisor.

–Sus billetes, señor –pidió.

Antes de dárselos miré a Anastasia, que había apartado la vista para clavarla de nuevo en el paisaje, aferrando el cuello de mi abrigo bajo la barbilla, temblorosa. Alargué una mano, no muy seguro de dónde posarla.

–*Dusha*... –musité.

–Billetes, señor –repitió el revisor, más insistente esta vez.

Me volví, y mi rostro expresó una furia tan repentina que él retrocedió un poco. Abrió la boca para decir algo, pero lo pensó mejor y permaneció en silencio mientras yo sacaba despacio los billetes del bolsillo y se los tendía.

–¿Viajan hasta Minsk? –preguntó, examinando los billetes con atención.

–Exacto.

–Tienen que hacer transbordo en Moscú. La última parte del viaje se hace en otro tren.

–Sí, ya lo sé –repuse, deseando que nos dejara en paz.

Pero quizá no lo había intimidado tanto como pensaba, porque en lugar de devolverme los billetes y marcharse, los conservó como rehenes de su curiosidad y miró fijamente a Anastasia.

–¿Se encuentra bien la señorita? –me preguntó.

–Sí, está bien.

–Parece preocupada.

–Está bien –repetí sin titubear–. ¿Todo en orden con los billetes?

–¿Señorita? –dijo, haciendo caso omiso de mi pregunta–. Señorita, ¿viaja usted con este caballero?

Anastasia se limitó a seguir mirando por la ventanilla, negándose incluso a reconocer la presencia del revisor.

–Señorita –insistió el hombre con tono más áspero–. Señorita, le he hecho una pregunta.

Parecieron transcurrir unos segundos muy largos, y por fin, como si jamás le hubiesen dirigido un insulto mayor, Anastasia se giró y lo miró con frialdad.

–Señorita, ¿puede confirmar que viaja usted con este caballero?

–Por supuesto que viaja conmigo, hombre –espeté–. ¿Por qué si no íbamos a ir sentados juntos? ¿Por qué si no iba a tener los billetes de los dos en mi bolsillo?

–Señor, la joven dama parece alterada. Desearía tener la certeza de que no la han traído aquí por la fuerza.

–¿Por la fuerza? –repetí, riéndome en su cara–. ¿Está loco o qué? Simplemente está cansada, eso es todo. Llevamos viajando...

Antes de que pudiese acabar la frase, Anastasia me puso una mano en el brazo. La miré sorprendido, y entonces ella retiró la mano y, ya sin temblar, miró al revisor con expresión desafiante. Advertí que el hombre se había quedado desconcertado por dos cosas: por la súbita compostura de Anastasia y por su digna belleza.

–No me han secuestrado, si es eso lo que insinúa –declaró ella, y su voz sonó un poco cascada por el tiempo que llevaba sin hablar.

–Discúlpeme, señorita –repuso el revisor, avergonzado–. No pretendía insinuar nada semejante. Parecía usted incómoda, eso es todo.

–Éste es un tren incómodo –replicó Anastasia–. Me pregunto por qué su gobierno del pueblo no invierte una parte de su dinero en mejorarlo. Tiene bastante dinero, ¿no es así?

Contuve el aliento, no muy seguro de la conveniencia de aquel comentario. No sabíamos quién era aquel revisor, ni ante quién respondía o cuáles eran sus filiaciones. Anastasia, acostumbrada a no responder ante otro hombre que su padre, había redescubierto su fuerza interior a través de su insolencia. El silencio imperó en el compartimento unos instantes. Si el revisor insistía en indagar, la cosa podía acabar mal para nosotros, pero por fin me devolvió los billetes y apartó la mirada.

–Hay un vagón comedor al final del tren, si tienen hambre –dijo con aspereza–. La próxima parada es Nizni Nóvgorod. Que tengan un viaje agradable.

Asentí con la cabeza y él nos dirigió una última ojeada –Anastasia seguía mirándolo desafiante– antes de cerrar la puerta y dejarnos a solas. Solté un resoplido, sintiendo una gran tensión en el pecho, y me volví hacia Anastasia, que esbozaba una débil sonrisa.

–Has recuperado la voz.

Asintió.

–Georgi –susurró con tristeza.

Le cogí la mano.

–Tienes que contármelo –dije, pero sin que mi tono revelara urgencia, sólo cariño y comprensión–. Tienes que contarme qué pasó.

–Sí. Te lo contaré. Y sólo a ti. Pero primero has de decirme una cosa.

–Lo que sea.

–¿Me amas?

–¡Por supuesto que sí!

–¿Nunca me abandonarás?

–Sólo la muerte podrá separarme de ti, amor mío.

Su rostro se contrajo y supe que no habían sido las palabras más indicadas. Le apreté las manos entre las mías y volví a pedirle que me lo contara todo. Todo lo que había sucedido en la casa Ipátiev.

Los guardias no nos trataban como si fuéramos prisioneros. De hecho, nos permitían salir cuando queríamos, incluso dar largos paseos por el campo que rodeaba la casa, siempre que volviéramos. Por supuesto, obedecíamos. Al fin y al cabo, no teníamos adónde ir. No habríamos podido escondernos en ninguna ciudad o pueblo de Rusia. Decían que en Ekaterimburgo estábamos a salvo, que ellos nos protegían, ocultando nuestro paradero a un país lleno de gente que nos odiaba. Decían que había gente que quería vernos muertos.

Además se mostraban cordiales, lo que siempre me sorprendió. Nos hablaban como si no controlaran nuestra vida. Actuaban como si tuviéramos la libertad de quedarnos o marcharnos, y nunca nos interrogaban sobre nuestras salidas, pero los fusiles que llevaban al hombro nos contaban una historia distinta. Yo me preguntaba si un día me acercaría a la puerta y ellos levantarían la mano para detenerme.

María me contó que habías venido a buscarme. Al principio no podía creerlo. Fue como un milagro. Ella juró que era cierto, que te había visto y hablado contigo, y casi enloquecí de felicidad, pero mi madre insistió en que debía seguir con mis clases y no me permitió salir de la casa. Por supuesto, yo no podía decirle por qué quería salir. De haberlo sabido, mamá no me habría dejado poner un pie fuera nunca más. Sin embargo, la idea de que estuvieras tan cerca me hizo feliz, en especial cuando al día siguiente María me contó que regresarías otra vez esa noche. Apenas podía esperar, Georgi.

Cuando estuvo oscuro, bajé con sigilo. Oí a los guardias hablando en el salón de la planta baja. Me llamó la atención que se hubieran reunido de aquella manera, pues casi siempre había uno apostado en la puerta. Los alrededores de la casa estaban desiertos, pero anduve despacio. Me daba miedo que mis pisadas sobre la gravilla alertaran a alguien. Es extraño pensar en eso ahora, Georgi, pero lo que me preocupaba no era que los guardias descubrieran adónde iba, sino que mis padres se enteraran de con quién iba a reunirme.

Me agaché al pasar ante la ventana del salón y algo me hizo titubear unos instantes. Los soldados parecían estar discutiendo. Agucé el oído; una voz se elevó por encima de las demás, que callaron para escuchar. En ese momento no le di mayor importancia y me dirigí deprisa hacia el portón; en mis pensamientos sólo estabas tú. Ansiaba hallarme entre tus brazos. Hasta imaginaba, soñaba, que me llevarías lejos de Ekaterimburgo, que le revelarías nuestro amor a mi padre y que él nos abrazaría a los dos y te llamaría hijo, y que volveríamos a ser todo lo que éramos antes. Quizá María tenía razón; dijo que era una locura pensar que podríamos estar juntos alguna vez.

Cuando llegué al portón tenía mucho frío. Mi corazón me decía que corriera en tu busca, que tus brazos no tardarían en darme calor, pero mi cabeza me decía que regresara por un abrigo. Había uno colgado en el vestíbulo junto a la puerta; el de Tatiana, creo, y ella no iba a echarlo de menos. Volví sobre mis pasos y advertí que el salón ya estaba vacío. Me pareció raro y vacilé, preguntándome si por querer coger el abrigo acabarían descubriéndome. Esperé que en cualquier momento saliera uno de los soldados a fumar un cigarrillo. Pero no salió nadie. Yo no quería que aparecieran, Georgi, y sin embargo me inquietó que no lo hicieran.

Después oí ruido de botas en la escalera, muchas botas, y eché a correr siguiendo la fachada, doblé la esquina y me agazapé bajo una ventana lateral. Una luz se encendió encima de mi cabeza y un montón de gente entró en la habitación. Oí la voz de mi padre preguntando qué ocurría, y alguien contestó que ya no estábamos a salvo en Ekaterimburgo, que la orden de proteger a la familia real era primordial y que seríamos trasladados a otro sitio de inmediato.

–Pero ¿adónde? –quiso saber mi madre–. ¿No pueden esperar a mañana?

–Por favor, aguarden aquí –repuso el soldado, y entonces todas aquellas botas salieron de nuevo de la habitación, donde sólo quedó mi familia.

Para entonces, yo me debatía entre mi obligación y el amor. Si iban a trasladarnos a una ciudad distinta, sin duda debía ir con ellos. Pero tú me estabas esperando, Georgi. Estabas muy cerca. Quizá podría verte una vez más y decirte adónde nos dirigíamos, y así podrías seguirnos y encontrar un modo de salvarme. Intentaba decidir qué era lo mejor cuando un soldado entró de nuevo en la habitación e hizo una pregunta que no logré oír, y mi padre contestó:

–No lo sé, esta noche no la he visto.

Supuse que hablaban de mí, que los soldados me andaban buscando, pero no me moví y al cabo de unos segundos la habitación volvió a quedar en silencio.

Finalmente me incorporé. La ventana era alta, de modo que para cualquiera que estuviese dentro yo sólo sería visible de la boca para arriba. Observé la estancia que tantas veces había visto. Siempre estaba vacía, pero ahora había dos sillas junto a la pared. Mi padre estaba sentado en una de ellas, con Alexis en las rodillas. Mi hermano estaba medio dormido en sus brazos. Mi madre estaba junto a ellos; parecía inquieta y sus dedos toqueteaban el largo collar de perlas que llevaba al cuello. Olga, Tatiana y María estaban de pie detrás de ellos y me sentí culpable por no estar allí también. Poco después, quizá captando la intensidad de mi mirada, María se giró hacia la ventana, me vio y pronunció mi nombre:

–Anastasia.

Mis padres se volvieron y mi mirada se cruzó con la de ellos unos instantes. Mi madre pareció asombrada, como si no pudiera creer que yo estuviese fuera, pero mi padre me dirigió una mirada de feroz intensidad, llena de decisión y fuerza. Levantó la mano, Georgi, con la palma abierta, indicándome que me quedara exactamente donde estaba. Lo consideré una orden, la orden de un zar. Abrí la boca para decir algo, pero antes de que pudiese articular palabra, la puerta se abrió de par en par y mi familia se giró rápidamente hacia los guardias.

Los soldados formaron una hilera, y nadie habló durante unos segundos. Entonces el cabecilla sacó un papel del bolsillo. Dijo que lo lamentaba, pero que nuestra familia no podía salvarse, y antes de que yo entendiera el significado de esas palabras, sacó un revólver y le disparó a mi padre en la cabeza. Le disparó al zar, Georgi. Mi madre se santiguó, mis hermanas chillaron y se abrazaron, pero no tuvieron tiempo de hablar o sentir pánico, pues en ese momento cada soldado apuntó su arma y los acribillaron a todos. Les dispararon como a animales. Los mataron. Vi cómo caían. Vi cómo sangraban y cómo morían.

Y entonces me di la vuelta.

Y eché a correr.

No recuerdo otra cosa que el deseo de llegar a los árboles, de dejar atrás la casa, y me concentré en el bosque, donde sabía que estabas esperándome. Y al correr tropecé con algo y caí. Caí y aterricé en tus brazos.

Te encontré. Me estabas esperando.
Y el resto... el resto, Georgi, ya lo sabes.

Tardamos casi dos días en llegar, agotados, a Minsk. En la estación examinamos los horarios y la lista de destinos, temiendo pasar más tiempo en un vagón de tren, pero sabedores de que no teníamos alternativa. No podíamos quedarnos en Rusia. Jamás estaríamos a salvo allí.

–¿Adónde vamos? –preguntó Anastasia mientras mirábamos la lista de ciudades con las que podíamos enlazar.

Roma, Madrid, Viena, Ginebra. Copenhague, quizá, donde su abuelo era rey.

–A donde tú quieras, Anastasia. Donde te sientas a salvo.

Señaló una ciudad y yo asentí con la cabeza, pues me gustó su romanticismo.

–A París, entonces –anuncié.

–Georgi... –Me cogió del brazo, inquieta–. Una cosa más.

–Sí.

–Mi nombre. No debes volver a llamarme así. No podemos arriesgarnos a que nos descubran. A ti no te estarán buscando, nadie sabía de nuestra relación excepto María, y ella... –Titubeó, pero recuperó la compostura y continuó–: A partir de hoy ya no puedes llamarme Anastasia.

–Por supuesto. Pero ¿cómo he de llamarte, entonces? No se me ocurre ningún nombre mejor que el tuyo.

Ella agachó la cabeza y reflexionó unos instantes. Cuando alzó la vista, fue como si se hubiera convertido en una persona distinta, una joven que se embarcaba en una nueva vida para la que no tenía expectativas.

–Llámame Zoya –contestó en voz baja–. Significa «vida».

1981

Son casi las once de la noche cuando suena el teléfono. Estoy sentado en una butaca ante nuestra pequeña chimenea de gas, con una novela sin abrir en las manos y los ojos cerrados, pero no estoy dormido. El teléfono está cerca, mas no descuelgo de inmediato, permitiéndome un instante final de optimismo antes de contestar y enfrentarme a la noticia. Suena seis, siete, ocho veces. Por fin alargo una mano y levanto el auricular.

–¿Sí?

–¿Señor Yáchmenev?

–Al habla.

–Buenas noches, señor Yáchmenev –dice una voz de mujer en el otro extremo de la línea–. Siento llamarlo tan tarde.

–No se preocupe, doctora Crawford –contesto, pues la he reconocido de inmediato; al fin y al cabo, ¿quién si no va a llamar a estas horas?

–Me temo que no tengo buenas noticias, señor Yáchmenev. A Zoya no le queda mucho.

–Según usted, aún podían ser semanas –replico, pues es lo que me dijo ese mismo día, poco antes de marcharme del hospital para pasar la noche en casa–. Ha dicho que no había motivo inminente de preocupación.

No estoy enfadado con la doctora, sólo confuso. Cuando un médico te dice algo, escuchas y lo crees. Y te vas a casa.

–Ya lo sé –admite con tono un poco contrito–. Y es lo que pensaba en ese momento. Por desgracia, su mujer ha empeorado esta noche. Señor Yáchmenev, es su decisión, por supuesto, pero creo que sería mejor que viniera.

–No tardaré en llegar –replico, y cuelgo.

Por suerte, aún no me he puesto el pijama, así que sólo tardo unos instantes en coger la cartera, las llaves y el abrigo para dirigirme hacia la puerta. Se me ocurre una cosa y titubeo, preguntándome si puede esperar, pero decido que no; vuelvo a la salita y telefoneo a mi yerno Ralph para informarle.

–Michael está aquí –me dice, y me alegro, porque no tengo otra forma de contactar con mi nieto–. Nos vemos dentro de un rato.

Una vez en la calle, me cuesta unos minutos localizar un taxi, pero por fin se acerca uno; levanto la mano y el vehículo se detiene junto al bordillo. Abro la puerta de atrás, y antes de cerrarla ya le he dado el nombre del hospital al taxista, que empieza a arrancar. Siento la brisa en el rostro y cierro la puerta con firmeza.

A esas horas de la noche las calles están menos tranquilas de lo que esperaba. Grupos de jóvenes emergen de los bares blandiendo dedos ante los demás, decididos a hacerse oír. Más allá, una pareja se pelea y una joven trata de detenerlos interponiéndose entre los golpes; sólo los veo unos instantes al pasar, pero sus caras de odio resultan inquietantes.

El taxi gira de pronto a la izquierda, luego a la derecha, y antes de que me dé cuenta estamos pasando ante el Museo Británico. Miro los dos leones que flanquean la entrada, y me veo allí titubeando antes de entrar a ver al señor Trevors la mañana que me entrevistó, la misma mañana que Zoya empezó a trabajar como operaria en la fábrica de costura Newsom. Fue hace mucho tiempo, yo era muy joven y la vida era difícil; habría dado lo que fuera por estar ahí de nuevo y comprender lo afortunado que era. Por tener juventud y a mi esposa, nuestro amor y nuestra vida por delante.

Cierro los ojos y trago saliva. No voy a llorar. Ya habrá tiempo para las lágrimas esta noche. Pero todavía no.

–¿Le va bien aquí, señor? –pregunta el taxista deteniéndose en la entrada de visitantes, y le digo que sí, que va bien, y le tiendo el primer billete que encuentro; es demasiado, ya lo sé, pero no me importa.

Salgo al frío aire nocturno y vacilo un momento ante las puertas del hospital; sólo entro cuando oigo que el taxi se aleja.

–Su esposa ya no está en el ala de oncología –me dice en recepción una joven pálida y cansada–. La han trasladado a una habitación privada en la tercera planta.

–Su acento. Usted no es inglesa, ¿verdad?

–No –contesta, alzando la vista un segundo para luego volver a su trabajo.

Ha decidido no decirme de dónde procede, pero estoy seguro de que es de algún lugar de Europa del Este. De Rusia no, eso sí lo sé. Yugoslavia, quizás, o Rumanía. Uno de esos países.

Subo al ascensor y pulso el 3; aunque la llamada telefónica no haya sido muy explícita, sé lo que significa que trasladen a un paciente a una habitación privada en esta etapa de la enfermedad. Me alegra que el ascensor esté vacío. Me permite pensar, recobrar la compostura. Pero no mucho rato, pues no tardo en salir a un largo pasillo blanco con un mostrador al final. Cuando me dirijo despacio hacia allí, oigo dos voces enzarzadas en una conversación: la de un hombre joven y una mujer algo mayor. Él habla de una entrevista que tiene dentro de poco, al parecer para que lo asciendan en el hospital. Se calla al verme ante él, y una expresión irritada le cruza el rostro ante la interrupción, aunque todavía no he dicho nada. Me pregunto si me toma por uno de los enfermos ancianos de las muchas salas que se despliegan como las patas de un pulpo desde ese pasillo. Quizá cree que me he perdido, o que no puedo dormir, o que he mojado la cama. Es ridículo, por supuesto. Voy completamente vestido. Sólo soy viejo.

–Señor Yáchmenev –dice detrás de él la doctora Crawford, cogiendo una tablilla con documentación–. Ha llegado rápido.

–Sí. ¿Dónde está Zoya? ¿Dónde está mi esposa?

–Está aquí mismo –responde con suavidad, cogiéndome del brazo.

Le aparto la mano, quizá con más brusquedad de la necesaria. No soy un inválido y no voy a permitir que me trate como si lo fuera.

–Lo siento –dice en voz baja.

Pasamos ante una serie de puertas detrás de las cuales están... ¿quiénes? Los muertos, los moribundos y los dolientes, tres estados que yo mismo conoceré antes de que transcurra mucho tiempo.

–¿Qué ha ocurrido? –pregunto–. Esta noche, quiero decir. Después de que me fuera. ¿Cómo es que ha empeorado?

–Ha sido inesperado. Pero es algo corriente, si he de serle franca. Un paciente puede estar estable, ni mejor ni peor, durante semanas, incluso meses seguidos, y de pronto un día se pone muy enfermo. Hemos trasladado a Zoya a esta habitación para que tengan un poco de intimidad.

–Pero ella podría... –Me interrumpo; no quiero engañarme ni dejarme engañar. Aun así, tengo que saberlo–. Aún podría mejorar, ¿no cree? Con la misma rapidez con que ha empeorado, podría mejorar, ¿no?

La doctora Crawford se detiene ante una puerta cerrada y esboza una media sonrisa al tiempo que me toca el brazo.

–Me temo que no, señor Yáchmenev. Creo que sólo debería concentrarse en pasar con ella el tiempo que les quede. Verá que Zoya sigue conectada a un monitor cardíaco y un gotero, pero aparte de eso no hay más máquinas. Nos parece que así es más agradable. Proporciona mayor dignidad al paciente.

Sonrío, y estoy a punto de echarme a reír. Como si ella o cualquiera pudiese saber hasta qué punto es digna Zoya. «Mi esposa fue educada con dignidad. Es la hija del último zar y mártir de Rusia, bisnieta de Alejandro II, el zar libertador que liberó a los siervos. La madre de Arina Georgievna Yáchmenev. No hay nada que usted pueda hacer para rebajarla.»

Deseo decir eso, pero desde luego no lo hago.

–Estaré en el puesto de enfermería si me necesita –concluye abriendo la puerta–. Por favor, vaya a buscarme cuando quiera.

–Gracias –digo, y ella se aleja, dejándome solo en el pasillo.

Empujo la puerta para abrirla del todo.

Me asomo.

Y entro.

–¿Será seguro? –le pregunté cuando estábamos sentados en la terraza de la cafetería en Hamina, en la costa oriental finlandesa, mirando las islas de Vyborgski Zaliv en la distancia, mirando hacia San Petersburgo.

Zoya lo tenía planeado desde el principio, era obvio. Aquél

iba a ser nuestro último viaje juntos. Era ella quien había elegido Finlandia, quien había sugerido que viajáramos más al este de lo previsto originalmente, y quien insistía en hacer ese último trayecto juntos.

–Es seguro, Georgi –respondió, y yo le dije que si eso era lo que quería, entonces lo haríamos.

Iríamos a nuestra tierra. No demasiado tiempo. Un par de días como mucho. Sólo para verla. Sólo para estar allí una última vez.

Nos hospedamos cerca de la catedral de San Isaac. Llegamos al hotel a media tarde y nos sentamos junto a la ventana a contemplar la plaza, delante de dos tazas de café; nos costaba hablar, tan emocionados estábamos por haber regresado.

–Cuesta creerlo, ¿verdad? –preguntó Zoya, mientras observaba a la gente que recorría aprisa la calle, procurando no ser atropellada por los coches que pasaban en todas direcciones–. ¿Pensaste alguna vez que volverías a estar aquí?

–No, nunca lo imaginé. ¿Tú sí?

–Oh, sí. Siempre supe que volvería. Y que no sería hasta ahora, al final de mi vida...

–Zoya...

–Oh, lo siento, Georgi. –Sonrió con ternura y puso una mano sobre la mía–. No pretendo ser morbosa. Debí decir que sabía que volvería cuando fuese vieja, eso es todo. No te preocupes; todavía me quedan un buen par de años.

Asentí con la cabeza. Aún me estaba acostumbrando a su enfermedad, a la idea de perderla. Lo cierto es que tenía tan buen aspecto que costaba creer que le pasara algo malo. Era tan hermosa como aquella primera noche que la vi con sus hermanas y Ana Vírubova ante el puesto de castañas en la ribera del río Neva.

–Me habría gustado traer aquí a Arina –comentó, y me sorprendió un poco, pues no solía hablar de nuestra hija–. Creo que habría sido bonito enseñarle de dónde procedía.

–O a Michael.

Entrecerró los ojos, y no pareció tan segura.

–Quizá. Pero, incluso ahora, podría ser peligroso para él.

Asentí y seguí su mirada. Era tarde, pero todavía no estaba

oscuro. Los dos lo habíamos olvidado, pero nos acordamos al mismo tiempo.

–¡Las noches blancas! –exclamamos al unísono, y nos echamos a reír.

–No puedo creerlo –dije–. ¿Cómo podemos haber olvidado en qué época del año estamos? Empezaba a preguntarme por qué no oscurecía.

–Georgi, deberíamos salir –propuso con repentino entusiasmo–. Deberíamos salir esta noche, ¿qué te parece?

–Pero ya es tarde. Quizás haya luz, pero tú necesitas descansar. Podemos salir por la mañana.

–No; esta noche –rogó–. No estaremos fuera mucho rato. ¡Oh, por favor, Georgi! Pasear por la ribera del Neva en una noche como ésta... No podemos haber llegado tan lejos y no hacerlo.

Cedí, por supuesto. No había nada que me pidiera y que yo no le concediese.

–De acuerdo. Pero debemos abrigarnos bien. Y no podemos estar mucho tiempo fuera.

Salimos del hotel antes de que pasara una hora y fuimos hacia la ribera del río. Había cientos de personas paseando del brazo, disfrutando de aquella luz tardía, y daba gusto formar parte de ellas. Nos detuvimos a ver la estatua del jinete de bronce en los Jardines de Alejandro, observando cómo los turistas se hacían fotos ante ella. Casi no hablamos durante el paseo; sabíamos adónde nos llevaban nuestros pies, pero no queríamos estropear el momento charlando.

Pasamos ante el Almirantazgo, giramos a la derecha y no tardamos en encontrarnos frente a las dependencias del Estado Mayor que rodeaban la plaza del Palacio. Ante nosotros se alzaba la columna de Alejandro y, más allá, tan brillante e imponente como lo recordaba, el Palacio de Invierno.

–Recuerdo la noche que llegué aquí –musité–. Me acuerdo de cuando pasé junto a la columna como si fuera ayer. Los soldados que me acompañaban me dejaron ahí, junto al palacio, y el conde Charnetski me miró como si fuera algo que se le había pegado a la suela de la bota.

–Era un gruñón –sonrió Zoya.

–Sí. Y entonces me ordenaron entrar a conocer a tu padre. –Traté de que los recuerdos no me abrumaran–. De eso hace más de sesenta años. Casi no puedo creerlo.

–Ven –dijo Zoya echando a andar hacia la plaza, y la seguí con cautela.

Se había quedado muy callada, sin duda con la mente rebosante de recuerdos, más de los que yo tenía de ese lugar; al fin y al cabo, ella había crecido allí. Su infancia, y la de sus hermanos, había transcurrido en el interior de aquellos muros.

–El palacio estará cerrado a estas horas de la noche, Zoya. Mañana, quizá, si quieres entrar...

–No –se apresuró a contestar–. No, no quiero. No hace falta. Mira, Georgi, ¿te acuerdas?

Estábamos en el pequeño pórtico de la entrada, rodeados por los doce pilares de la columnata, donde aquel jinete que pasó cabalgando deprisa la había asustado y ella acabó entre mis brazos. El sitio donde nos besamos por primera vez.

–Ni siquiera nos habíamos dirigido la palabra –dije, riendo al recordarlo.

Zoya me abrazó de nuevo en aquella plaza donde habíamos estado tantos años atrás. Esta vez, cuando nos separamos, nos costó hablar. Yo me sentía cada vez más abrumado por la emoción y me pregunté si no habría sido mala idea haber vuelto allí. Volví la vista hacia la plaza y hurgué en el bolsillo en busca del pañuelo para enjugarme las comisuras de los ojos, decidido a no perder el control sobre mis emociones.

–Zoya... –dije volviéndome hacia ella, pero ya no estaba a mi lado.

Miré alrededor, inquieto, y tardé unos instantes en localizarla. Se había internado en el jardín que se extendía ante la puerta del palacio y estaba sentada junto a la fuente. La observé, recordando aquella vez en que también la había visto junto a la fuente, de perfil, y entonces ella volvió la cabeza y me sonrió.

Podría haber vuelto a ser una jovencita.

Regresamos al hotel lentamente por la ribera del Neva.

–¡El puente del Palacio! –exclamó Zoya, señalando la enorme estructura que conectaba la ciudad, desde el Hermitage pasando por la isla de Vasilievski–. Lo terminaron.

Reí.

–Por fin. Todos aquellos años con una obra a medias... Primero no podían acabarla, no fuera a despertaros el ruido por las noches, y luego...

–La guerra.

–Sí, la guerra.

Nos detuvimos a verlo y sentimos una oleada de orgullo. Era una obra estupenda. Se había completado por fin. Ya había un enlace con la gente de la isla. Ya no estaban tan solos.

–Disculpen –dijo una voz a nuestra derecha, y al volvernos vimos a un anciano caballero, ataviado con un grueso abrigo y bufanda–. ¿Fuego?

–Lo siento –contesté, mirando el cigarrillo que sostenía ante mí–. Me temo que no fumo.

–Tenga –dijo Zoya, rebuscando en el bolso para sacar una caja de cerillas; ella tampoco fumaba, y me sorprendió que las llevara, pero lo cierto es que el contenido del bolso de mi esposa siempre había sido un misterio para mí.

–Gracias –respondió el hombre cogiendo la caja.

Advertí que su acompañante –supuse que era su esposa– miraba a Zoya. Las dos eran más o menos de la misma edad, y en ambos casos la edad no había minado su belleza. De hecho, lo único que estropeaba las elegantes facciones de la mujer era una cicatriz que le recorría la mejilla izquierda desde el ojo hasta más allá del pómulo. El hombre, apuesto y de espeso cabello blanco, encendió el cigarrillo, sonrió y nos dio las gracias.

–Que disfruten de la tarde –dijo.

–Gracias –contesté–. Igualmente.

Él cogió de la mano a su esposa, que miraba a Zoya con expresión serena. Ninguno de los cuatro habló durante unos instantes, y finalmente la mujer inclinó la cabeza.

–¿Puede darme su bendición? –preguntó.

–¿Mi bendición? –repitió Zoya, y la voz se le quebró.

–Por favor, alteza.

–Tiene mi bendición –contestó mi esposa–. Y, por poco que valga, confío en que le traiga la paz.

Hay luz, ya es de día, y la sala de estar me parece fría y poco acogedora cuando abro la puerta y entro. Me detengo un momento, echo un vistazo a la mesa, la cocina, las butacas, el dormitorio, a ese reducido lugar en que hemos compartido nuestra vida, y titubeo. No estoy seguro de poder ir más allá.

–No hace falta que vuelvas aquí –dice Michael, titubeando a su vez en el umbral–. Quizá sea buena idea que hoy te vengas con papá y conmigo, ¿no crees?

–Lo haré –contesto–. Más tarde. Esta noche, quizás. Ahora no, si no te importa. Creo que me gustaría quedarme aquí. Al fin y al cabo, es mi casa. Si no entro ahora, nunca entraré.

Él asiente y cierra la puerta. Vamos hasta el centro de la habitación, nos quitamos el abrigo y los dejamos sobre una silla.

–¿Un té? –me ofrece, llenando ya la tetera, y yo sonrío y asiento con la cabeza. Qué inglés es mi nieto.

Él se apoya contra el fregadero mientras espera que hierva el agua y yo me siento en mi butaca, sonriendo. Michael lleva una camiseta con una leyenda graciosa en la pechera; eso me gusta: ni siquiera se le ha pasado por la cabeza vestirse con mayor sobriedad.

–Gracias, por cierto –le digo.

–¿Por qué?

–Porque fueses anoche al hospital. Tú y tu padre. No estoy seguro de que hubiera superado la noche sin vosotros.

Se encoge de hombros y me pregunto si va a echarse a llorar otra vez; lo hizo tres o cuatro veces en el transcurso de la noche. Una, cuando le dije que su abuela había fallecido. Otra, cuando entró a verla. Otra más, cuando lo estreché entre mis brazos.

–Pues claro que fui –dice, y su tono es nervioso y cargado de emoción–. ¿Cómo no iba a ir?

–Gracias de todos modos. Eres un buen chico.

Michael se enjuga los ojos; luego pone bolsitas de té en dos tazas, las llena con agua hirviendo y aprieta las bolsitas con una cuchara en lugar de preparar la infusión en una tetera. Si su abuela estuviese aquí, lo desollaría vivo.

–No tienes que pensarlo ahora mismo –dice, sentándose frente a mí y dejando las tazas en la mesa–. Pero ya sabes que puedes venir a casa, ¿verdad? A vivir con nosotros, quiero decir. A papá le parecería bien.

–Ya lo sé –contesto con una sonrisa–. Y os lo agradezco a los dos. Pero creo que no. Todavía estoy sano, ¿no crees? Puedo apañármelas. Pero vendrás a visitarme, ¿verdad? –añado con nerviosismo, no muy seguro de por qué lo pregunto si ya sé la respuesta.

–Por supuesto que sí –asegura abriendo mucho los ojos–. Dios santo, todos los días si puedo.

–Michael, si vienes todos los días no te abriré la puerta. Una vez por semana estará bien. Tienes tu propia vida.

–Dos veces por semana, entonces.

–Vale –respondo, aunque no pretendo llegar a ningún trato.

–Y ya sabes que se estrena mi obra, ¿no? Dentro de dos semanas. Vendrás la noche del estreno, ¿verdad?

–Lo intentaré –contesto, pues no sé muy bien si realmente podré asistir sin Zoya a mi lado. Sin Anastasia. Veo la decepción en su rostro y sonrío para tranquilizarlo–. Haré todo lo posible, Michael. Te lo prometo.

–Gracias.

Charlamos un rato más y luego le digo que debería irse a casa, que debe de estar cansado porque lleva levantado toda la noche.

–¿Seguro? –replica poniéndose en pie, desperezándose y bostezando–. Me refiero a que puedo dormir aquí si lo prefieres.

–No, no. Ya es hora de que te vayas a casa. Los dos necesitamos dormir un poco. Y creo que me gustará estar un rato a solas, si no te molesta.

–Vale –acepta, y se pone el abrigo–. Te llamaré más tarde. Hay que... –Vacila, pero decide continuar–: Ya sabes, hay que cumplimentar ciertos trámites.

–Sí, lo sé –contesto, acompañándolo a la puerta–. Pero podemos hablar de eso más tarde. Nos vemos esta noche.

–Hasta luego, entonces, abuelo –se despide, inclinándose para besarme en la mejilla y abrazarme, y se aleja antes de que pueda ver su expresión de dolor.

Lo observo subir de dos en dos los escalones hacia la calle, con esas largas piernas suyas que pueden llevarlo a donde quiera. Quién fuera tan joven otra vez. Lo miro y me pregunto cómo se las arregla siempre para marcharse justo cuando aparece un autobús, como si no quisiera desperdiciar un solo instante de su vida esperando en una esquina. Se sube de un salto a la parte trasera y levanta una mano: el zar sin corona de todas las Rusias saluda a su abuelo desde la parte trasera de un autobús londinense que acelera calle abajo mientras se le acerca un revisor para exigirle el importe del billete.

La escena basta para hacerme reír. Cierro la puerta y vuelvo a sentarme, pensando en lo que acabo de ver, y lo encuentro tan divertido que río hasta que empiezo a llorar.

Y cuando llegan las lágrimas, pienso: «Ah... Así que esto es lo que significa estar solo».

Título de la edición original: *The House of Special Purpose*
Traducción del inglés: Patricia Antón de Vez,
cedida por Publicaciones y Ediciones Salamandra, S. A.
Diseño: Eva Mutter
Fotografías de la sobrecubierta: Shebeko y Alexander A. Trofimov

Círculo de Lectores, S. A. (Sociedad Unipersonal)
Travessera de Gràcia, 47-49, 08021 Barcelona
www.circulo.es
3 5 7 9 0 1 0 4 8 6 4 2

Licencia editorial para Círculo de Lectores
por cortesía de Publicaciones y Ediciones Salamandra, S. A.
Está prohibida la venta de este libro a personas que no
pertenezcan a Círculo de Lectores.

© John Boyne, 2009
© Ediciones Salamandra, S. A., 2009

Este libro ha sido impreso en papel Supersnowbright
suministrado por Hellefoss AS, de Noruega

Depósito legal: B. 11574-2010
Fotocomposición: Didot, Barcelona
Impresión y encuadernación: Printer industria gráfica
N. II, Cuatro caminos s/n, 08620 Sant Vicenç dels Horts
Barcelona, 2010. Impreso en España
ISBN 978-84-672-3929-4
N.° 27730